JONATHAN EVISON

UMWEG NACH HAUSE

Buch

Der Jugendliche Trevor ist schwerkrank. Er leidet an Muskeldystrophie, sitzt im Rollstuhl und kann sein Leben nur mit fremder Hilfe meistern. Noch dazu hat sein Vater Bob, ein hoffnungsloser Tollpatsch, gleich nach der Diagnose die Flucht ergriffen, was ihm in der Familie natürlich keiner verzeiht. Auf der Suche nach einem neuen Pfleger lädt Trevors Mutter den knapp vierzigjährigen Ben zum Vorstellungsgespräch ein. Auch Ben hat es nicht leicht im Leben: Er hat einen schrecklichen Schicksalsschlag hinter sich und besitzt keinen Penny mehr. Dazu kommen seine nervtötenden Nachbarn und der Kurier, der ihm die Scheidungsunterlagen, die er sich weigert zu unterschreiben, aufzwingen will. Obwohl Trevs Vater in der Familie ein rotes Tuch ist, fühlt Ben mit dem verstoßenen und reuigen Mann und schlägt Trev vor, mit dem Auto von Washington nach Salt Lake City zu fahren, um ihn zu besuchen. Auf ihrem verrückten Roadtrip nehmen sie die Anhalterin Dot mit, die kein Blatt vor den Mund nimmt, aber auch sehr viel Einfühlungsvermögen besitzt. Sie gabeln eine reifenwechselnde Schwangere auf, werden von einem Auto verfolgt, in dem am Ende jemand völlig anderes sitzt als vermutet, und lernen schließlich, dass man sich irgendwann seinen Problemen stellen muss ...

Autorin

Jonathan Evison, 1968 in San Jose, Kalifornien, geboren, wurde mit seinem Roman *Alles über Lulu* bekannt, für den er den Washington State Book Award erhielt. Er arbeitete bereits als Barkeeper, Pflegekraft, Autoverkäufer, Radiosprecher und im Telemarketing. *Umweg nach Hause* wurde mit Paul Rudd, Selena Gomez und Craig Roberts in den Hauptrollen verfilmt. Jonathan Evison lebt mit seiner Familie auf Bainbridge Island, Washington.

Jonathan Evison

Umweg nach Hause

Roman

Deutsch von Isabel Bogdan

blanvalet

Die Originalausgabe erschien 2012 unter dem Titel »The Revised Fundamentals of Caregiving« bei Algonquin Books of Chapel Hill, North Carolina.

FSC
www.fsc.org
MIX
Papier aus verantwortungsvollen Quellen
FSC® C014496

Verlagsgruppe Random House FSC® N001967

1. Auflage
Taschenbucherstausgabe

Umschlaggestaltung und -motiv: www.buerosued.de
AF · Herstellung: kw
Satz: Buch-Werkstatt GmbH, Bad Aibling
Druck und Bindung: GGP Media GmbH, Pößneck
Printed in Germany
ISBN 978-3-7341-0266-0
www.blanvalet.de

Für Case,
Genie und Inspiration

Eselsbrücken

Als ich beschloss, mich um Menschen zu kümmern, die weniger Glück im Leben haben als ich, war ich pleite, also bin ich vielleicht nicht gerade Florence Nightingale. Und wenn man bedenkt, was mit Piper und Jodi passiert ist, bin ich vielleicht nicht mal besonders gut dafür geeignet, mich um Menschen zu kümmern. Tatsache ist, dass ich mit neununddreißig und einer Lücke im Lebenslauf, die den Großteil der technologischen Revolution umspannt, überhaupt nicht mehr für viel geeignet bin.

Aber glauben Sie nicht, jeder könnte einen Pflegeberuf ausüben. Man braucht schon Geduld und psychische Stabilität, und man muss sich erst mal komplett durchleuchten lassen. Ganz zu schweigen von der Pflegelizenz und den permanenten Fortbildungen; ich habe inzwischen Zertifikate über *Besondere Bedürfnisse bei Demenz 1*, *Positives Krisenmanagement* und *Nonverbale Kommunikationsstrategien*. Aber den Großteil meines Wissens über professionelle Pflege habe ich aus *Grundlagen der häuslichen Pflege* gezogen, einem Abendkurs in achtundzwanzig Stunden, den ich zusammen mit vierzehn mittelalten Frauen bei der *Abundant Life Foursquare Church* besucht habe, direkt hinter dem Howard-Johnson-Hotel in Bremerton. Dort trank ich beträchtliche Mengen löslichen Kaffees und lernte, wie man Katheter einführt, ohne sich strafbar zu machen. Ich lernte Professionalität. Ich lernte, Grenzen zu ziehen und einzuhalten, und ich lernte, physischen und psychischen Abstand zum Patienten zu wahren, um nicht in den Burn-out zu steuern. Ich lernte, dass häusliche Pflege auch nur ein Job ist und dass ich für die Durchführung einer Reihe von Aufgaben bezahlt werde, die im Pflegeplan des Patienten festgeschrieben sind. Das ist ein bindender Vertrag, in dem von Diätvorschriften über Behandlungspläne bis zu Präferenzen bei Toilettenartikeln alles genau geregelt ist. Manchmal muss man da eine ganze Menge beachten. Praktischerweise hat das *Department of Social and Human Services* Dutzende hilfreicher Eselsbrücken entwickelt, mit denen man sich das alles merken kann. Zum Beispiel:

Fragen
Antwort abwarten
Respektieren
Behilflich sein
Erneut fragen

Mit solchen Eselsbrücken im Kopf und einem nagelneuen Zertifikat in der Tasche habe ich, auf Vermittlung des *Department of Social and Human Services*, drei Tage nach Kursende ein Bewerbungsgespräch bei meinem ersten potenziellen Patienten, Trevor Conklin, der auf einem kleinen Hof am Ende einer langen, ausgefahrenen Zufahrt zwischen Poulsbo und Kingston wohnt, wo sie irgendwas mit Pferden machen – züchten, verkaufen, in Pflege nehmen. Ich weiß nur, dass Trevor neunzehn Jahre alt ist und MS hat. Oder ALS. Jedenfalls sitzt er im Rollstuhl.

Ich habe noch einen kleinen Barvorschuss auf der alten Visakarte der Providian Bank, danach muss ich meine Rentenversicherung auflösen, und das würde nach Abzug der Gebühren auch nur tausendfünfhundert bringen. In den anderthalb Jahren seit der Katastrophe habe ich nicht mal versucht, Arbeit zu finden. Alles in allem könnte ich noch einen Monat hinkommen, bis ich komplett am Ende bin. Ich brauche diesen Job. Das letzte Bewerbungsgespräch hatte ich vor elf Jahren, vor Pipers Geburt, beim *Viking Herald*, einem Wochenblatt, das sich vor allem mit skandinavischer Kultur, Haustieradoptionen und Polizeimeldungen befasst. Der *Herald* suchte einen Anzeigenverkäufer, im Wesentlichen wäre das ein Job im Telefonmarketing gewesen. Ich traf den Verkaufsleiter in seinem Büro am hintersten Ende eines Gewerbegebiets am Stadtrand. Und vergaß seinen Namen sofort wieder. Wayne. Warren. Walter. Eigentlich weniger ein Verkäufer als ein fehlbesetzter Folksänger, er wirkte wie jemand, der im Schatten eines Zuckerwattestandes irgendwo auf einer Promenade »Tom Dooley« schraddelt.

»Haben Sie schon mal etwas verkauft?«, fragte er.

»Muffins«, sagte ich.

Ich bekam den Job nicht.

An diesem Morgen trage ich eins der Button-down-Hemden, die Janet, von der ich getrennt lebe, mir vor fünf Jahren gekauft hat, als es aussah, als würde ich bald wieder in Lohn und Brot stehen. Was nicht passierte. Stattdessen waren wir mit Jodi schwanger.

Ich komme neun Minuten zu früh bei der Farm an und sehe gerade noch eine Mitbewerberin, vermute ich jedenfalls, in

Jogginghose aus der Haustür kommen und die Rollstuhlrampe hinuntergehen. Sie quetscht sich hinter das Lenkrad eines rostigen Datsun und stottert an mir vorbei über die holprige Zufahrt, die Fahrerseite liegt deutlich tiefer. Ihre Jogginghose macht mir Hoffnung, und mein Subaru sieht selbst mit drei fehlenden Radkappen noch besser aus als der klapprige Datsun.

Der Gehweg ist matschig, die Rampe so lang wie der Weg zum Schafott. An der Tür begrüßt mich eine grauäugige Frau, die grob in meinem Alter ist, vielleicht ein paar Jahre älter. Sie steht da, groß und aufrecht wie ein Ausrufezeichen, in einer ausgestellten Jeans und einem eng anliegenden Baumwollhemd. Das flachsfarbene Haar hat sie zu einem strengen Knoten zurückgebunden.

»Sie sind sicher Benjamin«, sagt sie. »Ich bin Elsa. Trevor putzt sich noch die Zähne.«

Sie führt mich durch das abgedunkelte Esszimmer ins Wohnzimmer, das von einem Servierwagen und einem großen Fernseher beherrscht wird. Sie bietet mir einen einfachen Stuhl an und setzt sich selbst gegenüber aufs Sofa neben eine riesige, braune Katze, die dort liegt und kein Lebenszeichen von sich gibt.

»Das ist aber eine große Katze«, sage ich.

»Sie ist ein bisschen reizbar, aber ein guter Rattenfänger.« Sie tätschelt die Katze, die sofort das Fell sträubt. Dann streichelt sie sie, bis sie faucht. Und macht unbeirrt weiter, bis das Tier schnurrt. Ich mag die Frau. Sie ist tough. Sie verzeiht. Sie hält durch, wenn es hart auf hart kommt.

»Meine Nachbarin hat auch eine Katze«, versuche ich.

»Na, so ein Zufall«, sagt sie. »Also, haben Sie noch andere Patienten?«

»Im Moment nicht.«

»Aber Sie haben Pflegeerfahrung, oder?«

»Nicht beruflich.«

Sie kann einen Seufzer nicht unterdrücken. Die Arme. Erst die Frau in der Jogginghose und jetzt ich.

»Aber ich habe viel mit Kindern gearbeitet«, sage ich.

»Beruflich?«

»Kann man so nicht sagen.«

»Haben Sie Kinder?«

»Kann man so nicht sagen.«

Sie sieht auf die Uhr an der Wand. »Darf ich fragen, warum Sie in den Pflegebereich gegangen sind?«

»Wahrscheinlich dachte ich, das liegt mir.«

»Weil …?«

»Weil ich jemand bin, der sich kümmert. Ich verstehe anderer Leuts Bedürfnisse.«

»Wissen Sie irgendetwas über Muskeldystrophien?«

»Ein bisschen.«

»Wie fanden Sie den Kurs?«

»Ehrlich?«

»Ehrlich.«

»Ich fand ihn … ach, ganz informativ.«

»Hm«, macht sie.

»Ich meine, vieles sagt einem auch einfach der gesunde Menschenverstand, aber manches hat mir auch die Augen geöffnet, in Bezug auf, also … halt unterschiedliche Methoden und Ansätze …« Sie hört schon gar nicht mehr zu.

»Benjamin, ich habe den Kurs auch gemacht«, sagt sie.

Schließlich kommt Trevor ins Zimmer gerollt, ein gut aussehender Junge, trotz fettiger Haut und zerzaustem Haar. Er trägt eine sandfarbene Cargohose, ein schwarzes T-Shirt und Reeboks. Die Krankheit hat ihn spindeldürr und knorrig gemacht, er hat einen leichten Buckel und wirkt sonderbar verdreht in seinem schwarzen Rollstuhl.

»Trevor, das ist Benjamin.«

»Du kannst mich auch Ben nennen.«

Er rutscht in seinem Stuhl herum und legt den Kopf leicht zurück. »Was geht?«, sagt er.

»Nicht viel«, sage ich, »und selbst?«

Er zuckt mit den Achseln.

»Trevor möchte von jemandem versorgt werden, mit dem er sich auch versteht«, erklärt Elsa. »Jemandem mit ähnlichen Interessen.«

»Was interessiert dich denn so?«, frage ich.

Seine Hände liegen übereinander auf seinem Schoß, er hat den Kopf gesenkt.

»Computerspiele«, sagt Elsa.

»Was für welche?«, frage ich.

»Hauptsächlich Shooter«, murmelt er.

»Ach, verstehe, wie, hier, wie heißt das? Mortal Kombat?«

Er strafft die Schultern und hebt den Kopf, er bewegt sich wie eine Marionette. »Spielst du auch?«

»Nein. Aber einer aus meinem Softball-Team erzählt dauernd davon.«

Er lässt den Kopf wieder hängen.

»Erzähl Ben doch, wofür du dich sonst noch interessierst«, sagt Elsa.

Als sie mich Ben nennt, habe ich das Gefühl, schon ein bisschen was erreicht zu haben.

»Ja, worauf stehst du denn sonst so?«

Wieder zuckt Trev mit den Schultern. »Keine Ahnung, nicht viel.«

»Auf Mädchen«, sagt Elsa.

»Halt die Klappe, Mom«, sagt er. Aber sie hat ihn aus der Reserve gelockt. Zum ersten Mal sieht er mir ins Gesicht.

Elsa steht auf. »Ich lasse euch zwei mal alleine.« Und dann geht sie ohne weiteren Kommentar durchs Wohnzimmer ins Esszimmer.

Nach einem kurzen befangenen Schweigen rollt Trevor näher an seinen vollgemüllten Servierwagen.

»So«, sage ich. »Mädchen, hm?«

Er senkt schüchtern den Blick, und ich wünschte, ich könnte das zurücknehmen. Schlimm genug, dass er an allen Ecken und Enden so verwachsen ist – aber dann wird er auch noch andauernd in Verlegenheit gebracht, aus seiner Komfortzone gerissen, weil die Leute immer so tun, als wäre alles normal, als könnte er einfach rausgehen und sich eine Freundin suchen, mit ihr Riesenrad fahren und auf dem Autorücksitz fummeln. Wie er schon da sitzt, die Hände auf dem Schoß, und sich wünscht, er könnte verschwinden, sich wünscht, sie würden nicht alle so tun als ob. Aber dann stellt sich heraus, dass das alles nur Show ist. Denn dann hebt er den Kopf, dreht seinen Rollstuhl im Uhrzeigersinn und sieht kurz zur Tür. Dann dreht er sich wieder zurück, lächelt und sieht mir direkt ins Gesicht. Da ist ein Glanz in seinen Augen, ein bösartiges Blitzen, und ich ahne zum ersten Mal, dass er es faustdick hinter den Ohren hat.

»Ich bin ein Krüppel, nicht schwul«, sagt er. »Natürlich stehe ich auf Mädchen.«

Ich sehe zur Tür. »Auf was für welche denn?«

»Alle«, sagt er. »Die was mit mir anfangen würden.«

»Du meinst, weil … wegen dem Rollstuhl?«

»Ich meine, weil ich geil bin. Aber ja, auch deswegen. Bist du verheiratet?«

»Nicht wirklich. Also, theoretisch schon, aber … lange Geschichte.«

»Ist sie heiß?«

»Ist sie.«

Er beugt sich vertraulich vor. »Würde sie was mit mir anfangen? Was meinst du?«

»Ähm, also, …«

»War nur Spaß«, sagt er. »Wieso willst du überhaupt für neun Dollar die Stunde arbeiten?«

»Ich bin pleite.«

»Wenn du für das DSHS arbeitest, bleibst du das auch.«

»Heißt das, ich hab den Job?«

»Sorry«, sagt er, »aber ich habe noch nicht alle Bewerber gesehen. Aber dich finde ich schon mal besser als die Fette vorhin.«

Ich steige ins Auto und bekomme Oberwasser, als ich einen verbeulten, weißen Malibu die Auffahrt herunterkommen sehe, in dem der nächste Kandidat des DSHS sitzt. Die vordere Stoßstange kann jeden Moment abfallen. Die Nummernschilder sind abgelaufen. Der Typ am Steuer hat ein Spinnennetz in den Nacken tätowiert.

Der Profi

Jetzt, vier Monate nach dem Bewerbungsgespräch, verbringe ich vierzig bis sechzig Stunden pro Woche mit Trev. Die anfänglichen Peinlichkeiten bei Toilettengängen haben wir lange hinter uns. Die Flitterwochen auch. Ich habe die FARBE-Schritte mehrfach durchlaufen, habe sechzehn Wochen lang gefragt, Antworten abgewartet, respektiert, geholfen und noch mal gefragt, habe eine Trillion Waffeln gegessen, war viermal im Schuhgeschäft und habe endlose Stunden Wetterbericht geguckt. Das Erschöpfungs-Stadium habe ich schon vor drei Monaten hinter mir gelassen. Das soll nicht heißen, dass ich Trev nicht mögen würde – das tue ich, tyrannische Veranlagung hin oder her. Ich fühle mit ihm.

Sein Vater ist abgehauen, als Trevor drei Jahre alt war, zwei Monate nach seiner Diagnose. Komisch, wie so was wirkt. Trev geht im Moment nur auf die Schule des Lebens, aber seine Mutter ermuntert ihn, ein paar Kurse am Community

College zu belegen. Elsa müsste eigentlich einen Superheldenumhang tragen. Sie kümmert sich sechzehn Stunden am Tag um die Farm, macht Essen, putzt das Haus und findet immer noch Zeit für ihren Sohn. Sie schläft ungefähr drei Stunden pro Nacht, und selbst dann steht sie alle halbe Stunde auf, um Trev umzudrehen.

Er hat weder MS noch ALS; es ist eine Muskeldystrophie vom Typ Duchenne, die Trev so knotig macht, die seine Wirbelsäule verdreht und seine Gelenke versteift, sodass seine Rippen quasi schon auf dem Becken aufliegen. Seine Beine sind nach oben zum Bauch gebogen, seine Füße zeigen nach unten, und die Zehen rollen sich darunter zusammen. Seine Ellbogen sind wie an seiner Seite festgetackert. Er ist die reinste Brezel mit einer vollkommen intakten Fantasie. Aber ich werde Trev auch nicht verklären, bloß weil er dem Tod ins Auge sieht. Ehrlich, was bleibt ihm schon übrig? Wir alle sterben, nur Trev halt ein bisschen schneller als die meisten. Aber ich habe auch schon welche noch schneller sterben sehen. Viel schneller. Die Wahrheit ist, dass ich seit einem Monat oder so mindestens die Hälfte der Zeit genervt bin, dass Trev nichts mehr riskiert, sondern sich willentlich hinter seinen Gewohnheiten verschanzt und das Leben nur teelöffelweise zu sich nimmt. Aber wofür? Um noch ein paar Jahre länger drei Stunden am Tag den Wetterbericht zu gucken und noch ein paar Hundert Leinsamenwaffeln mehr zu essen? Das Glück hätte Piper mal haben sollen. Die Möglichkeit hätte Jodi haben sollen. Manchmal würde ich Trev das gern um die Ohren hauen.

Nervt es dich nicht selbst, immer und immer wieder dieselben zehn Sachen zu machen?, würde ich ihn gern fragen. *Waffeln, Wetterbericht, Einkaufszentrum und die Matinee am Donnerstag? Willst du nicht einmal irgendetwas anderes machen als deine Zwangshandlungen und Gewohnheiten, irgendwas Spektakuläres? Oder wenigstens mal im Lobster etwas anderes bestellen als Fish and Chips?*

Aber natürlich tue ich das alles nie und sage es nie. Denn trotz des Burn-outs halte ich mich an meinen professionellen Grundsatz:

Professionell
Redlich
Objektiv

Den *Grundlagen der häuslichen Pflege* zufolge braucht Trevor nicht zu wissen, was mit meiner Tochter und meinem Sohn passiert ist, warum meine Frau mich verlassen hat oder wie ich mein Haus verloren habe. Oder wie ich erst letzte Woche darüber nachgedacht habe, mir das Leben zu nehmen, mich aber nicht getraut habe. Meine Schuldgefühle, mein Selbsthass, meine Aversionen gegenüber anderer Leuts Kindern, das braucht Trev alles gar nicht zu wissen. Trev muss nur wissen, dass ich hier bin, um seine Bedürfnisse zu befriedigen. Versuchen Sie mal, unter diesen Bedingungen sechzig Stunden in der Woche mit einer Person zu verbringen. Alles an demjenigen wird Ihnen ruck, zuck auf die Nerven gehen. Sobald Sie seine Macken und Marotten kennen, sobald Sie seine Handlungen und Reaktionen vorhersagen können (oder es zumindest glauben), wird er Sie wahnsinnig machen. Sobald Sie gezwungen sind, seine Gewohnheiten wieder und wieder zu ertragen, werden Sie ihn erwürgen wollen. Trev zum Beispiel ist sehr pingelig mit seinen Schuhen. Alle seine Hosen sind sandfarbene Cargohosen, und alle seine Shirts sind identische schwarze T-Shirts mit einer Brusttasche links (was auch schon nervt). Selbst seine Boxershorts sind identisch dunkelblau, als könnte er dadurch, dass er jeden Tag das Gleiche trägt, die Zeit anhalten oder wenigstens noch ein paar Tage mehr reinschmuggeln. Aber Schuhe sind etwas ganz anderes. Er kauft an jedem zweiten Donnerstag eines Monats im Einkaufszentrum ein neues Paar und arrangiert sie ordentlich auf drei Regalbrettern, die über die volle Breite seines Doppelkleiderschranks gehen (das heißt, ich arrangiere sie dort); Schuhe für jeden nur denkbaren Anlass. Schuhe sind ein Morgenritual. Sie kommen noch vor den fünf Tabletten, den zwei Waffeln, dem 200-ml-Ensure-Drink mit dem biegsamen Strohhalm, sie kommen sogar noch, bevor der Wetterbericht ihn über das Wetter informiert, in das er sowieso nicht hinausgeht.

»Welche nehmen wir heute?«, frage ich.

»Weiß nicht.«

Das ist mein Stichwort, dass ich **F**ragen, die **A**ntwort abwarten, sie **R**espektieren und ihm **B**ehilflich sein muss. »Vielleicht die weißen Chucks?«, sage ich dann.

»Nee.«

»Schwarze Chucks?«

»Oarr, nee.«

»Docs?«

»Nee.«

»All Stars?«

»Ich glaub nicht.«

Und so geht das immer weiter. Ich gehe sie durch. Er lehnt sie ab. Das ist unsere tägliche Übung in Entscheidungsfreiheit, so etwas habe ich mit Piper gemacht, als sie vielleicht vier war. Die Donnerstage sind kleine Highlights, vor allem die Stunde vor der Matinee, wenn wir in den Restaurantbereich des Einkaufszentrums gehen und Frauen angucken. Es gibt kaum Auffälligeres und Peinlicheres als Männer in der Krise. Trev hat immerhin noch seine Jugend als Ausrede. Ich bin wahrscheinlich nur noch peinlich. An unserem liebsten Aussichtspunkt gegenüber dem Cinnabon machen wir das schöne Geschlecht zum Objekt, wir entmystifizieren es und machen es generell runter, als hätten wir nicht alle beide eine Heidenangst vor ihm.

»Guck mal, die da«, sagt er und zeigt auf eine Blondine mit

Pudellöckchen und knallenger Jeans. »Geiler Fickarsch, oder?«

»Aber hallo«, sage ich.

Er legt den Kopf auf die Seite und sieht mich an. »Ich würde ihr eine Gorillamaske aufsetzen.«

»Ich eine arabische Brille«, kontere ich.

»Die würde ich fisten.«

»Das ist ekelhaft«, sage ich.

»Danke«, sagt er. »Soll ich sie auf eine Pizza und einen Fick einladen?«

»Einen Fick und 'ne Pizza.«

»Was ist mit nur dem Fick?«

»Nein, glaub mir, die Pizza hat Stil.«

Die mit den Pudelhaaren weht vorbei, in der Hand zwei Cajun Corn Dogs und geriffelte Pommes, und sie hat ihren Freund im parfümierten Kielwasser. Sie setzen sich an einen Tisch vor dem Quiznos und essen schweigend zusammen, als würden sie schon ihr ganzes Leben lang zusammen essen.

»Was will sie denn mit dem Schwanz?«, sagt Trev.

Ich winke ab. »Wahrscheinlich hat sie sie nicht alle.«

»Ja, haben sie doch alle nicht.«

Wir versinken in Schweigen, und ich würde gern eine rauchen. Ohne seine Gewohnheiten ist man ja nicht mehr man selbst. Letzten Monat habe ich Trev in ebendiesem Food Court gefragt, was er tun würde, wenn er eines Morgens plötzlich mit voll funktionsfähigen Muskeln aufwachen würde. Noch hypothetischer geht's nicht, denn seine Krankheit ist progressiv und unheilbar. Ich dachte: Auf einen Berg steigen, einen Marathon laufen, einen Schmetterling einen Hügel hinunterjagen. Er sagte: Im Stehen pinkeln.

Die mit den Pudelhaaren und ich wechseln einen Blick. Oder vielleicht bilde ich mir das auch nur ein. Als ich einen zweiten Blick erhaschen will, weicht sie mir aus. Sie wird von

Sekunde zu Sekunde süßer. Sie sieht gut aus, mit dem Corn Dog in der Hand. Ich bin inzwischen überzeugt, dass ich den Rest meines Lebens an ihrer Seite verbringen könnte. Dann sehen wir uns richtig in die Augen. Und für einen köstlichen Moment ist da der Funke einer Möglichkeit. Was für eine Möglichkeit? Von einem neunzig Kilo schweren gehörnten Ehemann einen Arschtritt zu bekommen? Oder noch schlimmer: die Möglichkeit, irgendwann wieder von irgendjemandem geliebt zu werden?

Jetzt flüstert die mit den Pudelhaaren ihrem Freund etwas ins Ohr, und er lässt seinen Corn Dog mitten im Bissen sinken. Ich habe mich verschätzt: es sind mindestens hundert Kilo. Er durchbohrt mich mit Blicken. Ich kann nur Trevs karierte Vans angucken und spüren, wie mir die Hitze ins Gesicht steigt.

»Was ist?«, fragt Trev.

»Showtime«, sage ich.

Und ohne weitere Verzögerung stehen wir auf – also jedenfalls ich stehe auf und spüre die Blicke des Mannes wie Dolche in meinem Rücken.

Trev krümmt die Schultern, um das Gewicht seines Kopfes besser halten zu können, umklammert den Joystick mit seiner knorrigen Hand und dreht sich um hundertachtzig Grad in Richtung des Ausgangs.

»Regal oder Cineplex?«

»Regal«, sagt er.

Wir gehen immer ins Regal.

O-fer

Mit Trev irgendetwas zu machen, geht immer langsam, egal, wie oft wir es schon gemacht haben. Da ist die Rampe, dazu das ganze Anschnallen und wieder Abschnallen, dann dass er so langsam isst und dass er mich gerne warten lässt. Aber wenigstens bekommen wir immer einen guten Parkplatz. Donnerstags ist mein Zeitplan immer ganz schön eng. Bis die Matinee vorbei ist, Trev seine Fish and Chips gegessen hat und ich den Van abgegeben habe, ist normalerweise so gerade noch Zeit, mir die blaue Jogginghose mit dem Kordelzug und den elastischen Bündchen, Trikot, Knieschoner und Stollenschuhe anzuziehen und meine Kappe aufzusetzen.

Mein Softball-Team hat schon die dritte Saison in Folge kein Spiel verloren. Dabei hilft es natürlich, dass wir immer nur gegen dieselben beiden Mannschaften spielen – also, uns hilft das. Wenn man uns so ansieht, sehen wir natürlich genauso aus wie jede andere bucklige, dickbauchige, humpelnde Herrenmannschaft von hier bis Casper, Wyoming, aber wir schlagen andauernd Linedrives, und wir haben eine starke Defensive. Nur ich bin in den letzten zwei Jahren nicht mehr aufs Base gekommen, jedenfalls nicht, wenn es drauf ankam. Aber früher war ich die reinste Linedrive-Maschine. Als meine Haut noch straff und ich noch nicht so weich um die Mitte war und die Leute gesagt haben, ich sähe aus wie Johnny Depp, da war ich wirklich ein anständiger Centerfielder. Ich war das schwarze Loch, das alle Bälle schluckte.

Heutzutage habe ich nach einer Woche häuslicher Pflege überhaupt keine Lust, mir die Knieschoner anzuziehen und mich vor meinen Freunden (und noch schlimmer: ihren Frauen und Kindern) zum Affen zu machen, indem ich mir von einem Typen, der sich neulich beim Rühreimachen den Rücken verrenkt hat, drei satte Strikes reinballern lasse. Aber dem Team zuliebe mache ich weiter. Mit demselben Pflichtbwusstsein begleite ich Forest und ein paar von den Jungs auch nach dem Spiel noch zum Grill, um unseren Sieg zu feiern.

Forest ist mein bester Freund. Wir haben im ersten Unijahr zusammengewohnt. Schon damals hat er mir immer wieder vorsichtig den richtigen Weg gezeigt. Jahre später war er mein Trauzeuge, als Janet und ich geheiratet haben.

Forest ist ungefähr eins fünfundachtzig groß, wiegt hundert Kilo, hat breite Schultern und in den letzten Jahren einen Bauch bekommen. Der Schritt seiner roten Jogginghose rutscht langsam in eine unangenehme Höhe – unangenehm für alle Beteiligten. Wir nennen ihn den Traubenschmuggler, weil, nun ja, aus naheliegenden Gründen. Forest ist das Rückgrat der O-fers. Er pitcht, fegt die Bases leer, sammelt die Beiträge ein, ruft vor dem Spiel noch mal alle an, schreibt das Lineup auf und ist der unbestrittene (wenn auch unausgesprochene) Mannschaftskapitän. Es gibt nur wenig inspirierendere Anblicke als Forest, wenn er in einem der letzten Innings das dritte Base hinter sich lässt, mit knallrotem Kopf und zwei kaputten Knien, der Rettungsring wabbelt heftig unter seinem engen Trikot, während der Second-Baseman gerade das Relay aus dem Outfield fängt.

»Lauf, Forest, lauf!«, rufen wir von der Spielerbank. Der Witz wird nie alt.

Heute Abend im Grill spielen wir Cricket Darts. Forest und ich gegen Max und Teo. Max hat einen Schnäuzer der Sorte Biker / Lederschwuler. Wir nennen ihn Werkzeugkiste, weil er immer seine ganze Arbeit dabeihat. Er mag auf den ersten Blick nicht aussehen wie ein Sportler, mit seinen widerspenstigen Locken und den röhrenförmigen Beinen, aber er schlägt knallharte Linedrives, und auch wenn er rennt, als wäre er wütend auf den Boden, bringt er die Mannschaft doch voran. Ziemlich guter Darts-Spieler auch. Er und Teo machen uns gerade ganz schön nass. Und ich reiße uns auch nicht gerade raus.

»Gut gespielt«, sagt Forest und klopft mir auf die Schulter.

Das ist natürlich gelogen. Ich habe nur eine einzige 20 geworfen, und die 17 gar nicht. Triple 17 war eigentlich mein Paradewurf. Auf der 20 war ich Geld wert. Aber ich habe nicht mehr so eine ruhige Hand. Teo zieht uns auf der 17 die Hosen aus, und ich lasse Forest mal wieder im Stich. Aber in Wahrheit gräme ich mich deswegen nicht lange. Die Welt fließt durch mich hindurch wie durch eine menschliche Sanduhr.

Ich weiß, dass ich mich glücklich schätzen sollte. Ich habe Forest. Ein Fels in der Brandung. Und ich kann jeden Donnerstag kostenlos die Matinee sehen – wer kann das schon? Ich sollte meine Arbeit machen. Ich sollte die Löcher in meinem Leben stopfen, heil werden, mich wieder auffüllen wie einen Krug. Es ist mehr als zwei Jahre her. Aber ich stecke immer noch auf dieser Auffahrt fest, die Arme voller Einkäufe, und sehe hilflos über die Schulter zurück, wie mein Universum implodiert.

»Yo, Benjamin«, sagt Forest und reicht mir die Dartpfeile. »Konzentrier dich doch vielleicht am besten auf das Bullseye, und ich kümmer mich dann um die 17?«

»Ich bin dran«, sage ich.

Max hat gerade einen Double-Bull geworfen und grinst wie ein Schimpanse. Ich weiß, ich bin ein Loser, weil ich mich immer für den Gegner mitfreue.

»Respekt«, sage ich.

Forest haut mir auf die Schulter. »Sieh zu«, sagt er.

Und das tue ich. Ich begradige eine nicht ganz gerade Steuerfeder, drehe die Spitze noch einmal fest, stelle mich mit den Zehenspitzen an die Linie und konzentriere mich mit zusammengekniffenen Augen auf das Bullseye. Es sieht heute eigentlich ziemlich groß aus. Ich sehe es immer noch, wenn ich die Augen schließe. Ich sage mir, dass ich es treffen kann. Forest sagt sich bestimmt auch, dass ich es treffen kann, aber er wird davon ebenso wenig überzeugt sein wie ich. Schließlich beuge ich mich auf dem rechten Fuß nach vorne und werfe, angespannt wie ein Scharfschütze, den ersten Pfeil.

Na ja, der Rest ist wahrscheinlich klar.

Umweg nach Hause

Auf dem Heimweg vom Grill tue ich etwas, was ich schon seit Monaten nicht mehr getan habe: ich fahre auf einem Umweg nach Hause. Keine Ahnung, warum ich ausgerechnet heute beschließe, diesen Schritt zurück zu machen. Vielleicht, weil Pipers Geburtstag näher rückt. Vielleicht, weil ich mein Apartment heute Nacht nicht ertragen kann – oder mein Abteil, wie ich es nenne. Egal, wie viele Nächte ich schon dort verbracht habe, es fühlt sich nicht an wie »wohnen«. Es riecht nach Seife und neuem Teppichboden. Ich esse von Papptellern. Es kommt nichts Neues hinein, nichts von außerhalb, was das Abteilgefühl verringern würde. Ich habe für ein paar Hundert Dollar Plastikkisten in allen möglichen Formen und Größen gekauft, um meinen Krempel darin zu verstauen, bevor er sich ausbreitet. Die sind im großen Einbauschrank gestapelt, immer drei oder vier aufeinander. Unter einem der eisblauen Deckel liegen, umhüllt wie eine Matroschka, in einem Umschlag in einem Ordner in einer Schachtel meine nicht unterschriebenen Scheidungspapiere.

Hätte ich mich heute im Grill besoffen, hätte ich mit Max Bier um Bier und Schnaps um Schnaps getrunken, dann hätte ich wahrscheinlich nicht den Umweg genommen. Aber auch das wäre ein Schritt zurück gewesen. Egal, wohin ich gehe, es scheint immer ein Schritt zurück zu sein.

Der Heimweg nach Agatewood ist mir so vertraut, dass meine Muskeln immer noch jede Kurve im Wald kennen. Ich könnte die Strecke auch ohne Scheinwerfer fahren. Tatsächlich war ich in den Horrormonaten nach der Katastrophe, nachdem Janet weggelaufen war (oder eher: weggegangen), auf dem Heimweg vom Grill oft so besoffen, dass ich mich auch hätte einnässen können, ohne es zu merken. Das waren die Abende ohne Forest, und die Abende, bevor die Arbeit mit Trev meinem Leben wieder eine Struktur gab. An den übrigen Abenden hat Forest sich um mich gekümmert, und ich war zu selbstsüchtig und zu kurzsichtig, um zu merken, dass ich ihn seiner eigenen Familie vorenthielt. Ein Jahr lang hat er versucht, mich zum Abendessen zu sich nach Hause einzuladen. Aber ich habe immer darauf bestanden auszugehen. Die Nächte, in denen ich mit Forest zusammen unterwegs war, waren im Vergleich noch gemäßigt – ein paar Bier zur Ablenkung, Sport gucken, eine Pizza, aber dennoch liegen auch diese Abende in meiner Erinnerung im selben Nebel. Nach meiner Zählung habe ich anderthalb Jahre in diesem Nebel verbracht. Anderthalb Jahre, in denen ich mich nicht dazu aufraffen konnte, mir Arbeit zu suchen, selbst als mein kleiner Notgroschen langsam schwand. Anderthalb Jahre, in denen mein Körper von jemand anderem hätte bewohnt sein können, oder von niemandem. Ich habe mich an Hunderten von Gesprächen beteiligt und erinnere mich an nichts. Ich habe meinen Geburtstag vergessen. Anderthalb Jahre lang bin ich in einem Meer von Gesichtern umhergetrieben, manche besorgt, manche verängstigt, manche sogar angewidert, zu denen ich kaum einen Namen oder Kontext parat habe, jedenfalls im Nachhinein nicht mehr. Ich habe Freundschaften geschlossen, an die ich mich nicht erinnere, habe Telefonnummern ohne Namen gesammelt, Versprechen gegeben, die zwar voll des guten Willens, aber nicht meine eigenen waren. Mein Leben, wenn man es denn so nennen wollte, verlief sinnlos in den Stunden wie Tinte in einem Blatt Löschpapier. Es grenzt an ein Wunder, dass ich nicht wieder angefangen habe zu rauchen.

Jetzt wohnt dort endlich wieder jemand. Über ein Jahr nach der Zwangsvollstreckung stand das Haus leer, und das passiert hier normalerweise nicht, nicht mal in Wirtschaftskrisenzeiten. Man hätte monatelang glauben können, dass es dort spukt. Aber jetzt nicht mehr. Es ist wieder ein Zuhause, das sieht man. Im Garten neben dem Haus kann ich in dem gespenstischen Licht, das aus dem oberen Schlafzimmer fällt, gerade so ein Kletterhaus erkennen. Das alte Gewächshaus ist weg. Pipers Flaschenbaum ist weg. Die jetzigen Bewohner haben einen Zedernholzzaun hinter der Einfahrt errichtet, ein stabiles, massives Ding, und Buchsbäume davorgepflanzt, um ihn zu verdecken. Ich komme nicht dagegen an, mir vorzustellen, wie anders alles sein könnte, wenn ich so einen Zaun aufgestellt hätte. Aber die Wahrheit ist, ich war in so vielen Dingen nachlässig, dass der Zaun auch keine Rolle mehr spielt.

Was habe ich eigentlich in dem Moment gedacht, bevor die Welt schwarz wurde, als ich gereizt mit den ganzen Einkäufen im Arm zur Haustür ging? Dass das Eis schmilzt? Dass ich mich beeilen muss, wenn ich vor *Iron Chef* noch die Einkäufe wegräumen, duschen und den Ofen vorheizen will? Oder habe ich bloß gehofft, die Kinder würden früh ins Bett gehen, damit ich zwanzig Minuten Zeit für mich und ein Bier hätte, bevor Janet nach Hause kam? Vielleicht habe ich auch an die dreißig Meter Ufer an der Discovery Bay gedacht. Und daran, ein Skiff zu kaufen. Welcher Gedanke hat mich in dem Moment so sehr beschäftigt, was war dermaßen wichtig in meinem Leben, dass ich so geistesabwesend war? Die Antwort ist: Ich kann mich nicht erinnern.

Das Auto steht immer noch da. Im Flur ist ein Licht angegangen, und jetzt sieht ein Gesicht aus dem Fenster zu mir herüber. Ich fahre los und zwinge mich, nicht zurückzuschauen.

Kartografische Abenteuer

Freitags arbeiten Trev und ich anderthalb Stunden lang an der Landkarte. Die Karte war meine Idee. Ich bin darauf gekommen, nachdem wir eine dieser Dokus über das amerikanische Hinterland gesehen hatten, bei denen ein Moderator in irgendein heruntergekommenes Städtchen am Meer fährt und dort lernt, wie Salzwasser-Toffees gemacht werden, oder in eine finstere Höhle in den Appalachen, wo die Maiskuchen erfunden wurden. Außer dass sie in dieser speziellen Sendung an Orte wie das zweistöckige Plumpsklo in Gays, Illinois, (Spitzname »Doppelkacker«) fahren oder ins Spam-Museum für Dosenfleisch in Austin, Minnesota, oder zum Wonder Tower in Genoa, Colorado. Der Moderator hatte hyperaktive Augenbrauen und eine hochtoupierte Frisur und nervte tierisch, aber wegen der tollen Ausflugsziele war die Sendung trotzdem sehenswert. Kaum zu glauben, was es da draußen alles gibt. In Wyoming haben sie im Ernst eine ausgestopfte

Jackalope. In Salt Lake City gibt es eine Jungfrau Maria in einem Baumstumpf. In einer überteuerten Pizzeria in Vegas spukt der Geist von Liberace. Die Stadt Bedrock, wo die Flintstones herkommen, existiert tatsächlich. Yabba-dabba-doo!

Wir haben zu Beginn des Frühjahrs mit der Karte angefangen, um uns einen Überblick über die Sehenswürdigkeiten entlang der Straßen der USA zu verschaffen, von zweistöckigen Plumpsklos (von denen wir insgesamt sechzehn eingetragen haben) bis zu Hitlers Briefmarkensammlung, die sich angeblich in Redmond, Oregon befindet. Ich nehme an, dass dieses Projekt Trev aus demselben Grund Spaß macht, aus dem ihm auch der Wetterbericht Spaß macht; es ist eine Möglichkeit, Dinge zu registrieren, die er nie selbst erleben wird. Der Großteil einer Wohnzimmerwand wird jetzt von unserer Landkarte eingenommen, die Rick von *Kitsap Reprographics* uns freundlicherweise auf vierhundert Prozent vergrößert hat, obwohl das urheberrechtlich bedenklich ist – und dann auch noch zum Freundschaftspreis. Für einen Rollstuhlfahrer tun die Leute fast alles, solange er keine Essensreste im Bart hat. An der Karte zu arbeiten, bedeutet jede Menge Googeln und Stecknadeln. Natürlich übernehme ich das Googeln und Anpinnen, denn ich erfreue mich bester digitaler Gesundheit. Trev erteilt aus seinem Rollstuhl heraus Befehle wie ein Feldmarschall. Seit Neustem konzentrieren wir uns auf Muffler Men; wir haben schon über vierhundert von diesen überdimensionierten Kunststoff-Werbemännern von einer Küste zur anderen markiert. Sie reichen von Holzfällern über Wikinger, Cowboys, Indianer bis zu einem ehemaligen Big Boy in Malibu, der zum Mexikaner umgestaltet wurde, inklusive Poncho und einem Teller mit Burritos.

Um nicht den Überblick zu verlieren, benutzen wir unterschiedliche Farben. Muffler Men sind rot. Museen blau. Spukhäuser, Feenringe, Kornkreise und andere unerklärliche

Phänomene sind grün. Promi-Reliquien (Einsteins Gehirn, Napoleons Schwanz) sind schwarz. Alles andere ist gelb – darunter fällt alles von verlassenen Dörfern bis zu zweiköpfigen Nutztieren oder Thomas Edisons letztem Atemzug, der theoretisch wahrscheinlich zu den Promireliquien gehören würde. Irgendwo hinter der Landkarte und all den Stecknadeln liegt ganz nebulös die Vorstellung, dass wir einige dieser Sehenswürdigkeiten eines Tages besuchen werden. Logisch, dass das nie passieren wird und dass wir das beide wissen. Die Karte ist ein Versuch in Sachen Hoffnung. Im Laufe der kommenden Monate wird diese Hoffnung dann langsam, aber stetig schwinden.

Wenn wir für den betreffenden Tag mit der Karte fertig sind, rollt Trev ins Bad und pinkelt unfassbar ausdauernd in seine Plastikflasche, und ich kippe seine Pisse (die mir unweigerlich zu gelb vorkommt) in die Toilette, spüle die Flasche durch und stelle sie wieder weg. Dabei bin ich effizient und respektvoll, wie eine Kellnerin, und halte mich strikt an das, was ich im Sensibilitätstraining gelernt habe. Ich stehe nicht daneben und tappe mit dem Fuß auf den Boden, während er noch versucht, sein Ding aus der Hose zu kriegen, die ich ihm gerade aufgemacht habe. Ich sage nicht so was wie *Himmel, du musstest aber wirklich pissen*, oder *wieso tröpfelt das denn nur so langsam da raus?* oder *versuch doch wenigstens, nicht auf den Rand zu pinkeln*. Ich ziehe keine Grimasse, wenn ich die Flasche auswasche, ich ziehe die Nase nicht kraus, wenn er seinen Darm entleert hat und ich ihn mit Feuchttüchern abwischen muss, indem er sich hilflos vorbeugt und das Gesicht für besseren Halt zwischen meine Oberschenkel steckt. Das ist mein Job. Ich bin Profi.

Vom Badezimmer aus geht es direkt zum Wetterbericht, wo die Moderatorin, eine pausbäckige Blondine mit Stufenschnitt und riesigen Brüsten, uns darüber in Kenntnis setzt, dass es keine gute Idee wäre, heute in Charleston Flanell zu tragen, dass man in Portland heute Nachmittag besser einen Regenschirm dabeihat und dass sich, wenn man in San Francisco lebt, der Zwiebellook anbietet. Draußen vor dem Fenster verziehen sich die Wolken langsam, und ich habe keine Ahnung, wie warm es ist.

»Die würde ich auch flachlegen«, bemerkt Trevor trocken.

Trev steht total auf Mollige, genau wie ich, bis Janet andere Wege ging. Vielleicht liegt es daran, dass er selbst immer weniger wird – beim letzten Check-up wog er noch gut fünfundvierzig Kilo. Wie auch immer, er hat Frauen gern üppig.

Trev grinst böse. »Sie wird dermaßen auf mein Big-Mac-Parfum stehen.«

So vergehen die Stunden. Als ich anfing, bei Trev zu arbeiten, vertrödelte er diese Nachmittagsstunden vor dem Computer und spielte online. Ego-Shooter, auf voller Lautstärke. Ich saß auf dem Sofa, die Katze auf dem Schoß, sah ihm zu und staunte über die Blutbäder. Oder versuchte, trotz des Lärms Edith Wharton zu lesen. Manchmal nickte ich kurz weg. Aber vor ein paar Monaten schwanden Trevs digitale Fähigkeiten plötzlich rasant. Stellen Sie sich vor, jemand würde Schrauben in all Ihre Fingergelenke drehen und sie nach und nach immer fester anziehen, bis Sie Ihre Finger nicht mehr bewegen können. Das Spielen wurde für Trevor immer frustrierender. Je mehr er spielte, desto weniger gut war er darin. Also hängte er den Joystick an den Nagel (beziehungsweise warf ihn weg) und wandte seine Aufmerksamkeit dem Wetter zu. Inzwischen hat er sogar schon mit der Fernbedienung Schwierigkeiten. Um den Sender zu wechseln, muss er sich in seinem Rollstuhl verrenken, wobei sein Kopf schwer zur Seite kippt und seine Unterarme vor ihm hinunterhängen wie bei einem Tyrannosaurus. Die Fernbedienung wirkt, als wöge sie fünf Kilo.

Jetzt, wo seine Finger versteinern und sein Herz schwächer wird, möchte ich mehr denn je, dass Trevor noch irgendetwas Neues erlebt – wenn er schon keine Amerikarundreise mehr machen kann, dann könnten wir doch wenigstens zur Abwechslung mal zu Quiznos gehen.

»Wollen wir zu Quiznos fahren und ein Sandwich essen?«

»Heute nicht.«

»Oder ins IHOP? Die haben Waffeln.«

»Nee.«

»Mitzel's?«

»Nein.«

»Mickey D's?«

Er schweigt. Es nervt ihn, wenn ich ihn so bedränge. Da fühlt er sich unwohl. Das sehe ich ihm an, weil er ein bisschen rot wird, als er seinen großen Kopf wieder dem Wetterbericht zuwendet, wo er ihn lässt, bis er nicht mehr wackelt. Er starrt geradeaus, und die Farbe weicht langsam wieder aus seinem Gesicht.

Am liebsten würde ich auch noch KFC sagen. Himmel, am liebsten würde ich echt noch KFC sagen.

Aber das tue ich nicht. Vermutlich wird er sich auf irgendeine primitive Weise rächen und meinem Wunsch trotzen, ihn zu irgendetwas zu bringen. Vielleicht, indem er unsere Welt noch weiter verkleinert. Vielleicht fahren wir nächsten Donnerstag nicht zur Matinee, gehen nicht im Food Court Mädels angucken, gehen nicht Fish and Chips essen. Vielleicht sitzen wir nächsten Donnerstag genau an dieser Stelle im Wohnzimmer und schauen zu, wie sich an der Golfküste Stürme zusammenbrauen, und Trev isst dazu Waffeln. Belästige ich ihn womöglich deswegen so, weil wir beide wissen, dass er auf mich angewiesen ist, und dass ein guter Pfleger für neun Dollar die Stunde schwer zu kriegen ist? Gebe ich mir deswegen so eine Mühe, ihn zu irgendetwas zu bringen, weil er mir so wichtig ist, oder vielmehr deswegen, weil es mich fuchst, dass er lebt, während Piper und Jodi diese Chance nicht mehr haben? Ich nehme an, weder noch. Aber eins weiß ich: Egal, wie sehr man auf Nummer sicher geht, egal, wie sehr man die Risiken minimiert, wie sehr man sich selbst und die Seinen vor der Außenwelt zu beschützen versucht, es werden immer wieder Unfälle passieren.

Ein Tag wie jeder andere

Der 12. Juni 2007 fängt ziemlich genauso an wie jeder andere Tag im Hause Benjamin. Toilettenspülung, Schritte auf der Treppe, Buster kratzt an der Tür und will raus.

Janet ist spät dran, sie muss in die Praxis. Sie würde auch ohne Frühstück gehen, wenn ich sie ließe.

»Hast du die Schlüssel vom Jetta gesehen?«, ruft sie.

»Guck mal in deiner Manteltasche!«

Piper kommt in Pantoffeln in die Küche geschlurft, der Saum ihres knallroten Umhangs schleift auf dem Boden. Ja, meine Tochter trägt einen Umhang, das ist nicht ungewöhnlich. Ihr Haar ist noch vom Schlaf verstrubbelt, aber sie hat morgens um Viertel vor acht schon hellwache Augen. Während des Schuljahrs habe ich sie morgens schon um zehn nach sechs geweckt, und sie hat das total super mitgemacht.

»Jodi läuft die Nase«, verkündet sie.

Wie aufs Stichwort kommt Jodi barfuß in die Küche getapst,

durch und durch ein Junge, trotz seines Mädchennamens. Ich hätte ihn Sylvester nennen sollen, wie die Katze, weil er genauso spricht. Ich verstehe kein Wort von dem, was er sagt. Ohne Piper würde ihn keiner von uns verstehen.

»Quietsch-quietsch-quietschedi-quietsch«, sagt er.

»Er will Müsli«, erklärt Piper.

»Zu spät«, sage ich, die Pfanne schon in der Hand. »Wir haben auch gar keins mehr.«

»Du hattest recht«, sagt Janet, als sie wieder in die Küche kommt, und lässt den Schlüsselbund in ihre Handtasche fallen.

Ich scheuche sie alle an den Frühstückstisch und stelle ihnen genau in dem Moment ihre Teller hin, als der Toaster das Toast auswirft. Piper weigert sich prompt, ihr Ei zu essen, weil es ihr zu weich ist, und Jodi verfüttert seinen Bacon an Buster.

»Jodi, lass das«, sage ich.

»Buxuxer«, sagt er und grinst unter seinen üppigen Locken hervor.

Ich lege die Toasts auf einen Teller und stelle ihn auf den Tisch.

»Ganz schönes Mistwetter für Sommer«, sagt Piper.

»Das wird bald besser«, sage ich.

»Sagst du immer.«

Janet nippt an ihrem Grapefruitsaft, knabbert an ihrem ungebutterten Toast und blättert durch die Times.

»Daddy, kann ich lieber Joghurt haben?«, sagt Piper.

»Gut«, sage ich. »Stell deinen Teller einfach in die Spüle. Und gib Buster nicht deinen Bacon, sonst kackt er uns noch in die Wohnung.«

Jodi lacht, und dabei läuft ihm Schnodder aus der Nase. »Kack, kack«, sagt er, und dann etwas Unverständliches. Ab wann sollte man mal über Logopädie nachdenken?

Piper trägt ihren Teller zur Spüle und lässt heimlich ein bisschen Bacon für Buster fallen.

»Musst du beim Frühstück schon lesen?«, frage ich Janet.

»Du hast ja recht«, sagt Janet und schiebt die Zeitung zur Seite, liest den Absatz aber noch zu Ende.

»Danke«, sage ich.

Sie sieht auf die Uhr und isst höflicherweise noch ein bisschen Ei. »Was hast du heute so vor?«, fragt sie, obwohl ich ziemlich sicher bin, dass wir das gestern Abend im Bett noch durchgesprochen haben. Ich nehme an, dass sie nur ein bisschen Konversation macht, damit es nicht aussieht, als hätte sie es allzu eilig.

»Ich fahre mit den Kindern zu deinen Eltern.«

»Und lässt sie da?«

»Nein, nur zu Besuch.«

»Gehst du einkaufen?«

»Ja, danach.«

»Bring Kleenex mit.«

»Klar.«

»Und sonst so?«

»Wahrscheinlich nicht viel. Wenn wir noch Zeit haben, könnten wir ja noch in den Park gehen.«

»Klingt super«, sagt sie.

»Was soll das denn heißen?«

»Das soll gar nichts heißen, außer dass es super klingt.«

»Weißt du, du kannst auch zu Hause bleiben, Janet. Ich bin ja nicht unvermittelbar. Zumindest nicht vollkommen.«

»Ich habe doch gar nichts gesagt.«

»Na ja, ich mag halt die Unterstellung nicht, dass ich es so leicht hätte, bloß weil ich nicht irgendeinem Shih Tzu den Enddarm operiere.«

»Es ist ein Labrador, und es ist der Dickdarm.«

»Das ist alles nicht so einfach, wie es aussieht, Janet. Vor allem nicht, wenn Jodi krank ist und Piper zu Hause, und ...«

»Ich weiß doch, wie viel du arbeitest, Ben. Ich habe wirklich gar nichts gemeint. Kein Grund, dich gleich so angegriffen zu fühlen.«

Sie hat ja recht. Ich fühle mich schon seit Wochen dauernd angegriffen – seit sie mich eines Freitags schlafend erwischt hat. Sie kam überraschend zum Mittagessen nach Hause, und ich schlief tief und fest auf dem Sofa, zwei Liter Schokoladeneis in der Hand, dazu lief eine verkratzte CD von Cat Stevens. Zu meiner Verteidigung muss ich sagen, dass ich echt fertig war. Jodi hatte in der Nacht zuvor kaum geschlafen. Es war eigentlich keine große Sache, und ich war auch nur eine Minute weggenickt. Piper war noch in der Schule, und Jodi war einen Meter von mir entfernt in seinem Laufstall. Ich bin nicht mal sicher, ob Janet gemerkt hat, dass ich geschlafen habe, oder ob sie dachte, ich döse nur. Ich glaube, sie hat sich mehr darüber aufgeregt, dass Jodi auf dem Nagelknipser herumkaute. Sie hat kein Wort zu der ganzen Sache gesagt, aber ich spürte ihre Missbilligung. Ein paar Tage später fand sie meine Graspfeife im Gartenhaus und bezeichnete mich als entwicklungsverzögert.

»Was soll das denn heißen?«

»Das soll heißen, dass du herumhängst und kiffst und Eis isst und Cat Stevens hörst, Ben, wie damals auf dem College!«

»Auf dem College habe ich kein Eis gegessen. Und ich hänge auch nicht herum«, erklärte ich.

»Daddy, kann ich Grandpa heute meine Ratte zeigen?«, fragt Piper und zieht den Deckel von ihrem Pfirsichjoghurt.

»Warte doch bitte, bis Grandpa und Nanny hierherkommen, Schatz«, sagt Janet.

»Ich hab Daddy gefragt, nicht dich«, bettelt sie.

»Mom hat recht, Liebes. Wir können den Käfig ja nicht gut im Auto mitnehmen. Wir müssen hinterher noch einkaufen.«

»Ich habe aber dich gefragt, nicht Mommy«, sagt Piper. »Wieso hat Mommy eigentlich immer recht?«

»Hat sie ja gar nicht«, sage ich.
»Aber immer, wenn sie zuerst was sagt, sagst du das Gleiche. Wie ein Echo oder so.«
Janet kichert.
Die reinste Verschwörung.

Grenzüberschreitung

Elsa ist hart wie Stahl. Sie fügt sich in ihren Kummer, mit jedem Atemzug, jeden Tag. Mich hingegen hat die Plötzlichkeit meines eigenen Kummers umgehauen. Ich verzehre mich nach Elsas Kraft, ihrer Entschlossenheit, dem Schutz ihrer Selbstsicherheit. Ich bin mir sicher, dass ich sie lieben könnte, mit ihren traurigen, klaren Augen, den gestärkten Arbeitshemden und ihrem Duft nach Timothygras und Dung.

Zwei ihrer Reitschüler haben abgesagt, deswegen ist sie heute Vormittag zu Hause, wischt die Küche, legt Wäsche zusammen und leert Mülleimer, während Trev hinter verschlossener Tür schläft, das Babyfon neben sich auf dem Nachttisch. Als ich höre, wie Elsa Wasser in die Spüle lässt und Geschirr stapelt, verlasse ich meinen Posten auf dem Sofa und stelle mich, ohne zu fragen, neben sie. Von Osten fällt Sonnenlicht in die Küche, sodass ich den feinen Flaum in Elsas Gesicht sehen kann, den man sonst nicht sieht. Schweigend spült sie das Geschirr, und ich trockne ab. Ich könnte den ganzen Vormittag in diesem Lichtflecken stehen. Gelegentlich sehe ich von meinem Teller oder meiner Schüssel oder meinem Becher auf und betrachte Elsa kurz von der Seite, wie sie im Sonnenlicht blinzelt. Es fühlt sich gut an, neben jemandem zu stehen, Seite an Seite, wir berühren uns beinahe. Jahrelang sind Kinder auf mir herumgeklettert, haben mich gedrängelt, an mir gezupft und mich umarmt, und ich sehne mich. Ich sehne mich nach einer menschlichen Berührung, und sei es nur das Streifen eines Unterarms.

»Man kann ihn nur bis zu einem bestimmten Punkt schubsen, sonst schubst er zurück«, sagt sie.

Ich erstarre. Sie hat mich eiskalt erwischt. Ich bin nicht sicher, ob das eine Beobachtung ist oder eine Rüge.

»Das habe ich auf die harte Tour gelernt«, erklärt sie. »Wie alles andere auch. Tun Sie sich einen Gefallen, Ben, und versuchen Sie es ein bisschen subtiler.«

»Ich … es ist …«

»Sie brauchen mir das nicht zu erklären«, sagt sie. »Aber hören Sie auf meinen Rat. Es wird Ihnen die Arbeit erleichtern. Und uns auch.« Sie klingt nicht kritisierend, sondern nüchtern.

»Danke«, sage ich. »Sie haben recht.«

»Keine Ursache.«

Sie mag mich. Sie möchte, dass ich in der Nähe bin. Und wer weiß, vielleicht nicht nur wegen Trev. »Das gilt wahrscheinlich für jeden, oder?«, sage ich. »Wenn man zu sehr geschubst wird, schubst man zurück.«

»Manche fangen es besser ab als andere«, sagt sie. »Wenn man Kinder hat, lernt man, so was abzufangen.«

Sie lässt mir keine andere Wahl, als ihr die Wahrheit zu sagen. »Elsa – also, es gibt da etwas … als Sie mich beim Vorstellungsgespräch gefragt haben, ob ich …«

»Ich weiß es«, sagt sie.

»Mit mei…«

»Ja. So was spricht sich rum.« Sie hält den Blick auf das schmuddelige Spülwasser gerichtet und schrubbt gedankenverloren irgendetwas unter der Oberfläche. »Es tut mir leid, Ben. Total leid.« Dann dreht sie sich um und sieht mich an, sie blinzelt im Sonnenlicht. Und bevor sie noch etwas sagen kann, packe ich sie mit beiden Händen um die Taille und ziehe sie an mich. Die Welt wird zu Eis, als Elsa sich aus meinem Griff befreit und mich finster ansieht. Schwer zu sagen, was ihr alles ins Gesicht geschrieben steht, als sie sich quer durch die ganze Küche von mir zurückzieht, aber es ist auf jeden Fall etwas Ambivalentes dabei. Sie kann mir nicht in die Augen sehen.

»Ich glaube, Sie gehen für heute vielleicht besser nach Hause«, sagt sie.

»Ich …«

»Bitte«, sagt sie, und da verkündet das Babyfon, dass Trevor irgendwelche Wünsche hat.

Whistle Stop

Als ich Elsa am nächsten Morgen in der Küche begegne, wirkt sie wie immer, gestärktes Arbeitshemd, praktischer Haarknoten, die Tasche mit dem Sattelzeug in der Hand.

»Kann sein, dass ich heute ein bisschen später komme«, sagt sie. »Können Sie bis sechs bleiben?«

»Natürlich«, sage ich und staune über ihre Fähigkeit, einfach weiterzumachen.

Ich bin mitten im Kreuzworträtsel, als Trev mich zwei Stunden früher als sonst in sein Zimmer ruft. In der Annahme, dass er umgedreht werden möchte, schlage ich die Decke über seinem kaputten Körper zurück, aber er zuckt nicht mal, als die kalte Luft ihn trifft.

»Ich will aufstehen«, sagt er.

»Ins Bad?«

»Einfach aufstehen.«

Er ist so kurz angebunden, dass ich glaube, er weiß Bescheid.

Plötzlich habe ich Angst, diesen Job zu verlieren. Ich ziehe ihn auf dem Bett an und beginne mit den Socken mit den goldenen Zehen. Als ich ihm die Hose über die Knie gezogen habe, hieve ich ihn vom Bett hoch, stütze ihn mit dem Knie ab und ziehe ihm mit einer Hand die Hose ganz hoch, um ihn schließlich in den Rollstuhl zu setzen.

»Weiße Chucks«, verkündet er schon, bevor wir unseren Posten vor dem Schuhschrank bezogen haben. »Die hohen.«

Chucks sind schmal und eng. Was mich ebenfalls befürchten lässt, dass Trev von meinem Annäherungsversuch an seine Mutter weiß, denn die hohen Chucks sind echt ätzend anzuziehen, und das weiß er genau. Man muss die Schnürsenkel fast komplett rausziehen, um seine knotigen Füße in die Schuhe zu bekommen. Sie können auch nicht bequem sein, mit den krummen Zehen und dem hohen Spann.

»Würdest du es mit Charlize Theron machen?«, fragt er zu meiner Erleichterung.

»Logisch.«

»Auch in *Monster*?«

»Uff. Auf keinen Fall«, lüge ich.

Als wir in der Küche ankommen, weiß ich, dass ich in Sicherheit bin. Ich will gerade sein *Ensure* aufmachen und die gefrorenen Waffeln in den Toaster stecken, als er mich schon wieder kalt erwischt.

»Lass uns irgendwo frühstücken gehen«, sagt er. »Ich lade dich ein.«

Dann weiß er es doch. Entweder hat er es mitgehört, oder Elsa hat es ihm erzählt. Er gibt nie einen aus, außer der Matinee, und die bezahlt seine Mutter. Plötzlich glaube ich, Trev will mich auf den neutralen Boden eines Restaurants lotsen, um mich zu feuern. Aber wer fährt ihn dann nach Hause?

»Du entscheidest, wo wir hinfahren«, sagt er.

Nach drei Digoxin und zwei Enalapril, einem Toilettengang,

einmal Zähneputzen (seine, nicht meine) und zwei Sprühstößen Deo unter seine Achseln gehen wir zum Van, wo ich trübsinnig die Rampe absenke und Trevors Rollstuhl festschnalle, wie man vielleicht gemietete Gerätschaften fixieren würde.

Zur Wahl gezwungen, entscheide ich mich für meine Henkersmahlzeit als Pfleger für das alte Diner in der Stadt. Das Diner sieht aus wie ein alter Airstream-Wohnwagen, nur in Neonfarben.

»Hör mal«, sage ich unterwegs, »wegen gestern ...«

»Hat Mom mir schon erzählt.«

»Ach ja?«

»Solange das nur eine Allergie ist, mache ich mir keine Sorgen«, sagt er.

Ich bin total erleichtert. »Und, ähm, warum fahren wir jetzt frühstücken?«

»Ich kann diese Waffeln nicht ausstehen. Sie schmecken wie Pappkarton.«

»Ehrlich?«

»Meine Mom will, dass ich das esse. Ist total gesund.«

»Aaaha.«

Er lässt den Kopf ans Seitenfenster fallen, aber im Spiegel sehe ich ein Grinsen seine Mundwinkel umspielen. »Der Scheiß-Leinsamen geht durch mich durch wie Vogelschrot.«

»Mann, warum hast du denn nie was gesagt? Ich hätte dir doch heimlich irgendwas anderes machen können – Frosties einschmuggeln oder so.«

Trev dreht den Oberkörper zur Seite und versucht abzuwinken, er macht mit der rechten Hand eine Bewegung wie Flipper.

Das Whistle Stop ist so voll, dass die Fenster schon ganz beschlagen sind. Der kleine Parkplatz ist ebenfalls voll besetzt, bis auf den Behindertenparkplatz. Dummerweise ragt ein schwarzer Escalade in den Bereich, den ich für die Rampe bräuchte, deshalb muss ich den Wagen mitten auf dem Parkplatz abstellen, um die vier Schnallen zu lösen, den Wagen zu umrunden und die Rampe abzusenken und Trevors Auftritt, als die Rampe ihn langsam auf den nassen Parkplatz absenkt, noch plakativer zu gestalten. Dieser Auftritt wäre Queen Victorias würdig gewesen. Ein paar Neugierige drücken sich schon die Nasen am Fenster platt. Trev wendet auf dem Gehweg in drei Zügen und wartet im Regen, während ich die Rampe hochfahre, um den Van herumgehe, ihn auf dem Behindertenparkplatz parke und die Fahrertür des Escalade anspucke, wie immer, wenn jemand den Platz für die Rampe blockiert.

Kaum erreichen wir den Eingang, als mir die drei Betonstufen und die Abwesenheit einer Rampe auffallen.

»Ach, Scheiße«, sage ich.

Unsere blöde Situation fällt auch dem Besitzer auf, einem krankhaft adipösen Herrn in einer weißen Schürze und mit Schweißperlen auf der Stirn, die man aus zehn Metern Entfernung sehen kann. Als Trev sich gerade um hundertachtzig Grad dreht und ich mich innerlich darauf vorbereite, den Van wieder zurückzumanövrieren, kommt er hinter dem Tresen hervorgeeilt, winkt uns wild zu und lenkt die Aufmerksamkeit seiner Gäste erst recht auf uns. Die Leute sind so gebannt wie ein griechischer Chor.

Der Dicke platzt schnaufend durch die Glastür und winkt uns mit seinem Pfannenwender. »Kommen Sie, kommen Sie! Hintenrum!«

Wir haben keine andere Wahl, als zu gehorchen. Wir umrunden das glänzende Gebäude und erreichen die Hintertür zwischen zwei Müllcontainern, wo der Dicke uns überschwänglich begrüßt.

»Hier ist nur eine ganz kleine«, sagt er und zeigt auf eine Betonstufe.

Bevor irgendwer widersprechen kann, verdonnert er die Servicekräfte an der Spülmaschine zum Helfen, und so wird Trev plötzlich hochgehoben, mitsamt seinem Rollstuhl, gedreht, gekippt und schließlich wie ein überdimensioniertes Sofa durch die schmale Tür bugsiert. Leicht genervt, aber wieder auf sicherem Boden, rollt er an einem verdatterten Postenchef vorbei durch die Küche, sodass die speisenden Gäste im Restaurant nur auf Tresenhöhe seinen Kopf vorbeigleiten sehen.

Als wir von der Küche ins Restaurant kommen, sind wir bereits eine Attraktion. Die Leute recken die Köpfe. Eine Kellnerin und ein Hilfskellner räumen hektisch eine Sitznische frei, damit wir uns dort hinsetzen können. Trev wird dort ganz offensichtlich nicht hineinpassen, deswegen wird für ihn ein Platz am Kopfende des Tisches gedeckt, wo sein Rollstuhl den Großteil des schmalen Ganges verstellt, was nicht nur für die Kellner total bescheuert ist, sondern auch für alle, die zur Toilette wollen. Trev manövriert sich geschickt und mit jeder Menge Klicks und Rucks an diesen beengten Platz. Fast sofort kommt ein neugieriges Kleinkind in einem blauen Strampler, hält sich hinten an Trevs Rollstuhl fest und fängt an, mit seinen speckigen Fingerchen die hydraulischen Innereien zu untersuchen. Schnell hat es die Batterie gefunden.

Ich habe keine Ahnung, zu wem das Kind gehört. »Hey«, sage ich. »Hau ab, Kleiner.«

Aber der Junge fühlt sich durch meine Aufmerksamkeit nur ermuntert. Er ist ganz aufgeregt, hat die Augen weit aufgerissen und Blasen vor dem Mund. Auf der Stirn hat er einen kleinen, gelben Fleck, wo eine seiner Entdeckungsreisen zweifellos abrupt an einer Tischkante oder einem ähnlichen Hindernis geendet hat.

Der Kleine beschäftigt sich jetzt mit den taktilen Geheimnissen des rechten Hinterrads. Trev, den diese Aufmerksamkeit eher amüsiert als ärgert, versucht, sich umzudrehen, um sich das anzusehen, aber er schafft es nicht. Er lächelt trotzdem. In dem Moment, als er seine knotige Hand auf den Joystick legt, noch bevor ich das mechanische Klicken höre, kommt Dunkelheit über mich, und ich bin unfähig, einen Ton zu sagen. Keinen halben Meter von Trevs Ohr entfernt stößt der Kleine einen markerschütternden Schrei aus, und Trev kann immer noch nicht sehen, warum, oder wo das Kind überhaupt ist. Er wirkt total hilflos und verwirrt, als er den Rollstuhl mit einem Klick noch ein Stückchen weiter zurückfährt; das Kind brüllt tatsächlich noch lauter. Die Leute stürmen auf uns los, man riecht ihren Kaffeeatem. Trevs Rollstuhl wird achtlos hin und her geschubst und schließlich zur Seite gekippt, um den brüllenden Knirps zu befreien, der offenbar noch heil ist, aber ganz schön verängstigt, als er seiner Mutter gereicht wird. Am liebsten würde ich sie beschimpfen, weil sie nicht aufgepasst hat, weil sie ihr Kind in die Gefahr hat laufen lassen, weil sie schuld an dem ganzen Theater ist.

Verdammt, man darf sie nicht aus den Augen lassen. Nicht mal für eine Sekunde.

Dem armen Trev ist das alles furchtbar peinlich, er ist so rot wie ein Stoppschild. Ich bin froh, dass er den Blick abgewendet hat, so sieht er den wütenden Gesichtsausdruck der Mutter nicht.

»Passen Sie doch auf Ihr Kind auf«, knurre ich.

Profile

Facebook sagt mir, dass Janet gerade »Auberginen mit Parmesan überbackt und John Prine hört«.

Sie gehört zu den Gruppen Portland, Oregon und Oregon Metro Zoo. Ihr Beziehungsstatus ist »in einer Beziehung«, obwohl es »verheiratet« heißen müsste, denn ich habe die Scheidungspapiere immer noch nicht unterschrieben.

Ein Jim Sunderland hat sie in einem Eintrag markiert.

Eine Polly hat an ihre Pinnwand geschrieben: »Yeah, ich weiß, was du meinst. Das sind die Schlimmsten.«

Gestern hat Janet »eine Kerze mit Orangenblütenduft angezündet«.

Ihr »gefiel« Jim Sunderlands Status-Update.

Sie hat an Jim Sunderlands Pinnwand geschrieben, und Jim hat geantwortet: »Du bist dabei, aber nur, wenn ich einen Vorsprung kriege.«

Wer zum Teufel ist Jim Sunderland? Er klingt wie ein Immobilienmakler. Ich weiß nur, dass er eine Brille trägt, gute Zähne hat und ein paar Jahre älter aussieht als ich. Er sieht sogar gut aus, nehme ich an, mit seinen Knopfaugen. Aber er sieht auch aus, als würde er NPR hören. Er sieht aus, als würde er einen auf Partys langweilen. Man sieht ihm an, dass er einer dieser entspannten Typen mit Hintergedanken ist. So ein Sanftmütiger, unter dessen Oberfläche es köchelt. Ein beschissenes kleines Arschloch, das verletzlichen Frauen auflauert. Am liebsten würde ich ihm auch etwas an die Pinnwand schreiben, etwa »Fick dich, Jim! Du jämmerlicher kleiner Blender!«

Aber das tue ich nicht. Stattdessen schicke ich ihm eine Freundschaftsanfrage.

Was wird Jim Sunderland von mir denken, wenn er mein Profil sieht? Er wird mich wohl nicht gerade für Johnny Depp halten. Jim wird sehen, dass ich keinen Beziehungsstatus angegeben habe, keine Gruppe, und dass ich seit Monaten weder etwas gekocht noch Duftkerzen angezündet habe. Er wird sehen, dass außer Forest niemand jemals was an meine Pinnwand schreibt, und der schreibt so was wie: »Alles klar? Ruf mich mal an«, »Denk dran, was ich dir gesagt habe« oder »Aktualisier doch endlich mal dein Profil«.

Janet sieht auf den letzten Fotos gut aus. Sie hat ein paar Fältchen um die Augen bekommen, und ihr Lächeln wirkt, als koste sie es ein wenig Anstrengung. Aber sie hat eine gute Farbe, und sie hat es geschafft, immer noch so zu strahlen. Sie hat es wohl irgendwie überlebt. In einem Fotoalbum mit dem Titel »Cannon Beach« finde ich Bilder von Janet am Strand, zusammen mit Jim Sunderland und einem zehnjährigen Kind, das so dermaßen durchschnittlich aussieht, dass ich nicht mal erkenne, ob es ein Junge oder ein Mädchen ist. Was auch immer es ist, das Kind ist von Jim-Sunderland-Genen versaut. Dazu verdammt, nichts Besonderes zu sein. Womöglich wäre die Welt ohne dieses Kind ein besserer Ort, statt ohne meine.

Nach nicht mal drei Minuten akzeptiert Jim Sunderland meine Freundschaftsanfrage. Es ist noch schlimmer, als ich dachte. Jim »hört gerade Johann Strauß Sohn und trinkt einen Sauvignon Blanc«.

Himmel, Janet, was soll das denn?

Jims Gruppen sind Portland Oregon, Portland Metro Zoo und Ehemalige der UC Irvine. Er ist Fan der Buchhandlung Powell's und von Koko, dem Gorilla.

Er gehört zu den Gruppen *This American Life* (Ich wusste es!) und John Prine.

Jims Bestätigung meiner Freundschaftsanfrage kommt zusammen mit einer Nachricht: »Kennen wir uns?«

»Nein. Aber ich war auch auf der Irvine und bin Strauß-Fan, vor allem von seinen Walzern.«

Wie lange wird es dauern, bis Jim merkt, dass wir eine gemeinsame Freundin haben, nämlich Janet, und sich seinen Teil denkt? Wie lange wird es dauern, bis er merkt, dass ich keine Ahnung von Strauß habe, außer was ich mit dreizehn Jahren in meinen drei Akkordeonstunden gelernt habe?

Da kommt die nächste DM von Jim: »Go, Anteaters! LOL. Kennst du *Wein, Weib und Gesang* in der Version der Wiener Sängerknaben?«

Sängerknaben? Das wird ja immer gruseliger. »Nee, kenne ich nicht, gucke ich mal nach.«

»Mach das. Es ist überirdisch.«

Überirdisch? Wer redet denn so? Was zum Teufel hat Janet denn mit dem Typen? Und wen will er mit diesem überirdischen Bullshit beeindrucken? Ich weiß doch, dass er tief in sich drin ein herzloser kleiner Wichser ist. *Das wollen wir doch mal sehen, Jim! Mich beeindruckst du nicht mit deinem Bordeaux- und Sängerknabenscheiß.* Und wenn Janet wach genug wäre, um dich durch die zersplitterte Scheibe ihres kaputten Lebens hindurch zu sehen, würde sie das ebenfalls erkennen.

»Fick dich, Jim«, würde ich gerne schreiben. »Du beschissenes kleines Arschloch.«

Aber das traue ich mich nicht.

Nadeln

Trev isst wieder Waffeln. Das Unglück neulich im Diner hat uns wahrscheinlich um Monate zurückgeworfen. Ich kann es ihm nicht verübeln, dass er keine Lust auf eine Welt hat, die nicht kooperiert. Es ist so viel einfacher, Stecknadeln in eine Karte zu stecken. Wir reden uns gerne ein, dass wir vielleicht eines Tages nach Livermore, Kalifornien fahren, denn dort brennt die am längsten brennende Glühbirne der Welt. Oder vielleicht fahren wir Richtung Süden nach Monrovia zu *The Wizard of Bras*. Oder wir hauen richtig rein und fahren gleich nach Smithfield, Virginia, zum ältesten Schinken der Welt, der angeblich wirklich beeindruckend ist und aussieht wie ein versteinerter Jutebeutel.

In Orlando sind es fünfunddreißig Grad. In Minneapolis einundzwanzig. Heute lernen wir, wie man Ananas-Chutney macht. Heute lernen wir, wie man eine Ottomane aufpolstert. Wir lernen bei E! *Entertainment* mehr über Richie Sambora, als wir je wissen wollten. Wenn man sich diesen Gewohnheiten erst mal hingibt, kann man es sich da ganz gemütlich einrichten. Zum Beispiel ist Rachael Ray wirklich süß, aber nicht so süß, dass man sich nicht vorstellen könnte, mir ihr zusammen zu sein, und dass ihre Arme ein bisschen speckig sind und sie dieses kleine Bäuchlein hat, macht sie erst so richtig echt. Es ist auch irgendwie tröstlich zu wissen, dass das Ottomanische Reich weiterlebt, wenn auch nur, damit wir die Füße hochlegen können. Mit doppeltem Dopplereffekt und Rund-um-die-Uhr-Sendungen ist sogar das Wetter vorhersehbar. Und es ist gut zu wissen, dass Richie Sambora immer noch da ist, denn das bedeutet, dass es noch Hoffnung für mich gibt. Aber wo ist der Trost für Trev? Selbst wenn man ihm Rachael Ray nackt auf den Schoß setzen würde, was könnte er schon mit ihr anfangen? Wie soll man jemandem eine *Arabische Brille* aufsetzen, wenn man nicht mal aufstehen kann? Vielleicht hätte er seine Beine vor zehn Jahren noch auf eine Ottomane legen können. Während Richie Sambora auf die fünfzig zugeht und, soweit ich weiß, immer noch Heather Locklear vögelt, wird Trev vielleicht nicht mal fünfundzwanzig werden. Trevs Leben wird nur noch subtrahiert. Er ist zwanzig und altert im Rückwärtsgang. Es ist nur noch eine Frage der Zeit, bis er wieder so hilflos ist wie ein Kleinkind, und dann wird es nicht mehr reichen, ihm die Waffeln in sechsunddreißig Stücke zu schneiden. Früher oder später wird ihn jemand füttern müssen. Und er hat keine andere Möglichkeit, als es abzuwarten.

Gegen 14.00 Uhr wird unser üblicher Tagesablauf dadurch unterbrochen, dass Trevs Handy klingelt. Es ist nicht einfach für ihn, das Telefon aus der Nylontasche neben seinem Arm zu holen, und es ist entsetzlich frustrierend, ihm dabei zuzusehen. Aber genau das muss ich, denn in unserem Pflegeplan steht nicht, dass ich an sein Telefon gehen soll. Das gehört zu den Dingen, die er theoretisch noch alleine kann. So gesehen helfe ich Trev, sich selbst zu helfen – indem ich dasitze und nichts tue.

Um einen besseren Hebel zu haben, muss Trev den Rücken durchbiegen, den Kopf zur Seite neigen und sich ein bisschen nach vorne beugen, damit er mit seinem unbeweglichen rechten Arm in der Tasche nach dem Handy tasten kann. Wenn er es endlich hat und ans Ohr hebt wie eine menschliche Dampfmaschine, dann schlackert es gefährlich in seinen Klauen. Trev hasst es zu telefonieren. Und wenn man ihn so anguckt, wie er gezwungen ist, sich den Rücken zu verrenken und den Kopf zur Seite zu legen, um das überhaupt zu schaffen, weiß man auch, warum. Das versteht jeder sofort, also vermeidet man es, ihn anzurufen, außer wenn es irgendwie wichtig ist. Jeder außer seinem Vater. Die Anrufe seines Vaters folgen keinem bestimmten Zeitplan und keinem Rhythmus, was Trev erst recht aus dem Konzept bringt. Dass sein Vater nicht mal genug über Trev weiß, um zu verstehen, dass er feste Strukturen braucht, irritiert sogar mich. Trev könnte diese Anrufe einfach ignorieren, die Nummer des Anrufers wird ihm angezeigt. Aber er scheint diese Gelegenheiten auch zu genießen, wenn er seinen Vater auflaufen lassen kann. Und außerdem scheint er es auch zu genießen, wenn ich ihm dabei zuhöre.

»Hallo?«, sagt er, als wüsste er nicht, wer dran ist.

»Ach, du bist's«, heuchelt er.

Und ab dann wird es zu einem gestelzten und unbeholfenen Tanz; erst recht, weil ich nur die eine Seite des Gesprächs höre – und zwar die meist schweigende. Auf meinem Schoß schläft die Katze, im Fernsehen fegt Hurrikan Dean stumm über den Bildschirm, und ich kann mir nur zusammenreimen, dass der Gesprächsanteil von Trevs Vater aus Fehlstarts und hilflosen Versuchen, ein Thema zu finden, besteht. Er fragt nach, ob Trev diese oder jene Nachricht bekommen hat, ob es zu Thanksgiving Truthahn gab und ob es im westlichen Washington schwül ist.

Und wenn seine Fragen tiefer in Trevs Leben eindringen – wobei er nie mehr als grobe Ja/Nein-Antworten erfragt –, wird er im Gegenzug gezwungen, detailliert über sein eigenes Leben in Salt Lake City zu berichten.

Trevs Teil des Gesprächs besteht aus nicht viel mehr als gelegentlichen vernichtenden Kommentaren zu den Unzulänglichkeiten seines Vaters, kurz angebundenen Bemerkungen wie »typisch«, oder »ach, das höre ich ja zum ersten Mal« oder »was hast du denn erwartet?«. Man kann es ihm nicht verübeln. Wie kann ein Vater sich anmaßen, von einem Kind, das er verlassen hat, über das halbe Land hinweg Intimität zu erwarten? Wie kann er es wagen, nach all den dunklen Jahren noch auf Vergebung zu hoffen? Wie kann er es wagen, etwas rückgängig machen zu wollen, was nicht mehr rückgängig zu machen ist?

Bernard und Ruth

Mein leiblicher Vater, Benjamin Benjamin Senior, hat mich im ehrwürdigen Alter von zweiundsechzig Jahren gezeugt. Zwei Jahre vor meinem Collegeabschluss starb er aus natürlichen Gründen. Er war die Sorte Vater, die den Football nur von unten warf, wenn überhaupt. Der Vater, der so weit weg war von allen kulturellen Errungenschaften der Neuzeit, so ahnungslos in allem, was gerade aktuell war, dass man direkt vor seiner Nase kiffen oder ihm den Schnaps stehlen oder Sex haben konnte. Ich glaube, dass er absichtlich so ignorant war, dass er nichts sehen wollte, dass mein Vater mich betrachtete wie eine verwirrende neue Technologie, mit der er sich gar nicht mehr vertraut machen wollte, etwas, das er ebenso stur ignorierte wie die Anklopffunktion beim Telefon. Es ist nicht so, dass ich meinen Vater nicht geliebt hätte. Ich habe ihn nur kaum gekannt. Ich hatte wahrscheinlich persönlichere Gespräche mit meinem Sportlehrer auf der Highschool als mit meinem Vater.

Erst als ich Janet heiratete, bekam ich eine Ahnung von dem väterlichen Verhalten, nach dem ich mich insgeheim immer gesehnt hatte. Ihr Vater Bernard war eine Offenbarung für mich, mit seinen lächelnden Augen, wenn er mich kurz an sich drückte oder mir das Haar zerzauste. Seit elf Jahren nennt er mich jetzt Sohnemann. Es beschämt mich ein bisschen, wie sehr ich diese Vertrautheit genieße, wie richtig es sich anfühlt, von Bernard so vereinnahmt zu werden, an stürmischen Herbstsonntagen nachmittags im kleinen Wohnzimmer ganz entspannt bei ihm zu sitzen, wenn der Wind an den Fensterläden rüttelt und die Zentralheizung an unseren Füßen rumpelt, wir Scotch trinken (den ich eigentlich gar nicht mag) und Football gucken (was mir eigentlich total egal ist) und über Dinge reden, die mich eigentlich gar nicht interessieren: Wirtschaft, Geschichte, Bauwesen. Was zählt, ist nur, dass ich bei Bernard sitze und da hingehöre. In meiner hoffnungslos romantisierten Wahrnehmung haben unsere zweisamen Sonntagnachmittage das Gewicht und die Substanz politischer Gipfeltreffen. Unsere Männernachmittage kommen mir umso bedeutsamer vor, weil das Leben außerhalb des Zimmerchens brummt und all diese Üppigkeit um uns herum ist: Janet und ihre Mutter bereiten vorfreudig ein Festessen vor, Piper trampelt die Treppe hinauf und hinunter und quietscht vor Lachen, Jodi jault vergnügt in seinem Laufstall am Fuße der Treppe. Der Geruch des Bratens hängt so dick in der Luft, dass man ihn schon fast schmecken kann. Das Klappern des Bestecks, die Entspanntheit unserer trägen Stimmen im Laufe der Stunden. In einer solchen Idylle fühlt man sich automatisch wie eine bedeutende Persönlichkeit.

Aber heute fahren nur die Kinder und ich zu Bern und Ruth. Janet steckt wahrscheinlich bis zum Ellbogen in den Innereien eines Labradors. Es ist ein wunderbarer Tag dafür – also, für den Besuch. Wie vorhergesagt hat die Inversionswetterlage sich abgebaut, der Nachmittag verspricht mild zu werden, der Himmel ist blau. Unterwegs rutscht Jodi auf seinem Kindersitz herum und brabbelt vor sich hin, und Piper ist wegen ihrer Ratte zu beleidigt, um zu dolmetschen.

Es ist genau 11:37 Uhr, als wir die Einfahrt hinauffahren. Ruth arbeitet im Vorgarten. Sie zieht sich die Handschuhe aus, als sie uns willkommen heißt, und sie strahlt vor großmütterlicher Freude. Piper springt aus dem Wagen, um ihre Großmutter zu begrüßen, und zieht ihr rotes Cape hinter sich her, während ich Jodi abschnalle, der wie wild mit den Beinen strampelt.

»Quischili-quisch, na-nana«, sagt er, schiebt mich beiseite und taumelt auf seine Großmutter zu.

»Wie geht's dir, mein Lieber?«, fragt Ruth mich, während Jodi sie umklammert.

»Gut, danke.«

»Sehr schön. Und Janet?«

»Der geht's auch gut, sie hat viel zu tun.«

»Oh, gut. Bernard ist hinten«, sagt sie. »Er bindet seine komischen Dinger. Ehrlich, ich habe die Nase voll davon, das blöde Zeug immer wieder wegzusaugen. Und ich habe Angst, dass die Kinder drauftreten oder dass die Katze eins frisst. Ich habe ihm schon vorgeschlagen, sich lieber mit Modellbau zu beschäftigen, aber er meint, das kann er nicht draußen machen. Überzeugt mich nicht. Soll ich dir was zu trinken nach hinten bringen?«

»Nein danke.«

»Ach, Schatz, ich habe noch einen ganzen Krug Eistee, und die Kinder trinken doch sowieso nur Limo.«

»Das wär super«, sage ich.

»Und ein Sandwich?«

»Brauche ich nicht, danke.«

»Bernard isst zu Mittag ein Sandwich – ich mach dir einfach auch eins, ja?«

»Ehrlich, Ruth, ich habe gar nicht so einen …«

»Wirklich, Ben, das macht doch keine Arbeit. Ich mache dir ein Sandwich, du kannst es ja mal probieren.«

»Ach, weißt du, ein Sandwich wäre eigentlich super.«

»Kommt mal mit rein, Kinder«, sagt sie. Und ohne weitere Verhandlungen folgen sie ihr, zweifellos in die Küche.

Ich finde Bernard hinten im Garten unter einem Schirm, wo er Fliegen bindet, sein neustes Hobby. Allerdings habe ich noch nie gehört, dass er auch angeln würde. Ich glaube, meistens träumt er nur vom Angeln und genießt es, etwas mit den Händen zu tun. Also bindet er Fliegen und gibt ihnen Namen: Pferdehaar Spezial. Ballkönigin. Grüner Stinktierarsch Nr. 5. Wenn man ihn fragt, wofür sie jeweils gut sind: »Keine Ahnung. Aber sie sehen doch aus wie Insekten, oder?«

Manche dieser fertigen Fliegen baumeln am Ende von seinem Anglerhut. Ich habe keine Ahnung, was mit dem ganzen Rest passiert – also denen, die nicht im Staubsauger enden. Auf einem kleinen Beistelltisch liegt ein Häufchen davon, gleich neben seinem unberührten Eistee und dem uralten Transistorradio. Er hört die Vorberichterstattung zum Spiel der Seattle Mariners.

»Ahoi, Bernard«, sage ich und lasse mich in einen niedrigen Liegestuhl sinken.

»Setz dich, Ben«, sagt er.

»Spielen sie heute Nachmittag?«

»Gegen Chicago.«

»Was bindest du da?«

»Sie hat noch keinen Namen.«

»Aber du weißt schon, dass es eine Sie ist?«

»Gute Frage.«

Ruth muss aus der Küche hergesprintet sein, denn da ist sie schon mit meinem Eistee. Sie hält den halb vollen Krug in der Hand und drängt mich auszutrinken.

»Ich brauche den Krug«, erklärt sie. »Und du auch«, sagt sie zu Bern, der seine Fliege seufzend beiseitelegt und brav seinen

Eistee trinkt. Ruth füllt unsere Gläser wieder auf und lässt uns schnell allein.

»Wie geht's dir, Sohnemann?«

»Ach, du weißt schon. Ein bisschen Budenkoller. Aber sonst gut.«

»Kein Wunder, als Vater.«

»Ach nein, nicht deswegen«, sage ich. »Aber wenn man sich nur noch von Trockenobst und Nickelodeon ernährt, fühlt man sich manchmal nicht gerade wie ein erwachsener Mann.«

»Was ist Nickelodeon?«

»Fernsehen.«

»Dieses High-Definition-Ding, von dem jetzt immer die Rede ist?«

»Nein, das ist ein Sender. Kindersender.«

»Ah«, sagt er.

»Es ist ja wirklich so: Man ist, was man isst. Und alles, was ich im Moment zu mir nehme, ist für Kinder gemacht.«

»Ruthie macht dir bestimmt gern ein Sandwich.«

»Nein, Bern, ich meine nur, ich würde gern an irgendetwas arbeiten. Ich möchte auch außerhalb meines Zuhauses irgendwie produktiv sein. Es ist mir sogar schon egal, ob ich dafür bezahlt werde.«

Er unterbricht das Fliegenbinden, setzt die Lesebrille ab, betrachtet mich eine ganze Weile und nickt schließlich weise. Er will gerade etwas Väterliches sagen, als die Kinder in den Garten purzeln. Bernard lächelt, als Piper ihm die Arme um den Hals wirft und ihn auf die Wange küsst.

»Du bist!«, sagt sie.

Und dann stürzt sich Jodi auf seinen Großvater und wirft ihn beinahe vom Stuhl. Bernard genießt Jodis stürmische Jungenhaftigkeit.

»Der Junge braucht einen Helm«, sagt er.

Ruth steht in der Nähe, und sie weiß genau, dass ich mal eine

Pause brauche. »Kinder, kommt doch mal auf dem Rasen spielen und lasst Daddy und Grandpa in Ruhe.«

Und wieder gehorchen die Kinder sofort und stürmen auf Bernards supergepflegten Rasen.

»Du bist ein Glückspilz, Ben Benjamin.«

»Das weiß ich. Ehrlich.«

Er wendet sich wieder der Fliege zu. »Aber ich glaube, ich verstehe, was du meinst. Du willst mehr vom Leben.«

»Ich will eigentlich nur mal raus aus dem Haus.«

»Du bist doch jetzt raus aus dem Haus.«

»Nein, jetzt habe ich das Haus mitgebracht.«

Er lächelt.

»Verstehe.«

»Guck mal, Grandpa!«, ruft Piper und schlägt einen perfekten Purzelbaum, mitsamt ihrem Umhang.

Bernard legt seine Fliege ab und applaudiert. »Super gemacht!«

»Guck noch mal!«, ruft sie.

Und während Piper einen anständigen Purzelbaum nach dem anderen schlägt, bemüht Jodi sich um die Aufmerksamkeit seiner Großmutter und äfft eher unbeholfen Pipers Bewegungen nach. Aber seine Anstrengungen sind größtenteils fruchtlos. Kaum hat er einen halbwegs ordentlichen Purzelbaum hinbekommen, fängt Piper an, Räder und Radwenden zu schlagen. Ruth gibt sich alle Mühe, ihre Aufmerksamkeit gleichmäßig zu verteilen, sie lächelt mal in diese Richtung, mal in jene, aber Piper verlangt einfach alle Aufmerksamkeit. Manchmal wünsche ich mir, Piper wäre nicht so aufmerksamkeitsgierig, vor allem deswegen, weil Jodi auch mal die Hauptrolle spielen sollte. Schlimm genug, dass er kaum spricht.

»Sohnemann, du musst irgendwas bauen«, sagt Bernard, der weiter seine Fliege bindet. »Ich meine, wirklich mit den Händen etwas bauen. Etwas Bleibendes. Etwas, wo du und Janet und die

Kinder noch was von habt, wenn Ruthie und ich längst nicht mehr sind.«

»Du redest von dem Baumhaus«, sage ich. »Uns steht die Hypothek doch schon bis Oberkante Unterlippe.«

Er lässt seine Fliege wieder sinken und nimmt die Lesebrille ab. »Und wenn ich dir erzählen würde, ich hätte drei Morgen Land an der Discovery Bay gekauft? Dreißig Meter vom Ufer entfernt. Es gibt bereits einen Bauplatz, einen Brunnen, die Abwassergenehmigung für drei Schlafzimmer und Strom bis zur Straße – was würdest du dann sagen?«

»Das hast du doch nicht?«

»Noch nicht, aber ich denke ernsthaft darüber nach.«

»Anlegestelle?«

»Abbruchreif. Aber.«

»Aber was?«

»Aber gut, dass sie da ist, denn dann können wir sie als Vorlage benutzen. Ansonsten würden wir dafür niemals eine Genehmigung kriegen. Das gilt auch für den Bootsschuppen. Können wir alles als Vorlage nehmen.« Er beugt sich auf dem Stuhl vor. »Denk mal drüber nach, Ben. Ganze Sommerwochen draußen an der Bucht. Weihnachten, Thanksgiving.«

»Wochenenden«, sage ich.

»Genau. Drei kleine Schlafzimmer, großes Esszimmer. Rustikal. Eine Blockhütte. Oder so ein Fertighaus aus Zedernholz. Wir bauen es selbst. Hinten ist ein Bach, da bauen wir eine kleine Brücke drüber. Und legen einen Kiesweg an. Und machen den Anleger neu.«

»Klingt traumhaft, Bern.« Klingt es wirklich. Die ganze Idee. Und die ganze Arbeit.

»Könnte wahr werden«, sagt er. »Wenn wir nur Ruthie überzeugt kriegen.«

»Findet sie das nicht gut?«

»Den Standort nicht. Sie sagt, es ist matschig. Kann es sich nicht vorstellen. Sie hätte lieber etwas, das näher an der Stadt liegt.«

»Wie können wir sie überreden?«

»Keine Ahnung. Aber lass uns drüber nachdenken. Ab sofort.«

Theoretisches

Theoretisch, auf dem Papier, ist Bernard immer noch mein Schwiegervater. Aber seit dem Unglück hat er mir nicht mehr die Schulter gedrückt, mir nicht das Haar zerzaust und mich nicht Sohnemann genannt. Von der einstigen Väterlichkeit in seinem Blick ist nichts mehr übrig, nur noch Zurückhaltung unter den buschigen Augenbrauen. Aber heute hat er Geburtstag, und ich bin fest entschlossen, ihm zu gratulieren, als wäre das Universum noch intakt. Er sitzt an seinem Schreibtisch im kleinen Wohnzimmer und baut ein maßstabsgetreues Modell der Brooklyn Bridge. Vielleicht ist es auch die Williamsburg Bridge. Er steht nicht auf, um mich zu begrüßen, obwohl Ruth mich angekündigt hat, bevor sie sich auf die Veranda zurückgezogen hat, um ihre tropischen Pflanzen zu pflegen.

Ich habe eine kleine Flasche Talisker in der einen und eine Kiste schwarze Onyx-Zigarren in der anderen Hand.

»Hi, Bern.«

Er sieht nicht auf. »Mm«, macht er und klebt einen winzigen Stützpfeiler fest.

Gott, das Haus ist so still, so tot ohne die Kinder, ohne Getrampel und Gejohle.

»Dann doch Modellbau, hm?«

»Nur Brücken.«

Er wird es mir nicht leicht machen, aber ich bin fest entschlossen, alles zu geben.

»Ich wollte dir zum Geburtstag gratulieren«, sage ich.

»Mm. Danke. Kannst du da ablegen.« Er deutet mit einer Kopfbewegung auf die Bar.

Ich nehme das Angebot eines kleinen Rückzugs dankbar an und gehe zur Bar, wo ich meine Geschenke ablege.

»Willst du was trinken?«, frage ich.

»Bisschen früh«, murmelt er, fummelt an einem kleinen Kabel herum und liest die Anleitung.

Ich mache wenigstens mir einen Drink und wende meine Aufmerksamkeit der Galerie von Familienbildern hinter der Bar zu, in der ich ausdrücklich fehle. Bis auf meinen rechten Arm, mit dem ich Piper an der Schulter festhalte, als sie vor dem Weihnachtsbaum auf ihrem neuen Fahrrad sitzt.

»Und, wie geht es dir so?«, frage ich.

»Danke«, sagt er und linst über den Rand seiner Lesebrille auf die Anleitung.

Ich gehe ein bisschen näher zu ihm, als wäre ich neugierig. »Brooklyn Bridge?«

»Manhattan«, sagt er.

Früher hätte die kleinste Neugierde von meiner Seite einen Monolog über die Manhattan Bridge ausgelöst, eine Ode an die Ingenieurskunst von Ralph Modjeski, eine poetische Bestandsaufnahme von Spannweiten und Dimensionen. Jetzt scheint keine Brücke groß oder stark genug für die Entfernung zwischen uns zu sein.

»Achtzehn-neunziger?«, rate ich.

»Nein«, sagt er, ohne weitere Erklärung.

»Ah.« Ich wende mich wieder den Fotos zu, und Bernard studiert seine schematische Darstellung. Ich lasse den Blick nur über die Bilder schweifen, wie ich sie über die Bilder von Unbekannten schweifen lassen würde. Der Mann mit dem Anglerhut ist nicht Bernard. Die Frau in dem Hochzeitskleid ist nicht Janet. Das Kind, das von dem gespenstischen Arm festgehalten wird, ist nicht Piper.

»Neunzehn-neun«, sagt Bernard nach langem Schweigen. »Die Brücke.«

»Ob die Yankees in dem Jahr gewonnen haben?«

»Haben sie nicht«, sagt er. Dann sieht er zum ersten Mal zu mir auf. »Ben, warum bist du gekommen?« Seine grauen Augen sind nicht ohne Mitleid, aber die Grausamkeit seiner Frage raubt mir den Atem. Ich habe keine Antwort darauf, jedenfalls keine befriedigende. Ich kann nur dastehen, nackt und unglaublich schmerzempfindlich.

»Geh nach Hause, Ben«, sagt er. »Leb dein Leben.«

Das Pferd

Forest ist überzeugt, dass ich heute einen großen Schritt vorankommen werde. Wie Janet und alle anderen ist er der Meinung, es sei höchste Zeit, meinen Kummer zu überwinden und wieder in den Sattel zu steigen. Es ist Samstagvormittag, und obwohl er mich zu French Toast mit Melissa und den Mädchen eingeladen hat, habe ich Forest mal wieder von seiner Familie weggeholt, diesmal zum Kaffee in Poulsbo bei Poulsbohemian. Wegen der für den Abend geplanten Ereignisse bin ich viel zu aufgeregt, als dass ich dem süßen Tresenmädchen Beachtung schenken könnte. Bei früheren Sichtungen im Food Court hatte ich mit Trev schon ausführlich diskutiert, wie wir mit diesem Mädchen eine Budapester Beinschere machen oder uns teebeuteln lassen würden. Aber heute bin ich zu beschäftigt mit dem Gedanken, wieder in den Sattel zu steigen.

»Mach dich locker, Benji. Ich sage ja nun wirklich nicht, du sollst wieder heiraten. Ich meine nur eine Nummer. Einen One-Night-Stand. Wie lange ist es bei dir her? Drei Jahre?«

»Zwei«, murmle ich in meinen Kaffeebecher.

»Heute ist es so weit. Das wird bestimmt super«, sagt er und haut mir fest auf die Schulter. »Mach dich locker, kein Grund zur Aufregung. Sie erwartet keinen Heiratsantrag, und sie erwartet auch nicht Brad Pitt.«

Ich lasse meine Kaffeetasse sinken.

»War nicht böse gemeint«, sagt er.

»Habe ich auch nicht so verstanden.«

»Außerdem kenne ich ihren Exfreund, und das ist echt der letzte Möchtegern-Cowboy. Zeig ihr nur nicht, dass du es nötig hast und so. Es wird nicht geheult.«

»Verstehe. Nicht heulen.«

»Was ist mit deinen Scheidungspapieren? Hast du die unterschrieben?« Er sieht mir an, dass ich sie nicht unterschrieben habe. Er schließt die Augen und schüttelt den Kopf, dann seufzt er. »Morgen unterschreibst du. Heute vögelst du, morgen unterschreibst du die Scheidungspapiere. Verstanden?«

»Verstanden.«

Ich weiß, dass Forest nur mein Bestes will, und ich weiß auch, dass er recht hat, dass die Trägheit mich langsam verrosten lässt wie ein Auto, das zu lange in der Einfahrt steht. Das Geglotze im Einkaufszentrum und die albernen Sprüche über irgendwelche Rocky Mountain Steam Cleans oder Chili Dogs haben nie dazu geführt, dass ich auch nur darüber nachgedacht hätte, mal aktiv zu werden. Dass ich die Welt jemals wieder durch die Augen eines anderen Menschen sehen könnte – wie ich sie durch Janets oder Pipers oder Jodis Augen gesehen habe –, kommt mir weder möglich noch erstrebenswert vor.

Ich werde mir nicht anmerken lassen, dass ich es nötig habe, sage ich mir, als ich den Subaru Richtung Süden auf den Highway 3 lenke. Ich werde nicht weinen. Ich werde Janet nicht erwähnen. Mein Hemd hat seit der Clinton-Ära kein Bügeleisen mehr gesehen. Forest sagt, ich soll die Pflege-Engel-Schiene fahren. Außerdem sagt er, ich soll ganz ich selbst sein. Und er sagt, ich soll ihr Fragen stellen – aber nicht zu viele.

Sie heißt Katya. Forest hat mir ein paar Details über sie verraten – dass sie neunundzwanzig ist, dass sie kürzlich mit dem bereits erwähnten Möchtegern-Cowboy Schluss gemacht hat, dass sie »ziemlich süß« und »echt nett« ist, was nicht unbedingt etwas Gutes bedeuten muss. Das eine wirklich interessante Detail, das Forest mir geliefert hat, ist, dass Katya als Trapezartistin im Dinnertheater eines Casinos in Tacoma arbeitet. Trapezartistin! Wie sollte man mich sonst bezirzen, wenn nicht mit so hochfliegenden Kunststückchen? Wer sonst könnte die Schwerkraft meines Lebens außer Kraft setzen?

Katyas Augen sind so groß und dunkel wie Avocados. In ihrem hochtoupierten Haar könnte man eine Küchenmaschine verstecken. Ihre Haut ist ein bisschen unrein, aber ihr Gesicht ist bemerkenswert; hohe, breite Wangenknochen und ein entschlossenes Kinn. Wir braten uns bei Colonel Lee's in Bremerton unsere eigene mongolische Pfanne – sie hat den Laden ausgesucht. Ich habe beschlossen, offen zu ihr zu sein.

»Nur, dass du Bescheid weißt«, sage ich und nehme mir ein paar Sprossen. »Ich benutze dich nur, um an den Schwertschlucker ranzukommen.«

Sie lacht. Mir ist längst eine Last von den Schultern genommen. Ich komme mir gar nicht vor, als hätte ich es sonderlich nötig. Ich werde nicht weinen. Wer war noch mal Janet? Ich vermeide das tiefgekühlte Hähnchen- und Schweinefleisch, als ich mich in der Schlange langsam voranschiebe und Kohl und Bambussprossen und fein geschnittene Karotten auf meinen Teller lege. Ich kann kein rohes Fleisch mehr sehen, selbst wenn es gefroren ist, denn Jodi ist einmal fast explodiert von gefrorenem Hähnchen. Aber das werde ich heute Abend nicht erwähnen, und auch sonst nichts über die Kinder.

Katya hatte vor unserem Treffen eine Vorstellung, und unter dem Mantel trägt sie noch ihr Kostüm. »Tut mir leid«, sagt sie über ihr mit Glitzersteinen besetztes, blaues Trikot. Dazu trägt sie Joggingschuhe, die ausssehen, als hätten sie mal ihrem Vater gehört. Sie sind riesig. »Misty war zu spät«, sagt sie. »Deswegen konnte ich zwischendurch nicht mehr nach Hause.«

»Du siehst zauberhaft aus«, sage ich.

Sie wird rot wie ein Sonnenuntergang. Ich hätte »heiß« sagen sollen. »Zauberhaft« ist viel zu familiär. Aber die traurige Wahrheit ist, es kommt mir schon vor, als würde sie zur Familie gehören. Ich kann es gar nicht erwarten, mit ihr zusammen zu sein, ich brenne darauf, die intimen Details aus ihrem Leben zu hören. Meine Sehnsucht ist kein Loch, das aufgefüllt werden muss, sondern etwas unter meiner Haut, das hinauswill.

Katya ignoriert diesen Fauxpas elegant. »Forest sagt, du bist Krankenpfleger. Finde ich echt cool.«

»Nicht ganz. Ich bin nur Pflegehelfer.«

»Was ist denn der Unterschied?«

»Mindestens fünfzehntausend im Jahr.«

Sie lächelt. »Ach, ist doch nur Geld, das interessiert doch keinen. Freiheit ist viel wichtiger. Hey«, sagt sie, als wir an dem zischenden Grill ankommen. »Du hast ja das Fleisch total vergessen.«

Ich bin heute Abend in der Erwartung hergekommen, dass es irgendwie komisch und am Ende ein Reinfall werden würde. Ich habe mir vorher überlegt, wie ich hier wieder rauskomme, habe den Kopf voller Ausreden. Aber dennoch bin ich entschlossen, so lange wie möglich im Sattel zu bleiben, damit ich mich beim nächsten Mal, beim nächsten Pferd, falls es noch mal eins gibt, noch ein bisschen länger im Sattel halten kann. Auf diese Weise kann ich mir meine Männlichkeit nach und nach zurückerobern. Aber die Dinge entwickeln sich nicht so, wie ich dachte. An unserem Tisch in der Ecke, unter einem Poster, das gleichzeitig an Gauguin und Hanna-Barbera erinnert, im Schatten eines Affenschwanzbaums aus Plastik, läuft mein Abend mit der zauberhaften Katya ganz wunderbar. Abgesehen von einem Beinahe-Unfall, als sie mich fragt, ob ich rauche, und ich ihr fast erzähle, dass meine Frau mich gezwungen hat aufzuhören, bin ich ziemlich sicher, dass ich mich ganz gut halte. Ihr scheint meine kurze (und bestimmt fehlerhafte) Rezitation von Rimbaud zu gefallen.

Als sie anfängt, über Luftakrobatik als Tanz zu sprechen, über statische Trapeze und den Unterschied zwischen einem *Double Cutaway* und einem *Triple Cutaway Half*, weiß ich, dass ich Katya lieben könnte. Während sie mich beim Abendessen mit den Details ihres Berufslebens unterhält, frage ich scherzhaft nach dem Schwertschlucker. Außerdem frage ich sie über ihre Familie, ihre Träume, ihre Zukunft aus. Ich will alles wissen, jedes traurige kleine Detail, all ihre Verletzungen und schlechten Erfahrungen. Und Katya enttäuscht mich nicht. Sie erzählt mir haarklein ihr ganzes Leben – ihre Kindheit in Connecticut, ihr Job als Stripperin, die unglaubliche Freiheit, die sie empfindet, wenn sie den Trapezholm loslässt – mit einer so unbekümmerten Begeisterung, dass ich mich am liebsten vorbeugen und sie auf die großen, rissigen Lippen küssen würde. Ihr Leben fasziniert mich, weil ich daran teilhaben darf.

Die leeren Tsingtao-Flaschen sammeln sich in der Mitte des Tisches. Ich habe schon seit Monaten nicht mehr vier Bier hintereinander getrunken. Aber heute Abend werde ich mich davon nicht einlullen lassen. Wenn ich mir nach der Katastrophe noch ein Fünkchen Würde bewahrt habe, dann verdanke ich das der Weisheit, dass ich mit meiner mentalen und emotionalen Instabilität den alten Bacchus besser nicht in Versuchung führe und diesen verschwommenen Spießrutenlauf riskiere. Ich bin hier, zumindest teilweise. Ich bin im Hier und Jetzt. Ich beteilige mich am Kreislauf des Lebens. Und morgen werde ich mich hoffentlich noch daran erinnern.

»Du erinnerst mich total an jemanden«, sagt sie und betrachtet mich über die grüne Flasche hinweg. »Ein Promi oder so. Warte mal! Ich weiß, an wen!«

Ich habe Angst vor der Antwort. »An wen denn?«

»Johnny Depp.«

Ich bin in dieses Mädchen verliebt.

Katyas Wohnblock würde auch gut nach Ostberlin passen. Direkt hinter einem alten Krankenhaus, farblos und von Beton umgeben, hat der gesamte Wohnblock etwas Verzweifeltes. Ich folge Katya den Gehweg entlang, durch eine schwere Glastür und dann durch einen Flur mit braunem Teppichboden, und trage ein Sixpack Henry's. Ihre Wohnung ist innen genauso kahl wie außen. Karg möbliert, die Wände ungeschmückt, hier sieht es nicht wirklich nach Leben aus. Der Holzfußboden ist grau gestrichen. Die Fenster gehen zum leeren Krankenhausparkplatz hinaus.

Katya stellt ihre Handtasche auf den Küchentresen. »Ich bin eigentlich nie hier«, sagt sie, als könnte sie meine Gedanken lesen. »Meistens war ich bei Todd.«

Dann muss Todd wohl der Möchtegern-Cowboy sein. Hier in ihrer Wohnung sieht Katya irgendwie anders aus. Ihr Haar ist nicht mehr so üppig. Ihre Haut schuppiger. Ihre großen Augen wirken weniger sinnlich, dafür glupschiger. Irgendwie wirkt sie total verrückt in ihrem Trikot und dem Regenmantel. Und irgendwie mag ich sie deswegen noch lieber.

»Leg das doch schon mal in den Kühlschrank, wenn du willst«, sagt sie und zieht sich den Regenmantel aus. Dann kickt sie ihre Schuhe weg und geht ins Bad.

Ich verstaue das Bier im leeren Kühlschrank und stehe dann ein oder zwei Minuten sinnlos im grellen Küchenlicht herum und plane meine nächsten Schritte. Ich überlege, ob ich womöglich Mundgeruch habe, und spüle mir den Mund mit ein bisschen Bier aus, nur zur Vorsicht. Die Deckenlampe ist das reinste Mottengrab. Man kann ihre verbrannten Flügel fast riechen. Die einzige Dekoration ist das Foto eines Hundes, das mit einem Magneten am Kühlschrank befestigt ist. Er sieht aus wie ein Border Collie oder ein Australischer Cattle Dog und streckt neugierig die Schnauze zur Kamera.

»Das ist Timber«, sagt sie, als sie in Jeans und T-Shirt aus dem Bad kommt.

»Deiner?«

»Gewesen.«

Wir gehen ins Wohnzimmer, und ich setze mich auf den einzigen verfügbaren Platz, am Ende des Futons am Fenster, wo ich einen Ellbogen auf die Fensterbank lege, auf den beleuchteten Parkplatz hinausschaue und hoffe, dass es wie eine Denkerpose aussieht.

»Sorry, ich habe überhaupt keine Musik. Ich meine, Musik habe ich schon, aber nichts, womit man sie abspielen könnte.«

»Das Gefühl kenne ich.«

»Willst du ein Bier?«

»Ich hab eins«, sage ich und hebe die Flasche an.

Als sie zur Küche geht, bewegt sie sich gar nicht so, wie ich mir eine Trapezartistin vorstelle. Ihre Bewegungen sind zögerlich. Sie betrachtet den Inhalt des Kühlschranks, bevor sie sich für ein Bier entscheidet. Sie rückt kurz das Bild von dem Hund gerade, dann kommt sie zu mir auf den Futon, wo wir einen Moment lang schweigen. Ich tue so, als wäre das ein angenehmes

Schweigen, und das ist es wahrscheinlich auch, im Verhältnis zu den meisten anderen Schweigemomenten, aber ich spüre immer noch die Sehnsucht unter meiner Haut, die hinauswill.

»Du bist nett«, sagt sie schließlich.

Das nehme ich als Einladung, beuge mich zu ihr und küsse ihre aufgesprungenen Lippen. Sie erstarrt, weist mich aber nicht zurück; ihr Mund ist kalt und schmeckt metallisch, aber das macht mir nichts, denn sie schmeckt auch nach Mensch. Sie lässt ihre Zunge über meine Zähne gleiten. Unsere Herzen beginnen zu galoppieren, wir sind außer Atem, und Katya fängt an, mir das Hemd auszuziehen. Dann hört sie plötzlich auf. Ich kann nicht genau sagen, warum sie aufhört, ob sie meinen Hunger als etwas erkennt, das nicht nur sexuell ist, ob die Macht meiner Sehnsucht sie erdrückt, aber ich spüre ihr Mitleid wie ein Stück warme Butter meine Speiseröhre hinuntergleiten. Sie lässt meine Hemdzipfel los und sieht mir ins Gesicht, ihre großen Avocadoaugen laden mich ein, die Traurigkeit mit ihr zu teilen. Dann streicht sie mir das Hemd am Rücken glatt, gibt mir einen Schmatzer auf die Wange und entschuldigt sich mit einem kleinen Lächeln. Irgendwie bin ich ihr dankbar, auch wenn ich weiß, dass ihr Mitleid allein mir nicht genügen wird.

Die nächsten drei Stunden sitzen wir Schulter an Schulter aufrecht im Bett, reden und reden nicht. Wir umschiffen meine Vergangenheit, als gäbe es sie nicht. Aber selbst, wenn wir schweigen, ist sie da. Inzwischen bin ich sicher, dass Forest Katya von der Katastrophe erzählt hat und vielleicht sogar von meiner Rolle dabei. Ich kann es ihr nicht verdenken, dass sie gern die Einzelheiten wüsste. Ich habe keinen Zweifel, dass sie mich, wenn sie es wüsste, vor allem trösten wollen würde. Ein größerer Mensch als ich würde es wenigstens ansprechen, dann könnten wir beide aufhören, so zu tun, als wäre alles in Ordnung. Aber sie drängt mich nicht, und dafür bin ich ihr dankbar. Andererseits würde es mir vielleicht guttun, ein bisschen gedrängt zu werden. Aber heute bin ich, mit der schlafenden Katya an meiner Schulter und ihrem krausen Haar im Gesicht, zufrieden damit, so zu tun, als ob.

Poesie

Am Montagmorgen will Trev zu seinem *Ensure* einen ausführlichen Bericht.

»Habt ihr die Wiener Auster gemacht?«

»Nein.«

»Einen Sessel-Ausritt?«

»Nein.«

»Was mit Natursekt?«

»Hey«, warne ich ihn, »sie ist eine Dame.«

»Komm schon«, beharrt er. »Was hast du mit ihr gemacht?«

»Das binde ich dir doch nicht auf die Nase.«

»Pegging?«

»Kein Dildo.«

»Cold Carl?«

»Kein Glastisch.«

»Jackpot?«

»Hatte nur Scheine.«

»Jetzt komm schon, ich geb's auf. Irgendwas musst du doch mit ihr gemacht haben.«

»Okay, okay.« Ich lenke ein. »Fünfachser. Eine Rodelpartie wäre auch nett gewesen, aber sie wohnt im Erdgeschoss.«

»Im Ernst jetzt, hast du sie gefickt?«

»Klar.« Ich antworte zu langsam.

»Oder wenigstens so was Ähnliches?«

»Yeah«, sage ich, »so was Ähnliches.«

Die Wahrheit ist natürlich, dass nicht mal eine Handgranate für mich dabei rausgekommen ist, aber ich müsste lügen, wenn ich behaupten wollte, dass ich mich nicht seit sechsunddreißig Stunden an einer kleinen Hoffnung festhalte, seit Katya nämlich an ihrem Trapez in mein Leben geschwungen kam. Seit dieses Mädchen mit dem wirren Haar und den Clownsschuhen und dem Trikot und ihrer Liebe zu einem toten Hund mich mitgenommen hat in ihre triste kleine Wohnung, wenn auch nur, um mich zu bemitleiden, aber es bedeutet, dass ich immerhin noch Hoffnung habe.

Heute Morgen, als Trev noch schlief, habe ich erfolglos den Namen Katya gegoogelt, ich weiß ja nicht mal ihren Nachnamen. Dann habe ich Dinnertheater in Tacoma gegoogelt und Trapezvorführungen im Großraum Puget Sound. Ich habe etwas über *Straight Jumps*, *Bullet Drops* und *Whip-to-saddle Swings* gelernt, über *Inverse Double Suicides* und *Half Turns*, zusammen mit einer verwirrenden Vielfalt an Absprungtechniken.

Mit der Katze auf dem Schoß habe ich mich sogar hinreißen lassen, Katya einen kleinen Dankesbrief zu schreiben, eigentlich eine Art Gedicht.

Wundervolle Katya,
möge dein Leben sein wie eine Trapeznummer, in der du im richtigen Moment loslässt und dann mit Vertrauen und

Leichtigkeit einen eleganten Bogen beschreibst, weil du weißt, dass dein Griff am Ende nicht ins Leere gehen wird.
Dein Ben

Während ich diese kleine Nachricht schreibe, verschwimmt mein Blick angesichts meiner eigenen rührenden Geste, und ich weiß schon, bevor ich fertig bin, dass ich nach Bremerton fahren und die Nachricht unter ihrer Tür hindurchschieben werde, und dann wird Katya verstehen, dass ich liebenswert bin.

Rat mal, wer zum Essen kommt!

Ich habe endlich eingewilligt, bei Forest zu Abend zu essen, wenn auch beschämend spät. Ich stehe mit dem Subaru in seiner Einfahrt und versuche, mich aufzuraffen und hineinzugehen. Ich sehe ihn am Fenster stehen und mich nachdrücklich hereinwinken. Ich hätte eine Flasche Wein mitbringen sollen, oder Nachtisch, irgendwas. Stattdessen komme ich mit leeren Händen und grinse kleinlaut, als ich die Stufen hinaufgehe, wo Forest mich an der Haustür in Empfang nimmt und mir auf den Rücken klopft.

Ich bin zwar anderthalb Jahre später dran, als Forest es für mich geplant hatte, aber er hält offenbar an seinem Plan fest, mich schrittweise wieder zu domestizieren, denn schon kurz nach meiner Ankunft – noch bevor Melissa auch nur aus der Küche gekommen ist – erfahre ich, dass er die Mädchen für heute zu einer Freundin ausquartiert hat. Es ist mir einerseits peinlich, dass er solche Vorkehrungen getroffen hat, aber gleichzeitig bin ich auch dankbar, die Mädchen nicht sehen zu müssen, vor allem Maggie, die jetzt zehneinhalb ist. Genauso alt wäre Piper jetzt. Ich bin nicht sicher, wie ich ihren neugierigen Blicken standgehalten hätte.

Es duftet nach Curry. Melissa ist hinreißend, mit ihren engelsgleichen Wangen und den speckigen Armen. Sie kommt wie auf Schmetterlingsflügeln aus der Küche geflattert und nimmt mich in den Arm.

»So schön, dass du da bist«, sagt sie. »Gott, wir haben uns wirklich ewig nicht gesehen.«

Melissa ist großzügig mit ihrer Herzlichkeit, trotz all der abgesagten Einladungen zum Abendessen, und obwohl ich sie zwei Jahre lang gemieden habe wie einen Gläubiger.

»Du siehst super aus«, sagt sie. »Hast du abgenommen?«

»Nee. Ich hab vielmehr zugenommen.«

Sie lächelt. »Steht dir jedenfalls gut.«

Auf dem College war ich mal mit Melissa zusammen. Sie war schon damals ein Fels in der Brandung. Sie mochte meine Gedichte und mein dickes Haar und glaubte blind an mein verwirrtes Herz. Aber ich habe mir Melissa durch die Lappen gehen lassen wie der letzte Vollidiot, habe sie tatsächlich geradezu aktiv in die Arme meines besten Freundes getrieben. Von heute aus betrachtet, kann ich das nur bedauern, denn ich weiß, wie gut und großzügig und loyal und mitfühlend sie ist. Aber bei Forest hat sie es besser, und das wissen wir auch alle.

»Und, was macht die Krankenpflege?«, fragt sie. »Bist du immer noch bei dem Jungen mit ALS?«

»MD, ja. Aber ich bin gar nicht Krankenpfleger. Eher so was wie Kammerdiener.«

»Ich finde das total super«, sagt sie.

»Ich auch«, sagt Forest.

»Es ist nur ein Job«, sage ich.

»Aber einer, den nicht jeder machen kann«, sagt sie.

»Kann sich auch nicht jeder leisten.«

Die Wahrheit ist natürlich, dass sich das niemand leisten kann. Ich habe zwölftausend Dollar Schulden, und es werden jeden Monat mehr. Bevor ich Hausmann und Vater wurde, hatte ich gute Chancen. Okay, nur Chancen. Aber dann ist der Arbeitsmarkt langsam an mir vorbeigezogen.

»Wie dem auch sei«, sagt Forest. »Essen wir.«

Ich gebe mir alle Mühe, das Tischgespräch am Laufen zu halten – ich preise das Hühnchencurry, lobe den Mangold, rühme den Gato Negro, während ich mehr davon trinke, als ich sollte –, aber trotzdem ist das Abendessen eine relativ schweigsame Angelegenheit. Hinterher gehen Forest und ich in sein schlampiges Reich im Keller, wo wir uns in eine Sitzlandschaft fläzen und Michelob trinken, während vor uns stumm *SportsCenter* über den großen Bildschirm flackert.

»Du hast ihr ein *Gedicht* geschrieben?«

»Sozusagen.«

»Boah, komm mal runter, Bob Frost. Alter! Was hast du dir denn dabei gedacht?«

Darauf habe ich keine Antwort.

»Ich dachte, du hättest schon im College aufgehört, Mädchen Gedichte zu schreiben. Das hat doch damals schon nicht funktioniert.«

Nur die Scham hindert mich zu sagen, dass es bei Melissa sehr wohl funktioniert hat.

»Es war auch kein richtiges Gedicht«, murmle ich. »Eher eine Nachricht.«

Forest trinkt einen Schluck Bier und schüttelt den Kopf. »Himmel, was hat sie dazu gesagt?«

»Ich habe nicht mehr mit ihr gesprochen.«

»Wie lange ist es her, dass du es ihr gebracht hast?«

»Sechs Tage.«

Ich habe seine schlimmsten Ängste bestätigt. Er schließt die

Augen und blinzelt, als würde er gegen Kopfschmerzen ankämpfen. Er kratzt sich hinten am Hals und fragt: »Habt ihr … du weißt schon?«

»Nein.«

Er zuckt zusammen.

»Was denn?«, frage ich lahm.

Ich habe ihn schon wieder enttäuscht. Er hat sich selbst enttäuscht, indem er mich überschätzt hat. Er hat mir die Möglichkeit verschafft, einen kleinen Schritt vorwärts zu machen, und ich bin gestolpert wie ein ungeduldiges Kind.

»Ach … vergiss sie einfach«, sagt er und winkt ab.

Aber ich bin immer noch in Versuchung, zum Casino zu fahren und sie durch die Luft fliegen zu sehen, oder ihr noch eine Nachricht unter der Tür durchzuschieben, in der Hoffnung, es diesmal richtig zu machen. Und sei es nur, um ihr Haar zu riechen oder noch mal eine Nacht lang neben einem anderen Körper zu liegen.

Wann fängt Jetzt an?

Ich verurteile Trev recht schnell für seine sinnlosen Aktivitäten, zum Beispiel dafür, dass er Orte kartografiert, die er niemals besuchen wird. Aber in Wahrheit sind meine Pläne für eine Zukunft mit Janet ganz genauso sinnlos. Janet wird nicht zu mir zurückkommen. Janet hat weitergemacht. Sie hat ihren Kummer überwunden und sich Jim Sunderland und seinem Hermaphroditenkind zugewandt. Soweit ich weiß, steht sie auf eigenen Füßen, und das ist mehr, als man von uns hier behaupten kann.

Ich sitze noch wachsamer als sonst mit einem unfertigen Kreuzworträtsel auf meinem Posten auf dem Sofa und horche auf Trevs angestrengten Atem aus dem Schlafzimmer. Er hat diese Woche deutlich länger geschlafen als sonst, er hat sich ein Virus eingefangen, das sich schlimmstenfalls in seiner Lunge festsetzen könnte. Ein Erreger, mit dem mein Körper wahrscheinlich in ein, zwei Tagen fertig wäre, aber nachdem die MD schon so viel Übles in Trevs Atemwegssystem angerichtet hat, könnte ein solches Virus für ihn tödlich sein.

Über dem Haus hängt schon die ganze Woche eine dunkle Wolke. Es ist egal, dass in Tampa die Sonne scheint. Trevs Angst ist greifbar. Er sitzt reglos in seinem Rollstuhl vor dem Fernseher und spart sich seine Energie auf, vollkommen unbewegt von den Dopplerbildern des Tropensturms Erin, nicht einmal der pausbäckige Charme seiner Lieblings-Wetterfee entlockt ihm eine Reaktion, egal, wie stramm sie ihre üppigen Brüste in den Blazer gespannt hat. Kein Wort davon, was er mit ihr alles anstellen würde, keine Sprüche über Doktorspiele oder Schubkarren. Trev blinzelt den Fernseher so unbewegt an wie eine Schildkröte. Seine Lippen sind blau. Er spricht kaum. Heute Vormittag ist Elsa auch im Haus, sie hat ihre Reitstunden für heute abgesagt. Letzte Nacht war sein Atem so flach und schwer, dass sie mit ihm ins Harrison in die Notaufnahme gefahren ist, wo sie bis in die frühen Morgenstunden auf den Fliesen auf und ab gegangen ist.

Aber die ganze Tortur führte zu nichts weiter als noch einer schlaflosen Nacht. Nach zwei Stunden am Beatmungsgerät war Trevs Atem wieder fast normal. Er schlief unruhig, den ganzen Vormittag über. In der letzten Stunde hat er zweimal nach ihr gerufen, und sie hat ihn im Bett umgedreht. Es ist Elsa, die bei ihm sitzt, während ich über 23 waagerecht nachdenke. Ich höre sie über das Summen des Beatmungsgeräts leise mit ihm sprechen, und auch wenn ich ihre Worte nicht verstehe, weiß ich doch, dass sie so tröstlich sind, wie Worte es nur sein können.

Wenn sie sich nicht direkt um Trev kümmert, macht Elsa sich im Haus zu schaffen, stapelt Rechnungen und Zeitschriften, gießt die Blumen, wechselt die Wäsche. Als ich dieses Mal höre, wie sie Wasser in die Spüle lässt und Geschirr hineinstapelt, rühre ich mich nicht von meinem Platz auf der Couch.

Elsa hält zwischendurch gerade lange genug inne, um von ihrem Muffin abzubeißen und sich eine Tasse löslichen Kaffee zu machen. Aber als sie ihn umrührt, ruft Trev sie schon wieder. Von der anderen Seite des Esszimmers aus sieht sie mich aufstehen und winkt mit einem Kopfschütteln ab. Auf Kommando setze ich mich wieder hin und trage bei 23 waagerecht »vermeiden« ein. Sie stellt ihren Kaffee ab und geht zu Trev. Wieder höre ich ihre sanfte Stimme, als sie ihn auf die andere Seite dreht. Als sie aus seinem Zimmer kommt, nimmt sie ihren Kaffee wieder in die Hand und geht durchs Esszimmer auf die andere Seite des Wohnzimmers. Sie sieht mit den schläfrigen Augen eines Komodowarans aus dem Fenster und pustet auf ihren Kaffee, sodass ein kleines Dampf-Fähnchen aufsteigt.

»Er ist ziemlich gereizt, wenn er so krank ist«, stellt sie fest. »Dann sagt er Sachen, die er gar nicht so meint.«

Am liebsten würde ich zu ihr gehen und sie trösten, würde etwas sagen, was ihre Frustriertheit lindert, aber ich traue mich nicht.

»Kann ich irgendetwas tun?«

»Bleiben Sie einfach noch ein bisschen«, sagt sie in ihre Kaffeetasse.

Man hört das ferne Brummen des Beatmungsgeräts und das Rasseln von Trevs Atem, aber abgesehen davon senkt sich eine dumpfe Stille auf uns. Elsa starrt in den Garten hinaus, wo ein einzelner Sonnenstrahl silbern in der nassen Einfahrt blitzt. Dann sieht sie mich mit einer großen Traurigkeit im Blick an.

»Wir können nichts dafür«, sagt sie.

Verschwommenheit

Keiner meiner Reißverschlüsse funktioniert mehr richtig, was eine Metapher für irgendetwas sein muss. Leicht vornübergeneigt stehe ich vor dem Urinal und wundere mich nicht weiter, dass mein Reißverschluss bereits offen ist. Heute hat Max Geburtstag. Wir feiern eine kleine Party im Grill, wo die Happy Hour schon seit zweieinhalb Stunden vorbei ist. Ich trage zur Feier des Tages meine blaue Cordhose (trotz des kaputten Reißverschlusses), denn das ist die einzige Hose, die noch ein kleines bisschen schlank macht. Eine Illusion, fürchte ich, die ich mit jedem Cheeseburger weniger aufrechterhalten kann.

Dieser Abend wird fürchterlich enden. Ich spüre schon die alte Verschwommenheit aufkommen: das dumpfe Wummern in der Brust, das Blut pulsiert dick und langsam hinter den Schläfen, schwere Glieder kündigen das große Vergessen an. Ich ziehe vergeblich meinen Reißverschluss hoch und bin entschlossen, heute Abend gegen die Verschwommenheit anzukämpfen, entschlossen, alles mitzukriegen und mich zu erinnern, unter den Lebenden zu sein, obwohl ich keine Hoffnung habe.

Zu den Klängen von Motörheads »Fast and Loose« kehre ich zu der Party zurück, wo jetzt ein zweiter, größerer Tisch neben unserem steht. Vier Freunde von Max aus Bremerton sind zu uns gestoßen. Der Lange mit dem Trenchcoat und der schmutzigen Brille kommt mir vage bekannt vor. Dann ist da eine kleine, üppige Rothaarige, die als Hexe verkleidet ist. Ihre schwarze Leggings sitzt wie eine Wurstpelle, und das passt auch irgendwie, denn das hier ist eine Würstchenparty. Die beiden anderen Bremertoner sind wie Rapper gekleidete Skinheads mit Tatoos am Kragen, und sie haben beide nur Initialen als Namen: G. R. und C. L. oder P. K. und K. W. oder so was.

Alle werden allen vorgestellt, Shots werden herumgereicht, und die Bar ist schnell von unserem Geplapper erfüllt. Die Jukebox versorgt uns mit Motörhead, Bon Jovi, dem Boss. Die Tische werden von Minute zu Minute klebriger. Die Welt ist immer noch greifbar, immer noch erinnerbar. Ich gewinne den Kampf. Der Lange erzählt mir jetzt etwas über Atlantis, die Säulen des Herakles und Zikkurate im präkolumbianischen Südamerika. Ich wünschte, er würde seine Brille putzen – ich kann mich gerade noch beherrschen, sie ihm abzunehmen und es selbst zu tun. Teo macht Armdrücken mit einem der Skinheads, der ihn dauernd »Bro« nennt, während Max offenbar bei der Rothaarigen gut vorankommt, die für eine Hexe verblüffend viel kichert. Sie hat einen großen Klecks Nachokäse auf ihrem Umhang. Diese Leute sind wirklich asozial. Ich fühle mich ihnen überlegen, obwohl eigentlich alles für das Gegenteil spricht.

»Dein Hosenstall ist offen«, sagt Forest und stößt mich mit dem Ellbogen an.

»Was ist eigentlich mit den Olmeken?«, fragt der mit der schmutzigen Brille.

Die Rothaarige kichert, als Max sich vorbeugt, den Käse von ihrem Umhang kratzt und sich die Finger ableckt. Ein dünner, oranger Faden hängt noch von seinem Schnäuzer hinab, aber nicht lange. Die Rothaarige beugt sich zu ihm und leckt ihn sauber.

»Ich bin dann mal weg, Holmes«, sagt Forest, steht auf und haut mir auf den Rücken. »Ich will die Mädchen noch sehen, bevor Mel sie ins Bett bringt.« Er sieht sich in der Tischrunde um und schaut mich dann etwas beunruhigt wieder an, als könnte er meine Zukunft voraussehen. »Bist du sicher, dass ich dich nicht nach Hause bringen soll?«

»Mir geht's prima.«

»Er geht noch mit uns auf eine Party«, sagt Max.

Und tatsächlich erreicht unsere Gruppe, nachdem wir mit dem üblichen Chaos die Rechnung auseinandergedröselt haben, eine Privatparty in der Nähe des Olympic College in einem heruntergekommenen grünen Craftsman-Haus mit einem toten Rasen davor. Kaum bin ich die Vordertreppe hinaufgegangen, da werde ich auf der Veranda von einem mopsgesichtigen kleinen Mann angequatscht. Er zieht mich beiseite und bläst mir seinen Jägermeisteratem ins Gesicht. Er ist stockbesoffen, seine Augen gucken in alle möglichen Richtungen.

»Alter, Alter, check das mal aus, hier!«, sagt er.

»Was?«, frage ich.

Er fummelt ungeschickt an seinem Smartphone herum, bis sein Blick sich irgendwann aufhellt und er mir das Handy direkt ins Gesicht hält.

»Guck mal, Alter.«

»Was soll das denn sein?«

»Warte, warte, so rum?«, sagt er, kippt das Handy in die Horizontale und hält es mir wieder direkt vor die Nase.

Ich blinzle und weiß immer noch nicht, was ich da sehe, aber es ist fleischig und unbehaart.

»Ist das dein Baby?«, frage ich.

»Alter, das ist mein Schwanz!«

Ich schiebe mich an ihm vorbei, und er klatscht mir auf den Rücken.

»Mann, ey, das kannst du doch ab, oder?«, ruft er mir hinterher. »Das kannst du doch ab?«

Dale mit der schmutzigen Brille und ich nehmen uns ein Bier und setzen uns an den Küchentisch, der bis auf eine Menge leerer Flaschen frei ist. Zwei kleine Frauen kommen in die Küche stolziert und unterhalten sich laut. Eine, die Blonde, hat die knalligste Selbstbräunerfarbe, die ich je gesehen habe. Sie ist quietschorange, ihre Augenbrauen sind weißblond. Sie sehen aus, als könnte man sich daran die Finger verbrennen.

»Hey, pst«, sage ich zu Dale. »Guck mal, ein Oompa Loompa.«

Aber Dale versteht die Anspielung nicht, er runzelt immer noch zutiefst ernsthaft die Stirn über die unerklärliche Entwicklung der Wasseruhr in einer Kultur, die hundert Jahre zuvor noch nicht mal Rüben anbauen konnte. »Es muss Atlantis gewesen sein«, sagt er. »Es gibt keine andere Erklärung für diese plötzliche weite Verbreitung von Technologien.«

»Sitzt hier jemand?«, fragt die Oompa Loompa.

»Ist frei«, sage ich.

Verkehrshütchenorange hin oder her, die Oompa Loompa hat schöne glatte Haut und ist irgendwie süß. Ihre Freundin nicht so. Sie hat einen riesigen Überbiss, von der Seite sieht sie aus wie ein Flaschenöffner. Aber durch Dales schmutzige Brille fällt das vermutlich nicht so auf, denn er stürzt sich sofort auf sie.

»Wohnst du hier?«, fragt mich die Oompa Loompa.

»Nein, wir sind mit Max hier.«

»Max ist gerade gegangen«, sagt sie.

»Oh. Na gut, dann sind wir wohl allein hier.«

»Ich bin Cindy«, sagt sie.

»Ich heiße Ben.«

Plötzlich ist aus dem Badezimmer durch den ganzen Flur ein markerschütternder Schrei zu hören, der mopsgesichtige Typ mit dem Handy stürzt aus dem Bad und hält sich mit beiden Händen den Schritt. Er sackt auf der Schwelle der Küche zusammen, und alle starren ihn an.

»Kumpel«, sagt er, »komm mal, komm, du musst mir helfen.«

»Ich?«, frage ich.

»Alter«, bettelt er. »Komm her, Mann, bitte, du musst.« Er winkt mir über die Schulter zu, ihm zu folgen, taumelt durch den Flur, hält sich den Schritt und stöhnt wie Tina Turner.

Ich folge ihm widerstrebend Richtung Bad.

»Was wird das denn jetzt?«, frage ich.

Er ballt das Gesicht zur Faust, und ihm rinnen Tränen über die Wangen. »Ich hab eine geraucht«, jault er, nimmt die Hand aus dem Schritt und entblößt sein schrumpeliges, rotes Ding.

»Himmel!«, sage ich und schrecke zurück.

»Das tut weeehhh«, sagt er.

Ich greife nach dem Türknauf, aber er hält mich bittend am Arm fest. »Alter, was soll ich machen? Ehrlich jetzt, was soll ich machen? Das tut weeehhh!«

»Scheiße, was weiß ich denn, kleb halt ein Pflaster drauf.«

Er sieht mich mit diesem verzweifelten und um Verzeihung bittenden Blick an; dem Blick eines Mannes, der sich gerade mit einer Zigarette den Penis verbrannt hat und ein Pflaster draufkleben möchte.

»Alter, ich kann das nicht«, sagt er. »Da kippe ich um.«

Ich seufze laut. Dann durchsuche ich das Medizinschränkchen und frage mich, welches Schicksal mich eigentlich hierhergespült hat. Warum hat der mopsgesichtige kleine Mann in einem Haus voller Leute ausgerechnet mich ausgewählt, um seinen verletzten Schwanz zu versorgen? Wie ist er darauf gekommen?

»Halt still«, sage ich.

Erst zuckt er zurück, dann seufzt er erleichtert, als ich einen Klecks antibiotische Salbe auf die aufgeplatzte Brandblase auftrage. Sein Ding fühlt sich an wie ein Salamander, aber ich lasse mir meinen Ekel nicht anmerken. Schließlich bin ich Profi.

»Du bist doch keine Schwuchtel, oder?«, fragt er.

»Nein«, sage ich, streiche das Pflaster fest und lasse seinen Penis los.

»Gut.« Er tätschelt mir die Schulter. »Ehrlich, Mann, danke.«

»Kein Problem«, sage ich und hebe die Hände. »Aber tu mir einen Gefallen.«

»Was immer du willst.«

»Lass mich in Ruhe.«

Ich sehe dem Mopsgesicht an, dass er verletzt ist. Aber ganz ehrlich, es ist mir scheißegal. Langsam gefällt mir das Überlegenheitsgefühl.

Ich gehe wieder zu Dale und den Mädchen in die Küche und stelle fest, dass Dale gut vorankommt und irgendein Zeug über die Phönizier labert, die ihre alten Handelsrouten den Menschen aus Atlantis verdanken. Der Flaschenöffner ist entweder hingerissen oder selbst aus Atlantis, denn sie nimmt ihm das alles ab.

»Was war denn da los?«, fragt die Oompa Loompa.

»Der Typ hat sich am Daumen verletzt«, sage ich, nehme mir noch ein Bier aus dem Kühlschrank und trinke ein Drittel davon in einem Zug aus.

»Der Typ ist ein Freak«, sagt sie.

Wer spricht?, denke ich. Du siehst doch selbst aus wie eine Kürbislaterne. »Yeah«, sage ich. »Echt ein Freak.«

»Dein Hosenstall ist offen«, sagt sie.

»Ja, ich weiß.«

Dale hat eine Graspfeife aus den Tiefen seines Trenchcoats geholt und fängt an, sie zu stopfen. Ich habe keine Ahnung, wie er durch diese Brille sehen kann, was er da tut. Er zündet die Pfeife an und reicht sie herum. Das Gespräch gerät hoffnungslos aus den Fugen. Nicht mal Dale scheint noch sinnvolle Sätze aneinanderreihen zu können. Cindy wechselt ihre Farbe wie eine Lavalampe. Eine unfassbar dicke Katze, die plötzlich zögernd hinter einem toten Ficus auftaucht, verschafft uns den dringend benötigten Konzentrationspunkt. Drei oder vier Minuten lang sitzen wir stumpf da, nippen an unserem Bier und beobachten kommentarlos jede Bewegung des Tiers, das um den Kühlschrank kreist, daran leckt und daran entlangstreift. Ich merke, wie mein Unterkiefer nachgibt, ich bin erschöpft von meiner ganzen betrunkenen Angeberei und meiner Überlegenheit. Ich frage mich, ob ich irgendwo hingehöre, ob es jemanden gibt, zu dem ich je wieder gehören könnte – eine Trapezartistin, ein Schwertschlucker, Janet. Hier gehöre ich jedenfalls nicht hin. Ein kleiner Teil von mir – vielleicht der hoffnungsvolle Teil, oder vielleicht auch der mutige – würde gern vorschlagen, dass wir uns alle zusammen in den Subaru quetschen und Slush trinken fahren. Aber dann fällt mir ein, dass ich ein fast geschiedener Mann bin, der einmal Vater war, und der größere Teil von mir möchte so schnell aus diesem Haus raus, als würde es brennen.

Stationen

Am Montagmorgen ist Elsa wieder im Haus, sie hat für den dritten Tag in Folge alle Reitstunden abgesagt. Das Haus ist tipptopp in Ordnung: keine Poststapel, keine überquellenden Mülleimer, kein Geschirr in der Spüle. Die Teppiche sind frisch gesaugt, die Kissen gelüftet, das Goldfischglas gereinigt. Alles duftet nach Zitrusfrüchten und Fichtennadeln. Und Elsa wischt und feudelt immer weiter.

In den drei Stunden, seit ich mit meinem Lunchpaket und meinem Kreuzworträtsel angekommen bin, wurde ich noch nicht zur Arbeit gerufen. Ich habe mich kaum von meinem Platz auf dem Sofa wegbewegt. Bald wird Elsa mich mit abstauben. Ich fühle mich verpflichtet, in Rufbereitschaft auf dem Sofa zu sitzen, jederzeit einsatzbereit, wenn ich gebraucht werde, um Trev zu heben oder den Van vorzuwärmen oder den Müll rauszubringen. Letzteres steht nicht in meiner Jobbeschreibung, aber heute bin ich bereit, diese Grenzen zu überschreiten und sämtliche Merksätze über Bord zu werfen, nur, um etwas zu tun zu haben. Das Montags-Kreuzworträtsel war ein Kinderspiel. Die Katze ist wahrscheinlich draußen unterwegs und kann mir keine Gesellschaft leisten. Ich habe meine Banane und das halbe Thunfisch-Sandwich bereits gegessen. Und um das Ganze noch qualvoller zu gestalten, sitze ich so, dass ich die Esszimmeruhr genau im Blick habe und die Minuten vorbeikriechen sehe. Irgendwie bringe ich es nicht fertig, den Fernseher anzuschalten. Nutzlos herumzusitzen ist die eine Sache, aber Fernsehen ist etwas anderes. Stattdessen starre ich den dunklen Bildschirm an und frage mich, ob es in Miami schon wieder so glühend heiß ist und ob es in Davenport regnet.

Wahrscheinlich sollte ich lieber über einen neuen Job nachdenken, denn Trevs Zustand hat sich übers Wochenende noch verschlechtert. Während ich unterwegs war und Penisse bandagiert habe, hat das Virus sich in Trevs Lunge festgesetzt. Während ich am Samstag meinen Kater gepflegt habe, hat Elsa Trev mal wieder ins Harrison gebracht, um ihm die Lunge röntgen und ein CT machen zu lassen. Seitdem hängt er durchgängig am Beatmungsgerät. Damit kann er schlecht auf der Seite schlafen, sodass er im Bett noch unruhiger ist als sonst. Alle fünfzehn oder zwanzig Minuten ruft er nach seiner Mutter, und dann reden sie leise miteinander, während sie sich um seine wunden Stellen kümmert und ihm den Schweiß aus den nässenden Augen wischt. Trev muss häufig zur Toilette, und dann ist es Elsa, nicht ich, die ihn aus dem Bett und auf die Toilette hievt, und Elsa, die vor der Tür wartet, bis er sie ruft.

Gegen Viertel nach zwölf klingelt Trevs Telefon in der Tasche seines Rollstuhls. Dreimal bricht das Klingeln ab, weil die Voicemail anspringt. Als das Handy schließlich still bleibt, fängt sofort das Festnetztelefon an zu klingeln, und Elsa nimmt ab.

»Was ist denn, Bob? … Ja, Bob. … Nein.«

Sie bedeutet mir quer durchs Esszimmer, dass sie das Telefon mit nach draußen nimmt.

Ich signalisiere zurück, dass ich mich um Trev kümmere, wenn er Hilfe braucht.

»Ganz schlechte Idee«, sagt Elsa am Telefon und schließt die Tür hinter sich. Als sie unter dem Fenster durchgeht, kann ich ihre gedämpfte Stimme immer noch hören. »Dafür ist es jetzt wohl ein bisschen spät, oder? … Ich kann dir sagen, woher ich das weiß, Bob. Weil er in den letzten vier oder fünf Tagen …« Dann kann ich sie nicht mehr hören, weil sie weiter in den Garten gegangen ist, aber ich sehe sie noch unter dem großen Ahorn hin und her laufen.

Der arme Bob wird es nicht schaffen. Er wird seinen Fehler nie wiedergutmachen können. Was erhofft er sich von diesem Anruf? Und was genau ist seine ganz schlechte Idee? Will er einfach nur mit Trev reden, immer und immer wieder vor dieselbe Wand rennen, wieder für sein Versagen verurteilt werden? Vielleicht will er aus Salt Lake City hierherfliegen und sich auf die Bettkante seines Sohnes setzen, oder dessen, was von seinem Sohn noch übrig ist, um sein Plädoyer zu halten? Ich frage mich, ob Trev die Bemühungen seines Vaters nicht insgeheim genießt. Wer sagt denn, dass der kleine Trev sich tief in seinem Inneren nicht doch nach der Anerkennung seines Vaters sehnt? Aber ich weiß ohne den geringsten Zweifel, dass Trev kein solches Drama zulassen würde, und das würde ich in seiner Situation wohl auch nicht. Trev wird seine Überlegenheit bis zum letzten Moment aufrechterhalten und das letzte Beweisstück zurückhalten, das seinen Vater entlasten könnte, nämlich dass er ihn trotz allem liebt.

Elsa läuft immer noch im Vorgarten auf und ab, als Trev sie ruft, und ich bin es, der zu ihm geht. In seinem Zimmer riecht es nach Schweißfüßen, gammeligem Obst und Aspirin. Die

Rollos sind gegen die Sonne zugezogen, und neben Trev auf dem Nachttisch brummt das Beatmungsgerät. Über das Fußende des Bettes fallen ein paar staubige Lichtstrahlen. Auf dem Bord über Trevs Kopf stehen dicht an dicht die Kuscheltiere: ein Bär, ein Pinguin, die singende Rosine aus der Werbung. An der Wand am Fußende des Bettes hängt ein Poster der Misfits, daneben eins von Nike mit dem Slogan »We are all witnesses«. Auf der Kommode steht gar nichts mehr, außer der Plastikpackung mit den Stecknadeln und einem gefalteten schwarzen T-Shirt.

»Was ist denn?«, frage ich.

Seine Augen liegen tief in den blau unterlaufenen Höhlen. Seine Lippen sind rissig. Das bösartige Blitzen in seinen Augen ist verschwunden. Sein Anblick ekelt mich, was nicht nur an seinem Zustand liegt, sondern an einem Gefühls-Wirrwarr, den ich selbst nicht verstehe.

»Wo ist meine Mom?«

»Draußen, sie telefoniert.«

»Mit meinem Dad?«

»Ja.«

Er rollt den Kopf schwer auf die Seite, von mir weg, dann rollt er ihn wieder zurück und starrt schließlich an die Decke.

»Kumpel«, sage ich. »Stell dir vor, am Wochenende habe ich eine Oompa Loompa gevögelt, ich schwör.«

Trev verzieht keine Miene, er blinzelt nicht mal. »Kannst du bitte meine Mom holen?«, sagt er. In seiner Stimme ist ein Rasseln, unheimlich, wie ein Todesrasseln.

»Möchtest du Wasser, oder irgendwas anderes?«

»Nein. Kannst du meine Mom holen?«

»Ich dreh dich auch gerne um.«

»Ich möchte nur mit meiner Mom reden«, sagt er, unfähig oder unwillig, seine Ungeduld zu verbergen. »Kannst du sie holen? Bitte.«

Er lässt den Kopf wieder zur Wand kullern und wirkt aufgebracht.

Ich weiß, dass ich das nicht persönlich nehmen sollte. Irgendwo in den *Grundlagen der häuslichen Pflege* gibt es ein ganzes Kapitel über diese Dinge. Aber Trevs Zurückweisung verletzt mich wie ein Verrat. Und ich schäme mich für den spontanen Impuls, ihm ebenfalls wehzutun. Es geht nicht um mich, sage ich mir.

»Bist du sicher, dass du nicht aufs Klo musst oder so?«

»Ja, alles okay.«

Ich wende mich zum Gehen, dann mache ich noch einmal kehrt. »Ach so, war übrigens gelogen. Ich habe überhaupt niemanden gevögelt.«

»Schon klar«, sagt er.

Aus dem Wohnzimmerfenster winke ich Elsa zu, und sie kommt zum Haus. Ich überhöre die letzten Reste ihres Gesprächs, als sie die hölzerne Rampe heraufgeht und durch die Hintertür hereinkommt.

»Ja, versprochen, das mache ich. Ich lege jetzt auf, Bob.«

Und das tut Elsa dann auch, sie steckt den Hörer seufzend in die Station.

Three Feathers

Das Three Feathers Casino teilt sich einen kahlen und scheinbar endlosen Parkplatz mit Target, dem Dollar Store und Office Max und täuscht auch sonst nicht gerade Großartigkeit vor. Nicht einmal seine äußere Form bietet eine Abwechslung von der allgemeinen Rechteckigkeit, abgesehen von der minimalen Schräge des mit Holzschindeln bedeckten Vordachs und zwei traurig aussehenden Totempfählen rechts und links des Eingangs, die aussehen wie Bettler. Von außen strahlt das riesige, graue Gebäude nicht die Opulenz und die bunte Üppigkeit aus, die ich von einem Casino erwartet hätte; Springbrunnen, Türsteher, pinkelnde Engelchen. Nur diese kläglichen Totempfähle, die im Regen und mit einem verbeulten Taxi daneben umso kläglicher wirken.

Ich überprüfe meinen Reißverschluss und streiche mir das dünne Haar glatt, dann trete ich in die Lobby, wo ich vom Gestank nach alter Klimaanlage und kaltem Rauch begrüßt werde. Der klirrende Lärm tausend einarmiger Banditen, das flackernde, grelle Licht aus allen Ecken, Buffalo Springfields gedämpfte Beteuerungen aus der Musikanlage, das alles ist ein Angriff auf meine Sinne. Der abgetretene Teppichboden hat ein hektisches und übertriebenes Muster irgendwo zwischen Maya-Felszeichnungen und Art déco. Die Gäste wirken wie etwas von Nathanael West: eine herumsuchende Horde teigiger Typen aus dem Mittleren Westen, die wider besseres Wissen voller Hoffnung sind, als sie die Gänge entlangwatscheln, mit ihren Plastikbechern voller Spielchips und den Bäuchen voller billigem Buffetessen.

Das Dinnertheater ist nichts anderes als der Bayside Circus, gegenüber dem Buffet und hinter den Geldspielautomaten. Dass es im Umkreis von vier Meilen nichts gibt, was einer Bay ähnelt, geschenkt. Dass der Laden praktisch leer ist, geschenkt. Was mich am Bayside Circus am meisten beeindruckt, ist vielmehr, wie schlecht das Zirkusthema umgesetzt ist. Es ist nicht gerade der Cirque du Soleil. Nicht mal das Teatro ZinZanni. Wenn Chili's einen Stripclub aufmachen würde, würde er aussehen wie der Bayside Circus. Durch den schmalen Eingang und an den Hostessen vorbei sehe ich einen Teil einer geschmacklosen Bühne mit Lichterketten und Glitzer. In der Mitte hängt in einem düsteren Lichtspot das verwaiste Trapez. Nichts an diesem Ort – weder die überdrehte Deko noch die hohe Decke, noch der Geruch von Brathähnchen und Wischwasser, noch die Tatsache, dass es so dunkel ist, dass man sein Essen gar nicht sehen kann – ist appetitlich. Ein Blick auf eine Hostess in engen rosa Leggings sagt mir, dass sie sich mal wieder rasieren könnte. Kaum hat die behaarte Angestellte mich in Empfang genommen, sehe ich Katya in ihrem blauen Trikot auf der anderen Seite des Speisesaals, wo sie einer Gruppe Nachtschwärmer Cocktails serviert.

Auch wenn Katyas Bewegungen nicht besonders gewandt

oder athletisch wirken, hat sie doch eine gewisse Anmut, wie sie mit ihren knubbeligen Knien um den Tisch kreist, in einer Hand das Tablett, von dem sie mit der anderen Hand die Getränke verteilt. Ihr dickes Haar ist zu einem Knoten gebunden, wahrscheinlich, damit es nicht in anderer Leuts Essen landet oder sonst wie durch die Gegend fliegt. Ohne diese ganzen Haare sind ihre dramatische Kinnpartie und die Avocadoaugen noch umwerfender, selbst im Dämmerlicht und aus zwölf Metern Entfernung. Am liebsten würde ich auf dem Absatz kehrtmachen und fliehen, bevor sie mich sieht. Stattdessen führt die Hostess mich quer durch den Saal und platziert mich keine drei Meter von dem Tisch entfernt, an dem Katya gerade die letzten Cocktails serviert. Es ist noch nicht zu spät, um den Kopf zu senken und unentdeckt zu bleiben, aber warum wäre ich dann hergekommen? Was will ich hier eigentlich? Versuche ich wirklich, ein Mädchen für mich zu gewinnen, oder bringe ich nur mein neustes Versagen zu einem jämmerlichen Abschluss, damit ich mich hinterher schön im Selbstmitleid suhlen kann?

Katya geht erhobenen Hauptes einen Meter an mir vorbei, erkennt mich aber nicht. Oder erst, als sie meine Bestellung aufnehmen will. Aus der Nähe sehe ich, dass ihr Trikot ein paar kleine Löcher hat und an den Rändern abgewetzt ist. Das gedämpfte Licht ist gut für ihren Teint. Ihr störrisches Haar scheint jeden Moment den Knoten in ihrem Nacken sprengen zu wollen.

»Oh. Hey«, sagt sie fast wie eine Frage.

»Habe ich dich gefunden«, sage ich und bereue es sofort, wie ein Stalker zu klingen. »Keine Sorge«, schiebe ich deswegen hinterher, »ich stalke dich nicht oder so.«

Das scheint sie aber nicht zu beruhigen. »Ähm, o-kaay«, sagt sie. »Besser ist das. Kann ich dir schon was zu trinken bringen?«

»Einfach eine Cola, bitte.«

»Pepsi okay?«

»Klar.«

Sie kritzelt die Bestellung auf ihren Block.

»Und, wie geht's dir so?«, frage ich.

»Ganz gut. Viel zu tun. Mein Terminkalender ist einfach irre voll mit College und Arbeit und allem.«

»Hast du meine Nachricht bekommen?«

Am liebsten würde sie Nein sagen, das sehe ich ihr an. Sie zögert.

»Oh, ja, danke«, sagt sie.

»Ich hoffe, sie hat dich nicht erschreckt.«

»Nein, das war echt süß, danke. Ich habe nur irre viel zu tun.« Sie wirft einen Blick über die Schulter zurück zur Servicestation und zur Bühne.

»Ich wusste gar nicht, dass du aufs College gehst. Das ist ja cool. Was studierst du denn?«

»Ach, so allgemein.«

»Mathe? Literatur? Was denn?«

»Ja«, sagt sie und sieht wieder zur Servicestation. Ihre Körpersprache ist befangen und ungeduldig, sie wirkt, als wäre sie mitten in der stressigsten Essenszeit. Aber der Laden ist quasi tot. Das Getöse des Casinos dringt durch die dünnen Wände herüber, es dengelt und scheppert, und Katya wartet auf meine Bestellung.

»Wieso ist da kein Netz?«, frage ich und nicke Richtung Bühne.

»Hm?«, fragt sie und kann ihre Genervtheit nicht mehr verhehlen.

»Kein Sicherheitsnetz, meine ich.«

Sie sieht zur Bühne, dann wieder zur Bar. »Ja, na ja. Das ist halt statisch. Ich fliege da nicht durch die Luft oder so.«

»Kennst du den Film *Trapez*?«, frage ich. (Ich habe ihn mir vorgestern ausgeliehen, ihretwegen.) »Mit Burt Lancaster? Total schlecht, aber die Trapeznummern sind …« Ich halte inne, als ich merke, dass sie vor meinen Augen erstarrt, als hätte sie tief eingeatmet und würde jetzt die Luft anhalten.

»Gut, also, brauchst du noch einen Moment? Ich kann auch Misty schicken, damit sie deine Bestellung aufnimmt, wenn …«

»Ich hätte gern Fish and Chips«, sage ich, ohne die Speisekarte auch nur aufzuschlagen.

»Mit Suppe oder Sal…«

»Suppe.«

»Okay«, sagt sie, macht einen Punkt auf ein I und auf dem Absatz kehrt. »Ich bin sofort mit der Pepsi wieder da.«

Was ist das für eine Welt, in der man einer Frau ein Gedicht schreibt, und sie wirft es einem vor? Welcher gütige Gott würde sich ein System ausdenken, in dem der Wunsch zu nähren andere abstößt? Ich hatte gehofft, mehr als Mitleid in ihr wecken zu können, und es sieht immerhin so aus, als hätte ich das geschafft, auf die ein oder andere Weise. Es ist Misty, die mir die Pepsi bringt, als das Licht gedimmt wird. Die Party hinter mir schiebt Stühle zurück und sucht Mäntel zusammen, obwohl Katya in ihrem traurigen, peinlichen Trikot gerade auf die Bühne und zum Trapez geht. Die hölzerne Bühne klingt hohl unter ihren Schritten. Als sie sich umdreht und den Blick in den Restaurantraum richtet, wobei sie meine Richtung sorgfältig meidet, geht ihre zarte Schönheit im Scheinwerferlicht vollkommen flöten. Ihre riesigen Augenhöhlen sehen aus wie die eines Aliens. Ihre schräge Stirn ist abnormal. Ihre nackten Knie sehen aus wie tiefgekühlte Hühnchen. Und sie soll mich bemitleidet haben?

Katya steigt auf die Schaukel, sie schwingt die Beine hoch und hängt dann ziemlich lange in den knubbeligen Kniekehlen, als müsste sie sich erst mal sammeln. Ihre Wirbelsäule drückt sich schnurgerade durch das Trikot. So kopfüber hängend fallen die fehlenden Pailletten an ihrem Trikot noch mehr auf, es sieht aus wie schuppige Stellen von trockener Haut. Sie biegt den Rücken nach oben durch und streckt die Beine zur Vogelnest-Position, dann schwingt sie sich gekonnt einmal um den Holm herum in einen zittrigen Handstand. Dann faltet sie sich nur mit der Kraft ihrer Bauchmuskulatur langsam zusammen wie ein Akkordeon, grätscht die Beine und teilt sich beinahe in zwei Hälften. Als sie die Beine zum L-Sitz streckt, sind wir beiden allein im Saal. Die Partytruppe ist gegangen. Misty ist bestimmt eine rauchen gegangen, während meine Suppe kalt wird. Katya muss mich spüren, wie ich meine Arme verschränke und sie hasse, als sie sich in den Halben Engel gleiten lässt, die Hände umsetzt und dann mit dem Rücken zu mir in der Position verharrt. Wie kann ich diese Frau verletzen, wenn ich sie nicht mal erreiche? Und warum sollte ich das wollen? Wir sind alle mal heiß und mal kalt, Katya kann nichts dafür. Sie wirbelt schnell um hundertachtzig Grad herum, setzt die Hände wieder um und endet mit dem Gesicht zu mir. Ich konzentriere meinen Hass auf die Stelle zwischen ihren haarigen Augenbrauen. Das ist für dein Mitleid. Und das, weil du es mir verweigert hast, du blöde Schlampe. Aber Katya sieht einfach an mir vorbei.

Ich stehe auf, angle nach meinem Portemonnaie, lasse einen Zwanziger auf den Tisch fallen und gehe, ohne mich noch einmal umzudrehen. Als ich in die kalte, abgestandene Luft des Casinos trete, würde ich vor Scham am liebsten im Boden versinken.

Das ist doch keine Beerdigung

Bevor wir Bob jetzt bemitleiden, der durch das halbe Land geflogen ist, um plötzlich auf der Bettkante seines kranken Sohnes aufzukreuzen, sprechen wir doch erst mal über seine taktischen Fehler. Erstens: Uneingeladen (beziehungsweise: ausdrücklich ausgeladen) durch das halbe Land zu fliegen, und dann auch noch ohne Vorwarnung, ist genau die Sorte Spontanentscheidung, die ihn überhaupt erst in Schwierigkeiten gebracht hat. Zweitens: Morgens um zehn vor acht vor der Tür zu stehen, fünf Stunden vor Trevs normaler Aufstehzeit, zeigt nicht nur mangelnde Rücksichtnahme, sondern auch eine komplette Missachtung der Ordnung und der Routinen, die Trev so nötig braucht. Drittens: die Blumen.

»Himmel, Bob, es ist doch keine Beerdigung«, sagt Elsa, die ihre Reitstunden schon wieder abgesagt hat.

»Die sind für dich«, sagt er.

Elsa nimmt den Strauß entgegen und wirft ihn auf das vollgestellte Sideboard, sodass ein Becher mit Stiften umfällt. »Wie nett.«

»Kann ich reinkommen?«

Elsa tritt zur Seite, und Bob kommt in den Flur. Er trägt grünliche Dockers und ein nicht weiter bemerkenswertes Oberhemd und sieht aus wie Al Gore, bevor er so auseinandergegangen ist: sanftmütig, durchschnittlich, geradezu einschläfernd langweilig. Aber bei aller Sanftmütigkeit hat er auch etwas eindeutig Clownsartiges. Vielleicht liegt es an seinen kurzen Beinen und dem langen Oberkörper oder an den übergroßen Schuhen. Ich bin darauf eingestellt, Bob nicht zu mögen (immerhin kommt der Typ seiner Unterhaltspflicht nicht nach), aber irgendwie kann ich nicht anders, als mit ihm zu sympathisieren – vielleicht, weil wir beide so gründlich am Vatersein gescheitert sind, oder weil wir beide wissen, was Zurückweisung ist, oder weil wir uns beide so nach Vergebung sehnen. Vielleicht auch nur, weil sein Hosenstall offen ist.

»Bob, das ist Ben, Trevs Pfleger.«

»Hallo, Bob«, sage ich von meinem Platz auf der Couch aus. Bob streckt die Hand aus, macht zwei Schritte nach vorn und landet mit einem seiner Quadratlatschen auf dem Schwanz der Katze. Die Katze schreit, dass es einem durch Mark und Bein geht, und rast wie ein brauner Blitz hinter den Fernseher.

»Bob Conklin«, sagt er und reicht mir seine Visitenkarte. Darauf steht nur sein Name und eine Telefonnummer, sonst nichts. »Schön, Sie kennenzulernen, Ben.« Seine Hand ist feucht und sein Griff ein bisschen zu fest, aber nicht auf die selbstbewusste Weise.

»Ebenso«, sage ich.

Elsa verdreht die Augen so, dass nur ich es sehen kann, und dann geht sie Trev vorwarnen.

Bob sieht sich vorsichtig um, ob er sich wohl setzen kann.

»Mein Nachbar ist gehörlos«, sagt er ohne erkennbaren Bezug zu irgendetwas.

»Ach ja?«

»Ja.«

»Ich kannte mal eine gehörlose Frau«, sage ich.

»Ist ja ein Ding.«

Dann wendet er sich unserer großen Landkarte zu, wippt dabei leicht auf seinen großen Schuhen und runzelt die Stirn, als wäre er ganz fasziniert.

»Wofür stehen die Stecknadeln?«

»Muffler Men sind rot, Museen blau, Körperteile von toten Promis schwarz und alles andere grün.«

»Hmmm«, sagt Bob. »Interessant. Hat Elsa das gemacht?«

»Trev.«

»Ah, verstehe.« Aber Bob versteht gar nichts, er sieht total verwirrt aus. »Wie kommt er denn da ran?«

»Die Stecknadeln reinstecken, das mache ich.«

»Ach so, verstehe, verstehe. Sehr interessant.« Er fährt mit der flachen Hand über Wyoming und Colorado, als wäre es eine Reliefkarte, und legt den Kopf schief wie ein Golden Retriever vor einer Quadratwurzelberechnung. »Was bedeutet das?«, fragt er.

»Wie meinen Sie das?«

»Ich meine, warum markiert er diese Orte?«

»Ich fürchte, das kann ich auch nicht so richtig beantworten. Damit beschäftigen wir uns halt. Ähm, Ihr Reißverschluss, Bob.«

»Oh, yeah. Danke.« Er zieht seinen Reißverschluss um zwei Drittel hoch und wendet sich dann wieder der Karte zu. »Und was ist das hier in Salt Lake City?«

»Die Jungfrau Maria in einem Baumstumpf.«

»Ah, verstehe.«

Er betrachtet die Karte mit einem Gesichtsausdruck irgendwo zwischen echter Neugier und leichten Magenkrämpfen. Ich kann Bob nicht mit dem Schurken übereinbringen, den ich erwartet habe. Ich hatte Jeans und Bartstoppeln erwartet, eine leichte Ginfahne, vielleicht Tattoos. Aber wenn irgendjemand harmlos und gutartig wirkt, dann Bob. Er wird mit seinen Riesenfüßen zweifellos ein paar Schmetterlinge zertreten haben, er hat bestimmt auf ein paar Herzen herumgetrampelt, nicht zuletzt auf dem seines Sohnes, aber wie es scheint, niemals mit Absicht. Es kommt mir vor, als würde er Bosheit genauso gut beherrschen wie gutes Benehmen, nämlich gar nicht. Dieser Mann hier trifft keine Entscheidungen. Entscheidungen treffen ihn.

»Dann ist diese ganze Sache … eine Art … was denn eigentlich?«

»Eine Art Sport.«

»Ich dachte, Sie stecken die Stecknadeln ein?«

»Kein körperlicher Sport, Bob. Nur so ein Zeitvertreib.«

»Ah, verstehe.« Er fährt über den Atlantik und über zweistöckige Plumpsklos und Spukhäuser. Er kann mit Sicherheit das konspirative Gemurmel aus Trevs Zimmer hören, und er dürfte wissen, dass sie nicht gut über ihn sprechen. Es ist ein unangenehmer Moment. Ich weiß, dass er es gut meint, und ich nehme ihm sein ernsthaftes Bemühen ab; trotzdem würde ich ihn gern packen und schütteln.

»Er ist schon in Ordnung«, sage ich. »Ich wünschte, ich hätte seinen Mumm.«

»M-hm. Ich auch.«

»Und er ist wirklich lustig. Er bringt mich dauernd zum Lachen.«

Bob dreht sich zu mir und lächelt. »Ja?«

»Vor ein paar Wochen haben wir an der Karte gearbeitet – in der Four-Corners-Region – und sind über den Tagebau Bingham Canyon gestolpert, eines der größten Löcher der Welt, da meinte Trev, er dachte, das größte Drecksloch der Welt wäre Clifton, New Jersey.« Elsa kommt mit einer geschäftsmäßigen Attitüde wieder herein. Ich fühle mich, als hätte sie uns bei irgendetwas erwischt.

»Komm gegen drei noch mal wieder, Bob.«

Bob sieht auf die Uhr, trägt aber gar keine. Er wirkt enttäuscht, wenn nicht gar geschlagen, aber entschlossen, sich von diesem Rückschlag nicht verschrecken zu lassen. Irgendwann zwischendurch muss sein Hemd sich aus der Hose gezogen haben. Die Katze beäugt ihn immer noch misstrauisch von hinter dem Fernseher.

»Okay. Dann komme ich wohl um drei Uhr wieder«, sagt er. »War nett, Sie kennenzulernen, Dan.«

»Ben.«

»Stimmt«, sagt er. »Bis um drei.« Und ohne weitere Umstände dreht Bob sich um und wirft fast eine Stehlampe um. Ich kann seinen Schmerz gut nachempfinden. Ich bin zwei Dutzend Mal gegen die Scheißlampe gestoßen – sie steht an einer blöden Stelle, damit Trev mit dem Rollstuhl daran vorbeikommt. Elsa seufzt tief, als sie die Tür hinter ihm schließt. Durch das Fenster sehe ich noch, wie er sich den Kopf stößt, als er in seinen Mietwagen steigt, ein graues Taurus Coupé, ein sanftmütiges Auto, falls es so was gibt.

Gegen zehn Uhr ruft Trev nach mir, nicht nach Elsa. Das ist seit einer Woche das erste Mal, dass er mich ruft. Ich freue mich, dass ich das Sofa mal verlassen kann.

»Musst du ins Bad?«

»Nein, ich will nur aufstehen.«

Ich schlage die Decke zurück, nehme das Kissen zwischen seinen Knien weg und drehe ihn auf den Rücken.

»Wie geht's Jake?«, erkundigt er sich nach der Katze, als ich ihm den ersten Socken anziehe.

»Ach, gut. Er hat gerade einen Riesenschrecken bekommen.« Ich ziehe ihm den anderen Socken an und stelle fest, dass seine Zehennägel geschnitten werden müssen und dass die schuppige Haut um seine Zehen mal abgeschrubbt werden sollte. Seine Füße sind zwar nutzlos, brauchen aber umso gründlichere Pflege.

»Was für ein Trottel«, schimpft er.

»Dein Dad?«

»Ja.«

»Wieso, weil er auf die Katze getreten ist?«

»Nein, weil er hierhergeflogen ist.« Ich sehe das alte Blitzen in seinen Augen, wenn auch etwas flackernder als sonst. Er ist wieder da, aber empfindlich. Ungeduldig. Bereit, sich zu beschweren. Selbst für Trevs Verhältnisse ist sein Körper steif und unkooperativ, als ich ihm die Hose über die Beine ziehe.

»Er ist ein bisschen trampelig, das auf jeden Fall«, sage ich.

»Er ist ein Würstchen. Wusstest du, dass er ein Stück von seiner Babydecke mit sich rumschleppt?«

»Wie, mit sich rumschleppt?«

»In der Hosentasche.«

»Echt?«

»Echt. Seine Scheiß-Babydecke.«

»Wow«, sage ich und hieve ihn mir aufs Knie, ziehe ihm die Hose hoch, schließe den Reißverschluss und den Knopf.

»Da spielt er mit rum, wenn er angespannt ist.«

»Er spielt?«

»Ja, in der Hosentasche. Manchmal sieht man ihn da rumfummeln, es sieht aus wie Taschenbillard.«

»Das ist ja krass«, sage ich und setze ihn in den Rollstuhl. Tatsächlich ist es irgendwie herzerweichend – aber halt auch krass. Aber das ist jetzt nicht der richtige Moment für Mitleid mit Bob. »Meinst du, er wichst auch damit?«

»Bestimmt. Vielleicht riecht er auch nur beim Wichsen dran.«

Ich kippe ihn im Rollstuhl nach vorn und ziehe ihm die Hose noch einen Zentimeter weiter hoch und stopfe ihm das Shirt glatt hinter den nicht vorhandenen Arsch, damit es nicht drückt. Dann ziehe ich die Schulternähte straff, rücke den Kragen um seinen dünnen Hals gerade, zupfe das Hemd um seinen Körper zurecht, sodass es natürlich fällt, und schließlich streiche ich ihm noch die Brusttasche glatt, damit alles ordentlich aussieht. »Frühstück?«

Beim Frühstück bleibt Trev schweigsam. Er isst hastig und lässt den Großteil seiner leinsamenfreien Eggos stehen. Er trinkt kaum etwas von seinem *Ensure*. Unser Tag beginnt um Stunden früher als sonst und hält sich nicht an die üblichen Abläufe, obwohl das Fernsehprogramm so ziemlich das gleiche ist. Wir besuchen Myrtle Beach. Wir folgen Tornados. Wir lernen, wie man Hühnchenchili mit Tomatillo Salsa kocht. Trev rutscht die ganze Zeit unruhig in seinem Rollstuhl herum und wird immer gereizter, je näher der Nachmittag kommt. Bei fast jeder Werbung fängt er an zu brummeln. Ich versuche immer wieder, ihn abzulenken – mit allem Möglichen, von Spekulationen über das, was Rachael Ray in der Hose hat, bis zu Kathy Griffins Möpsen – aber er interessiert sich nicht für meine kindischen Sprüche. Nachdem wir drei Stunden durch das Programm gesurft sind und er zweimal im Bad war, beschließt Trev, ein Nickerchen zu machen, gerade rechtzeitig vor Bobs Ankunft. Einige Minuten, nachdem ich ihn hingelegt habe, ruft er nach Elsa, dann höre ich ihr gedämpftes Murmeln.

Als Bob um 2:54 Uhr vorfährt, sehe ich, dass das linke Vorderrad des Taurus eines dieser überdimensionierten Ersatzräder ist. Bobs Knie sind zwar schlammig, aber ansonsten ist er unversehrt – das Hemd wieder in der Hose, Reißverschluss zu, kommt er über den Hof, mit einer riesigen Tüte von KFC, die unten fast reißt, als er auf halber Strecke zum Haus ist. Er fasst gerade noch rechtzeitig darunter und verhindert, dass sie komplett aufplatzt, aber nicht, dass die Beans ihm auf den Ärmel tropfen und ein Schälchen Kartoffelbrei herausfällt und auf dem Rasen aufgeht. Einen Moment lang bleibt er einfach stehen und guckt wie ein Clown, aber ich spüre seine Frustriertheit bis hier. Ich könnte wetten, dass er sich gerade eine dritte Hand wünscht, mit der er in seine Tasche fassen und an seiner Babydecke herumspielen könnte. Stattdessen steht er einfach eine halbe Minute lang da, ganz gelähmt vor lauter Unentschlossenheit, und starrt abwechselnd auf den Kartoffelbrei und das Haus und wünscht sich vermutlich, das Problem würde einfach verschwinden. Schließlich lässt er das Malheur liegen, er geht weiter und hinterlässt eine Tropfspur aus Tomatensoße auf dem Rasen. Als ich seine Schritte auf der Holzrampe höre, ist Elsa bereits an der Tür, um ihn in Empfang zu nehmen, falls man das einen Empfang nennen will.

»Tut mir leid, Bob«, höre ich sie sagen. »Du hättest echt anrufen sollen.«

»Aber du hast doch gesagt, ich soll um …«

»Ich meine, du hättest anrufen sollen, bevor du hierhergeflogen bist. Dass du einfach plötzlich auftauchst, regt ihn auf. Er ist im Bett. Außerdem, findest du nicht, dass es ein bisschen spät ist, um …« Sie senkt die Stimme, sodass Trev, oder vielleicht auch ich, nicht hören kann, was sie zu sagen hat. Und der Länge ihrer Ansprache nach zu urteilen, hat sie eine Menge zu sagen. Ich nehme an, dass sie sie schon seit Jahren geübt hat, während sie sich um Trev gekümmert und seine schlaflosen Nächte mit durchwacht hat, während Bob irgendwo anders war und Lampen zerstört und Züge verpasst hat.

Bob scheint ihr wenig entgegenzusetzen zu haben. Ich verrenke mir den Hals und sehe, dass er in seiner Sanftmütigkeit unerschütterlich wirkt, während sie ihn zur Schnecke macht.

Elsas verbale Angriffe scheinen an Bob abzuprallen wie Gummihämmer. Aber man sieht, dass er innerlich weint. Plötzlich dämmert mir, dass diese Duldsamkeit, dieses Fehlen jeglichen Protests, die komplette Abwesenheit von Spannkraft womöglich die Wurzel seines Komplettversagens ist. Wie um das zu beweisen, versucht er am Ende, Elsa die tropfende KFC-Tüte über die Schwelle zu reichen, aber sie nimmt sie nicht an. Sekunden später sehe ich ihn mitsamt der Tüte über den Hof schlappen, ein einziges Bild der Niederlage. Er stellt das matschige Ding auf das Autodach – wo es weiter durchsuppt –, öffnet die Tür und stößt sich beim Einsteigen schon wieder den Kopf. Er schlägt die Tür zu, startet den Wagen und fährt die Einfahrt hinunter. Ungefähr auf halber Strecke der Einfahrt fällt die Tüte seitlich vom Dach und prallt auf dem Weg nach unten noch auf dem Seitenspiegel auf. Dann fährt Bob mit dem Hinterrad darüber und hinterlässt mal wieder ein Malheur.

Das Problem mit Bob

Als mein Arbeitstag um Viertel nach sechs zu Ende geht, fahre ich in der Dämmerung ziemlich erleichtert die holprige Einfahrt hinunter. Heute werde ich schon vor Ende der Happy Hour in den Grill gehen. Max ist bestimmt da, vielleicht sogar Forest. Oben auf der Anhöhe, am Ende der Einfahrt, sitzt Bob auf der Kühlerhaube des Taurus, Barbecuesoße auf dem Hemd und mit offenem Hosenstall.

»Schon wieder einen Platten?«, frage ich durch das offene Beifahrerfenster.

Er schüttelt den Kopf.

»Waren Sie die ganze Zeit hier?«

Er senkt den Blick und kratzt an einem Vogelschiss auf der Motorhaube herum.

»Warten Sie auf Trev?«

Er zuckt mit den Achseln und hört auf, an dem Vogelschiss herumzukratzen.

»Sieht nicht so aus, als würde er irgendwo hinfahren«, sage ich.

»Habe ich mir schon gedacht.« Er baumelt ein bisschen mit den großen Füßen und sieht in die Ferne.

Der Typ ist am Ende. Nachdem die Gummihämmer weggeräumt sind, ist nur noch der traurige Clown übrig. Anscheinend ist mein Arbeitstag doch noch nicht vorbei.

»Kann ich Ihnen ein Bier ausgeben?«, frage ich.

Wir schieben uns durch die dicke, schmierige Tür und werden sofort von der schwülen Atmosphäre des Grills verschluckt, wo uns die raue Stimme von Bob Seger begrüßt, zusammen mit dem Geschwätz von zwei Dutzend Gästen und dem bitteren Geruch nach schalem Bier und verbranntem Burgerfleisch. Max ist in der Tat dort und spielt Cricket Darts mit einem Bären von Mann in einem Flanellhemd und schmutziger Carhartt-Hose. Max trägt eine schwarze Jogginghose und sein O-fers-Trikot, obwohl die Saison längst vorbei ist. Ansonsten sind die üblichen Verdächtigen da: eher einfache Männer in schmutzigen Jeans, schmutzigen Basecaps und Arbeiterstiefeln. Bob sieht in seinen Dockers und dem Oberhemd irgendwie deplatziert aus, aber das bemerkt er entweder nicht, oder es ist ihm egal.

Wir gesellen uns mit einem frischen Krug und vier Gläsern zu Max und seinem Freund. Max stellt den Typen als Pete vor, ich stelle Bob als Bob vor.

»Habt ihr Lust auf ein Doppel, wenn wir mit der Runde fertig sind?«, fragt Max mit Schaum im Schnäuzer.

Ich sehe zu Bob, der sein Bier bereits inhaliert hat und zusammengesackt ist. Er zuckt mit den Schultern. »Klar. Egal.«

Kurz darauf, als Bob damit beschäftigt ist, das zweite Bier in sich hineinzuschütten, sagt Max leise zu mir: »Und wer ist dieser Al Gore?«

»Der Dad von meinem Kunden.«

»Von dem zurückgebliebenen Jungen?«

»Er ist nicht zurückgeblieben, er hat eine Muskeldystrophie, Max.«

»Warum ist er so schlecht drauf?«

»Lange Geschichte.«

»Du bist dran«, sagt Pete zu Max.

Nach zweieinhalb Bier taut Bob langsam auf.

»Hast du Kinder?«, fragt er mich.

»Nein.«

»Frau?«

»Nein.«

Er leert den Rest aus dem Krug in sein Glas. »Ich auch nicht. Fühlt sich jedenfalls so an. Keine Sorge, ich hol einen neuen.«

»Alles okay, trink ruhig.«

»Ich trinke nie«, sagt er und leert sein Glas.

»Tut mir leid, dass sie dich nicht reingelassen haben.« Das sollte mir eigentlich vorkommen wie ein Verrat, tut es aber nicht.

Er sieht mir kurz ins Gesicht, dann wendet er den Blick wieder zur Dartscheibe, wo Max gerade ein paar Doppel-19er geworfen hat. »Ja, na ja, ich hätte mich auch nicht reingelassen. Du etwa?«

»Ja, ich glaube schon.«

»Wahrscheinlich bist du deswegen Pfleger«, sagt er und betrachtet sein leeres Glas.

»Dann warst du nicht überrascht, dass sie dich nicht reingelassen haben?«

»Du etwa?«

»Wahrscheinlich nicht.«

»Siehst du«, sagt er und wischt sich mit dem Ärmel den Mund ab.

Er greift nach dem leeren Krug und steht leicht schwankend

auf. Als er zur Bar geht, steckt er die andere Hand tief in die Hosentasche, und ich überlege, ob er dort sein Stück Babydecke streichelt oder nur nach Kleingeld kramt.

Bob und ich haben keine Chance gegen Max und Pete. Vor allem Bob nicht, bei ihm geht jeder dritte Wurf so dermaßen daneben, dass der Pfeil nicht mal auf der Scheibe landet. Er vernichtet Pfeile wie andere Leute Tic-Tacs. Nach der Hälfte des Spiels hat er bereits vier Spitzen geschrottet, und wir spielen mit nicht zusammenpassenden roten und gelben. Der Barkeeper wirft mir bereits Blicke zu, als wollte er sagen: *Ey, du Arsch, sag deinem Freund mal Bescheid, dass Dartpfeile nicht auf Bäumen wachsen.* Max hat natürlich seine eigenen Darts: geriffelte Griffringe aus Messing und Hochglanzfedern mit dem Muster der amerikanischen Flagge. Er hat, nur so zum Spaß, angefangen, mit Links zu werfen, und das wirft ihn kaum zurück. Auf der 17 macht er uns fertig. Er sieht aus wie ein Walross, wie er auf den Zehenspitzen auf der Oche steht mit seinem schaumigen Pornobalken und dem großen, unförmigen Körper, aber er ist nun mal ein großartiger Dartspieler. Pete taugt glücklicherweise überhaupt nicht. Er ist ein Koloss, fast zwei Meter groß und hundertfünfzig Kilo schwer, aber er wirft zu weich. Es sieht aus, als würde er Schmetterlinge werfen. Wie er die Augen zusammenkneift und sein ganzes bärtiges Gesicht runzelt, würde ich annehmen, dass er kurzsichtig ist. Aber wenigstens trifft er die Scheibe. Komischerweise werfe ich selbst so gut wie wahrscheinlich seit zwei Jahren nicht mehr. Dass ich mit Bob zusammenspiele, nimmt mir wahrscheinlich den Druck. Ich bin nicht so verkrampft. Mein Handgelenk ist locker. Das Gedächtnis meiner Muskeln scheint wieder zu funktionieren. Ich stehe mit den Zehen an der Oche und schnuppere wie ein Raubtier, nehme meine Beute ins Visier und lasse den Pfeil dann fliegen, ohne irgendeinen Gedanken im Kopf. Auf der 20 bin ich Gold wert. Aber es genügt nicht, um Bob aufzuwiegen.

Wenn er gerade nicht dran ist, sitzt Bob breitbeinig und mit offenem Hosenstall auf seinem Holzstuhl. In der letzten halben Stunde hat er seinen Bierkonsum etwas gedrosselt, aber das ändert nichts dran, dass er betrunken ist, und zwar offensichtlich nicht gewohnheitsmäßig.

Er fängt an, dummes Zeug zu reden, das noch weniger verständlich ist als alles, was Jodi je von sich gegeben hat. Halb platzt er damit raus, und den Rest murmelt er, und dann klingt es wie »Morley Safers Schritt«. Und wenn man dann nachfragt, winkt er ab.

»Saginaw Ledernacken«, sagt er.

»Was?«

»Alte Herrenkommode.«

»Hä?«

»Verfick-hick-Braten.«

»Was möchtest du sagen?«

Sein Oberhemd ist vorne biergetränkt, und sein Dartspiel wird immer schlimmer. Bob verfällt zunehmend. Seine Babydecke hängt ihm aus der Hosentasche, als er unsicher auf den Zehenspitzen an der Oche steht, zweimal hickst und dann eine Doppelsieben wirft.

»Jetzt aber, Bob. Bullseye.«

Bob strafft die Schultern. Dabei wackelt er etwas und streckt das Kinn vor. »Rosti-hicke Schaukel.«

»Was zum Teufel redet der da?«, fragt Pete über den Rand seines Styroporbechers.

»Nicht den leisesten Schimmer«, sagt Max.

Als Bobs nächster Pfeil im Münzeinwurfschlitz landet, sieht Max mich besorgt an.

»Ich weiß, ich weiß«, sage ich und nicke.

Ungerührt von seinem Versagen lacht Bob, prustet irgendetwas, das wie »Knopffresser« klingt, und versucht noch einmal, ins Bullseye zu treffen. Zum Schrecken aller anderen außer

Bob selbst trifft er die Kellnerin am Hals, gleich unter dem Ohrläppchen. Sie denkt wahrscheinlich, eine Wespe habe sie gestochen, schreit und schlägt sich an den Hals, wozu sie ihr Tablett mit halb vollen Gläsern fallen lässt, das noch auf einer Tischkante aufsetzt und dann mit ziemlichem Getöse zu Boden kracht.

Super Aktion, Bob.

Zehn Minuten später kotzt Bob in einer kleinen Gasse hinter dem Grill, und ich stehe Schmiere. Als nichts mehr übrig ist außer einem trockenen Würgen, führe ich ihn an den Schultern an seinem Mietwagen vorbei zu meinem Subaru, setze ihn auf den Beifahrersitz und schnalle ihn an, während er stöhnt und vor sich hin murmelt. Sein Haar ist total wirr, sein Reißverschluss immer noch offen, und seine Augen scheinen sinnlos in alle Richtungen zu gucken. Er riecht nach Corn Dogs und billigem Aftershave.

Auf dem Weg nach Hause presst Bob das Gesicht an die Scheibe und setzt sein trauriges, trunkenes Gemurmel fort. Als wir oben an der Ampel bei den Hostmark-Apartments stehen bleiben, dreht er sich im Halbdunkel der Kreuzung zu mir um und sieht mich mit leerem Blick an.

»Was würdest du tun?«, fragt er.

Aber darauf habe ich keine Antwort. Ich wünschte, ich hätte eine. Das Einzige, was ich tun kann, ist, ihn in meine Abteilwohnung zu schaffen, wo ich ihm auf dem Sofa das Bett mache, ihm ein Sandwich, ein Glas Wasser und eine Zahnbürste anbiete, und ihm eins meiner Kopfkissen überlasse. Noch bevor ich sein Sandwich fertig habe, legt er sich voll bekleidet oben auf die Decke und ist weg. Als ich das Licht ausmache, sehe ich noch, dass er sein Stück Babydecke fest in der Hand hält. Er sieht in seinem bleiernen Schlaf beneidenswert friedlich aus, fast wie ein Kind. Es würde Trev sicher guttun, ihn so zu sehen, denke ich. Oder vielleicht auch nicht. Ich ziehe Bob die riesigen Schuhe aus, stelle sie vor das Sofa, und er regt sich kaum. Ich befreie einen Teil der Decke unter ihm und decke ihn damit zu, so gut es geht. Dann mache ich das Licht aus.

Abflug

Am Morgen steht Bob – gekämmt und mit hochgezogenem Reißverschluss – am Fenster und sieht in den Regen hinaus. Auf seinem rechten Schuh ist immer noch ein bisschen getrocknete Kotze, und sein Oberhemd hat anscheinend einen Wäscheversuch über sich ergehen lassen, denn es hat vorne große, nasse Flecken.

»Du hast nicht zufällig einen Fön?«, fragt Bob und zeigt auf sein Hemd.

»Ich hätte ein Hemd«, sage ich.

Er lächelt ein bisschen traurig. »Ben, du bist echt meine Rettung.«

Ganz hinten im Kleiderschrank, wo es nach frischen Fotokopien und Raumspray mit Zitronenduft riecht, hängt sinnlos hinter einem Stapel Plastikkisten, in denen die losen Enden eines unendlich weit entfernt scheinenden Lebens verstaut sind, das zweimal getragene Oberhemd, das Janet mir ausdrücklich für Bewerbungsgespräche gekauft hat. Gittermuster auf Blassgrün. Millimeterpapier auf Baumwolle. Nichts Besonderes. Sieht total nach Bob aus. Und steht ihm tatsächlich gut. Ich würde ihn einstellen.

»Schicke ich dir zurück«, sagt er. »Oder ich kaufe es dir ab.«

»Ich schenke es dir. Passt mir sowieso nicht.«

Bob streckt mir die Hand hin. »Also, vielen Dank«, sagt er und schüttelt mir die Hand kräftig. »Ich wollte einfach noch danke sagen. Und dann sollte ich mir wohl ein Taxi rufen. Mein Flug geht heute Nachmittag.«

»Ich kann dich auch mitnehmen, kein Problem. Willst du noch einen Kaffee?«

»Nein danke.«

»Was essen?«

»Ich kaufe mir auf der Fähre was zum Frühstück«, sagt er, und dann geht er wieder ans Fenster und sieht in den Regen hinaus. »Es ist jedes Mal wieder neu.«

Ich bin nicht sicher, ob er über das Frühstück auf der Fähre spricht oder über den Regen, der gestern Abend spät irgendwann eingesetzt und seitdem nicht nachgelassen hat. »Wie oft warst du schon hier?«, frage ich.

»Ich habe aufgehört zu zählen.«

»Lassen sie dich manchmal rein?«

»Zweimal. Einmal an meinem Geburtstag, und einmal, als ich Hühnchen dabeihatte. Deswegen bringe ich jetzt immer Hühnchen mit.«

Am liebsten würde ich ihm sagen, dass er es mal mit Fish and Chips versuchen soll, aber das bringe ich nicht übers Herz.

Auf der Fahrt zum Grill bleibt das Radio aus. Es schüttet wie aus Kübeln und trommelt auf die Windschutzscheibe. Die einzigen weiteren Geräusche sind das Sausen der Räder und das Schlagen der Scheibenwischer. Wir schießen die Hostmark hinunter Richtung Stadt.

»Wahrscheinlich erzählst du das alles besser nicht Trev«, sagt er schließlich. »Oder Elsa.«

»Wahrscheinlich nicht«, sage ich. Aber was ich eigentlich sagen will, ist: *Scheiß auf sie. Hör auf, dich zu entschuldigen. Sie haben dein Hühnchen gar nicht verdient.* Aber ich weiß, dass das so auch nicht stimmt.

Als ich Bob an seinem Wagen absetze, sehe ich, dass unter dem Scheibenwischer des Taurus ein Strafzettel klebt wie nasses Kaugummi.

»Danke noch mal für das Hemd«, sagt er beim Aussteigen.

»Kein Thema. Viel Glück!«, rufe ich ihm hinterher.

Bob fährt hinter mir auf die Straße, und ich sehe noch im Rückspiegel, dass er vergessen hat, das Parkticket unter dem Scheibenwischer hervorzuholen, sodass es jetzt einen schmierigen Streifen auf der Windschutzscheibe hinterlässt, bevor es sich endgültig in Wohlgefallen auflöst, und ich fange an zu verstehen, wie Bobs Leben läuft: Dieser nichtbezahlte Strafzettel wird irgendwann zu einer Strafanzeige werden und schlussendlich zu seiner Verhaftung führen, wegen eines geringfügigen Verkehrsdelikts, und seine Exfrau und sein Sohn werden sich darüber das Maul zerreißen. Und der arme Bob wird gar nicht verstehen, was eigentlich passiert ist.

Ich komme zehn Minuten zu spät zur Arbeit. Elsa steht mitten in der Küche, die Tasche über die Schulter geworfen. Ich überlege, ob sie über Bob und mich Bescheid weiß, oder ob meine Verspätung der Grund für ihre Ungeduld ist.

»Morgen«, sage ich. »Tut mir leid, dass ich …«

»Ich hab um neun eine Stunde«, sagt sie. »Erinnern Sie mich nachher dran, dass wir über die erste Septemberwoche sprechen müssen. Da müssen wir was arrangieren.«

»Mache ich.«

»Er ist schon auf«, sagt sie. Und dann marschiert sie ohne ein weiteres Wort durch die Küche und zur Tür hinaus. Was denn arrangieren?, frage ich mich und gehe durchs Esszimmer. Trev sitzt aufrecht im Rollstuhl vor seinem Tischchen. Er hat wieder Farbe im Gesicht. Seine Augen funkeln wieder. Er trägt die karierten Vans.

»Hast du gesehen, was die Alte in der Hose hat?«, sagt er und zeigt auf die Moderatorin des Reisesenders, eine geschmeidige, fischmäulige Brünette, die in einem knappen, gelben Zweiteiler am Pool des Winn Casinos liegt.

»Sieht ja schon fast aus wie eine Shemale.«

Als die Werbung kommt, dreht er den Rumpf nach hinten, greift wie ein Tyrannosaurus nach der Fernbedienung und zappt mit seinem steifen Daumen durch bis zum Wetterbericht. In Salt Lake City sind es dreiundzwanzig Grad, und der Wind kommt mit zehn bis fünfzehn Meilen pro Stunde aus Südwest.

»Er kommt heute bestimmt wieder«, sagt Trev gereizt. »Wart's ab.«

»Er ist schon weg.«

Trev dreht den Kopf in meine Richtung. »Woher willst du das denn wissen?«

»Keine Ahnung. Nur so ein Gefühl.«

Er rollt die Schultern nach hinten und streckt die Wirbelsäule, dann zappt er wieder zum Reisesender zurück.

»Was bildet er sich eigentlich ein?«, sagt Trev. »Dass er sich meine Liebe mit Brathähnchen kaufen kann?«

Traurigerweise stimmt das beinahe. Aber immerhin versucht er es überhaupt. »Ach, jetzt gib ihm doch eine Chance«, sage ich.

Trev runzelt die Stirn, und sein Gesicht verdunkelt sich. »Die hat er zur Genüge gehabt.«

Vielleicht hat er recht. Warum will ich Bob so bereitwillig verzeihen? Der Typ ist ein Loser. Seine hündische Duldsamkeit mag zwar auch bewundernswert sein, aber es ist offensichtlich, dass er an jeder Straßenecke mit seinem eigenen Versagen rechnet. Manchmal genügt es nicht, es zu versuchen. Vielleicht ist es Bob doch nicht wichtig genug. Aber das bezweifle ich. Ich bin immer noch der Meinung, dass es an Trev ist, sich als der Größere der beiden zu erweisen. Wenn er die Größe hat, den vollständigen und sinnlosen Betrug seines eigenen Körpers zu akzeptieren, dann sollte er doch wohl auch die Größe haben, seinem alten Herrn zu verzeihen, dass er ein Trottel mit guten Absichten ist.

»Mir kam er eigentlich ganz okay vor.«

»Du kennst ihn doch gar nicht.«

»Ich glaube, er meint es gut. Ehrlich. Er weiß doch, dass er Scheiße gebaut hat. Vielleicht könntest du ihm einfach die Chance geben, sich ...«

»Weißt du was?«, sagt er und starrt auf den Fernseher. »Vielleicht könntest du dich einfach um deinen eigenen Kram kümmern und pünktlich zur Arbeit kommen.«

Er hat recht. Ich habe die Grenze schon wieder überschritten, die Rollen durcheinandergebracht, und ganz offen die erste Regel der häuslichen Pflege missachtet. Ich merke, dass ich rot werde. Trev verzeiht mir schnell.

»Ich ja auch nicht«, sagt er.

»Was?«

»Ich kenne ihn eigentlich auch nicht. Ehrlich, ich kann mich an vielleicht zwanzig Mal erinnern, die ich ihn gesehen habe. Höchstens dreißig. Ich weiß nur, dass er abgehauen ist.«

Er blinzelt gereizt Richtung Fernseher. Für heute habe ich ihn genug getriezt, ich werde keine weiteren Grenzen überschreiten. Langsam sollte ich es wissen. Als ich mich gerade in die Küche verkrümeln und ihm das Frühstück machen will, überrascht Trev mich.

»Ich bin hart zu ihm, ich weiß«, sagt er. »Und irgendwie ist das nicht fair. Auch egal, er hat mich verlassen. Aber klar, manchmal bin ich auch neugierig auf ihn. Manchmal denke ich sogar, er ist gar kein so schlechter Kerl. Manchmal denke ich, ich sollte ihm eine Chance geben, und ihn wenigstens kennenlernen. Aber dann tue ich das doch nicht.«

»Warum nicht?«

»Keine Ahnung«, sagt er. »Ich tu's einfach nicht.«

Keine Zeit

Als die Kinder wieder ins Auto steigen, hat Bernard mich so weit, dass ich eigentlich ganz optimistisch in die Zukunft sehe. Vielleicht kauft er das Grundstück an der Discovery Bay tatsächlich. Ich liebe es da draußen. Ich sehe mich schon an den Wochenenden in einem kleinen Skiff ein paar Kaltgetränke zu mir nehmen. Ich sehe uns alle zusammen da draußen, den ganzen Sommer, vollkommen ungestört. Bernard mit seinem beknackten Hut verbrennt Steaks, während ich Kühlakkus in die Kühlbox packe. Die Kinder toben im Wasser herum. Ruth kocht Marmelade. Janet schläft auf einem Liegestuhl. Wer weiß, vielleicht bauen wir da draußen etwas. Allein der Gedanke vertreibt meine Kopfschmerzen schon fast.

»Wo fahren wir jetzt hin?«, fragt Piper.

»Einkaufen.«

»Du hast gesagt, wir gehen um drei einkaufen.«

»Dann hat das wohl nicht gestimmt.«
»Du hast gelogen.«
»Nein, nicht gelogen. Ich hab mich nur verrechnet.«
»Da können wir doch nichts für!«
»Na gut. Ententeich?«
»Nein!«, sagt Piper.
»Ach komm, das wäre jetzt am einfachsten.«
»Nein! Da gehe ich nicht hin.«
»Okay, okay. Spielplatz?«
Sie beäugt mich misstrauisch. »Welcher?«
»Am Wasser.«
»Das ist doch kein Spielplatz, da sind nur zwei Schaukeln.«
»Wohin denn dann?« Ich sehe Jodi an. »Was ist denn mit dir, Jodi, wo möchtest du hin?«
»Squischel-squaschel-irgendwas«, sagt er.
»Siehst du, dann wäre das ja geklärt«, sage ich.
»Du hast doch nicht mal verstanden, was er gesagt hat.«
»Was hat er denn gesagt?«
»Er will den Oktopus sehen.«
»Den Oktopus?«
»Im Marine Science Center.«
»Schatz, dafür haben wir wirklich keine Zeit. Wir müssen um vier zu Hause sein, wenn Mommy kommt.«
»Sag ihm das«, sagt sie.
»Sag du es ihm«, sage ich.
Sie verschränkt die Arme, presst die Lippen aufeinander und sieht aus dem Fenster.
Ich seufze. »Jodi, Kumpel, es tut mir echt leid, aber wir haben keine Zeit, zum Oktopus zu fahren.«
»Daddy sagt Nein«, fügt Piper hinzu.
Jodi runzelt zuerst seine kleine Stirn. Dann fängt er an, ein bisschen zu treten, mit einem Wimmern, einem einzelnen Wimmern. Wenn dann die Unterlippe nach vorne kommt

und anfängt zu zittern, ist es zu spät – Zeit, sich auf etwas gefasst zu machen oder einzulenken.

Der Oktopus heißt Sam, und ich bezweifle, dass ihn außer Piper jemals jemand »süß« genannt hat. Er wohnt in einem Aquarium, das ungefähr so groß ist wie drei Telefonzellen, und liegt eigentlich nur nutzlos herum und atmet gerade mal genug, dass man erkennen kann, dass er noch lebt. An dem Aquarium klebt eine Plakette, die ich nicht lese. Nichts gegen Sam, aber ich bin vollauf damit beschäftigt, auf Hände aufzupassen – das tue ich, seit Jodi im Februar diese Seegurke angepackt hat. Gott sei Dank war es kein Zitteraal. Wir wurden höflich gebeten zu gehen, als Jodi einen Tobsuchtsanfall bekam. Ich glaube nicht, dass die Dame am Empfang uns diesmal wiedererkannt hat; vielleicht, weil Jodi auf meinem Arm eingeschlafen ist, bevor ich ihn absetzen konnte, und ich ihn jetzt tragen muss. Er ist ein schwitzendes kleines Bündel, fünfzehn klebrige Kilo, die an mir hängen wie Rinderhack.

»Mr. Caruthers hat uns ein Video gezeigt, wie ein Oktopus einen Hai tötet«, sagt Piper und drückt sich an der Scheibe die Nase platt. »Er sagt, vielleicht ist der Oktopus das größte Meeresraubtier der Welt.«

»Das würde man Sam gar nicht zutrauen«, sage ich.

»Weil Sam genau weiß, dass er in einem Aquarium eingesperrt ist. Aber wenn er hier rauskäme, würdest du schon sehen.«

Als hätte er uns zugehört, wälzt Sam sich träge auf die Seite, streckt eine riesige Tentakel aus und starrt uns mit einem seiner Glupschaugen an. Er sieht aus, als wollte er auch etwas dazu sagen. Aber das tut er nicht. Er rollt sich einfach wieder zurück und atmet weiter.

Wie wir jetzt aussehen

Das Lokal, das sie ausgewählt hat, sagt schon alles. Sie hat mich sicher nicht wegen der Fülle kulinarischer Köstlichkeiten in den Food Court gebeten, sondern weil es dort so wahnsinnig unpersönlich ist und reichlich Fluchtwege gibt. Sie marschiert energisch an Quiznos vorbei, ihre Handtasche und einen Aktenordner unter dem Arm, und gibt mir damit deutlich zu verstehen, dass sie dieses Treffen kurz halten möchte. Selbst ihr Outfit ist geschäftsmäßig, von der bescheidenen lavendelfarbenen Bluse (die Farbe der sexuell Frustrierten) bis zu dem grauen Bleistiftrock und den spitzen, flachen Lederpumps. Ihr Gesichtsausdruck ist freundlich, aber entschlossen, schmallippig und geradeaus, weder hart noch weich – der Gesichtsausdruck einer Frau, die Spermaproben einsammelt. Sie kommt zwar direkt auf mich zu, sucht aber keinen Blickkontakt, sie fixiert eher einen Punkt irgendwo hinter mir. Sie ist mir bereits fremd, wenn auch schmerzhaft vertraut.

Sie streicht die Rückseite ihres Rocks glatt, schiebt sich seitwärts auf den fest installierten Stuhl mir gegenüber, seufzt und legt ihre Handtasche und einen Umschlag auf den Tisch.

»Sorry, in Tacoma war die Hölle los«, sagt sie.

Ihr Haar ist jetzt einen Ton dunkler als mandelfarben. Vor zwei Jahren hat sie sich nahezu komplett die Haare abrasiert. Sie sah aus wie eine polnische Kriegsgefangene. Jetzt ist ihr Haar üppig und macht den Eindruck, als würde es gut riechen. Nach Pfirsich oder so. Sie trägt einen Mittelscheitel, wie damals, als wir uns kennenlernten, und von da aus fällt es zu beiden Seiten gleichmäßig um ihr Gesicht bis fünf Zentimeter unters Kinn.

»Gut siehst du aus«, sage ich.

»Ich sehe alt aus«, sagt sie. »Ich fühle mich alt.«

Ich habe mich zwar jung angezogen, Jeans und Chucks und ein Penguin-Shirt, frage mich aber gerade, ob das nicht den gegenteiligen Effekt hat.

»Alt geworden bin wohl vor allem ich.«

»Du siehst gut aus«, sagt sie. »Du siehst genauso aus wie vor drei Jahren.« Sie schafft es, das wie eine Beleidigung klingen zu lassen.

Sie schiebt mir den Umschlag über den Plastiktisch. »Das habe ich dir mitgebracht, falls du es nicht mehr hast.«

»Ich habe die Papiere.«

»Dann hast du sie dabei?«

»Ich dachte, wir essen zu Mittag.«

Sie versteinert und starrt quer durch den Food Court in Richtung Macy's. Sie wirkt erschöpft. Sie ist nur deswegen mehr als hundertsechzig Meilen gefahren. Ich hätte gern meine Hand auf ihre gelegt und sie ein bisschen gedrückt, so wie tausendmal vor der Katastrophe – als sie die Zyste gefunden haben, als ihr Bruder starb, als Jodi die Staphylokokkeninfektion hatte, als Piper die Windpocken hatte, als es an jeder Ecke schien, als hätte das Schicksal uns schon wieder eine gescheuert, finanziell, emotional oder ideell. Was wir alles ausgehalten haben. Was wir alles an Lichtern angezündet haben auf den Pfaden der Finsternis. Was für ein unkaputtbares Team wir einmal waren. Und wie wir jetzt aussehen! Sie, die hinter ihrem Make-up und den undurchdringlichen Augen so tut, als wären wir Fremde, und ich, der ich mich nach einem Zugang zu ihr verzehre, aber genau weiß, wenn ich es wage, die Hand nach ihr auszustrecken, wird sie aufstehen und gehen.

»Ben, bitte«, sagt sie und seufzt schwer.

Ich sehe weg, an den Topfpflanzen vorbei Richtung Orange Julius, und kann an nichts anderes denken als an Pipers Lieblingsessen: French Toast, Krabbencocktail und Orange Julius (oder meine Version davon). Ich kann an nichts anderes denken als an das ganze segensreiche Durcheinander, das wir vier jeden Abend am Esstisch veranstaltet haben, wo wir oft vier verschiedene Mahlzeiten gegessen haben, aber gemeinsam, unumstößlich, untrennbar miteinander verbunden.

»Bitte«, sagt sie wieder. Ich lasse sie in der Luft hängen, diese verzweifelte Bitte, weil mir aufgeht, dass es wahrscheinlich die letzte ihrer Art ist, denn darin scheint bereits ihr letztes Fitzelchen Geduld zu liegen.

»Weißt du noch, wie wir in dieser Geisterstadt waren«, sage ich. »Als du schwanger mit Jo…«

»Natürlich weiß ich das noch.«

»Weißt du noch, kurz bevor es passiert ist, wie Piper …«

»Ja«, sagt sie, »weiß ich noch.«

»Ist gar nicht so lange her«, sage ich.

»Sechs Jahre, Ben – und zwei Leben.«

Der Knoten in meinem Bauch wird härter. »Eher vier Leben.«

»Sprich du mal nur für dich«, sagt sie und wühlt in ihrer Tasche.

Mein Gott, ist sie hart geworden. Tief in ihr drin muss noch irgendwo die alte Janet sein, jedenfalls möchte ich das glauben. Damit ich sie irgendwie erreichen kann, und sei es auch noch so kurz. Sie braucht mich – jetzt mehr denn je. Wer, wenn nicht ich, sollte verstehen, wie verheerend das alles ist? Jim Sunderland ja wohl kaum.

»Es könnte immer noch gehen. Wir könnten es noch mal versuchen.«

Sie sieht von ihrer Tasche auf. »Ich habe keine Lust mehr, mir vorzukommen wie eine herzlose Hexe, bloß weil ich mein Leben weiterlebe.«

»Mit Jim?«

Ich habe sie kalt erwischt. Sie sieht mir ins Gesicht. »Was weißt du denn über Jim?«

»Ich weiß alles über Jim und sein hässliches Kind.«

»Ach, dann stalkst du mich jetzt? Wie bist du denn drauf, was soll das? Als hättest du nicht schon genug angerichtet.«

Verblüffend, wie grausam sie ist. Ihre entgleisenden Gesichtszüge verraten mir, dass sie das gerne zurücknehmen würde, aber sie wird sich keine Blöße geben. Fast sofort reißt sie sich wieder zusammen.

»Lass Jim da raus. Ich möchte diese Papiere, Ben. Zwing mich nicht, eklig zu werden.«

»Das findest du nicht eklig?«

»Ich habe dir ein halbes Jahr Zeit gegeben, und dann ein ganzes. Ich habe getan, was du wolltest. Jetzt bist du dran.«

»Höre ich da die Hochzeitsglocken läuten? Bitte sag, dass du diesen Kasper nicht heiratest. Was auch immer du tust, krieg keine Kinder mit ihm. Das Hässlichkeitsgen ist dominant.«

»Wenn du es hässlich willst, Ben, dann kannst du das haben.« Ganz ruhig nimmt sie ihre Tasche und den Umschlag. Sie steht auf, streicht sich den Rock glatt und steht aufrecht da, die personifizierte Selbstbeherrschung. »Aber denk dran«, sagt sie, »du hast es so gewollt.«

Bevor ich auch nur darüber nachdenken kann, mich zu verteidigen – wobei ich, ehrlich gesagt, in allen Punkten schuldig bin, und das wissen wir auch beide –, dreht Janet sich um und geht, quer durch den Food Court, an Quiznos vorbei, genauso entschlossen wie vor fünf Minuten, als sie gekommen ist. Vor Busby's bleibt sie gerade lange genug stehen, um den Umschlag in den überquellenden Mülleimer zu stopfen, dann streicht sie sich eine Haarsträhne aus dem Gesicht und dreht sich nicht mal mehr um, als sie die Glastür aufschiebt und in den grauen Nachmittag hinaustritt.

Gehe ich ihr hinterher? Versuche ich, die Sache noch zu retten, mit einer der zweitausend Entschuldigungen, die ich ihr noch schulde? Meine Füße sagen Nein. Mein Herz sagt Ja. Ich kann nur einem von beiden gehorchen. Draußen hat es angefangen zu regnen. Ich bin nicht gerade stolz auf mich.

Als ich in meinem Subaru vom Parkplatz rumpele, entdecke ich Janet in ihrer silbernen Limousine. Sie ist zu beschäftigt, um mich zu bemerken. Sie hat sich noch nicht vom Parkplatz wegbewegt. Ihre Stirn liegt zwischen ihren Händen auf dem Lenkrad, und das Zucken ihrer Schultern lässt keinen Zweifel daran, dass sie weint. Das wäre die Gelegenheit, es wiedergutzumachen, wenn ich denn Manns genug wäre, sie zu ergreifen. Mit einer einfachen Unterschrift könnte ich Janet etwas Trost spenden, und sie könnte zu Jim Sunderland. Ich könnte ihr die Chance geben, einen Schritt vorwärts zu machen und unsere Katastrophe zu vergessen, sich ein für alle Mal von den Trümmern unseres Lebens abzukehren und sich ihren eigenen Weg zu suchen. Janet sollte mir doch so wichtig sein, dass ich sie rette. Stattdessen rolle ich langsam vorbei und starre ihre bebende Gestalt auf dem Fahrersitz an wie ein Unfallopfer.

Monday, monday

Ich habe gerade den Kessel aufgesetzt und den Kaffeefilter etwas gefährlich auf meinen Les-Schwab-Becher gestellt, als es zweimal an der Tür zu meiner Abteilwohnung klopft. Das bedeutet morgens um zwanzig vor acht nie etwas Gutes. Wahrscheinlich wieder Madge aus der 212, um mich zu beschimpfen, dass ich ihre Vierzehn Kilo-Katze mit Schokoriegeln gefüttert hätte, ein Verbrechen, dessen ich definitiv nicht schuldig bin. Ich sehe auf und bin überrascht, einen glatt rasierten Mann vor dem Fenster zu sehen, Ende zwanzig, der beide Hände und einen offiziell aussehenden Brief neben seinem Gesicht an die Scheibe legt, weil er sonst durch die Reflexion nichts sieht. Ich ducke mich instinktiv hinter den Küchentresen. Sekunden später komme ich versuchsweise langsam aus der Hocke hoch, recke den Hals und linse über die Arbeitsplatte, und er ist immer noch da. Ich ducke mich wieder, aber wahrscheinlich hat er mich schon gesehen. Ein Blick auf die Uhr sagt mir, dass ich schon wieder zu spät zur Arbeit komme.

Es klopft am Fenster.

Ich rühre mich nicht.

Es klopft noch einmal.

Vielleicht hat er mich ja doch nicht gesehen, sage ich mir, und da fängt der Kessel an, Geräusche zu machen. Bis ich wie eine Krabbe quer über das Linoleum zum Herd gekrochen bin, kreischt das Ding wie ein wild gewordener Affe. Ich taste blind auf dem Herd herum, bis ein Blitz mir übers Handgelenk den Arm hinunter bis zum Ellbogen schießt.

»Au!«, schreie ich und lasse den Kessel mit metallischem Geschepper wieder auf den Herd fallen, wo er weiter blubbert und zischt.

Es klingelt. Sofort dreht der Terrier meines Nachbarn durch. Der Kessel heult weiter.

Ich strecke noch einmal den Arm nach oben und schubse den Kessel vom Herd, sodass er sich endlich beruhigt. Ich krieche zur Spüle und sinke dort gegen den Küchenschrank. Diesmal hat Janet nicht geblufft. Ich kann nichts anderes tun, als es auszusitzen.

Zwei Minuten später, als das fortgesetzte Klopfen, Läuten und Kläffen endlich nachgelassen hat, linse ich wieder über den Küchentresen und stelle fest, dass mein Verfolger offenbar das Handtuch geworfen hat. Ich verzichte auf den Kaffee, rase wie ein Wilder durch das Abteil und suche Schlüssel, Portemonnaie, Kreuzworträtsel und Sweatshirt zusammen, stecke den Kopf aus der Wohnung, gucke in beide Richtungen, stelle fest, dass die Luft rein ist, und marschiere energisch den Gang hinunter. Unten entdecke ich den Kurier, er lehnt am Fahrradständer und klopft sich mit dem Umschlag aufs Knie. Wenn ich es bis zur Treppe schaffe, kann ich mich hintenrum rausschleichen, notfalls ein kleines Stück rennen und dann auf der anderen Seite um das Gebäude herum zum Subaru.

Als ich gerade an der 210 vorbei bin, platzt Madge mit verschränkten Armen aus ihrer Wohnung und stellt sich mir in den Weg wie ein Wächter. Sie trägt einen schäbigen blauen Frottee-Bademantel voller Katzenhaare. Sie hat Lockenwickler im Haar und eine Zigarette im Mundwinkel. Ich sehe auf meine Armbanduhr, dann über das Geländer. Der Kurier hat aufgegeben und geht zu einem blauen Bronco. Ich verschwinde wieder aus seinem Sichtfeld.

»Drück nicht immer deine Kippen in meinem Blumenkübel aus«, keucht Madge.

»Tu ich doch gar nicht.«

»Jetzt komm mir nicht so, ich habe es doch selbst gesehen.«

»Hast du nicht.«

»Willst du behaupten, ich lüge?«

»Ich rauche doch nicht mal.«

Ich will an ihr vorbeitreten, aber sie stellt sich mir in den Weg.

»Nicht so schnell«, sagt sie. »Du kommst hier nicht weg, bevor du nicht jede einzelne Kippe aus meinen Gladiolen geholt hast.«

Ich werfe einen Blick auf den Blumenkübel und stelle fest, dass die Gladiolen nur ein Haufen welke Hülsen sind. Tatsächlich stecken dazwischen vielleicht zwölf oder mehr Zigarettenstummel, wie Grabsteine.

»Das sind nicht meine«, sage ich.

»Und ich nehme an, du fütterst Agnes auch nicht mit Schokoriegeln?«

»Stimmt, das tue ich auch nicht.«

Wie aufs Stichwort kommt Agnes aus der Wohnung und streift mir um die Beine.

»Einen Scheiß tust du nicht«, sagt Madge. »Also, entweder

du sammelst jetzt die Kippen aus den Gladiolen, oder ich marschiere sofort zu Chuck …«

Bevor sie fertig ist, dränge ich mich an ihr vorbei und gehe.

»Hey!«, brüllt sie. »Komm sofort zurück!«

Über das Geländer sehe ich, dass ihr Geschrei den Kurier aufmerksam gemacht hat. Für einen kurzen Moment begegnen sich unsere Blicke. *Hab dich*, scheint er zu sagen. Wir rennen gleichzeitig los zur Treppe. Madge brüllt mir hinterher.

»Du hast es nicht anders gewollt!«, poltert sie. »Ich sage es Chuck!«

Ich erreiche durch einen Sprint das obere Ende der Treppe und bremse auch an den Ecken nicht ab. Ich bin ganz knapp vor ihm unten.

»Sie! Benjamin Benjamin!«, ruft er. Aber ich drehe mich nicht um – damit würde ich ja zugeben, dass ich Benjamin Benjamin bin. Stattdessen springe ich über die Buchsbaumhecke, weiche einem silbernen Lumina aus und renne schnurstracks zu meinem Subaru am anderen Ende des Parkplatzes. Ich springe hinters Steuer und drehe den Zündschlüssel, aber die Karre springt nicht gleich an. Ich höre es unter der Haube klopfen, als ich ihn zum zweiten Mal herumdrehe, zum dritten Mal, und als der Wagen beim vierten Mal endlich anspringt. Dann haue ich den Rückwärtsgang hinein. Im Rückspiegel sehe ich meinen Verfolger auf halber Strecke kehrtmachen und zu seinem Bronco rennen. Er hätte besser hinter mir bleiben sollen. Emilio hat mich mit seinem Gärtnerwagen zugeparkt, und ich bin gezwungen, in mindestens acht Zügen zu wenden. Beim letzten Zug verhake ich mich an Emilios Stoßstange. Der Subaru hängt kurz auf drei Rädern, dann kracht er quietschend wieder runter. Als ich von Emilios Stoßstange freigekommen bin, trete ich aufs Gas. Der Subaru säuft fast an seiner eigenen Kraft ab. Ich lasse ihn sich kurz erholen, dann gebe ich Gummi. Ich rase mit quietschenden Reifen aus

Unit B und pralle fast mit dem blauen Bronco zusammen, der gerade um die Ecke kommt. Wir treten beide noch gerade rechtzeitig auf die Bremse. Die kleine Kakerlake grinst hinter dem Steuer. Er denkt, er hat mich. Wir starren uns immer noch in die Augen, als ich an ihm vorbeischieße, über die Bordsteinkante, mit der Seite die Zypressenhecke streifend, knapp an einem Elektrokasten vorbei. Wieder quietscht es hinten, als ich wieder auf vier Rädern bin und Richtung Ausfahrt rase. Aber der Bronco ist direkt hinter mir. Der Junge lächelt immer noch. Er klebt mir quasi an der Stoßstange, als ich auf die Madison einbiege und der Subaru plötzlich absäuft. Verzweifelt drehe ich den Zündschlüssel herum, einmal, zweimal, dreimal, und sehe in den Rückspiegel. Der Junge lacht inzwischen. Beim vierten Mal springt der Wagen endlich an, und ich fahre stotternd nach Norden, Richtung Bibliothek, und gewinne langsam an Geschwindigkeit. Der Kreisverkehr verschafft mir die erste Pause, als zwei Schulbusse hinter mir einschwenken. Ich fahre in nördlicher Richtung hinaus, gerade noch vor ein paar Mittelschülern, für die der Bronco anhalten muss. Bei der Feuerwehr habe ich drei Blocks Vorsprung. Als ich am Highway 305 die Ampel noch kriege, habe ich ihn endgültig abgehängt. Aber mir ist klar, dass ich ihn nicht zum letzten Mal gesehen habe.

Als ich zehn Minuten zu spät zur Arbeit komme, finde ich Elsa ungeduldig wartend in voller Montur in der Küche. Ich merke ihr an, dass sie mich lieber schweigend zurechtweisen würde, aber sie kann sich nicht beherrschen.

»Wissen Sie«, sagt sie und nimmt ihre Tasche hoch, »mir ist schon klar, dass dieser Job hier nicht besonders gut bezahlt ist. Und mir ist auch klar, dass Sie noch ein Leben außerhalb der Arbeit haben. Aber wenn dieser Job Ihnen im Weg ist, dann ist es vielleicht das Beste für alle Beteiligten, wenn wir die *Social and Human Services* um Ersatz bitten. Anders gesagt, ich kann im September nicht weg, wenn ich mich nicht darauf verlassen kann, dass hier immer jemand ist, wenn wir ihn brauchen.«

Sie sieht müde aus. Ich weiß, dass es sie Mühe kostet, mich so zurechtzuweisen, und ich habe wirklich ein schlechtes Gewissen, dass ich sie in diese Situation gebracht habe. »Es tut mir leid«, sage ich. »Kommt nicht wieder vor. Versprochen. Sie können sich auf mich verlassen.«

»Es ist ja auch nichts Persönliches.«

Als ich abends von der Arbeit nach Hause komme, finde ich eine Nachricht von Chuck an der Tür.

Ich muss mir dir reden, steht da.

Also marschiere ich schnurstracks zu Chucks Wohnung und klopfe. Er bittet mich nicht hinein, sondern tritt vor die Tür auf den Gang und kratzt sich am Hals. Er trägt Pantoffeln und Jeans und riecht nach Gras. Ich nehme an, dass er dieses Gespräch lieber ein andermal führen würde.

»Also, Madge meint, du willst ihre Katze vergiften«, sagt er.

»Sie hat einen an der Waffel, Chuck. Sie glaubt auch, ich würde ihren Strom abzwacken.«

»Davon weiß ich nichts. Sie sagt außerdem, du benutzt ihren Blumenkübel als Aschenbecher.«

»Ich rauche nicht mal.«

»Und was ist mit Emilios Truck? Er sagt, du hast ihm eine Delle in den vorderen Kotflügel gefahren.«

»Ich habe ihn nur ein bisschen an der Stoßstange angestupst. Ich war spät dran, und er hatte mich zugeparkt, Chuck. Ich hatte es echt eilig.«

»Hör zu«, sagt Chuck. »Ich mag dich, ehrlich. Bis vor Kurzem warst du ein angenehmer Mieter.« Er sieht auf seine Pantoffeln hinunter und kratzt sich wieder am Hals. »Aber …«

»Aber?«

»Also, ich weiß ja nicht, in was du da reingeraten bist, und ich will es, ehrlich gesagt, auch gar nicht wissen. Ich weiß nur, dass ich heute Morgen aus dem Fenster geguckt und gesehen habe, wie so ein Typ dich quer über den Parkplatz gejagt hat.«

»Das kann ich dir erklären.«

»Vergiss es. Aber tu mir einen Gefallen, ja? Halt mir diese Halbwelt hier raus. Und hör auf, Madges Katze Schokolade zu geben.«

»Aber, Chuck ...«

»Alter. Ich mache hier auch nur meinen Job.«

Ich gehe in mein Abteil zurück und bin am Boden zerstört. Wie konnte es so weit kommen? Wann bin ich so ein zwielichtiger Typ geworden? Wann bin ich so tief gesunken, dass ich es kaum schaffe, einen Job für neun Dollar die Stunde zu behalten, so tief, dass mein Auto an jeder Straßenecke absäuft, und dass ich nicht mal mehr bei einem beschissenen Slowpitch aufs Base komme?

Grüne Bohnen

Freitags hat Janet immer lange Mittagspause gemacht. Bei schönem Wetter haben die Kinder und ich sie am Ententeich in Battle Point getroffen. Wir kauften frisch gebackenes Brot vom T&C Deli für viereinhalb Dollar den Laib. Janet hätte mich umgebracht, hätte sie das gewusst. Aber Piper bestand darauf, dass es unfair wäre, wenn Enten immer nur trockenes Brot bekämen.

»Aber nicht das weiße«, sagte sie. »Mommy sagt, das ist nicht gesund. Dann ist es auch nicht gesund für Enten.«

Piper und ich packten ein Picknick zusammen, und Jodi sah uns von seinem Hochstuhl aus mit dunklen Augen ruhig zu, wie wir Erdnussbutter-Sandwiches schmierten. Piper sorgte für die Erdnussbutter, weil ich sie immer zu ungleichmäßig verstrich, und dann schnitten wir die Brote nach Pipers Anweisungen in kleine Stückchen.

Wir füllten kalte grüne Bohnen aus der Dose in Gefrierbeutel. Jodi liebte sie, er futterte sie wie Gummibärchen, während der Rest von uns sie eher ertrug. Zum Nachtisch gab es Joghurt von Yoplait. Einmal habe ich versucht, die gesündere Marke (bekannt als die mit den Stückchen) zu Nachtisch zu erklären, aber das hat nicht funktioniert. Piper hat es gegessen (und anscheinend auch gemocht), aber nur unter Protest. Außerdem handelte sie im Gegenzug ein Eis und eine weitere, später zu bestimmende Vergünstigung aus. Wir nahmen reichlich Apfelsaft mit, um alles hinunterzuspülen. Freitags ließ ich die Kinder so viel Apfelsaft trinken, wie sie wollten, obwohl Janet immer sagte, es würde ihnen die Zähne kaputt machen.

Wenn das Picknick fertig gepackt war, suchten wir Regenmäntel, Stiefel, das frische Brot und den Schirm zusammen, den wir nie brauchten, und gingen in die Einfahrt zu unserem RAV4. Der RAV4 war meine Idee gewesen, Janet wollte einen Minivan. Sie wollte einen Automatik. Ich habe ihr gesagt, kein Mann, der was auf sich hält, fährt einen Minivan. Oder einen Automatik. Ich muss oft daran denken. Was, wenn wir einen Automatik gekauft hätten?

Ich schnallte die Kinder an und verstaute Socken und Stiefel. Manchmal, wenn ich gut drauf war, sangen wir auf dem Weg in den Park. Manchmal unterhielten wir uns über Alligatoren. Oder über Spezialschulen, an denen man die Hundesprache oder andere Tiersprachen lernen konnte, und wie man die dann einsetzen konnte, um den Koyoten zu erklären, dass sie nicht im Müll wühlen sollen, damit die Leute sie nicht erschießen. Oder Mäuse vor Fallen warnen. Oder Waschbären beibringen, nach rechts und links zu gucken, bevor sie die Straße überqueren.

Wir kamen unweigerlich mindestens fünf Minuten zu spät, und Janet trat unter dem Pavillon hervor, um uns zu begrüßen. Wir stapften auf dem matschigen Parkplatz herum und über das Feld zum Ententeich, wo schnatternde Enten uns schon begrüßten. Mit dem Brot in der Hand stürzte Piper ans Ufer, Jodi taumelte ihr hinterher und griff mit seinen kleinen Händchen in die Luft. Janet deckte den Picknicktisch unter einem Ahornbaum. Lecker, sagte sie, wenn sie die grünen Bohnen sah. Sie erzählte von der Arbeit. Ein sechzehn Jahre alter Retriever mit Lymphomen. Ein Kätzchen mit Herzwurm. Sie fragte mich, wie mein Tag war. Ich erzählte ihr von schmutzigem Geschirr und den Wiggles und wie Jeff im »großen roten Auto« eingeschlafen ist. Und wenn ich müde oder schlecht gelaunt war oder ein bisschen ungeduldig, wenn ich meine Kinder am Ufer wie ein Adler überwachte, dann nicht deswegen, weil ich nicht für diese Freitagnachmittage gelebt hätte, für matschige Füße und Gänseblümchensträuße, Grasflecken auf den Knien und halb aufgegessenes Picknick. Diese Freitagnachmittage waren perfekt, auf eine Weise perfekt, die kinderlose Leute nicht verstehen können. Diese Perfektheit war nicht einfach, mit dem ewigen Naseputzen und Um-den-Ententeich-Kriechen. Es war eine dauernde Geduldsprobe. Aber heute würde ich einen Nachmittag mit kalten grünen Dosenbohnen und matschigen Füßen gegen jeden neuen Tag eintauschen, den ich noch habe. Und wenn das kein Argument dafür ist, grüne Bohnen zu essen, dann weiß ich es auch nicht.

Postkarten aus dem Hinterland

Bob hat sich etwas Neues überlegt. Entweder, er hat sich ein bisschen freigenommen, oder er legt an den Wochenenden unglaubliche Strecken zurück. Er gibt sein Geld in den letzten Wochen für Porto aus. Sie kommen beinahe täglich – Postkarten aus dem Hinterland von Utah, aus allen Ecken des Industry State; aus Logan und Monticello, aus Cedar City und Provo. Die erste Karte kam ungefähr vier Tage nach seinem letzten Besuch. Inzwischen hat sich auf Trevs Tisch schon ein kleiner Stapel zwischen den ganzen Medikamenten und den Stecknadeln angesammelt: Hobbitville, der größte Hundekopf der Welt, sogar das erwähnte größte Loch der Welt.

Wenn Trev schläft, sehe ich mir die Postkarten an. Bobs Nachrichten sind samt und sonders kurz – das ist schlau, denn Trev ist nicht gerade ein begeisterter Leser. Wie der ganze Bob ist auch seine Handschrift irgendwie sanftmütig. Mein grafologisches Halbwissen bietet wenig neue Einsichten. Keine

Verbrecherklaue, keine überschwänglichen Buchstaben, die auf Charakterfehler hinweisen würden, kein starker Druck, keine charakteristische Neigung, keine holprige Grundlinie. Er schreibt, wie er sich kleidet. Er unterschreibt mit »Bob«, nicht mit »Dad« – auch das ist ziemlich schlau.

Vom größten Loch der Welt schreibt Bob: *Du hast recht. Clifton ist ein noch dreckigeres Loch.*

Vom Mormonischen Tabernakel aus schreibt er: *Warum sollte man immer zwei Mormonen mit zum Angeln nehmen? – Wenn man nur einen mitnimmt, trinkt er einem das ganze Bier weg.*

Vom zweistöckigen Plumpsklo in der Nähe von Moab schreibt er: *Das obere Stockwerk ist dummerweise nicht rollstuhlgerecht. Aber dafür gibt es unten keine Schlange.*

Wer ist dieser Mann? So clever war Al Gore nie. Ich bin nachgerade stolz auf Bob. Er macht Fortschritte. Er denkt über sich hinaus. Er verschafft sich selbst eine Chance, wenn auch eine kleine, doch noch an Trev heranzukommen.

Bob über die Große Salzwüste in Utah: *Und da hatte man gerade noch gedacht, es gäbe nichts Spannenderes als ein großes Loch im Boden.*

Bob über den Hauptsitz der Bundessteuerbehörde in Ogden: *Okay, vielleicht war die Salzwüste doch ganz spannend.*

Bob über Monument Valley: *Meep meep.*

Vielleicht ist Bobs beste Taktik – wenn er überhaupt eine Taktik hat – der Ton, in dem diese kurzen Nachrichten gehalten, sind, die trockene, postmoderne Distanziertheit, mit der er seine Eindrücke übermittelt. Von der Lustlosigkeit bis zur echten Langeweile scheint sein Ton immer zu implizieren, dass Trev nicht wirklich etwas verpasst, wenn er sich den ganzen Tag im Wohnzimmer einigelt. Wie könnte man Trevs Neugier besser wecken, als dadurch, dass man seine eigene unterdrückt? Wie könnte man seine Fantasie besser anregen, als indem man ihn zwingt, sich voll reinzustürzen? Was könnte man Trevs Weigerung, irgendetwas Ungewohntes zu tun, Besseres entgegensetzen, als die Dinge selbst in Angriff zu nehmen?

Bob über den Bryce Canyon: *Sechs Dollar für zwei AAA-Batterien im Souvenirladen. Völlig irre.*

Trev sagt nie etwas über diese Karten, er lässt nie auch nur durchblicken, dass er sie überhaupt liest, aber ich sehe natürlich, dass er sie ordentlich aufstapelt. Heute Morgen sagt er, als er sein *Ensure* trinkt, wie aus heiterem Himmel: »Die Mormonen haben echt krassen Scheiß gebaut.« Und nach dem Frühstück, ebenso überraschend: »Irgendwie meint man gar nicht, dass Utah so eine Wüste ist.«

Verzweifelte Maßnahmen

Ich bin dazu übergegangen, den Subaru drei Blocks entfernt in der Hildebrand Lane zu parken, damit die Kakerlake ihn nicht findet. Ansonsten liegt der Typ hinter der Hecke auf der Lauer, mit seinem hochoffiziellen Umschlag, und dann findet unweigerlich irgendeine Art von Wettrennen statt. Ich trage keine Chucks mehr, weil sie auf dem nassen Gehweg nicht haften. Wann immer ich zurückgucke, lächelt er. Die Kakerlake ist jünger und schneller als ich, lässt sich aber leicht austricksen. Am Mittwoch habe ich ihn abgehängt, indem ich um die Nordwestecke von Unit A gerannt bin und mich dann zwischen zwei Mülltonnen versteckt habe. Ich bin ziemlich sicher, dass Chuck mich da aus dem Fenster gesehen hat, als die Kakerlake gerade vorbeisprintete. Ich habe verlegen gewinkt, aber Chuck hat nicht reagiert.

Gestern musste ich mich durchs Badezimmerfenster quetschen und dann zweieinhalb Meter auf einen unebenen Hügel fallen, um nicht nur der Kakerlake zu entwischen, sondern auch Chuck, der im Bademantel vor meiner Tür stand und nervös mit dem Fuß tappte. Jetzt haben sie mich schon wieder in der Küche in die Enge getrieben, wo ich mich hinter den Tresen ducke. Ich krame nach meinem Handy und wähle wie ein Irrer Janets Nummer, die ich immer noch auswendig kann. Sie nimmt beim ersten Klingeln ab.

»Pfeif ihn zurück«, sage ich.

»Ich will die Papiere, Ben.«

»Hör zu«, sage ich und linse um die Ecke der Küchenmöbel, wo ich Chucks buschigen Schnäuzer an der Scheibe kleben sehe. »Ich unterschreibe die Papiere, ich schwör. Aber das möchte ich persönlich machen.«

»Du hattest die Chance im Einkaufszentrum.«

»Okay, das habe ich vermasselt. Das mache ich wieder gut, aber ich muss dir vorher noch eine Sache sagen. Das ist alles. Es wird auch vermutlich nichts ändern, das ist mir klar. Aber ich muss es sagen.«

»Dann sag es.«

»Persönlich, unter vier Augen.«

Chuck und die Kakerlake klopfen jetzt nervtötend ans Fenster. Ich glaube, sie sehen meinen Fuß hinter der Theke hervorlugen. Ich ziehe ihn langsam zu mir.

»Ben, verdammt, es gibt nichts mehr zu sagen!«

»Gibt es wohl!«

»Was denn, Ben? Was gibt es noch zu sagen?«

Ich klemme mir das Telefon zwischen Schulter und Ohr und robbe seitwärts über das Linoleum zur Flurtür, von wo aus ich zum Badezimmer gelangen will. »Was ich zu sagen habe, will ich dir persönlich sagen. Du musst es hören.«

Das ist nur halb gelogen. Sie muss es wirklich hören; mir war in meinem ganzen Leben noch nichts so wichtig wie das. Ich weiß nur nicht, was genau es ist, was sie hören muss. Was gibt es noch zu sagen? Welches Wort oder welches Eingeständnis könnte irgendetwas von dem ganzen Schaden ungeschehen machen? Warum klammere ich mich so verzweifelt an diesem bröckelnden Abhang fest, wenn ich doch genau weiß, dass ich sowieso abstürze?

Dass Janet auch nur einen Sekundenbruchteil darüber nachdenkt, nach allem, was ich ihr angetan habe, zeugt von ihrem schwachen Willen.

Ich bin jetzt auf den Knien und kurz davor, unbemerkt um die Ecke zu kriechen. Ich höre, wie Chuck und die Kakerlake sich auf meiner Türschwelle besprechen. Ich höre Schlüssel klirren. »Diesmal komme ich zu dir«, sage ich zu Janet und sprinte durch den Flur. »Ich bringe die Papiere mit.«

»Warum sollte ich das denn glauben?«

»Weil es dich nichts kostet.«

»Es hat mich schon fast zwei Jahre meines Lebens gekostet.«

»Dann machen ein oder zwei Wochen mehr ja jetzt auch nichts mehr.« Ich höre den Türknauf rattern, als ich mich zum Badezimmerfenster hochschiebe. »Warte mal kurz«, sage ich.

Sie holt tief Luft. Wenn es für uns keine Hoffnung mehr gibt, wieso ist sie dann kurz davor einzulenken? Der Gedanke, dass vielleicht, nur ganz vielleicht, mehr dahintersteckt als ihr schwacher Wille, lässt mich über das ganze Gesicht lächeln, als ich mich aus dem Fenster schiebe und wieder zweieinhalb Meter nach unten auf den Rasen falle, wo ich mit einem Bums aufpralle und mich über die Schulter abrolle.

»Bist du noch dran?«

»Ja«, sagt sie.

Ja! Als würde tief in meinem Bauch die Sonne aufgehen, ja! Ja, sie ist noch da – bereit, mit mir aus dem Fenster zu springen und mit mir die Madison hinunterzusprinten, zwischen den Autos hindurch. Ja!

»Rennst du?«, fragt sie.

»Ich gehe nur schnell«, sage ich und sehe über die Schulter zurück.

»Hört sich komisch an. Als wärst du total aus der Puste.«

»Bestimmt nur, weil ich so schnell gehe.« Ein weiterer Schulterblick sagt mir, dass ich es wahrscheinlich geschafft habe. Trotzdem flitze ich noch um die Ecke zur Wallace, hüpfe über einen Junkie, der quer über dem Gehweg liegt, laufe im Slalom zwischen ein paar mexikanischen Tagelöhnern hindurch, die Efeu aus den Ritzen kratzen, und dann drossele ich mein Tempo sofort und versuche zu verbergen, dass ich aus der Puste bin.

»Alles in Ordnung?«, fragt sie.

»Alles gut«, sage ich. Vor allem, wenn man die Umstände bedenkt, und das sind ziemlich viele.

»Du klingst aber nicht so. Du klingst wie ein Wahnsinniger.«

»Ich gehe nur schnell.«

»Vielleicht solltest du etwas langsamer gehen. Hol mal Luft.«

»Vielleicht, wenn ich nicht verfolgt würde, von einem … ach, egal. Und du so? Wie geht's dir? Alles in Ordnung?«

»Mir geht es gut.«

»Arbeitest du noch beim Zoo?«

»Ja, Ben.«

»Das ist gut. Du klingst auch gut.«

Ich sitze jetzt vor dem Subaru auf der Bordsteinkante, meine ganze Aufmerksamkeit gilt Janet am anderen Ende der Leitung. Ich beherrsche mich, nicht gleich zu intim zu werden, sie erst zu entwaffnen, erst mal ein unverfängliches Gespräch zu führen und nicht gleich mit der Tür ins Haus zu fallen. Das Problem ist nur, dass ich keine Ahnung habe, was ich sagen soll. Sieht so aus, als könnte ich mich nur komplett offenbaren. Allen. Vielleicht ist das genau das, was Verrückten passiert: sie werden zu ehrlich. Sie sehen nichts anderes mehr als die

Wahrheit, und sie sind gezwungen, sich mitzuteilen, auch wenn es besser wäre, die Klappe zu halten.

»Regnet es bei euch?«, frage ich.

»Ich bin gerade nicht am Fenster. Aber vorhin hat es geregnet. Reiß dich zusammen, Ben«, sagt sie. »Du musst auch an die Zukunft denken.«

Vielleicht sollte ich beleidigt sein, selbst wenn sie recht hat. Aber unter der rauen Oberfläche ihrer Gereiztheit höre ich echte Besorgnis heraus.

»Das versuche ich«, sage ich. »Vielleicht sieht es nicht so aus, aber ich versuche es.«

»Das glaube ich dir ja.«

»Dann pfeif sie zurück.«

»Ich muss Schluss machen, Ben.«

»Pfeif sie zurück.«

»Ben, ich bin bei der Arbeit. Ich muss auflegen.«

»Bitte.«

»Tu das nicht. Das machst du immer.«

»Ich versuche doch gar nicht, irgendwas zu tun. Ich will nur ... Alles, was ... Ich bin ...«

Zu spät. Sie hat aufgelegt. Trotzdem fühle ich mich sonderbar hoffnungsvoll, als ich mich ans Steuer setze. Mein Optimismus wird sofort belohnt. Das Auto springt beim ersten Versuch an. Es bockt auch nicht, als ich den Gang einlege. Als ich auf der Madison an der Wohnung vorbeifahre, sehe ich Chuck und die Kakerlake auf dem Parkplatz stehen und konferieren. Chuck steht leicht vornübergebeugt und keucht schwer, die Arme in die Seiten gestemmt. Die Kakerlake schüttelt den Kopf und sieht auf die Uhr. Er lächelt nicht. Auf dem Balkon steht Madge und raucht eine Zigarette, die Katze streicht ihr um die Beine. Ich hupe im Vorbeifahren.

Unfälle

Mein Optimismus verhindert leider nicht, dass ich schon wieder zehn Minuten zu spät zur Arbeit komme. Diesmal wartet Elsa nicht mit gepackter Tasche in der Küche oder im Flur, sondern im Wohnzimmer, wo sie auf meinem Platz auf dem Sofa sitzt, die Hände im Schoß, als wüsste sie nicht, wohin damit. Ansonsten ist sie so ruhig wie eine Kobra.

»Setzen Sie sich«, sagt sie.

Ich setze mich in den Sessel an der Wand. Das Erste, was ich merke, ist, dass die Landkarte weg ist. An der gegenüberliegenden Wand ist ein riesiges weißes Rechteck. Ganz schwach sind winzige Löcher von den Stecknadeln im Putz zu erkennen, mehr oder weniger gleichmäßig verteilt. Das Zweite, was ich bemerke, ist, dass Elsa keine Arbeitskleidung trägt. Sie trägt einen gelben Pullover, eine Herren-Cordhose und Gummiclogs für die Gartenarbeit.

»Es ist was passiert«, sagt sie.

Plötzlich rauscht mir das Blut in den Ohren. Meine Stimme kommt wie aus weiter Ferne. »Geht es ihm gut?«

»Es ist Bob.«

Ein Schweigen senkt sich über uns, während ich nach einer angemessenen Reaktion auf diese Nachricht suche.

»Er war auf dem Weg zur größten Wassermelone der Welt«, erklärt Elsa.

Ich wusste, dass Bob so etwas passieren würde. Früher oder später musste sein mangelndes Gespür für drohende Katastrophen in einem Unglück enden.

»Er ist durch die Wüste gefahren«, erklärt Elsa, »und am Steuer eingeschlafen.«

»Und in eine Wassermelone gefahren?«

»Eine Werbetafel. Die einzige weit und breit.«

»Himmel. Wie geht es ihm?«

»Ganz okay, stabil. Aber ziemlich zertrümmert, er hat sich ein Bein und drei Rippen gebrochen.«

Der Gedanke, dass Bob es wahrscheinlich mit Fassung trägt, ist tröstlich. Bestimmt streichelt er seine Babydecke.

»Gott sei Dank geht es ihm gut«, sage ich.

Sie sieht mich forschend an, nur kurz, aber aufmerksam. Ich bin nicht sicher, was sie denkt, aber mein Mitleid mit Bob steht mir wahrscheinlich ins Gesicht geschrieben.

»Wissen Sie«, sagt sie, »Bob hat sich nicht immer so bemüht wie im Moment.«

»Ich weiß, den Eindruck hatte ich auch nicht. Trev hat mir einiges erzählt.«

»Ja, das kann ich mir vorstellen«, sagt sie, und es klingt wie ein Vorwurf. »Bob macht die Dinge gern so, wie er sich das vorstellt. Er lässt einem keine Wahl. Er taucht plötzlich mit Geschenken auf und tut so, als wäre er nie weggegangen. Er glaubt, mit Brathähnchen könnte man alle Probleme lösen.«

Das glaubt er nicht mehr. Könnte ich ihr sagen. Aber ich werde mich hüten.

»Alle lassen Bob davonkommen. Alle verzeihen Bob gerne. Und wissen Sie, warum? Weil er eigentlich ein Kind ist.«

Ich überlege, ob sie das mit der Decke weiß. Bestimmt.

Sie sieht zur Ablenkung auf die weiße Wand. Ich sehe ihren Blick über die winzigen Einstichlöcher gleiten, genauso wie meinen vorher. Ihr Gesicht entspannt sich um eine Winzigkeit. Unter ihrer harten Oberfläche sieht sie traurig und erschöpft aus. Als sie mich erwischt, wie ich sie anstarre, starrt sie für eine gefühlte Ewigkeit zurück. So lange, dass ich mich quasi transparent fühle.

»Er vertraut Ihnen«, sagt sie.

»Bob?«

»Trevor. Und das macht mir Angst.«

»Angst?«

»Trevor braucht Kontinuität. Man tut ihm keinen Gefallen, wenn man nicht da ist. Das schadet mehr, als dass es nützt.«

»Ich gehe ja nicht weg.«

»Machen Sie keine Versprechungen, die Sie nicht halten können.«

»Wo sollte ich denn hingehen? Ich habe keine Familie. Keine Jobaussichten. Ich habe quasi kein eigenes Leben.«

Sie beugt sich auf dem Sofa vor und sieht mir direkt ins Gesicht. Als würde man genau in die Sonne gucken. Unruhig gucke ich ihr auf den Nasenrücken.

»Diesmal geht es nicht um Sie«, sagt sie. Sie lässt meine Augen los und sieht aus dem Fenster. Ich merke, wie ich blass werde, als sie sich zurücklehnt.

»Diesmal geht es um jemand anderen.«

Ich habe keine Ahnung, worauf sie hinauswill, aber was auch immer es ist, ich möchte das nicht. Plötzlich komme ich mir vor, als würde ich neben Bob vor Gericht stehen.

»Ich weiß immer noch nicht, was ich von Ihnen halten soll«, sagt sie. »Aber Trevor mag Sie, er vertraut Ihnen, und das reicht mir, um Sie als Bedrohung zu empfinden. Das klingt bestimmt undankbar.«

»Ich glaube, ich verstehe, was Sie meinen.«

Wieder spießt sie mich mit einem Blick auf. »Ach ja? Dann können Sie mir ja vielleicht etwas erklären. Denn das sollte eigentlich nicht persönlich werden. Deswegen bin ich ein bisschen verwirrt, was hier passiert ist.«

»Tut mir leid«, sage ich, auch wenn ich keine Ahnung habe, wofür ich mich da entschuldige. Noch weniger weiß ich, was das alles mit Bobs Unfall zu tun hat.

»Also, wie ist es dazu gekommen?«, fragt Elsa. »Erklären Sie es mir.«

»Dazu gekommen? Wozu ist es denn gekommen? Ich kann Ihnen gerade nicht folgen.«

»Ich musste den Pflegeschein auch machen, erinnern Sie sich?«, sagt sie zur Erklärung. »Genau wie Sie. Ich habe genau die gleichen Kurse besucht. Ich muss jedes Jahr zehn Stunden weiterführende Kurse besuchen, genau wie Sie. Ich erinnere mich an alle Kontroll- und Überprüfungsmethoden, die idiotensicheren Diagramme und die bescheuerten Eselsbrücken. Aber ich erinnere mich nicht daran, dass man unrealistische Erwartungen schüren und unaufgefordert Ratschläge erteilen soll.«

»Wovon reden Sie?«

»Erstens würde ich gerne mal wissen, wie er auf die Idee gekommen ist, diese Reise zu machen.«

»Sie meinen die Karte? Das war eine Art Spiel. Niemand hat je gesagt, wir würden irgendwohin reisen. Hat er das behauptet?«

»Er hat sich in den Kopf gesetzt, dass Sie beide mit dem Van nach Utah fahren.«

»Im Ernst?«

»Bob besuchen.«

»Ich – das höre ich gerade zum ersten Mal.«

Sie sieht mich zweifelnd an. »Seine Lungenleistung ist schwach, er atmet sehr flach. Das Virus neulich hätte ihn umbringen können. Er braucht rund um die Uhr Zugang zu medizinischer Hilfe. Das nächste Virus könnte zu viel für ihn sein. Was zum Teufel haben Sie sich denn dabei gedacht?«

Die Wahrheit ist natürlich, dass ich gar nichts gedacht habe. Das war alles Trev – alles, bis auf Bobs Unfall. Ich ahne jetzt erst, wie elegant Trev das eingefädelt hat. Das ist eine Einladung. Oder eine Herausforderung. Trev verlässt sich darauf, dass ich reagiere. Aber warum? Was soll das? Kann es sein, dass er mir die Schuld in die Schuhe schiebt, dass er behauptet, der Besuch bei Bob wäre meine Idee gewesen, um seine Mutter zu schützen? Hat Trev diesen Kampf gegen Bob all die Jahre nur Elsa zuliebe geführt; hat er seine erlahmenden Annäherungsversuche und seine Friedensangebote ihretwegen abgelehnt? Denkt Trev – der Trev mit den Sprüchen über abseitige Sexpraktiken – wirklich so weit, dass er das für seine Mutter tun würde? Kann es sein, dass er sich von ihr beschützen lässt – vor Bob, vor der Welt überhaupt, vor allen Unsicherheiten –, um in Wahrheit sie zu beschützen? Plötzlich scheint Trev mir fremd, sein Inneres undurchschaubar, plötzlich ist er ein ganz anderer. Gleichzeitig habe ich mich ihm noch nie so nah gefühlt.

»Also, erklären Sie mir das. Was haben Sie sich dabei gedacht, als sie diese Reise ausgeheckt haben? Und wann wollten Sie es mir erzählen? Oder wollten Sie einfach losfahren, wenn ich in Bend bin, und es mir gar nicht sagen?«

»Ich dachte wohl, er braucht das«, lüge ich.

Elsa kneift die Augen zusammen und holt tief Luft. Dann fährt sie sehr ruhig fort: »Was gibt Ihnen das Recht zu entscheiden, was mein Sohn braucht? Davon steht überhaupt nichts im Pflegeplan. Sind Sie Psychologe? Arzt?«

»Ich bin sein bester Freund.«

Jetzt versucht sie wirklich, mich niederzustarren. Aber diesmal starre ich unbewegt zurück. Aber in Wahrheit reflektiere ich nur ihren Blick, ich gebe ihn ihr zurück, in der Hoffnung, damit von meinen Unzulänglichkeiten abzulenken. Ich bin nicht sicher, wie lange ich das durchhalte. Wir wissen beide, dass sie stärker ist. Wir wissen beide, dass ich im Grunde unzuverlässig bin, dass selbst meine besten Absichten nicht immer gut sind und dass ich auf meine Weise genauso verkrüppelt bin wie ihr Sohn. Aber irgendwie schaffe ich es länger als sie, und dann sieht sie aus dem Fenster.

»Sie sind entlassen«, sagt sie.

Mr. Goodbar

Wie egoistisch ich bin. In den sieben Minuten, die ich jetzt schon vor dem Chevron Mini-Mart stehe, blöde auf das Armaturenbrett glotze und mich angesichts meiner unvorhersehbaren Zukunft selbst bemitleide, habe ich noch keinen einzigen Gedanken an Trevs Schicksal verschwendet. Er ist doch hier das eigentliche Opfer. Er ist derjenige, dem ein Freund verweigert wird, ein Verbündeter, oder jedenfalls ein Assistent im Badezimmer. Aber vielleicht hänge ich meine eigene Rolle da auch zu hoch. Vielleicht wollte Trev es so. Vielleicht waren wir doch keine Verbündeten. Ist es nicht viel wahrscheinlicher, dass Trev mich abgeschossen hat, weil das am einfachsten war? Ist es nicht viel wahrscheinlicher, dass ich ihm dann doch zu viel abverlangt habe?

Ich fühle mich verwegen. Es ist zehn Uhr morgens, aber jetzt brauche ich einen Zwölferpack. Und Chips. Und eine Riesentafel Mr. Goodbar. Vom Versagen kriege ich Hunger. Erstaunlich, dass ich noch keine hundertfünfzig Kilo wiege. Bei über dreißig Besuchen im Chevron Mini-Mart hat der Typ an der Kasse – und das ist immer derselbe, Mitte fünfzig, dicker Bauch, schmale Schultern, tätowierte Hand, ein fauler Zahn – nie mehr zu mir gesagt als das übliche »Das war's?« oder »Das macht dann zehn sechsundachtzig«. Aber ausgerechnet heute ist er in Plauderlaune.

»Morgen, Chef«, sagt er, als ich meinen Zwölferpack auf den Tresen lege.

Ich nicke nur andeutungsweise. Unter all den Launen und Impulsen, die gerade um die vorderen Plätze in meiner emotionalen Warteschlange kämpfen, steht eine Plauderei eher ziemlich weit hinten.

»Wohl Durst heute, was? Wollen Sie noch Schinken und Eier dazu?«

»Sehr witzig.«

»Danke.« Er sieht auf die Uhr über seinem Kopf, als er das Bier in eine Tüte packt. »Guter Tag zum Trinken«, stellt er fest.

»Ist für heute Abend«, erkläre ich.

Sein Hals wird breiter, wenn er lächelt. »Oh, klar, heute Abend«, sagt er und zwinkert mir zu. »Ist klar.«

»Was macht das?«

»Fünfzehn sechsunddreißig«, sagt er und wirft die Riesentafel Schokolade in die Tüte. »Hoffentlich sind Sie nicht Diabetiker, Chef.«

»Geben Sie mir einfach mein Wechselgeld.«

»Haben Sie schon mal Sour Cream and Onion probiert?«

»Nein.«

»Machen Sie mal.«

»Wissen Sie was?«, sage ich. »Ich habe keine Lust darauf. Hören Sie auf. Bitte. Geben Sie mir einfach mein Wechselgeld und lassen Sie mich in Ruhe.«

»Wie Sie wollen, Chef.«

Auf dem Heimweg kehren meine Gedanken zu Bob zurück. Ich stelle ihn mir in einem Streckverband vor, in einer Art Ganzkörperschale mit hochgelegten Beinen, wie er sich bemüht, nicht die Laune zu verlieren, in einer Welt, in der Werbetafeln und riesige Wassermelonen sich verschwören, um einen zu vernichten, und wie er verlegen und geradezu um Verzeihung bittend zu einer gedrungenen, grauen Krankenschwester mit Stielwarzen am Arm hinauflächelt, die ihm die unverbundenen Körperteile mit einem feuchten Handtuch säubert. Man kann ihm seine gute Laune nicht verübeln. Wer weiß, vielleicht hat er das alles geplant. Vielleicht hat er bei all seinen gebrochenen Knochen und Wünschen, und obwohl er sein Leben so gründlich und komplett verpfuscht hat, noch Grund zur Hoffnung. Fast beneide ich ihn. Immerhin hat er noch etwas zu verlieren.

Ich parke in der Wallace und nähere mich meiner Wohnung von hinten. Ich gehe um die Lorbeerhecke an der Nordseite und linse um die Ecke. Kein blaues Jackett zu sehen. Ich wage mich ein paar Schritte aus der Deckung, recke den Hals und stelle fest, dass Chucks Fensterläden geschlossen sind. Ich schlüpfe in den Gang und schnüffle nach Madges Zigaretten. Dann werfe ich einen Blick in die Waschküche, aber auch da ist die Luft rein. Ich husche die Treppe hinauf, mit meiner Tüte voller Bier, ducke mich unter Madges Fenster hindurch, und als ich an meinem Schlüsselbund herumfummle, höre ich Schritte auf der Treppe. Ich werde hektisch und verfluche mich dafür, dass ich immer noch diese ganzen Schlüssel mit mir herumtrage, die nichts mehr aufschließen, denn alles, was sie je geschützt haben, ist nicht mehr da, ist abgehauen oder wurde liquidiert. Ich erwische den richtigen Schlüssel, als die Schritte gerade auf dem Treppenabsatz ankommen, schlüpfe in die Wohnung und schließe die Tür leise hinter mir. Dann presse ich den Rücken an die Tür und atme so leise wie möglich, um mich nicht zu verraten, als ich die Schritte um die Ecke gehen und entschieden in meine Richtung kommen höre. Vor meiner Tür bleiben sie stehen. Ich spüre die Vibration des Klopfens in meinem Rücken. Nach drei fruchtlosen Versuchen höre ich Füße scharren, dann verdunkelt sich das Wohnzimmerfenster. Es ist nur ein Schatten hinter der Gardine, ich kann nicht erkennen, ob es Chuck ist oder die Kakerlake oder meinetwegen Donald Rumsfeld. Ich weiß nicht mal mehr, wer der Feind eigentlich ist. Mein Zwölferpack wird warm. Ich könnte heulen. Ich möchte allein sein, meine Wunden lecken, mein Bier trinken und meine Schokolade essen. Aber nein. Mein Handgelenk verkrampft sich vom Gewicht des Biers. Als ich gerade denke, es nicht länger halten zu können, verzieht sich der Schatten, und endlich gehen die Schritte wieder dahin zurück, wo sie hergekommen sind.

Ich schließe die Tür ab, ziehe die Rollos hinunter und merke, wie sich meine Muskeln entspannen, als Dunkelheit sich über das Zimmer senkt. Ich werde verhältnismäßig ruhig. Ich lege mich aufs Sofa, mache ein Bier auf und starre blödsinnig die Uhr an. Es ist eine Minute nach halb elf. Von hier aus kann ich schon riechen, wie es ganz unten ist.

Sich stellen

Ein Klopfen, kurz und heftig, zerreißt die Dunkelheit. Die Uhr zeigt fast zwanzig vor fünf – ich nehme an, nachmittags, aber ich kann mich täuschen. Ich habe ein warmes Bier in der Hand, etwas weniger als halb voll. Ich habe Sabber am Kinn. Vor der Tür sind Stimmen zu hören. Sie kommen mich holen. Zeit, mich zu stellen. Meine Strafe stehend zu empfangen. Oder einfach um Erbarmen zu betteln. Ich trinke einen langen Zug warmes Bier, als es schon wieder heftig klopft, diesmal irgendwie dumpfer, als würde jemand mit einer Dose Fleisch klopfen.

»*Pinche guero pendejo*«, sagt eine Stimme.

»Lass mich das machen«, sagt eine andere.

»Irgendjemand muss es jedenfalls tun«, schnauft eine dritte.

Ich höre das ferne Brummen eines Kompressors, das ich dann aber als das Schnurren einer krankhaft fetten Katze erkenne.

»Wir wissen, dass du dadrin bist!«, sagt Chuck.

»Scheiß-Puto.«

»Geh rein, Agnes. Geh schon. Du bist hier nicht in Sicherheit.«

Eine vierte Stimme kommt zu dem Auflauf hinzu. »Was ist denn hier los? Gibt es ein Problem?«

»Wer bist du denn?«, fragt Chuck.

»Ich will zu Ben.«

»Dann zieh 'ne Nummer«, schnauft Madge. »Was hat er dir denn getan?«

»Er ist mein Freund«, sagt Forest.

»Er ist ein *Stupido*«, sagt Emilio. »Er hat meinen Truck angefahren, mit seinem *pinche* Subaru.«

Jetzt bollert Forest an die Tür und rüttelt am Knauf. »Yo, Benji, mach auf!«

Als ich die Tür aufmache, fällt ein staubiger Lichtstreifen in die Dunkelheit, und sie alle drängen in meine Wohnung wie die Grabräuber, während ich meine Augen gegen das Tageslicht schütze. Forest zieht ohne viel Federlesens die Rollos hoch.

»Was für ein Drecksloch«, sagt Madge und ascht auf den Teppichboden. Die Katze ist hinter ihr hereingekommen und streicht um den Couchtisch.

Ich blinzle und stelle fest, dass das Abteil tatsächlich endlich bewohnt aussieht. Ich gehe zum Sofa zurück und nehme meinen Platz wieder ein. Sie bilden eine Phalanx um mich. Emilio hat ein blaues Auge. Der Schirm seiner schmuddeligen Dodgers-Kappe sitzt noch tiefer als sonst. Chuck trägt fusselige blaue Pantoffeln und seinen Ravens-Pullover. Und er riecht, wie immer, stark nach Gras. Forest schnüffelt. Er trägt noch seine Arbeitskleidung. Ich nehme an, es war Casual Friday, denn sein weißes Hemd steckt in Jeans, und dazu trägt er Turnschuhe.

»Warum hast du nicht zurückgerufen?«, fragt er. »Heute ist Dart-Abend.«

»Ich hatte zu tun«, sage ich.

»Wir müssen jetzt wirklich mal reden«, sagt Chuck und tritt einen Schritt vor. »Erstens, ich kann hier nicht dauernd diese Wettrennen mitten am …«

»Was ist mit meinem Truck?«, unterbricht ihn Emilio.

Madge pafft an ihrer Mentholzigarette, dann fuchtelt sie damit in meine Richtung. »Und mit Agnes?« Dann wendet sie sich an Forest. »Der Hurensohn versucht, meine Katze zu vergiften.«

Emilio schlägt sich auf die Brust. »Mein Truck ist meine Arbeit, verstehst du? Mein Geschäft!«

»Nur die Ruhe«, sagt Forest. »Jetzt mal alle nacheinander. Was ist denn hier los?«

»Er hat meinen Truck angefahren!«

Forest sieht mich fragend an.

»Nur ganz leicht«, sage ich.

Er runzelt die Stirn.

Madge sticht ihre Mentholzigarette in die Luft. »Und er füttert meine Katze mit Schokolade!«

Wieder sieht Forest mich an.

»Das stimmt nicht!«, sage ich.

»Er lügt!«, sagt sie.

»Tu ich nicht!«

»Ach, und was ist *das* da?«, fragt sie und zeigt auf den Couchtisch, wo Agnes immer noch herumschnüffelt.

»Was?«

»*Das*!«

Auf dem Couchtisch liegen Bierflaschen und Chipstüten. »Möchtest du ein paar Chips, Madge?«

»Nein, *das* da!«

Da sehe ich es auch: teilweise verdeckt von dem restlichen

Chaos, die Folie schon teilweise zurückgeschlagen, liegt die Riesentafel Mr. Goodbar.

Forest schüttelt enttäuscht den Kopf.

»Die ist für mich!«, sage ich.

Aber niemand glaubt mir. Eine dunkle Wolke legt sich über mein Zimmer. Katzenvergifter.

»Ich habe ihr nie was gegeben!«, versichere ich. »Ich schwör!«

»So wie du meinen Truck nicht angefahren hast, hm, *pendejo*?«

»Ich warne dich«, sagt Chuck. »Die nächste Beschwerde, die ich kriege – egal, ob von Madge, Emilio oder Darlene aus der 316 …«

»Was habe ich der denn getan?«

»Ich mein ja nur. Bei der nächsten Beschwerde muss ich dich rauswerfen, Benjamin.«

»Den Truck bezahlst du mir!«, sagt Emilio und klopft sich vor die Brust. »Oder ich bin die nächste Beschwerde.«

»Und ich will, dass du mir garantierst«, sagt Chuck, »dass hier keine Kopfgeldjäger mehr über meinen Parkplatz rasen.«

»Er ist ein Kurier!«

»Wie auch immer du ihn nennst, ich will nicht, dass hier jemand rumrennt.«

»Kein Rennen.«

»Und keine Autojagden.«

»Verstanden. Sonst noch was?«

»Ja«, sagt Forest. »Ich glaube, du musst dich noch bei Madge entschuldigen.«

Chuck und Emilio nicken zustimmend. Madge rafft ihren Bademantel vorne zusammen und richtet sich auf.

»Aber …«

Forest schüttelt sorgenvoll den Kopf und verschränkt die Arme.

Ich habe keine Wahl. Ich muss tun, was sie verlangen. »Es tut mir leid, Madge«, sage ich. »Es war ein Versehen. Ich wusste nicht, dass Schokolade ... du weißt schon, schlecht für Katzen ist oder so. Das hätte ich gleich sagen sollen.«

Madge zieht mich durch den blauen Mentholdunst mit den Augen aus. Ich frage mich, ob sie einmal glücklich war. Oder auch nur jung. Sie streicht sich das Haar glatt, hebt das Kinn und zieht hochmütig die Wangen ein.

»Entschuldigung angenommen«, sagt sie.

»Moment mal«, sagt Forest eine halbe Stunde später im Grill, wo ich trotz der Happy Hour abstinent bleibe. »Du hast gelogen, dass du die Katze nicht vergiftet hast? Oder war es gelogen, dass du die Katze vergiftet hast? Oder dass es ein Versehen war?«

»Forest, ich habe die Katze nicht angerührt. Ich habe auch nicht ihren Strom abgezapft oder in ihre Gladiolen geascht oder in den Agapanthus gepinkelt oder sonst irgendwas. Sie hat einen an der Waffel.«

»Und was war das mit dem Kopfgeldjäger?«

»Nichts. Alte Rechnungen. Telefonrechnung.«

»Brauchst du Geld?«

»Nein.«

»Sicher?«

»Ja.«

Forest nippt an seinem Bier, sieht sich in der Bar um, nickt jemandem auf der anderen Seite zu. »Und, wie läuft's auf der Arbeit?«, fragt er.

»Gut.«

»Das ist gut.«

Ich weiß selbst nicht, warum ich Forest die ganze Zeit anlüge, ob ich ihn nicht mit meinen endlosen Problemen belasten will, oder ob ich Angst habe, ihn zu enttäuschen. Nach einem langen, unangenehmen Schweigen dämmert mir, dass Forest etwas auf dem Herzen hat.

»Ich hab Scheiße gebaut, Benji«, sagt er schließlich. »Ich hab dermaßen Scheiße gebaut.«

»Was denn?«

Er senkt den Kopf ein wenig, starrt auf den Tisch und schüttelt den Kopf.

»Was ist denn passiert?«

Er hebt den Kopf wieder und sieht mir ins Gesicht. Seine Augen sind feucht.

»Ich habe Melissa betrogen«, sagt er.

Ich schnappe nach Luft. »Du hast was?«

»Ich habe dermaßen Scheiße gebaut, Benji. Und ich hasse mich. Gott, ich hasse mich so.« Seine Schultern sacken zusammen, und er sieht wieder auf die Tischplatte, wo er sein Glas langsam gegen den Uhrzeigersinn dreht.

»Mit wem?«

»Gina, auf der Arbeit. Die große Gina.«

»Du hattest Sex auf der Arbeit?«

»Wir hatten keinen Sex. Ich habe sie nur geküsst.«

»Nur einmal?«

»Ja. Aber es geht ums Prinzip, Ben. Sie küssen, mit ihr schlafen, in sie verknallt sein, mit ihr über Melissa reden – das ist doch alles das Gleiche.«

»Hast du es Melissa erzählt?«

»Nein.«

»Willst du es ihr erzählen?«

»Muss ich.«

»Musst du nicht, Forest. Wirklich, hör auf mich, du musst gar nichts.«

»Doch. Das bin ich ihr schuldig.«

»So ein Quatsch!«, sage ich laut genug, um die Aufmerksamkeit des Nebentischs zu erregen.

Forest ist überrascht von meiner Heftigkeit.

»Damit machst du es doch nur noch schlimmer«, sage ich. »Glaub mir. Du wirst das nie wieder tun, oder?«

»Natürlich nicht.«

»Dann lass es, Forest. Was auch immer du ihr darüber erzählst, das würdest du nur für dein eigenes Gewissen tun. Ihr tust du damit überhaupt keinen Gefallen. Du tust damit niemandem einen Gefallen. Das weiß ich verdammt gut.«

»Sie hat das Recht, es zu erfahren, Ben.«

»Was zu erfahren? Dass du ein schlechtes Gewissen hast?«

»Dass ich ihr untreu war.«

»Sei nicht albern.«

»Wieso ist das albern?«

»Nimm mal an, ich hätte Janet nicht die Wahrheit gesagt: dass ich nicht sicher war, was wirklich passiert ist, ob ich den Wagen im Leerlauf hatte oder der Gang rausgerutscht ist. Nimm mal an, ich hätte einfach meine verdammte Klappe gehalten.«

Ich habe es geschafft, schon wieder die Gruppe neben uns zu beunruhigen. Ich dämpfe die Stimme, vermeide Blickkontakt und kratze an Forests Bierdeckel herum.

»Nimm mal an«, fahre ich fort, »ich hätte Janet einfach gesagt, dass der Gang rausgerutscht ist und dass es ein Scheiß-Unfall war. Was hat denn irgendwer davon, dass ich ihr gesagt habe, dass ich nicht sicher war?«

Forest hat darauf keine Antwort. Er dreht nur sein Glas weiter gegen den Uhrzeigersinn, als könnte er so die Zeit zurückdrehen.

»Meinst du, es hat Janet getröstet zu wissen, dass es möglicherweise meine Schuld war, Forest, dass ich schuld gewesen sein könnte? Dass sie sozusagen mit schuld war, weil sie mir ihre Kinder anvertraut hat? Hat es ihr geholfen, die einzige Person auf der ganzen Welt, die ihren Verlust nachempfinden konnte, zu verlassen?«

Mit traurigem Blick sieht Forest von seiner eingebildeten Uhr auf. »Tut mir leid, Ben. Ich meine, dass alles so gekommen ist. Aber das hier ist ja etwas ganz anderes. Das bei dir war ein Unfall.«

»Natürlich war es das. Und Gina war auch ein Unfall.«

»Gina war ein Fehler.«

»Und dafür hast du bezahlt. Du bezahlst jetzt dafür. Du musst damit leben. Warum sollte Melissa auch noch damit leben müssen?«

Forest hört auf, sein Glas zu drehen, und trinkt einen Schluck. Dann schüttelt er enttäuscht den Kopf.

»Manchmal muss man lügen, Forest. Manchmal ist das wirklich das Richtige.«

»Das glaube ich nicht, Ben.«

»Warum das denn nicht?«

»Es holt einen immer ein.«

»Tut es nicht, nicht immer.«

»Doch.«

»Bullshit.«

»Ist doch wahr, Ben.«

»Nein, Forest, das ist eine andere Sorte Lüge. Wenn Lizzie dir einen Fisch malt, der aussieht wie eine große, haarige Kröte, was sagst du zu ihr? Dass es scheiße aussieht? Dass du sogar mit einem Buntstift im Arsch einen schöneren Fisch malen könntest? Nein, Forest, du sagst, dass das der schönste Fisch ist, den du je gesehen hast, oder? Natürlich. Die Wahrheit ist manchmal eine glitschige Angelegenheit.«

Forest hört endlich auf, sein Glas zu drehen, und streicht sich über den Schnäuzer. Er sieht gleichzeitig gedankenverloren und ein wenig amüsiert aus. »Du hast eine komische Art, es auszudrücken, aber danke, Benji-Boy.« Er streckt die Hand über den Tisch und tätschelt mir die Schulter, dann trinkt er einen ordentlichen Schluck Bier und setzt sein Glas wieder ab.

Dass ich Forest auf eine winzig kleine Weise beeinflusst habe, reicht fast aus, dass ich mich etwas besser fühle.

»Also, dann gehe ich wohl besser nach Hause«, sagt er.

»Aber es ist Dart-Abend.«

»Mir ist heute nicht danach, Benji.« Er klopft mir noch einmal auf die Schulter, als er aufsteht, um zu gehen. Ich wünschte, ich könnte mit ihm gehen.

Nachfolge

Ich habe über die Dinge nachgedacht, die ich hätte anders machen können. Die Entscheidungen, die ich nicht getroffen habe. Die Entscheidungen, die mich getroffen haben, all die Dinge, die ich getan und nicht getan habe. Mit geschlossenen Rollos und überquellendem Mülleimer habe ich über die kühnen Schritte nachgedacht, die ich nicht unternommen habe, die Bauchgefühle, auf die ich nicht gehört habe, die Leute, die ich enttäuscht habe. Ich habe über die grausame Mathematik meines Lebens nachgedacht, habe meine Ergebnisse betrachtet und mir gewünscht, ich hätte mich mehr eingesetzt. Auf meinem Platz auf dem Sofa habe ich, inmitten leerer Pizzakartons, über all das nachgedacht und bin zu ein paar Schlüssen gekommen: Ich hasse dieses Sofa. Ich hasse diese Wohnung. Ich hasse Pizza Factory. Und mehr als alles andere hasse ich die Möglichkeiten, die ich jetzt noch habe.

Gestern Nachmittag klingelt das Telefon. Trev ist dran.

»Was geht?«, fragt er.

»Nicht viel.«

Ein unbehagliches Schweigen entsteht, im Hintergrund blökt der Fernseher.

»Bist du sauer auf mich?«, fragt er schließlich.

»Nee.«

»Cool«, sagt er. »Sorry. Ich meine, du weißt schon, wegen dem, wie das alles gelaufen ist.«

»Kannst du ja nichts für«, sage ich. »Sie macht sich halt Sorgen um dich.«

»Ja, stimmt wohl.«

Wieder schweigen wir. Der Fernseher blökt weiter. Ich höre den Joystick klicken, als er den Rollstuhl neu ausrichtet.

»Und, was machst du jetzt so?«, fragt er.

»Mein Leben regeln«, sage ich. »Lebenslauf auf Vordermann bringen, so Zeug halt.«

»Oh«, sagt er, und ich höre ihm die Enttäuschung an. Aber im Gegensatz zu den Enttäuschungen, die ich sonst so verursache, geht mir auf, dass ich das Ergebnis dieses Mal tatsächlich beeinflussen kann; dass ich, auch wenn ich Raubbau an meinem Leben betrieben und es in einen qualmenden Müllhaufen verwandelt habe, immer noch die Macht habe, nicht zu enttäuschen.

Als ich bei Trev ankomme, nimmt meine Nachfolgerin mich an der Tür in Empfang. Sie sieht aus wie ein verstimmter Lebkuchenmann – sie hat kurze Arme, ist vielleicht eins fünfzig groß und fast so breit, hat kurzes, dickes Haar und eine Brille mit Drahtgestell. Ihre Krankenhauskleidung in der Farbe blauer Flecken sieht auch nicht gerade festlich aus. Sie hat Trevs Urinflasche in der einen Hand und einen Strohhalm in der anderen. Da hat jemand im Kurs eindeutig nicht aufgepasst. Statt eines Grußes blinzelt sie zweimal, streckt einen Arm aus (den mit dem Strohhalm), um mir den Weg zu weisen, und folgt mir auf den Fersen durch das dämmrige Esszimmer.

Trev erwartet mich im Wohnzimmer, wo er hinter seinem Tischchen sitzt und lächelt. »Danke, Jackie«, sagt er. »Das war es dann erst mal.«

Jackie blinzelt, legt ihm den Strohhalm auf den Tisch und steht dann stocksteif da, die Urinflasche in der Hand.

Ich setze mich aufs Sofa, Trev gegenüber. Fast sofort springt die Katze auf und rollt sich auf meinem Schoß zusammen.

»Ähm, ich brauche Sie erst mal nicht mehr, Jackie«, sagt Trev. »Sie können eine Zeitschrift lesen gehen oder so.«

Jackie blinzelt, rührt sich aber nicht.

Trev holt tief Luft und schließt die Augen. »Tschüss, Jackie.«

Schließlich zieht Jackie sich ins Esszimmer zurück, in den Schatten hinter der Schwelle, und setzt sich ins Halbdunkel. Sobald sie außer Sichtweite ist, formt Trev seine verknöcherte Hand zu etwas, das aussieht wie eine Pistole, hebt sie auf Schulterhöhe und senkt den Kopf, bis er kurz vor dem Lauf ist. Dann zieht er unbeholfen den Abzug.

»So schlimm?«, frage ich leise.

»Schlimmer, als du es dir vorstellen kannst.« Er beugt sich zu mir. »Skalpfresserin«, flüstert er.

»Was?«

»Ich bin ziemlich sicher, die ist echt zurückgeblieben.«

»Was meinst du mit ›Skalpfresserin‹?«

»Gestern habe ich sie zweimal erwischt, wie sie sich am Kopf gekratzt hat – also so richtig heftig, als wäre da irgendwas – und dann, echt, ich schwör …«

»Nein.«

»Ja. Wie ein Schimpanse.«

Ich zucke zusammen. »Scheiße. Und was Besseres hatten sie

nicht beim DSHS? Was ist mit der Dicken in der Jogginghose?«

»Keine Zeit.«

»Und der mit dem Spinnennetz?«

»Ausgebucht – der Typ hat acht Patienten oder so.«

Ich pfeife. »Wow.« Durchs Fenster sehe ich Elsa durch den Vorgarten kommen.

»Pass auf«, sagt Trev. »Wegen deinem Rausschmiss und so. Ich habe nur gesagt, dass wir darüber gesprochen haben – nicht, dass wir wirklich darüber gesprochen haben. Nach Utah zu fahren, meine ich. Sie ist einfach davon ausgegangen, dass das alles deine Idee war. Theoretisch kann sie dich gar nicht feuern, ich bin erwachsen und alles, das ist also eigentlich meine Sache. Aber ... ich meine, es ist ja so ...«

»Keine Sorge, ich bin nicht gekommen, weil ich meinen Job wiederhaben will.«

Er sieht zum Fenster. »Aber damit du das weißt, sie hat nichts gegen dich. Es ist nichts Persönliches.«

»Mach dir keine Gedanken.«

Wie aufs Stichwort kommt Elsa die Rampe herauf in den Flur, wo sie ihre Tasche aufs Linoleum fallen lässt und die Stiefel auszieht. Sie löst ihren Knoten und schüttelt das Haar auf, dann durchquert sie das Esszimmer, wo Jackie im Dämmerlicht in einer Zeitschrift blättert.

»Ich bin dann für den Rest des Tages zu Hause«, sagt sie.

Jackie sieht von ihrer Zeitschrift auf und blinzelt zweimal langsam.

»Sie können dann gehen, Jackie.«

Jackie blinzelt noch einmal, als sie diese Information verarbeitet, dann fängt sie wortlos an, ihre Sachen zusammenzusuchen.

»Keine Sorge«, sagt Trev, als Elsa ins Wohnzimmer kommt. »Er will seinen Job nicht zurück.«

»Ach?« Elsa setzt sich auf den Sessel mit der hohen Lehne.

»Ich habe einen Vorschlag«, sage ich.

»Nämlich?«

»Dass Trev und ich mit dem Van nach Salt Lake City fahren.«

Ihr Gesicht verdunkelt sich. Sie steht auf.

»Hören Sie mir zu«, sage ich. »Bitte.«

»Komm schon, Mom, hör ihm wenigstens zu.«

Elsa setzt sich widerstrebend wieder hin, als Jackie in einem pflaumenfarbenen Astro Van die Einfahrt hinunterfährt.

»Sie sind ja in der ersten Septemberwoche in Bend«, sage ich. »Also brauchen Sie entweder jemanden, der hier bei Trev wohnt, also zum Beispiel, sagen wir, Jackie.«

»Die Skalpfresserin«, sagt Trev.

»Oder«, fahre ich fort, »Sie nehmen Trev mit zu der Show. Aber wie wollen Sie den Anhänger an den Van kriegen? In den Truck kriegen Sie den Rollstuhl nicht. Außer Trev fährt im Pferdeanhänger mit. Und wer kümmert sich um Trev, wenn Sie mit der Show beschäftigt sind? Es würde doch alle Probleme auf einmal lösen, wenn wir mit dem Van nach Salt Lake City fahren.«

»Ich habe schon alles arrangiert«, sagt sie tonlos. »Ja, mit Jackie. Ben, Sie haben so viele Details nicht bedacht. Mit Trevor zu reisen, ist wirklich komplizierter, als Sie sich das vorstellen.«

»Das weiß er«, sagt Trev.

»Ich habe jede einzelne medizinische Versorgungseinheit von hier bis Salt Lake City gegoogelt«, sage ich. »Apotheken, Notaufnahmen, barrierefreie Hotels, Red Lobsters. Ich habe mir das alles ausgedruckt – Wegbeschreibungen, Landkarten, Preise. Ich habe an alles gedacht, woran man nur denken kann. Und wenn Sie noch mehr Bedenken haben, dann sagen Sie mir Bescheid, und dann bereite ich mich darauf auch noch vor.«

Elsa beißt sich auf die Unterlippe. Zum ersten Mal scheint sie zuzuhören. »Und wer soll das bezahlen?«, fragt sie.

»Jeder für sich.«

»Sie haben keine Arbeit«, sagt sie.

»Stimmt. Aber eine Kreditkarte.«

Sie beißt sich immer noch auf die Lippe. »Warum tun Sie das?«, fragt sie.

»Das ist etwas Persönliches.«

Sie sieht mir ins Gesicht, dann wendet sie sich Trev zu, der den Kopf in den Nacken legt und die Schultern leicht kreisen lässt.

»Wenn hier irgendjemand Angst haben sollte, dann wohl ich«, sagt er.

Ich sehe tatsächlich die Spannung aus Elsas Schultern weichen, als sie einlenkt. »Weiß Bob schon Bescheid?«

»Noch nicht«, sage ich.

»Also, dann klärt das erst mit Bob. Und ich verspreche hier noch gar nichts, da muss ich wirklich erst gründlich drüber nachdenken. Aber wenn ich euch fahren lasse, dann wird es feste Regeln geben. Dann machen Sie das so, wie ich es will.«

»Natürlich.«

»Sie werden alles im Voraus reservieren. Und ich erwarte regelmäßige Anrufe.«

»Logisch.«

»Eine Woche«, sagt sie.

»Eine Woche.«

Trev lächelt beklommen.

Als ich gehe, hält Elsa mich im Flur noch auf. »Ben«, sagt sie und sieht mir in die Augen. »Wenn meinem Sohn irgendetwas passiert, dann …«

Aber sie hält inne, als ihr einfällt, wer ich bin.

Aufbruch

Fünf nach halb acht am Abreisetag, und es verspricht, ein wundervoller Tag zu werden. Die herbstliche Kühle der Nacht weicht schon, als die Sonne über den Bäumen auf der anderen Seite der Weide hervorkommt, und es ist strahlend blauer Himmel. Ideales Reisewetter. Unter Trevs wachsamen Blicken aus dem Fenster, mit Elsa neben sich, die an einem Fingernagel knabbert, belade ich den Van, der vor unserer Reise extra noch einmal durchgecheckt wurde, und hake alles gewissenhaft auf der Packliste ab – Hosen, Campingkocher, Kühltasche, Taschenlampe, Feuchttücher, Strohhalme, Feuchtigkeitscreme, Enalapril, Digoxin, Protandim, Beatmungsgerät, viskoelastische Kissen, Deo, Ibuprofen, Wundsalbe, Wattestäbchen, Akne-Pads, Elektrorasierer, Wollsocken, Aquasocken, Regenjacke, Skijacke, Badehose, Winterstiefel, Flipflops, Wasser in Flaschen, Versicherungskarten, medizinische Akten.

Oh ja, wir sind vorbereitet – so gut hätten Shackleton und Scott mal vorbereitet sein sollen. Und gleichzeitig weiß ich, dass wir nirgendwohin fahren werden. Elsa wird ihre Meinung zum zehnten Mal ändern. Sie hadert schon den ganzen Morgen. Trev wird die Nerven verlieren. Irgendetwas wird uns aufhalten. Die Götter werden eingreifen – ein unvorhergesehenes oder unbedachtes Detail wird unsere Pläne vereiteln, wenn wir gerade losfahren wollen, ganz sicher. Es ist einfach vollkommen unmöglich, dass Trev und ich nebeneinander am Rande der Salzwüste stehen oder auch nur durch die staubigen Hallen des Kartoffelmuseums von Idaho schlendern sollten.

Aber um sieben Minuten nach acht ist Trev neben mir angeschnallt und sieht ein bisschen blass aus, während Elsa vor dem offenen Beifahrerfenster des Vans steht. Wir zögern noch einen Augenblick, verspäten uns, verschieben das Undenkbare.

»Bist du sicher, dass du das willst?«, fragt sie.

»Nicht ganz«, sagt Trev.

»Es ist noch nicht zu spät, etwas anderes zu arrangieren. Ich kann Jackie anrufen, oder wir können auch einfach …«

»Bis später, Mom.«

Elsa zwingt sich zu einem Lächeln, als wir aus dem Carport fahren. Im Rückspiegel sehe ich sie winken, als wir die Einfahrt hinunterfahren. Ich frage mich, ob unter all ihrem Zweifel und ihren Sorgen nicht auch ein winziges bisschen Erleichterung ist, dass Trev wegfährt.

Trev sitzt steif und aufrecht in seinem Rollstuhl und starrt nach vorne auf die doppelte gelbe Linie, als wir die Little Valley Road Richtung Highway fahren.

»Hast du meine Krankenakten dabei?«, fragt er.

»Hab ich.«

»Und die Versicherungskarten?«

»Ja.«
»Beide?«
»Ja. Bei den Akten.«
»Nicht, dass sie da rausfallen.«
»Sie sind in einem Umschlag, der mit einer Büroklammer am Ordner hängt.«
»Was ist mit dem Antazidum?«
»In der Seitentasche deiner schwarzen Tasche.«
»Wo ist die?«
»Ganz hinten, neben meinem Rucksack, unter den Schlafsäcken und den Kissen und allem möglichen anderen Zeug.«
Trev schweigt wieder bis zum Stoppschild in Bend, wo ich merke, dass er immer noch sehr unruhig ist.
»Was ist denn?«, frage ich.
»Tut mir leid.«
»Was denn?«
»Ich fürchte, ich brauche das Antazidum.«

Östlich der Berge

Wir fahren in östlicher Richtung auf der I-90, durchs breitschultrige grüne Vorgebirge und dann die steileren Anhöhen des Snoqualmie-Passes hinauf. Die meiste Zeit fahren wir schweigend. Trev nimmt die Landschaft anscheinend nur mit gedämpftem Interesse auf, aber es ist nicht so, dass es ihn gar nicht interessieren würde. Er ist nur angespannt, das sehe ich daran, wie er sich leicht vorbeugt, die Ellbogen auf den Armlehnen, die knotigen Hände baumeln ein paar Zentimeter über seinem Schoß. Wir haben in Factoria, Issaquah und Fall City bereits Toilettenpausen gemacht. Trev würde diese würdelosen Örtlichkeiten am liebsten vermeiden, wo man nicht die Tür zumachen kann und ich einen Meter neben ihm stehen bleiben muss. Aber er wird sich mit noch weniger zufriedengeben müssen. Als die Natur sich auf dem Gipfel des Snoqualmie schon wieder meldet, haben wir keine andere Wahl, als auf den Parkplatz zu fahren, wo es nur etwas bessere

Mobiltoiletten gibt. Die, um es noch komplizierter zu machen, natürlich nicht rollstuhlgerecht sind. Keine Rampen, keine Handläufe, kein Platz zum Manövrieren. Die ganze Angelegenheit ist in jeder Hinsicht unbefriedigend.

Als ich mit Trev auf dem Arm herauskomme und ihn wieder in seinen Rollstuhl setze, sehe ich, dass wir von einem Teenager mit fingerlosen Handschuhen und Schottenröckchen beobachtet werden. Das Mädchen sitzt auf dem Bordstein im Schatten des Vans und raucht eine Zigarette. Trev errötet, als er sie sieht, seine Zwangslage ist ihm eindeutig peinlich. Sie trägt das Haar kurz geschoren und blond gefärbt, bis auf den langen, schwarzen Pony. Sie hat ein Piercing in der Nase. Sie beobachtet uns mit der typischen Leidenschaftslosigkeit einer Außenseiterin, spielt gedankenverloren an ihrem Handgelenk herum und spuckt auf den Gehweg, als Trev seinen Rollstuhl auf die Rampe navigiert und ich ihn mit einem elektrischen Surren hochfahre. Hübsches Mädchen, wenn man mal von dem Fashion Statement absieht. Vielleicht sechzehn oder siebzehn, schätze ich. Wenn sie nicht von zu Hause abgehauen ist, dann könnte sie so jemanden im Fernsehen spielen. Irgendwo in der Nähe hupt ein Wagen, und das Mädchen wirft plötzlich die Zigarette weg, steht auf und verschwindet zwischen den Bäumen, die den Auto- vom LKW-Parkplatz trennen.

»Haben wir was Falsches gesagt?«, fragt Trev.

»Vielleicht hat sie was Falsches gegessen.«

Ich mache Witze, aber in Wahrheit überlege ich mir bei jeder Jugendlichen, welche Art von Teenager Piper wohl geworden wäre. Ich stelle sie mir vor wie dieses rauchende Mädchen, nur glücklicher und ohne zu rauchen und sich an den Nagelhäutchen herumzukauen oder vor irgendetwas wegzulaufen.

Als wir auf der Leeseite des Wasserfalls hinunterfahren, durch das Große Becken und dann in die Hochwüste, weichen die dichten Tannen- und Zedernwälder spärlicheren Kiefern und den Channeled Scablands mit ihren erratischen Blöcken. Trev schläft bald ein, und ich bin allein mit meinen Gedanken und zweihundert Meilen Wüste.

Ich muss an unsere Familienreise 2005 durch den Südwesten denken, an Cracker-Krümel und jede Menge abgedroschenen Kitsch – Wunderseen und Felsenmalereien –, an die klebrigen Plastiksitze im Auto und die gestärkte Hotelbettwäsche und die blähende Verpflegung entlang der Straßen. Eigentlich der reinste Albtraum, Janet im siebten Monat schwanger, fünfunddreißig Grad im Auto und die Klimaanlage kaputt. Ich sehe Piper vor mir wie auf einem Foto, am Südrand des Grand Canyon, der leuchtend rote Glorienschein eines Kirscheises rund um ihren Mund. Ich sehe sie an der Hand eines ehrwürdigen Indianers in vollem Federschmuck am Jackrabbit Trading Post. Strahlend, mit geflochtenen Zöpfchen, am Amboy-Krater. Mit großen Augen im Klapperschlangenmuseum. Keiner der fotografischen Beweise zeigt, was wir an dem Nachmittag in der Geisterstadt beinahe verloren hätten.

Trev wacht zehn Meilen westlich von Vantage auf, wo die Hochwüste langsam in die Schlucht absinkt. Seine Laune ist erheblich gestiegen. Seine ganze Körpersprache ist entspannter, er lehnt sich zurück, die Arme auf vierzig Grad ausgestreckt (weiter kann er nicht), und sieht aus dem Seitenfenster auf irgendetwas in der Ferne.

»Was habe ich verpasst?«, fragt er.

»Ganz viel. Ein paar Kühe vor ungefähr sechzig Meilen. Und irgendwas, das aussah wie ein Baum.«

»Mist.«

»Oh, und einen Tramper – ich glaube, das könnte Moses gewesen sein.«

Trev grinst – und es ist nicht sein typisches bösartiges Grinsen oder das befangene, aufgesetzte Grinsen, mit dem er so oft auf kleine oder große Notlagen reagiert, sondern ein echtes, frohes, unbekümmertes Grinsen. Ich könnte heulen.

George, Washington

Der Ort George, Washington (528 Einwohner), östlich der Schlucht, ist der erste Mittagspausenstopp auf unserer siebentägigen Reise. Wir sind eine Stunde und siebenunddreißig Minuten hinter unserem Plan zurück, als wir in der brüllenden Mittagshitze bei Ausfahrt 149 rausfahren. Wären wir 1983 hier gewesen, dann hätten wir vielleicht noch ein Stück vom größten Kirschkuchen der Welt abbekommen (der dann aber 1987 in Traverse City, Michigan, überboten wurde, und dann noch einmal 1990 in Oliver, British Columbia). Aber die goldenen Zeiten der Achttausend-Kilo-Kuchen sind vorbei, und Touristen müssen sich heute mit einem sechsstöckigen Wasserturm mit der Silhouette des Stadtgründers darauf begnügen, die eher aussieht wie die Silhouette eines Kleinkinds mit Paget-Krankheit und Blumenkohlohr.

Die Handelskammer von George hat wirklich alles verpasst. So viele ungenutzte Chancen! Kein Souvenirladen. Keine gepuderten Perücken, keine Holzgebisse, kein Lügendetektor mit Münzeinwurf, kein gar nichts. Okay, eine Bronzebüste von General Washington vor einer Tankstelle am Rand des Ortes. Ansonsten würde zu einer Tour durch George, Washington, höchstens die Sheriffstation gehören, ein gedrungener, grüner Container auf verbranntem Rasen mit zwei fast verdorrten Bäumen. Die Feuerwache No. 3, ein ebenso gedrungenes, graues Gebäude aus Schlackenbeton, wie man ihn vielleicht für ein Nebengebäude des Stalag Luft verwendet hätte. Und die Mehrzweckhalle, das Epizentrum des Gemeindelebens von George, ein fleckiges, fensterloses Bauwerk mit allen architektonischen Finessen einer Doppelgarage. Und die Tour wäre erst komplett, nachdem man an dem mit Alublechen verkleideten Rathaus vorbeigefahren wäre, das mit ein paar zusätzlichen Fenstern vielleicht ein nettes Outlet für Kugellager abgeben würde. Ich hoffe sehr, dass die Stadt Joe in Montana mehr zu bieten hat.

Nach einem kurzen Halt am Fuße des Wasserturms, bei dem Trev und ich die Silhouette von Präsident Washington betrachten wie einen Rorschachtest, essen wir in einem dubiosen mexikanischen Restaurant am Stadtrand zu Mittag, ein gewagtes Unterfangen, wenn man den Zustand von Trevs Verdauungstrakt in letzter Zeit bedenkt. Aber Trev ist gut drauf und besteht auf einem Festmahl. Der Laden heißt La Paloma oder La Palamino oder Los Pintos, aber das ist dann auch schon das Großartigste daran. Innen drin ist es einfach ein beliebiges Diner irgendwo zwischen Cle Elum und Bismarck. Aus der Anlage kommt neumodische Countrymusik – Clint Irgendwas oder Toby Dingenskirchen oder dieser eine Kenny. Die Kellnerin ist klapperdürr wie eine Kettenraucherin. Wenn sie ein Namensschild hätte, stünde bestimmt Lana Sue drauf. Sie ist ungefähr fünfunddreißig sehr lange Jahre alt.

Trev bestellt die Fisch-Tacos, trotz meiner nonverbalen Signale – ich wehre es mit beiden Händen ab und schüttele energisch den Kopf. Die Scablands im östlichen Washington sind nicht gerade für ihre Fischspezialitäten berühmt.

Trev zwinkert mir zu, als Lana Sue geht. »Was soll's? Ich bin heute mal mutig.«

Das Essen kommt viel zu schnell. Mein Rinder-Burrito ist so groß wie ein Baumstamm und schwimmt in einer graubraunen soßenartigen Substanz.

»Hrks«, macht Trev, als er sein Essen sieht. »Blaue Tacos? Wie konnte das denn passieren?«

Vielleicht ist es nur das Nachmittagslicht, das durch die gefärbten Scheiben hereinfällt, aber der Fisch sieht tatsächlich leicht bläulich aus. »Da hast du wohl die Schlumpftacos erwischt«, sage ich.

Trev lächelt schief, pickt mit der Gabel am Rand seiner blauen Tacos herum und überlegt sich wahrscheinlich, ob er versuchen sollte, einen komplett anzuheben, oder die ganze Pampe einfach gleich aufzugeben. Am Ende entscheidet er sich gegen die Tacos und für die Beilagen, Beans und Reis. Ich bearbeite derweil von den Enden her mein Holzscheit, das unter seinem eigenen Gewicht zusammensackt und zu atmen scheint. Je mehr ich das Monster anpiekse, desto mehr Dampf entweicht, und desto mehr sinkt es in sein Soßenbett, bis es so erschöpft ist, dass es atemlos und flach auf dem Bauch liegt. Ich rechne jeden Moment damit, dass es ächzt.

»Wie sind die Beans?«, frage ich.

»Nicht schlecht. Wie ist dein … äh, das Ding da?«

»Tot, glaube ich.«

Gegen Ende der Mahlzeit, also als ich ungefähr zwanzig Prozent meines Burritos zu mir genommen habe, klingelt mein Handy. Die Nummer ist unbekannt, aber ich rechne jederzeit mit einem Kontrollanruf von Elsa.

»Okay, Ben. Das war's, hast du mich verstanden? Diesmal ist

es mir echt ernst.« Es ist Janet. Sie versucht, knallhart zu klingen, aber ich weiß, dass sie erschöpft ist. Das höre ich ihr an.

»Locker bleiben. Ich komme zu dir runter, und dann machen wir alles fertig«, versichere ich ihr. »Ich schwör. Alles ist so weit bereit.«

Sie weiß, dass ich lüge. »Ach, hör doch auf mit dem Scheiß, Ben. Ich komme zu dir, sobald ich hier mit der Arbeit fertig bin, und dann wirst du diese Papiere unterschreiben, und diesmal gehe ich nicht ohne sie wieder weg.«

»Das kannst du nicht machen.«

»Das wirst du ja sehen.«

»Es wird nichts nützen, ich bin gar nicht da.«

»Wann bist du denn da?«

»Ich bin auf dem Weg nach Utah.«

Sie nimmt diese Neuigkeit mit einem Schweigen auf, das fast so kalt und dicht ist wie ein Vakuum.

»Arbeitsmäßig«, sage ich.

Ich spüre, wie sie am anderen Ende der Leitung mit den Zähnen knirscht. »Was ist das denn jetzt wieder für eine Aktion, Ben? Wo genau bist du?«

»Ich schwör, das ist keine Aktion, ich haue doch nicht vor dir ab. Ich dachte, wir wären übereingekommen, dass …«

»Wo bist du?«

»Unterwegs.«

»Wo genau?«

»Östlich der Berge.«

»Okay, Ben. Okay. Das war deine letzte Chance. Ich bin offiziell mit dir fertig.«

»Nein, warte, hör zu.«

»Ich bin fertig mit Zuhören. Du kannst dich nicht schon wieder rausreden.«

»Warte, bitte. Ich …«

Aber sie hat schon aufgelegt.

Trev sieht nicht glücklich aus, als er die Hoffnung aus meinem Gesicht schwinden sieht; eine Gabel voller Beans ist auf halbem Weg zwischen seinem Teller und seinem Mund stehen geblieben. Um die Situation aufzulockern, versucht er ein schiefes Lächeln.

»Willst du einen Schlumpftaco?«, fragt er.

Skylark

Ich weiß, wie beknackt das klingt. Aber ich schwöre, wir werden verfolgt. Der kackbraune Skylark mit dem verbeulten Nummernschild ist schon ungefähr seit Moses Lake hinter uns. Ich habe keinen Schimmer, wie Janet das jetzt wieder angestellt hat. Wird der Typ mir etwas antun? Seit zwanzig Meilen gucke ich immer wieder verstohlen in den Rückspiegel und achte darauf, dass Trev unseren Verfolger nicht bemerkt, wer auch immer es ist. Das ist hier kein besonders befahrenes Stück Highway; zwei Spuren durch eine Mondlandschaft und kaum eine Ausfahrt zwischen Moses Lake und Ritzville. Aber die meisten Fahrer hätten mich schon vor Meilen überholt. Tatsächlich hat ein halbes Dutzend Wagen den Skylark und unseren rollstuhlgerechten Van gleichzeitig überholt. Aber der Skylark bleibt da, in einem festen Abstand. Er wird langsamer, wenn ich langsamer werde, und schneller, wenn ich schneller werde.

Bei Shrag blinke ich, als wollte ich abfahren. Der Skylark beißt nicht an. Er ist also nicht blöd. Wer auch immer der Typ ist – und ich gehe davon aus, dass es ein Typ ist –, hat das schon einmal gemacht. Bei Odessa blinke ich nicht, ziehe aber im allerletzten Moment rüber zur Ausfahrt. Der Skylark tut sofort das Gleiche. Als ich wieder auf die rechte Spur fahre, folgt mir auch der Skylark.

»Was machst du?«, fragt Trev.

»Ich wollte aufs Klo, aber es sieht nicht aus, als wäre hier was.«

»Ich muss auch mal.«

Dann wäre das ja schon geklärt. Bei Ausfahrt 220 fahre ich raus nach Ritzville. Der Skylark folgt uns, wird aber in der Ausfahrt deutlich langsamer, sodass ich, obwohl ich etwas länger am Stoppschild stehen bleibe, den Fahrer nicht sehen kann. Schließlich biege ich links ab und überquere die I-90 über die Brücke. Im Rückspiegel sehe ich erleichtert, dass der Skylark rechts abbiegt, Richtung Pasco. Okay, ich bin paranoid. Was habe ich denn gedacht? Als wir auf die Tankstelle fahren, ist die Vorstellung schon total lächerlich. Die Tankstelle ist quasi verlassen, bis auf das Mädchen mit den fingerlosen Handschuhen, das uns offenbar in unserer Mittagspause überholt hat – wahrscheinlich mit dem Daumen –, denn da sind keine weiteren Wagen. Sie lehnt an einem Zeitungsautomaten, zupft abwechselnd an ihren Nagelhäutchen herum und zieht an ihrer Zigarette, sie starrt hinter ihrem Pony hervor, als wollte sie irgendjemanden herausfordern, sie anzusehen. Wo zum Teufel ist ihr Vater, warum trampt sie hier allein durch die Wüste? Allein der Gedanke ärgert mich mehr, als er sollte – ich bin sauer auf ihre Eltern, wozu ich gar nicht das Recht habe, sauer auf die Umstände, die dieses Mädchen hierhergebracht haben, an den Arsch der Welt, was auch immer sie überhaupt erst dazu gebracht hat abzuhauen. Aber wer weiß, vielleicht ist sie selbst schuld, vielleicht läuft sie vor nichts weiter weg als der Langeweile und der Stabilität und ihrem Teenager-Weltschmerz. Vielleicht ist ihre Mutter Krankenschwester und ihr Vater Feuerwehrmann, und ihr großer Bruder bekommt lauter Bestnoten an der Uni. Vielleicht stehen auf ihrem Fensterbrett immer noch all ihre Kuscheltiere, eins neben dem anderen. Vielleicht hat sie mal Klarinette gespielt, und ihre Eltern und ihre Lehrer haben keine Ahnung, warum sie damit aufgehört hat. Vielleicht sitzt ihre Familie gerade zu Hause und rauft sich die Haare. Ob ich die Behörden benachrichtigen soll? Vielleicht sollte ich ihr anbieten, sie mitzunehmen. Stattdessen sehe ich sie nur verstohlen an, als wir näher kommen. Ich zweifle nicht daran, dass sie meine Blicke spürt, obwohl sie weiterhin geradeaus starrt. Nicht nur ihre Nase ist gepierct, sie trägt auch noch einen kleinen Ring durch die Augenbraue. Sie tut, was sie kann, um sich möglichst hässlich zu machen, und es funktioniert trotzdem nicht.

Ich bin nicht der Einzige, der auf das rauchende Mädchen aufmerksam geworden ist. Trev gibt sich alle Mühe, sie nicht anzustarren, und wenn ich nicht ganz falschliege, dann sorgt schon dieser Versuch dafür, dass er errötet, als er die Rampe hinunterfährt. Der heiße Wind bringt Wüstensand mit und fegt ihn über den Parkplatz. Eine leere Verpackung wirbelt über den Gehweg. Draußen hinter der Parallelstraße sammeln sich große Staubwolken über den trockenen Feldern und verschleiern die Hügel am Horizont.

Das rauchende Mädchen sieht uns von der Seite an, als wir an ihr vorbeigehen. »Coole Schuhe«, sagt sie mit der Begeisterung einer Kassiererin im Mauthäuschen. Trev sieht auf seine goldenen Chucks hinunter, und sein Blick bleibt dort. »Danke«, sagt er, und ihm bricht fast die Stimme.

Ich schiebe die Doppel-Glastür auf, um Trev vorzulassen, und beschließe, dem Mädchen hinterher anzubieten, sie ein

Stück mitzunehmen. Vielleicht kann ich sie zur Vernunft bringen, sie überzeugen, zu ihren Kuscheltieren und ihrer Klarinette zurückzukehren, ihren Körper nicht weiter zu zerstören, und sich stattdessen eine Zukunft aufzubauen. Oder zumindest kann ich sie sicher bis zu Punkt B bringen.

Trev und ich diskutieren das Thema, als ich ihm den Reißverschluss aufmache.

»Was meinst du? Nehmen wir sie mit?«

»Logisch«, sagt er und tröpfelt in seine Plastikflasche.

Bis ich Trevs Reißverschluss wieder hochgezogen, die Flasche ausgespült, sie in die Plastiktüte eingewickelt und in die Seitentasche gesteckt habe, selbst auf der Toilette war, meinen eigenen Reißverschluss zugemacht, mir die Hände gewaschen, das Tanken bezahlt und eine Powerade, Schweinekrusten und Feuchttücher gekauft habe, ist das Mädchen nicht mehr zu sehen.

»Haben Sie gesehen, was mit dem Mädchen passiert ist, das vorhin draußen war?«, frage ich den Kassierer.

»Keine Ahnung«, sagt er und steckt die Schweinekrusten in eine Tüte.

Wieder stehe ich da mit einer Tüte voller Einkäufe.

»Mist«, sagt Trev und rollt über den staubigen Parkplatz. »Die hätte ich bestimmt rumgekriegt.«

Ich senke die Rampe ab, und Trev rollt darauf, blinzelnd gegen den staubigen Wind. Als er an Bord ist, schnalle ich ihn an, gehe um den Wagen herum, löse den Tankdeckel und sehe beim Tanken auf den verschwommenen Horizont.

Es ist vier Uhr sechsunddreißig, als wir wieder auf die Interstate fahren. Wir sind jetzt zweieinhalb Stunden hinter unserem Plan zurück, aber ich mache mir keine Sorgen. Wie es aussieht, sollten wir gegen sieben in Wallace sein, ins Motel einchecken und uns ein Abendessen suchen. Vielleicht nehme ich fürs Motel noch ein paar Bier mit, und wir besprechen noch kurz den Plan für morgen, wenn wir unter anderem das Oasis-Bordello-Museum und eine alte Mine besichtigen wollen (falls sie rollstuhlgerecht ist). Am Sonntag wollen wir dann durch den Penhandle nach Montana, und von dort aus Richtung Norden nach Polson, zum Museum Miracle of America. Dort erwartet uns neben anderen Attraktionen ein zweiköpfiges Kalb.

Die Wüstenlandschaft liegt stumm vor uns, man hört nur das Knuspern der Schweinekrusten und das Surren der Räder. Gedanken an mein früheres Leben drohen hervorzubrechen, aber ich mache das Radio an und verscheuche sie wie Tauben. Clint Dingsbums. Irgendwas über Abschiede. Innerhalb von zwanzig Minuten ist Trev wieder eingeschlafen, mit offenem Mund, sein Kopf ist auf die Seite gekullert. Mir fällt es ebenfalls schwer, die Augen offen zu halten. Ich mache das Fenster ein bisschen auf, um gegen die Müdigkeit anzukämpfen.

Plötzlich, vielleicht eine Meile hinter der Abfahrt Harrington, sehe ich in den Rückspiegel und zucke zusammen. Der Skylark ist wieder hinter uns.

Finger

Ja, sie ist anspruchsvoll, kapriziös und manchmal anstrengend, aber Piper bricht einem das Herz mit ihrem Zahnlückenlächeln, ihrer 20er-Jahre-Frisur und den winzigen, abgekauten Fingernägeln. Wenn man Piper vor ihren Haferflocken sitzen sieht, mit ihrem Umhang, die dünnen Beinchen in Gummistiefeln, die Stirn gerunzelt, wie sie mit ihren flinken Fingern den Einkaufszettel entlangfährt, dann möchte man sie sofort in den Arm nehmen. Man staunt über die Fürsorge und die Aufmerksamkeit, mit der sie Jodi an der Hand durch den Gang im Supermarkt führt, an den ganzen süßen Frühstücksflocken vorbei. Sie wird einen mit ihrer Geduld beschämen, wenn sie sich im Schatten von *Tony the Tiger* zu ihm hinunterbeugt und sich zwei Minuten lang bemüht, das ernsthafte Gebrabbel ihres kleinen Bruders zu interpretieren, während ihr Daddy vom Ende des Ganges aus ungeduldig winkt. Und wenn sie ihren kleinen Bruder dann versteht, und man sieht, wie sein kleines Gesicht sich aufhellt, dann versteht man, warum er so an ihr hängt.

Wenn man sie sieht, wie sie in der Kassenschlange einen Schokoriegel in der Hand hält, mich am Hemdzipfel zupft und mich höflich bittet, eine Ausnahme von der Nicht-vorm-Abendessen-Regel zu machen, dann wird man mich bemitleiden, dass ich Nein sagen muss. Und wenn man uns dann den Einkaufswagen über den Parkplatz zum RAV4 schieben sieht, und sieht, dass sie den Schokoriegel doch isst, dann kann man mich für einen schlechten Vater halten.

»Daddy, Jodis Nase läuft«, zwitschert Piper vom Rücksitz, wo sie auf dem Nachhauseweg vom Central Market darauf besteht, neben ihm zu sitzen. Es hat aufgehört zu regnen, die Wolken ziehen Richtung Osten ab, und die schwache Sonne kämpft sich langsam durch die Bäume.

»Dann putz sie ihm doch bitte, Schatz.« Unsere Blicke begegnen sich kurz im Rückspiegel; lange genug, dass Piper die Augen verdrehen kann. Sie seufzt über meine Unfähigkeit, das Offensichtliche zu bemerken – eine Gewohnheit, die sie kürzlich von ihrer Mutter übernommen hat.

»Aber ich hab nichts«, erklärt sie.

»Dann lass es einfach erst mal«, sage ich und wende meine Aufmerksamkeit wieder der Straße zu. »Zu Hause gebe ich dir ein Kleenex.« *Scheiße. Ich wusste doch, dass ich etwas vergessen habe.*

»Iihh«, sagt Piper.

Ich drehe mich kurz um, und sie hat nicht auf mich gehört, sie hat ihm einfach so die Nase abgewischt. Jetzt verzieht sie das Gesicht und streckt mir ihren glitzernden Zeigefinger hin.

Ich gucke sie im Rückspiegel warnend an. »Schmier mir das ja nicht in die Sitze, Fräulein.«

Sie runzelt ebenfalls die Stirn, vergewissert sich, dass ich gucke, dann wischt sie ihren Finger an der Rückseite des Fahrersitzes ab.

»Verdammte Scheiße, Piper, was habe ich gerade gesagt?«

Sie lächelt diabolisch, weil ich geflucht habe, und stupst Jodi in die Rippen, der ebenfalls grinst. Er brabbelt etwas Unverständliches, aber seine Freude kann er nicht verbergen.

»Das ist nicht lustig!«

Sie lachen über meinen Zorn. Daddy ist lustig, eine verlässliche Quelle des Amüsements. Man kann Daddy ärgern wie einen Terrier. Vor allem muss man Daddy immer wieder auf die Probe stellen.

»Verdammte Axt, das ist wirklich nicht lustig!«

Piper heizt Jodis Gelächter noch weiter an, sie piekst ihn in den dicken Bauch, bis der Junge anfängt, wild zu strampeln.

Als ich gerade vom Gas gehe, mich umdrehe und auf den Seitenstreifen fahren will, bis sie sich beruhigt haben, streckt Piper mir ihren immer noch glitzernden Finger über die Schulter, damit ich die Sache nur Zentimeter von meinem Gesicht entfernt inspizieren kann.

»Ich hab den anderen Finger abgewischt, du Dummer.«

Jodi schnaubt rotzschniefend los und strampelt noch heftiger vor Vergnügen.

Daddy ist so ein Idiot. Er fällt jedes Mal drauf rein. Was bleibt ihm da übrig, trotz seiner gereizten Erschöpftheit, als über sich selbst zu lachen?

Als Piper sieht, dass ich mitlache, lächelt sie mich an, mit diesem neuen Lächeln, bei dem sie die Zunge in die Lücke zwischen ihren Vorderzähnen steckt.

Nichts riskieren

Wir sind eben durch Spokane gekommen und fahren jetzt am östlichen Ende des Tals um die Otis Orchards herum, als Trev aufwacht.

»Was habe ich diesmal verpennt?«, fragt er erschöpft.

»Nur eine Kundgebung des Klans.«

Ich sehe in den Rückspiegel.

»Gute Musik«, sagt er.

Ich glaube, es ist dieser Toby – der Dicke, der Demokrat. Irgendwas mit »pickin' 'em up and layin' 'em down«. Ich fange an, diese neumodische Countrymusik zu mögen, diese ganze Verzweiflung darin. Dinge, mit denen ich mich identifizieren kann: verlorene Liebe, verlorene Häuser, verlorene Hunde. Außerdem beruhigt es meine Nerven. Der Skylark ist immer noch hinter uns, wobei der Fahrer jetzt ein bisschen gewiefter vorgeht und immer ein oder zwei Wagen zwischen uns lässt, auch wenn ich versuche, ihn abzuhängen, und mich irgendwo ein- und wieder ausfädle.

Trev erwischt mich dabei, dass ich immer wieder in den Rückspiegel sehe.

»Die Bullen hinter uns?«

»Das dachte ich kurz. War aber nur ein Dachgepäckträger.«

Ich will nicht, dass er sich Sorgen macht. Er braucht nichts von dem Skylark zu wissen. Er braucht auch nicht zu wissen, dass ungefähr beim Medical Lake das Lämpchen für »Motor überprüfen« angegangen ist – das ist sowieso nur so eine Attrappe. Aber eine Meile westlich der ersten Ausfahrt nach Coeur d'Alene erwischt er mich, wie ich immer abwechselnd das Lämpchen und den Rückspiegel betrachte. Mit einem elektrischen Surren stellt er seine Rückenlehne hoch und verdreht den Kopf zum Armaturenbrett.

»Was bedeutet denn das rote Lämpchen da?«

»Das ist nur so eine Attrappe.«

»Und was steht da?«

»Öl überprüfen«, sage ich. »Ähm, Motor. Motor überprüfen.«

Trevs Gesicht verdunkelt sich gereizt. »Und?«

»Das ist nur so ein Lämpchen.«

Er schaut geradeaus.

»Das geht bestimmt in einer Minute wieder aus, ganz sicher. Das ist nur so eine Masche, damit man mal wieder in die Niederlassung fährt oder so.«

Seine Laune wird sekündlich schlechter. »Hättest du doch was gesagt. Du hättest mich mal wecken können.«

»Das hat wirklich nichts zu sagen.«

»Du hättest in Spokane anhalten können.«

»Wegen so einem Lämpchen?«

Seine Augen verengen sich zu Schlitzen, seine fettige Stirn ist gerunzelt. Ich bin zu weit gegangen mit meiner Ignoranz. »Fahr bei der nächsten Ausfahrt raus«, sagt er und schüttelt grimmig den Kopf. »Du hättest sofort anhalten sollen, als das angegangen ist.«

Er hat natürlich recht. Ich sollte es besser wissen und nichts riskieren. Ich sollte Warnsignale nicht mehr ignorieren. Wie viele Warnsignale habe ich ignoriert, bevor mein Leben explodiert ist? Und wie viele seitdem? Vor allem sollte ich wissen, dass ich Trev sowieso nichts verheimlichen kann.

Nach zwei kühlen, schweigsamen Meilen, fahre ich bei Ausfahrt 15 ab, während Trev auf der Beifahrerseite immer noch kocht. Ich bete darum, dass das Lämpchen ausgeht und mir recht gibt. Aber das Scheißding scheint heller zu leuchten denn je. Meine schlechte Laune hebt sich, wenn auch nur kurz, als ich den Skylark auf der Interstate an uns vorbeirauschen sehe.

Als wir in unser Motel in den schäbigen Außenbezirken von Coeur d'Alene einchecken, hat Trev mir verziehen.

»Wahrscheinlich hast du recht«, sagt er und fährt einen engen Halbkreis zwischen den zwei Betten. »Das ist bestimmt wirklich nur eine Attrappe.«

Das Zimmer ist so eingerichtet, wie schäbige Motels eben eingerichtet sind. Räudiger, grüner Teppichboden, hustengelbe Vorhänge. Alles mit einer zwanzig Jahre alten Schicht Zigarettenrauch überzogen. Staubflocken so groß wie Stechmücken tanzen im Schein der Lampe. Der Wecker ist auf dem Nachttisch festgeschraubt. An der Wand über den Betten hängt ein höchst sonderbares Kunstwerk – man könnte es wahrscheinlich ein Gemälde nennen: eine brutale Menge blauer Ölfarben auf Leinwand, mit einem dicken, blutigen Wirbel in der Mitte, der teilweise von dem blauen Schmodder verdeckt ist, und das alles in Pinselstrichen, die auf irgendeine psychomotorische Störung hinweisen. Das Werk einer düsteren Fantasie – Richard Ramírez hätte bei einem schlimmen Schluckauf über so was nachdenken können. Ich kann nicht sagen, ob das ein Gewitter ist, das die Sonne verdunkelt, oder ein alpiner Sonnenuntergang, der sich im Lake Coeur d'Alene spiegelt. Was auch immer es sein soll, ich finde es unangenehm.

»Soll ich den Zimmerservice bitten, uns etwas Dijonsenf zu bringen?«, fragt Trev.

»Mist, ich habe vergessen, dem Kofferträger Trinkgeld zu geben«, sage ich.

Immerhin gibt es kostenloses WLAN. Nach kurzem Googeln haben wir einen Pontiac-Händler auf der anderen Seite der Stadt gefunden, aber die Werkstatt ist am Wochenende geschlossen. Uns bleibt nicht viel anderes übrig, als bis Montag zu warten. Weiteres Googeln zeigt uns einen Red Lobster vier Meilen entfernt, aber Trev will es nicht riskieren, noch weiter zu fahren, bevor das mit dem Lämpchen nicht geklärt ist. Was bedeutet, dass wir erst mal hier am Stadtrand festsitzen. Das Restaurant des Motels sieht ziemlich gruselig aus und ist geschlossen, also müssen wir etwas aus dem Mini Mart essen. Wir überqueren den Hof und die Hauptstraße zum Vierundzwanzigstundenladen, wo wir Corn Dogs und ein paar Kartoffelecken kaufen, die aussehen, als würden sie seit Anbeginn des Pleistozäns dort unter der Wärmelampe liegen. Ich weiß jetzt schon, dass ich heute Nacht bestimmt viermal mit Trev ins Bad muss.

Wieder im Zimmer, baue ich Trevs Tischchen auf, lege mich aufs Bett und beiße von meinem Corn Dog ab. Jetzt, wo alles so weit geregelt ist, fragt sich, was wir mit Elsa machen. Sollen wir sie mit dieser kleinen Verzögerung beunruhigen? Oder warten wir lieber einfach ab – immerhin ist es nur eine Attrappe, oder?

»Ich glaube, meiner Mom sollten wir das gar nicht erzählen«, sagt Trev, als könnte er meine Gedanken lesen. »Sie würde wahrscheinlich sowieso überreagieren.« Er hat Senf am

Kinn. Er versucht, ihn sich mit der Serviette wegzuwischen, schafft es aber nicht.

»Gute Idee«, sage ich. »Kein Grund, sie zu beunruhigen.«

»Aber wir sollten sie trotzdem anrufen. Und ihr erzählen, dass alles nach Plan läuft.«

»Absolut.«

»Wahrscheinlich ist das ja echt nur eine Attrappe«, sagt er.

Ich rufe Elsa gegen 19.00 Uhr an. Trev beobachtet mich nervös, als ich in dem kleinen Zimmer auf und ab gehe.

»Oh, ja, läuft alles wunderbar«, sage ich. »Jep, Wallace ... im Stardust ... Wie es ist? Es ist ... Trev, was würdest du sagen, wie das Stardust ist?«

»Wie so ein Motel halt«, sagt er.

»Normal«, sage ich. »Das übliche Motel. Parkplatz und so ...«

Trev und ich sehen uns nervös an.

»Oh, super, klar«, sage ich munter. »M-hm, total super ... Ja ... Absolut ...«

Trev windet sich und lächelt gleichzeitig.

»Ja, das mache ich.« Ich versichere Elsa, regelmäßig Öl und Kühlwasser zu kontrollieren. »Natürlich ist er da, warten Sie ...«

Ich stelle das Telefon auf laut und lege es auf Trevs Armlehne.

»Hallo, mein Schatz«, sagt sie.

»Was geht?«, fragt er.

»Hast du Spaß? Es ist dir doch nicht zu viel, oder? Kriegst du gut Luft?«

»Alles wunderbar«, sagt er.

»Schatz, ich kann dich kaum hören.«

»Alles wunderbar«, sagt er lauter. »Und bei dir? Alles bereit für die Show?«

»Ich muss noch ein paar Mähnen flechten. Aber bis morgen

bin ich fertig. Du hast doch nach dem Abendessen an dein Enalapril gedacht?«

»Klar.«

»War das ein Ja?«

»Ja!«, sagt Trev noch lauter und beugt sich über das Telefon. »Ich muss Schluss machen, Mom, ich bin total müde.«

Und damit ist er sofort entlassen.

»Okay, ich hab dich lieb«, sagt Elsa. »Gib mir Ben noch mal.«

Ich nehme das Telefon in die Hand.

»Aber sicher … m-hm … mache ich nicht … natürlich … ja, wir sprechen uns dann wieder.«

Ich lege das Handy auf den Nachttisch.

»Das lief ja gut«, sagt Trev.

Später an diesem Abend, nachdem wir unseren Status als Verbündete zementiert haben, nachdem wir nicht mehr durch die Sender zappen, die Fernbedienung beiseitegelegt haben und ich Trev mit einem Kissen zwischen den knotigen Knien ins Bett gelegt habe, liege ich wach auf dem Rücken in dem schwachen Licht, das vom Parkplatz hereinfällt, lausche den Wasserspülungen der anderen Zimmer und Trevs gelegentlich rasselndem Atem, als wäre es eine Million Meilen entfernt, und genieße das Gefühl des Weit-weg-Seins, das ich nur in billigen Motels in unbekannten Städten habe.

Hier und anderswo

Ich habe einen Kissenbezug über das Ramírez-Bild gehängt. Die Vorhänge sind zugezogen, gegen das Sonnenlicht. Auf dem Nachttisch, neben dem Stäbchen von meinem Corn Dog, liegen noch ein paar Kartoffelecken in einem fettfleckigen Pappschälchen. Trotz der ungewohnten Umgebung beginnt unser Morgen um kurz vor zwölf mit Trevs üblicher Routine. Enalapril, Digitek, Toilette. Kakihose und schwarzes T-Shirt. Alles wie immer, außer den Waffeln. In Charleston sind es zwanzig Grad, in Baton Rouge dreiundzwanzig. Auf dem Reisesender erforschen wir die Höhle von Callao und die bunten Katakomben des Great Barrier Reef und lernen etwas über die medizinische Wirkung von Kurkuma.

Irgendwann am frühen Nachmittag klingelt mein Handy. Es ist Forest.

»Ich bin's«, sagt er.

»Hey.«

»Ben, ich muss irgendwohin.«
»Was meinst du?«
»Ach, nichts, es ist nur – kann ich bei dir wohnen? Solange du weg bist, meine ich?«
»Was ist denn passiert?«
Schweigen.
»Also? Was ist passiert?«
»Ich habe es Mel erzählt«, sagt er. »Mit Gina.«
Ich ächze. »Ist nicht wahr.«
»Ich musste, Ben.«
Das glaubt er wirklich, der Blödmann. Er weiß es immer noch nicht besser. Wir schweigen ziemlich lange, während ich über eine angemessene Reaktion nachdenke. »Okay, pass auf«, sage ich. »Schadensbegrenzung. Was ist denn passiert? Hat sie dich rausgeschmissen, war sie sauer, hat sie geweint?«
»Ich habe es ihr angeboten.«
»Wie bitte?«
»Ich dachte, sie braucht bestimmt ein bisschen Raum, um …«
»Um was, Forest?«
»Du weißt schon, sich an den Gedanken zu gewöhnen oder so.«
Wieder muss ich ächzen. »Warum das denn? Warum um alles in der Welt soll sie sich denn daran *gewöhnen*? Soll das wieder passieren? Versuchst du *absichtlich*, deine wundervolle Ehe zu zerstören? Bist du in Gina verliebt oder was?«
»Natürlich nicht.«
»Warum tust du das dann?«
»Ich schätze, weil …« Seine Stimme kippt und bricht beinahe. »Scheiße, Ben, ich weiß es doch auch nicht. Ich habe gesagt, dass es mir leidtut, aber das hat irgendwie nicht gereicht, verstehst du?«
Ich wünschte, ich könnte dem Idioten auf den Rücken klop-

fen oder ihn sogar in den Arm nehmen. »Das geht vorbei. Du kannst natürlich für ein paar Tage bei mir bleiben. Chuck hat einen Ersatzschlüssel – sag ihm, ich habe gesagt, das ist okay. Wenn er will, kann er mich anrufen. Halt die Ohren steif, Alter. Mel kommt schon klar.«

»Danke, Ben.«

»Vergiss es. Halt einfach für ein paar Tage den Ball flach. Ruf mich an, wenn du willst. Was auch immer du brauchst.«

»Du bist der Beste«, sagt er.

»Sehr witzig«, sage ich.

Ich weiß, dass das keine gute Idee ist. Ich weiß, dass ich mich da ungefragt einmische. Aber ich wähle Mels Nummer, weil ich überzeugt bin, dass ich irgendwie helfen kann. Sie nimmt beim zweiten Klingeln ab.

»Forest ist nicht hier.«

»Ich weiß. Hat er mir erzählt.«

Ein kühles Schweigen. Ich frage mich, ob sie deswegen nichts sagt, weil er sich mir anvertraut hat, weil ich es die ganze Zeit wusste, oder ob es wegen Gina ist. Vielleicht hält Mel mich für verantwortlich, und das könnte ich ihr auch nicht verübeln. Ich habe ihn wirklich oft genug von seiner Familie ferngehalten.

»Du hattest recht«, sagt sie. »Er hätte es mir nicht erzählen sollen. Hat er aber.«

»Und jetzt?«

»Was denkst du denn, Ben? Ich bin verletzt. Und durcheinander. Ich weiß nicht, was das alles zu bedeuten hat.«

»Es hat zu bedeuten, dass er Scheiße gebaut hat – für eine Sekunde.«

»Was hat er für eine Sekunde? Es vergessen? Er war schwach? Er war nicht mal betrunken. Was hat er sich denn dabei gedacht?«

»Wahrscheinlich gar nichts.«

Mel seufzt. »Ich weiß nicht, Ben. Bei so was glaube ich, ich kenne ihn überhaupt nicht.«

»Tust du wohl. Komm, Mel, wir reden hier über Forest. Den Traubenschmuggler. Den besten Vater der Welt. Den liebevollsten Ehemann. Weißt du noch, sein Junggesellenabschied? Junggesellenabschied – das heißt ja wohl Striplokale, oder? Besoffene Orgien. Die Tür zum Junggesellenleben mit einem lauten Knall zuschlagen. Und was wollte Forest da machen? Nach Vegas fahren? Zu Toy's Topless gehen? Nein. Er wollte angeln. Nur er und Max und ich. Und dann sind wir zwei Tage lang durch die Stromschnellen des Dungeness gewatet, haben am Feuer gesessen und getrunken, und er wollte über nichts anderes reden als seine Zukunft mit dir. So ausdauernd, dass wir schon genervt waren, verstehst du?«

»Woher soll ich wissen, dass es nicht wieder passiert?«, fragt sie.

»Hast du Gina mal gesehen?«

»Ach, hör doch auf, Ben. Woher soll ich es wissen?«

Ich wünschte, ich hätte eine andere Antwort darauf als die offensichtliche. »Das kann man doch nie wissen, Mel. Aber er ist eine ziemlich sichere Bank.«

Wieder Schweigen, aber nicht mehr so kühl. Ich habe das Gefühl, sie hat ihm schon verziehen. Wäre auch schwierig, jemandem wie Forest nicht zu verzeihen.

»Hat er gesagt, du sollst mich anrufen?«, fragt Mel.

»Nein, Quatsch. Der Mann ist ein nervliches Wrack, Mel. Ich kann nur den Gedanken nicht ertragen, dass mein bester Freund in meinem beschissenen Abteil haust, Fischstäbchen isst und abgestandenes Root Beer trinkt, Wiederholungen von *Law and Order* guckt, sich nicht rasiert und nicht ans Telefon geht – also, quasi *mein* Leben führt, auch wenn es nur für ein paar Tage ist. Ruf ihn an, Mel, bitte. Hol ihn zu dir nach Hause.«

»Hast du mich je betrogen?«, fragt sie aus heiterem Himmel.

»Was, im College?«

»Als wir zusammen waren.«

»Das ist doch ewig her, Mel. Ich weiß es nicht mal mehr. Aber ich bin auch nicht Forest – ich bin viel bedürftiger als er es je war. Ich schätze, ich habe es wahrscheinlich schon versucht.«

»Forest sagt, du hast wieder Gedichte geschrieben.«

Ich merke, wie ich blass werde. »Nein. Nicht solche. In letzter Zeit bin ich so poetisch wie ein Gabelstapler. Ich habe nur vor einer Weile versucht, einer Frau eine Nachricht zu schreiben, und, na ja … War eine Scheißidee.«

»Wie geht es dir denn, Ben? Kommst du zurecht?«

»Ich muss auflegen, Mel. Ich bin unterwegs. Aber versprich mir, dass du ihn anrufst.«

»Mache ich. Und danke, Ben. Pass auf dich auf, ja?«

»Mache ich.«

Dot

Sonntagmorgen, Trev und ich stellen uns tapfer dem namenlosen Motel-Restaurant und entscheiden bald, dass es Crazy Willard heißen sollte. Der Speiseraum ist vollgerümpelt mit Krimskrams von Musketen bis zu Tierfellen und so dunkel und verstaubt wie ein Antiquitätenladen. Die Deko beschäftigt sich mit keinem bestimmten Thema. Piratenhüte, Schnurrbartkämme, Viktorianische Spitze. Hier ein gerahmtes Foto von Lana Turner, dort ein Dreimaster in einer Flasche. Es riecht nach Corned Beef und Katzenklo. Mr. Willard höchstselbst, eine Vogelscheuche von Mann in einem mottenzerfressenen Flanellhemd, der außerdem der Geschäftsführer des Motels ist, führt uns zu einer Sitznische am Fenster und reicht uns die speckigen Speisekarten. Ich fühle mich sofort unwohl in dieser Nische, als würde ich beobachtet. Ich drehe mich um und entdecke die Quelle meiner Verunsicherung auf einem Bord über meiner rechten Schulter: da hockt, wie ein Rabe, ein ausgestopftes Murmeltier, das aussieht, als wäre es beim Analverkehr erwischt worden – entweder die Arbeit eines blutigen Anfängers oder ein Taxidermist mit einem pubertären Sinn für Humor.

»Das ist Jessie«, erklärt der alte Willard. »Wahrscheinlich das fetteste Murmeltier, was ich hier gesehen hab. Hab ich selber ausgestopft.«

»Oh.«

»Wow«, sagt Trev.

»Siebensechzig hab ich drüben in Post Falls ein Gelbbauchmurmeltier mit zwölf Pfund geschossen. Das war das größte Erdhörnchen, was ich in Kootenai County erwischt hab. Hat gekreischt wie'n Teekessel aus der Hölle. Weil, drüben in Shoshone werden die noch größer.«

Es ist offensichtlich, dass der alte Willard uns nicht mit unseren Speisekarten in Ruhe lassen wird.

»Angelt ihr?«

»Nur einmal gemacht«, sage ich.

»Oben im Bonner Lake gibt's unbegrenzt Barsche – Forellenbarsche und auch kleinere. Ich hatte mal 'ne Hütte da oben, aber dann haben so Nazi-Kinder die abgefackelt. Ich war im Krieg zweimal draußen. Nazis kriegen hier nix zu essen.«

»Wir sind keine Nazis«, sage ich.

»Gut. Mir reicht's hier auch echt mit denen. Früher waren wir hier für Kartoffeln und Fisch berühmt gewesen, jetzt für Neonazis. Wenn ihr mich fragt, die sollen sie ruhig zum Abschuss freigeben. Ich sag euch mal was: mit der nächsten kleinen Nazi-Punk-Rotznase, die mir unterkommt, mach ich kurzen Prozess. Dem schlitz ich den Bauch auf, pul die Innereien raus und stopf ihn aus wie'n Zwölfender. Die Biscuits and Gravy sind gut.«

»Ich nehm die Waffeln«, sagt Trev.

Der alte Willard runzelt dazu die Stirn.

Ich bin nicht in der Stimmung, mich mit dem alten Haudegen anzulegen, also bestelle ich Biscuits and Gravy, was dem alten Willard zu gefallen scheint. Er spendiert mir ein gelbliches Lächeln.

»Die sind gut.«

»Ob ich mich fürchten sollte?«, frage ich, als er in der Küche verschwindet.

»Heilige Scheiße«, sagt Trev und sieht mit großen Augen aus dem Fenster. »Guck dir das mal an.«

An dem verblichenen COZY-8-Schild auf dem Parkplatz lehnt das Mädchen mit den fingerlosen Handschuhen, zu ihren Füßen hat sie einen schmutzigen, grauen Rucksack. Sie raucht, wie immer. Heute trägt sie einen Jeansrock (zu kurz) und ein dünnes, ärmelloses T-Shirt (nicht warm genug) mit einer Aufschrift, die ich nicht lesen kann, aber ich nehme an, es ist etwas Provokantes.

»Scheiße, ist die heiß«, sagt Trev. »Oder?«

»Viel zu jung für mich. Aber irgendwie ist sie niedlich. Auch wenn sie sich alle Mühe gibt, was dagegen zu tun.«

»Wie meinst du das denn?«

»Ich weiß nicht, sie ist halt ein Kind, das sich anzieht wie eine … Bordsteinschwalbe.«

»*Bordsteinschwalbe*? Ey, wie alt bist du denn? Und was soll bitte eine Bordsteinschwalbe sein?«

»Eine Prostituierte.«

»Sie sieht doch nicht aus wie eine Nutte. Ich finde, sie sieht total geil aus.«

Der alte Willard ist wieder da und zeigt uns sein Lächeln, das halb entschuldigend und halb triumphierend wirkt. »Waffeln sind aus«, sagt er. »Wie wärs mit Biscuits and Gravy?«

»Perfekt«, sagt Trev.

Wir wenden uns beide wieder zum Fenster. Der Himmel wird minütlich dunkler. Ein steifer Wind aus Westen wirft

Wüstensand gegen das Fenster. Eine plötzliche Bö wirbelt eine braune Papiertüte über den Parkplatz. Die Raucherin setzt sich auf den Gehweg und umschlingt ihre Knie. Sie sollte Jeans und einen Mantel anziehen. Als sie merkt, dass Trev und ich sie anstarren, zeigt sie uns den Finger.

»Was mit der wohl ist«, sagt Trev laut.

»Sieht aus wie eine von diesen kleinen Nazischlampen«, sagt Willard, der mit zwei dampfenden Tellern kommt. »Haut rein.«

»Was sind denn die Knubbel da?«, fragt Trev.

»Pilze.«

»Ich lasse es noch ein bisschen abkühlen«, sage ich, was dem alten Willard offenbar missfällt, denn sein gelbes Lächeln schwindet.

»Wie ihr meint«, sagt er und geht.

Ich werfe noch einen Blick auf das rauchende Mädchen, das uns den Rücken zugedreht hat. Es verwirrt und beschämt mich, dass sie mich für einen dreckigen alten Sack hält. Vielleicht ist ihr Vater pervers. Vielleicht kann er die Finger nicht von ihr lassen. Vielleicht ist sie deswegen mit einem schmutzigen Rucksack hier draußen am Arsch der Welt unterwegs. Vielleicht zieht sie sich deswegen so an, weil sie sich billig fühlt.

Sand schlägt jetzt kräftig gegen das Fenster, und in Sekundenschnelle wird der Himmel stockdunkel. Die Raucherin sieht auf und wirft die Zigarette weg. Sie verschränkt die Arme, steht auf und dreht sich gerade noch rechtzeitig um, um zu sehen, wie ein schwarzer Vorhang vor den Himmel gezogen wird. Er kommt mit beängstigender Geschwindigkeit aus Westen, wie eine Flutwelle, und verschluckt alles. Innerhalb von zwanzig Sekunden ist er beim Parkplatz angekommen. Die Raucherin schnappt sich ihren Rucksack, und dann verliere ich sie aus den Augen.

»Alter Falter«, sagt Trev.

»Was ist das?«, frage ich. »Ist das Regen?«

»Ich glaube, es ist Sand.«

Was auch immer es ist, es ist jetzt genau über uns, der Himmel ist nicht mehr zu sehen, es rast über uns hinweg und heult wie tausend Höllenhunde. Der alte Willard steckt den Kopf aus der Küche und pfeift, wie er vielleicht über einen Dreißig-Pfund-Barsch pfeifen würde. Selbst Jessie, das Murmeltier, staunt, als das Licht flackert und das gesamte Restaurant so sehr erzittert, dass Nippes und Porzellan klirren. Aus dem Fenster kann ich keinen Meter weit sehen. Der gesamte Parkplatz ist ein einziger Staubwirbel. Die Raucherin ist da irgendwo mittendrin – ich muss sie holen. Ich stehe instinktiv auf, gehe durch den Gang und komme gerade beim Eingang an, als sie japsend durch die Glastür hereinkommt. Sie lässt ihre Tasche auf den Boden fallen, hustet zweimal und stützt sich mit den Händen auf den Knien ab, um erst mal Luft zu holen. Als sie sich wieder aufrichtet, sieht sie mir direkt auf die Brust. Jetzt kann ich lesen, was in wackligen Buchstaben auf ihrem Shirt steht: THE CRAMPS. BAD MUSIC FOR BAD PEOPLE.

»Was glotzen Sie denn so?«, fragt sie.

»Ich wollte nur sichergehen, dass alles okay ist.«

»Wie reizend«, sagt sie ironisch. »Ich brauche einen Kaffee.«

Plötzlich wird es wieder hell im Restaurant, und der Sturm ist genauso plötzlich vorbei, wie er gekommen ist. Jedenfalls für uns.

Die Raucherin marschiert an mir vorbei, murmelt etwas über den Sand in ihren Schuhen und setzt sich in die Sitznische Trev gegenüber.

»Hey«, sagt sie tonlos.

»Was geht?«, sagt er.

»Stimmt, du bist der Typ mit den Schuhen«, sagt sie.

Die Raucherin streicht sich mit der Hand durch das kurze, blondierte Haar, dann schüttelt sie etwas Sand aus ihrem schwarzen Pony. »Was ist das denn?«, fragt sie und zeigt auf seine Biscuits and Gravy. Die Gravy dampft nicht mehr, sondern hat stattdessen eine Haut gebildet.

»Die Spezialität des Hauses«, sagt er.

»Sieht ja ekelhaft aus.«

Ich setze mich wieder hin. »Hast du Hunger?«, frage ich.

Sie ignoriert mich. »Wie heißt du?«, fragt sie Trev.

»Trevor. Und du?«

»Dot.«

»Dot?«

»Sehe ich etwa aus wie eine Dorothy?«

»Eher nicht«, sagt er.

»Und das ist auch nicht Kansas hier«, sage ich, wozu sie die Augen verdreht und aus dem Fenster sieht.

»Ach nein? Könnte es aber sein.«

Der alte Willard kommt gucken, wie weit wir sind. »Habt ihr ein Problem?«

»Nein, alles wunderbar«, sage ich.

»Ihr habt ja nichts angerührt.«

»Wir waren abgelenkt.«

»Hey, Alter«, sagt Dot. »Wem muss ich einen blasen, um hier 'ne Tasse Kaffee zu kriegen?«

Ich weiß nicht, wer schockierter ist, ich oder der alte Willard. Ihm schießt das Blut ins Gesicht, und er legt die Stirn in Falten.

»Mit Milch und Zucker«, sagt sie. »Kann ich mal die Karte sehen? Der alte Sack hier will mir ein Frühstück spendieren.«

Der alte Willard weiß ganz offensichtlich nicht, was er tun soll. Er hat so einiges erlebt: Kamikazeflieger, mutierte Murmeltiere, ein paar irre große Barsche. Aber so was ist ihm noch nicht untergekommen. Er geht eine Karte suchen, schüttelt den ergrauten Kopf und brummelt vor sich hin.

»Wo fahrt ihr hin?«, fragt die Raucherin.
»Salt Lake City«, sagt Trev.
»Warum das denn? Seid ihr Mormonen?«
»Nee. Mein Dad wohnt da.«
»Der Arme.«
Sie wendet ihre Aufmerksamkeit ihrem Rucksack zu, stöbert in der Fronttasche und holt ein Puderdöschen heraus, hält sich den Spiegel vors Gesicht und wischt sich mit dem Cramps-Shirt die verlaufene Mascara ab.
»Und du?«, frage ich. »Wohin bist du unterwegs?«
»Denver.«
»Was ist denn in Denver?«
»Nicht viel«, sagt sie und klappt die Puderdose zu. »Mein Stiefvater.«
»Und woher kommst du?«
»Tacoma«, sagt sie.
Der alte Willard sieht sie nicht mal an, als er ihr eine Tasse hinstellt und Kaffee einschenkt. Er lässt die Speisekarte auf den Tisch fallen und dreht sich um, dann überlegt er es sich noch einmal anders und kommt zurück.
»Du bist aber nicht so eine Nazischlampe, oder?«
»Sehe ich aus wie ein Nazi?«
»Dann ist ja gut«, murmelt er und geht.
»Ich nehm die Waffeln!«, ruft sie ihm hinterher.
»Sind aus«, sagt er, ohne sich umzudrehen.
»Kein Teig mehr da, oder was?«
Jetzt dreht er sich um, die Kaffeekanne in der Hand. »Ja, genau. Kein Teig mehr.«
»Also haben Sie keinen mehr fertig? Ist es das?«
»Genau.«
»Aber Sie haben noch irgendwo welchen vorrätig, oder? Ist doch wahrscheinlich das gleiche Fertigzeug wie für die Brötchen. Bisquick oder so was, stimmt's?«

»Kann schon sein.«

»Kann sein, hm?«

Sie starren sich in die Augen. In der knallharten Stille zuckt keiner der beiden mit der Wimper, obwohl das Kinn des alten Willard vor lauter Anstrengung anfängt zu zittern. Dots blasses Gesicht ist der Inbegriff des Trotzes. Der alte Willard sieht sie an, als wäre sie Heinrich Himmler persönlich, und Trev und ich wechseln erwartungsvolle Blicke.

Schließlich schaut Dot sehr langsam und demonstrativ von einem leeren Tisch zum nächsten, dann sieht sie wieder den alten Willard an und hebt eine Augenbraue. »Sieht aus, als könnten Sie den Umsatz gebrauchen«, sagt sie.

Ich sehe dem Alten förmlich an, wie ihm die Luft entweicht. Er dreht sich um und sackt brummelnd zusammen. Und kommt zehn Minuten später mit Waffeln zurück.

»Und, Opi?«, sagt sie. »War doch gar nicht so schlimm, oder?«

Streit

Ich hatte diesen Sommerurlaub 2005 ein Jahr im Voraus geplant. Ich war wild entschlossen, die Familienreise zu machen, die meine eigene Familie nie gemacht hatte. Die, bei der sich alle Mann in ein Auto quetschen. Route 66. Grand Canyon. Der ganze amerikanische Mythos. Hundertfünfzig Meilen verdorrtes Land zwischen Barstow und Needles – egal. Fast vierzig Grad Hitze – egal. Janet im siebten Monat schwanger mit Jodi – egal.

Im Gegensatz zum Urlaub war Jodi nicht geplant.

»Meinst du, ich wollte schwanger werden, Ben – jetzt? Gerade, als bei mir alles so schön zusammenpasst? Bei uns?«

Wir sind auf einem unbefestigten Parkplatz in der Nähe von Kingman, Arizona, im winzigen Schatten einer einsamen Kiefer neben der Interstate. Wir haben gerade getankt. Janet und ich vertreten uns die Beine. Piper schläft auf dem Rücksitz, ihr klebt das Haar in Strähnen an der Stirn, ihr Arm klebt am Plastiksitz fest. Es war eine lange Fahrt von Needles bis Kingman. Nicht gerade der Stoff des amerikanischen Mythos. Janets Haut ist fleckig. Sie hat Schweißränder unter den Achseln.

»Und ich?«, sage ich und wirble mit dem Fuß eine Staubwolke auf. »Meinst du, ich wollte dich schwängern? Ich hätte endlich die Gelegenheit gehabt, wieder mein eigenes Ding zu machen, und jetzt muss ich wieder zurück auf Los – zu Hause bleiben, knietief in vollgekackten Windeln waten, dauernd auf Zehenspitzen herumschleichen. Wenn ich noch ein einziges Mal *Clifford, der große rote Hund* gucken muss, nehme ich mir den Strick. Weißt du überhaupt, was das für mich bedeutet? Du siehst jeden Tag Leute, Janet – Erwachsene. Du kannst Mittag essen, wo du willst. Ich esse French Toast und Krabbencocktail und trinke Orangensaft. Meinst du, das war mein Plan für mein Leben? Dass ich das tun wollte, wenn ich mal groß bin?«

Sie wischt sich mit dem Ärmel den Schweiß von der Stirn. »Was wolltest du denn, Ben?«

»Was soll das denn heißen?«

»Wolltest du Paradewagen bemalen? Dichter werden? Das ist ja mal richtig lukrativ. Oder wolltest du für den Rest deines Lebens Scones verkaufen? Es ist nie zu spät, noch eine Lizenz als Immobilienmakler zu bekommen.«

»Wir können ja nicht alle Tierproktologen für reiche Leute sein, Janet.«

»Dann ist es ja gut, dass manche von uns das durchaus sein können, denn soweit ich weiß, kann man eine Familie nicht mit freien Versen und Scones ernähren. Das reicht ja nicht mal für einen Kindergartenplatz.«

»Immerhin hat es *einen* von uns durch die Uni gebracht, oder? Ich kann mich nicht erinnern, dass dein Studentendarlehen für das Apartment in der Roosevelt gereicht hätte. Oder die ganzen kostenlosen Kaffees.«

»Also, das habe ich inzwischen ja wohl mehr als ausgeglichen, und außerdem sind wir von dieser Bruchbude mit der undichten Decke und der rostigen Badewanne schon noch ein bisschen aufgestiegen.«

Mit fällt keine Antwort mehr ein. Ich will mich auch nicht mehr streiten. Sie hat ja sowieso recht – was habe ich denn aus meinem Leben gemacht? Ohne Janet würde ich wahrscheinlich immer noch in dem undichten Studio wohnen, Scones einpacken und tiefschürfende Gedichte schreiben.

Janet sieht, dass ich schmolle. Plötzlich lacht sie, und es ist kein bitteres oder böses Lachen. »Weißt du noch, der Typ obendrüber?«, fragt sie.

»Wer, der Drummer?«

»Nein. Ja, der auch. Aber ich meine den Verrückten. Der dir immer vorgeworfen hat, du würdest ihn mit deinem ›schwulen Geheimnis infizieren‹.«

»Felix.«

»Genau! Er hat alle für schwul gehalten.«

»Außer sich selbst. Der Arme. Und weißt du noch das vietnamesische Restaurant unten? Ich glaube, das war vietnamesisch.«

»Ja.«

»Weißt du noch, wie das hieß?«

»Irgendwas Lustiges. Du hast immer Witze darüber gemacht.«

»Don Pae.«

Sie lächelt. »Stimmt. Du hast immer gesagt, das ist die reinste Einladung, die Zeche zu prellen.« Sie sieht zum staubigen Horizont und dreht sich dann wieder zu mir. »Es tut mir leid, Ben.«

Plötzlich fühle ich mich wie der letzte Idiot. Ich habe sie mit dieser Reise an den Rand der Verzweiflung getrieben. Als hätte ich es nicht besser gewusst. Sie macht das alles klaglos mit – ist gut gelaunt, abenteuerlustig und geduldig. Trotz Rückenschmerzen und Wasser in den Beinen. Sie ist im siebten Monat schwanger, es sind sechsunddreißig Grad im Schatten, und wir stehen hier auf einem unbefestigten Parkplatz in Arizona. Wir sind gerade zweihundert Meilen gefahren. Natürlich ist sie kaputt.

»Nein, mir tut es leid«, sage ich. »Ich hätte die ganze Reise abblasen sollen.«

»Ich bin froh, dass wir gefahren sind«, sagt sie. Und dann tritt sie einen Schritt vor und umarmt mich, und ich spüre ihre schweißnasse Stirn an der Wange.

Dots Geschichte

»Ja, er ist schon okay«, sagt Dot. »Ein bisschen trottelig, aber stabil. Sogar, nachdem meine Mutter gestorben ist – oder wahrscheinlich gerade seitdem.«

Dot pustet in ihren Kaffee, und ein bisschen Dampf steigt an ihrer gepiercten Nase hinauf und an ihrer gepiercten Augenbraue vorbei. »Er tut so, als hätte es ihm eigentlich nichts ausgemacht. Aber das ist nur gespielt. Um mich zu beruhigen oder so. Er redet jetzt ganz anders mit mir. Als wäre ich plötzlich zerbrechlich oder total depri oder würde sofort eine ganze Flasche Pillen einwerfen, sobald er mich aus den Augen lässt.« Sie stellt ihren Kaffee ab, aber ihre Hände brauchen sofort wieder eine Beschäftigung. Sie nimmt die Gabel in die Hand und malt damit Sirupkringel auf den Teller.

»Ja, ich weiß, dass das keine Kleinigkeit ist. Sie war meine Mom. Hallo? Verstehe ich. Und es ist nicht fair. Aber es ist nun mal passiert, okay? Jetzt können mich bitte alle damit in Ruhe lassen. Vor allem Ron. Es hilft mir ja auch nicht, wenn die ganze Scheiß-Welt mir erzählt, wie leid es ihnen tut. Ich bin ja nicht plötzlich das verlassene, kleine Lämmchen oder was. Als könnte ich mich nicht um mich selbst kümmern und meine Entscheidungen selber treffen. Ron muss jetzt echt nicht versuchen, meine Mom und mein Dad zu sein.«

Wenn man sie da so sitzen sieht wie ein Waisenkind, mit ihrem schmuddeligen Rucksack, wie sie mit ihrem zarten, blassen Finger Kringel um die leere Kaffeetasse malt, ihr unschuldiges kleines Gesicht so betont nüchtern, dann kann man es Ron oder sonst wem kaum verdenken, dass er sie beschützen will.

»Das ist genau wie das mit Kirk«, sagt sie. »Kirk war eigentlich der Einzige, der mich verstanden hat. Der Einzige, der nicht dauernd gesagt hat, es täte ihm leid, oder versucht hat, mich zum Reden zu bringen, oder wollte, dass ich mich bei ihm ausweine. Er hat mich wie einen Menschen behandelt, nicht wie so ein hilfloses Baby. Als meine Mom noch gelebt hat, hat Ron nie irgendwas über Kirk gesagt. Vielleicht hat er sich seinen Teil gedacht, aber er hätte nie was gemacht – mir verboten, ihn zu treffen oder so, nur weil er älter ist und tätowiert und gerne in der Stadt rumhängt. Aber ganz plötzlich meint Ron, er müsste mich vor Kirk beschützen, dabei war Kirk echt das einzig Gute an Denver. Bloß weil Kirk so aussieht, wie er aussieht, dachten plötzlich alle, er hätte irgendwie einen schlechten Einfluss auf mich. Kirk war echt fitter, als sie alle geglaubt haben. Kann er doch nichts dafür, dass die ganze Welt sich gegen ihn verschworen hat.«

»Wo ist er denn jetzt?«

»Im Knast – dabei hat er gar nichts gemacht. Seine bescheuerten Mitbewohner haben gedealt. Er hat das nicht mal gewusst.«

Arme Dot. So jung, so loyal, so auf Irrwegen. Und Kirk? Erkennt Kirk im Nebel seines postpubertären Mit-sich-selbst-Beschäftigtseins den Wert einer Liebhaberin, die ihm alles verzeiht? Ich bezweifle es. Und das sieht Dot mir an.

»Siehst du? Du bist genau wie Ron und der ganze Rest. Du ziehst irgendwelche voreiligen Schlüsse und hast schon eine Meinung, ohne ihn überhaupt zu kennen. Aber wahrscheinlich kannst du nichts dafür, du bist ja auch nur ein Mann.«

Sie legt die Gabel beiseite und nimmt wieder ihre Kaffeetasse in die Hand, dann stellt sie sie hin und spielt mit dem Salzstreuer herum.

»Jedenfalls hat es nach der Sache mit Kirk keinen Sinn mehr gemacht, noch einen Sommer in Denver herumzuhängen, also bin ich abgehauen.«

»Zu deinem richtigen Vater?«

»Hmpf«, macht sie. »Richtiger Vater. Ja, wahrscheinlich würde man das so nennen. Außer, dass er sich für fünfzehn hält oder so. Dabei ist er vierzig. Als ich noch jünger war, habe ich gedacht, er ist cool, auch wenn er nie da war und meine Mom immer gesagt hat, er hat sie im Stich gelassen. Er hat mir immer coole Geschenke aus Thailand und Australien und so geschickt. Einmal hat er mir echt ein Didgeridoo geschickt. Und ein echt tolles Armband mit Türkisen, das habe ich immer noch.« Sie tastet in der Fronttasche ihres Rucksacks herum, bis sie es gefunden hat. Sie dreht es in der Hand um, damit wir es von allen Seiten bewundern können. Es ist ein klobiges Silberding mit lauter winzigen Türkissplittern darin.

»Das ist superschön«, sagt Trev.

»Ja, oder?«

Statt das Armband wieder in den Rucksack zu stecken, schiebt sie es sich über das dünne Handgelenk, über die fingerlosen Handschuhe, und dreht es gedankenverloren ein paarmal herum. Dann sieht sie aus dem Fenster.

»Ich dachte immer, meine Mom ist eifersüchtig auf meinen

Dad«, sagt sie. »Weil er einfach gegangen ist, meine ich. Und sie in Denver festsaß. Und obwohl er gegangen ist, habe ich irgendwie immer gedacht, es wäre ihre Entscheidung gewesen, nicht bei ihm zu sein, und dass das dumm von ihr war. Und jetzt, wo ich älter bin, kommt er mir einfach total unreif vor. Kaum zu glauben, dass er mein Dad ist. Oder überhaupt irgendjemandes Dad.«

»Bist du sauer, dass er gegangen ist?«, fragt Trev.

Sie dreht das Armband noch ein bisschen herum und betrachtet es. »Nee. Denver ist echt scheiße. Ich finde nur, er könnte mal langsam erwachsen werden. Eine Zeit lang hat er sich eigentlich auch wie ein Erwachsener benommen. Da hat er Dockers getragen und für eine Firma gearbeitet, die Investmentvideos vertrieben hat oder so. Aber dann hat er das aufgegeben und musste sein Auto zurückgeben und hat nie wieder einen Job gehabt. Jetzt fährt er so eine alte Klapperkiste und hat in seiner Einfahrt eine Skateboardrampe gebaut. Ist das zu fassen? Eine Skateboardrampe! In seinem Alter! Er trägt Baggy Shorts und Mossimo-Hemden und sagt dauernd ›Bro‹. Und er tut immer so, als wäre er mein Freund, nicht mein Dad.«

Dot schüttelt den Kopf und winkt dann ab, als wäre sie das ganze Thema leid. Wieder sieht sie nach draußen, wo eine dünne Staubschicht auf allem liegt. »Ich weiß auch nicht«, sagt sie. »Es ist komisch. Mein Dad ist komisch. Und Tacoma war auch scheiße.«

Kurz vor Mittag kommt der Regen, wie vorher der Staub, plötzlich und heftig von Westen. Ohne Vorwarnung durch den Wetterbericht. Ich glaube, es ist das Wetter, das Dot dazu bringt, ihren Daumen erst mal stecken zu lassen und bei uns zu bleiben, wenigstens bis Butte. Wir drei lungern für den Rest des Vormittags in dem abgedunkelten Motelzimmer herum, den Fernseher auf stumm geschaltet. Gegen zwei Uhr hat der Wind sich ein bisschen beruhigt, aber es regnet weiterhin dicke Tropfen, die auf die Decke trommeln und in Strömen am Fenster hinunterrinnen. Am späten Nachmittag bestelle ich etwas von Domino's und frage mich, wieso ich da nicht eher draufgekommen bin.

Als der Botenjunge klopft, mache ich auf und stelle fest, dass er gar kein Junge mehr ist, sondern ein dünner Mann in ungefähr meinem Alter, dessen Domino's-Kappe deutlich neuer zu sein scheint als der Rest seiner Kleidung. Unter seinem Hemdkragen guckt eine Tätowierung hervor – irgendwas Verblasstes mit Krallen. Er trägt den Schirm seiner Kappe tief und vermeidet Blickkontakt. Ich gebe ihm Trinkgeld, er nickt einmal, steigt wieder in seinen Festiva, dreht einen Halbkreis und ist weg.

Ich stehe noch in der offenen Tür und lausche dem Regen, der nicht enden zu wollen scheint. Der Himmel ist bedrückend: eine schiefergraue Platte schiebt sich zentimeterweise Richtung Osten. Kein Himmel für Träumer. Eher einer für Leute, die gerade mal zurechtkommen. Es könnte Morgen- oder Abenddämmerung sein oder drei Uhr nachmittags. Hier könnte Medford sei, Wenatchee oder Bismarck. Ich rieche immer noch den Staub, der vom Gehweg aufsteigt, auch über den kräftigen Duft der dampfenden Pizzen hinweg. Das Motelbüro gegenüber ist abgedunkelt, von dem roten »Vacancy«-schild ist nur »ancy« zu lesen. Das kleine Restaurant ist verlassen, bis auf den alten Willard, der am Fenster steht wie ein Geist. In der Mitte des Parkplatzes, der bis auf den Van leer ist, hat sich ein kleiner See gebildet. Und dann sehe ich es, meine Kopfhaut spannt sich an, und dieses gute Gefühl von Anonymität verlässt mich. Gegenüber bei Chevron steht der braune Skylark und tankt.

»Ach du Scheiße«, sage ich und schließe schnell die Tür, lasse die Pizzakartons fallen und ziehe die Vorhänge zu. Dann linse ich sofort durch den Spalt und aus dem schmuddeligen Fenster.

»Was geht denn jetzt ab?«, sagt Trev.

»Ich glaube, Janet hat jemanden hinter mir hergeschickt.«

»Echt?«

»Wer ist Janet?«, fragt Dot vom anderen Bett aus.

»Seine Exfrau.«

»Frau«, sage ich.

»Hast du was ausgefressen?«

»Lange Geschichte.«

Ich kann den Typen an der Tanke nicht genau erkennen – er hat mir den Rücken zugekehrt –, aber es ist auf jeden Fall ein Mann, das sieht man an den breiten Schultern und der Basecap.

»Der ist schon seit zweihundert Meilen hinter uns.«

»Im Ernst? Und was machen wir jetzt?«, fragt Trev. »Wir können ja hier nicht weg.«

»Ich weiß es nicht, und ich verstehe es auch nicht. Wenn er mir eins verpassen wollte, dann hätte er das doch längst gemacht, bevor wir den Staat verlassen haben, oder?«

»Meinst du den braunen Wagen?«, fragt Dot.

»Hast du den auch bemerkt?«

»Du bist paranoid«, sagt sie.

Wahrscheinlich hat sie recht. Tatsache ist, dass Janet gar nicht so schnell jemanden auf mich hätte ansetzen können. Der Typ folgt uns ungefähr seit Moses Lake. Janet weiß überhaupt erst seit George, dass ich unterwegs bin, und ich habe ihr nicht gesagt, wo ich genau bin. Das muss alles ein Zufall sein. Wir sind an der Interstate – es gibt halt nur begrenzt viele Ausfahrten. Der Typ verkauft wahrscheinlich Hundebürsten aus dem Kofferraum und lebt von Kartoffelecken und Pizza und Motelbetten, genau wie wir, und macht an denselben Mini-Marts halt.

»Na los, es gibt Pizza«, sage ich und fange an, Trevs Tischchen aufzubauen.

Mitten im zweiten Stück Pizza halte ich es nicht mehr aus. Ich linse wieder durch den Spalt und scanne die Umgebung vom südlichen Horizont bis zur Chevron-Tanke. Ein roter Pick-up saust auf der Hauptstraße vorbei. Ein Streifenwagen fährt auf die Tanke zu und parkt vorne. In der anderen Richtung sehe ich aus dem Augenwinkel den alten Willard, der immer noch am Fenster steht und die Gegend nach Nazis absucht.

Nach drei Stunden unablässiger Fensterkontrollen und keinem weiteren Anzeichen des Skylarks entspanne ich mich bei Einbruch der Dunkelheit langsam und rede mir ein, dass ich, falls unser Verfolger wieder auftaucht (was er nicht tun wird, denn er verfolgt uns ja gar nicht), in die Offensive gehen werde. Ich lasse mich nicht jagen. Ich fische Robert Frost aus meinem Rucksack und lasse mich auf mein quietschendes Klappbett in der Ecke neben der Badezimmertür sinken, unter den baumelnden Kleiderbügeln. Ich stopfe mir ein Kissen in den Rücken und lasse den Blick für ein paar Minuten über die Seiten gleiten, dabei höre ich mit halbem Ohr Trev und Dot zu, die sich im Schein des stumm geschalteten Fernsehers unterhalten.

»Und warum besuchst du deinen Dad dann jetzt doch?«, fragt sie.

»Ich finde es lustig, ihn im Rollstuhl zu sehen.«

»Das ist ja total krank.«

»Danke«, sagt er.

Dot blättert im Straßenatlas. Ich höre die Seiten rascheln. »Hey, was ist mit den Germs?«, sagt sie.

»Nie gehört.«

Sie hört auf zu blättern. »Du kennst die Germs nicht?«

Und so geht es weiter, sie unterhalten sich über Punkbands

und Filme, von denen ich noch nie gehört habe, und was ihnen auf die Nerven geht und überhaupt über die Demütigungen der Jugend. Die ganze Zeit fällt weiter schwerer Regen und wäscht den Staub fort. Ein dumpfer, köstlicher Schmerz senkt sich in meine Knochen.

Als ich aufwache, sehe ich Dot auf der Bettdecke liegen und schlafen, die nackten Beine unter eins von Trevs Sweatshirts geschoben. Trev ist noch wach, er hat sich in seinem Rollstuhl zurückgelehnt und klammert sich an der Fernbedienung fest.

»Alles okay?«, flüstere ich und gehe im Dämmerlicht zu ihm.

»Alles gut«, sagt er. Dann lächelt er mit tausend Watt, nickt und lächelt noch breiter. Wenn das mein eigenes Lächeln wäre, könnte mir auch nicht schwindeliger davon werden.

»Bist du bereit?«

»Ja.«

»Musst du noch aufs Klo?«

»Nee.«

»Zähne putzen?«

»Alles gut.«

Ich beuge mich vor, schiebe den Arm unter seine Knie, lege mir seinen steifen Arm um die Schultern und bereite mich darauf vor, ihn hochzuheben. Ich spüre die Hitze seines kaputten Körpers, seine Bartstoppeln an meiner Stirn, rieche das Fett in seinem Haar und den sauren Schweiß unter seinem Kragen, vermischt mit dem Geruch seines Deos, und nichts davon ist mir unangenehm. »Dann macht es dir nichts aus, dass wir die Bordello Tour verpasst haben?«

»Was denkst du denn?«

»Logisch«, flüstere ich zurück. »Mir auch nicht.«

Ich hebe ihn hoch, setze ihn mir aufs Knie, ziehe ihm die Schuhe aus, mache seine Hose auf und ziehe sie an seinen Boxershorts vorbei nach unten. Nachdem ich ihn ins Bett gelegt habe, auf die Seite, ein Kissen zwischen den Knien, stöpsele ich noch seinen Rollstuhl in die Steckdose, um ihn über Nacht aufzuladen.

»Gute Nacht«, flüstere ich.

»Gute Nacht.«

Am Fußende von Dots Bett halte ich kurz inne, ich kann nicht anders, als noch einen Blick auf sie zu werfen, wie sie zusammengerollt auf der Decke liegt. Sie rührt sich, wacht aber nicht auf. Sie sieht gar nicht mehr so tough aus, mit entspanntem Gesicht und leicht geöffnetem Mund. Ist auch nicht so einfach, mit Sabber auf dem Kissen tough auszusehen. Ich widerstehe dem Drang, sie zuzudecken, mache den Fernseher aus und steige wieder in mein quietschendes Klappbett.

Ich liege auf dem Rücken und spüre immer noch Trevs Lächeln in der Dunkelheit. Ich muss ebenfalls lächeln.

Vertragswerkstatt

»Ach, das«, sagt der Mechaniker, ein untersetzter Glatzkopf, der einen eckigen Donut in der einen Hand hat und einen runden auf dem Rand seiner Kaffeetasse in der anderen. »Das ist nur so eine Attrappe. Aber ich seh mal nach. Nehmt euch einen Donut, Kinder.«

Er geht, vorsichtig seinen Donut balancierend. Wir Kinder ziehen uns in den Wartebereich zurück, ein fensterloses Zimmerchen mit Klappstühlen im hinteren Teil der Vertragswerkstatt, und nehmen uns einen Donut.

»Die sind ja total trocken«, sagt Dot.

»Wenn wir zwei aneinanderreiben, können wir vielleicht Feuer machen«, sagt Trev.

Bis auf einen Angelsportkalender, der aktuell ist (das Septemberblatt zeigt einen bärtigen Mann in gelben Watstiefeln mit einer Forelle in der Hand), ist der Warteraum eine Zeitreise; Holzimitat aus den Siebzigern, abgetretener grauer Teppich. Ich blättere in einer Hot Rod von 1997 und fürchte, dass wir hier eine Menge Zeit verbringen könnten.

Aber nach fünf Minuten ist der Mechaniker wieder da, den eckigen Donut immer noch in der Hand. »Tankdeckel«, sagt er über den Rand seines Kaffeebechers hinweg.

»Bitte?«

»Der Tankdeckel war schief draufgeschraubt. Da geht ein Signal an den Bordcompi.«

Trev und ich wechseln einen Blick.

»Also, jetzt mal so unter uns«, sagt er und senkt die Stimme: »Ungefähr alles sendet ein Signal an den Bordcompi. Der ist so was wie das Gehirn vom Ganzen. Allerdings – und sagen Sie bloß keinem, dass ich das gesagt habe – so schlau ist der Compi gar nicht. Ehrlich, da ist ja mein Hund schlauer. Manchmal ist es das Ansaugsystem oder irgendwelche Schläuche, und alle Jubeljahre ist es mal ein Thermostat. Aber meistens ist es der Tankdeckel. Habt ihr euch Donuts genommen, Kinder?«

Wir sind zwei Tage und fünfhundert Meilen hinter unserem Plan zurück, als wir wieder auf die I-90 fahren, frisch betankt und mit korrekt festgeschraubtem Tankdeckel. Wenn alles nach Plan läuft, können wir die Hälfte der Strecke heute schaffen, Wallace überspringen, ebenso wie den geplanten Umweg über Polson, und für die Nacht Butte anpeilen. Unterwegs essen wir irgendwo zu Mittag, und wenn am späten Nachmittag genug Zeit ist, halten wir kurz beim Big Stack an. Ich bin bereit, Dot zwei Zigarettenpausen zuzugestehen, womit ich mich wahrscheinlich mitschuldig mache. Aber ich würde sie nur ungern verlieren. Sie besteht darauf, von Butte aus allein weiterzufahren, und ich fürchte, ich kann nicht viel tun, um sie vom Gegenteil zu überzeugen. Aber ich hoffe, ich kann sie wenigstens überreden, heute Nacht wieder bei uns zu übernachten und bis morgen früh zu warten, bevor sie wieder den Daumen rausstreckt. Und wenn das alles nicht hinhaut, dann lässt sie mich ihr vielleicht wenigstens eine Busfahrkarte kaufen. Was ich bezweifle.

Irgendwann in der Nacht haben sich die Regenwolken verzogen. Die Reisebedingungen sind ideal, um ein bisschen Zeit aufzuholen: trockene Straßen, klarer Himmel und keine überdimensionierten Wohnmobile, die den Verkehr aufhalten. Mit Coeur d'Alene im Rückspiegel beginnen wir den Anstieg und winden uns hinauf ins Herz des Panhandle zur Wasserscheide, wo wuchtige, grüne Bergketten felsig und dunkel von beiden Seiten auf uns eindringen, bis der Himmel nur noch ein schmales, blaues Band ist. Die Wirkung dieser Landschaft ist gleichzeitig gemütlich und beengend. Ich würde keinen Winter in diesen engen Tälern verbringen wollen, in denen der Rauch aus den Schornsteinen hängen bleibt. Früher war das hier Silberland, auch Gold und Quartz, wenn ich mich richtig erinnere. Irgendwann wäre der Idaho Panhandle beinahe zum Staat Lincoln geworden, das weiß ich noch aus Pipers »State Report« in der zweiten Klasse. Sie hatte sich Idaho ausgesucht, weil das »oben dünn und unten dick ist«, und weil Kartoffeln ihr »sechstliebstes Essen« waren. Aber ich bin fest entschlossen, heute nicht an Piper oder Jodi oder Janet zu denken, also drehe ich die neumodische Countrymusik auf leise, so leise, dass Trev und Dot sie gar nicht mitkriegen und ich sie nur so gerade eben höre. Irgendwie reicht es mir zu wissen, dass sie da ist, dass jemand Tacheles redet, selbst wenn die Musik scheiße ist.

Trev und Dot machen da weiter, wo sie gestern Abend aufgehört haben, und verbringen die Meilen mit größtenteils leichtem Geplauder, wobei Dot, genauso wie ich, ihn auch gerne mal ein bisschen bedrängt. Ich bin absolut zufrieden damit, auf dem Fahrersitz unsichtbar zu sein und Dot dabei zuzuhören, wie sie in diesem Tanz führt. Sie hat sich der Länge nach auf der Rückbank ausgestreckt, den Kopf auf der Armlehne, und behält Trevs Augen im Rückspiegel im Blick. Soweit ich das sehe, bemitleidet sie ihn nicht, und sie schont ihn auch nicht, wie die meisten Leute.

»Nervt es dich eigentlich, dass du immer angestarrt wirst?«, sagt sie.

»Schlimmer ist, wenn die Leute mit mir reden, als wäre ich zurückgeblieben.«

»Oh, Scheiße.«

»Und du?«, sagt er. »Dich glotzen sie doch bestimmt auch an.«

»Dreckige alte Säcke und Religiöse, sonst eigentlich nicht.«

»Ich bin nicht religiös«, sagt er.

»Dann bist du wohl ein dreckiger alter Sack.«

»So alt bin ich nun auch wieder nicht.«

»Aber älter als ich. Kannst du Sex haben? Also, funktioniert das alles und so?«

Trev wird rot bis in die Haarwurzeln, sieht geradeaus auf die Straße und rutscht unbehaglich in seinem Rollstuhl herum.

Als er nach einer Weile immer noch nicht geantwortet hat, hakt Dot noch einmal nach. »Heißt das jetzt ja oder nein?«

Der arme Trev sitzt quasi im Scheinwerferlicht.

Aber Dot weigert sich, es dabei bewenden zu lassen. »Dann heißt es wohl nein.«

»Doch«, sagt er schließlich, etwas ungeduldig. »Funktioniert alles.«

»Du klingst aber nicht gerade glücklich darüber.«

»Sollte ich?«

»Och. Ja? Schon.« Und damit lässt sie das Thema endlich fallen und wir fahren ein paar Meilen schweigend weiter, bis sie ihr Fadenkreuz auf mich richtet. »Wie alt bist du eigentlich? So alt wie mein Dad?«

»Ja. Alt genug, um dein Vater zu sein. Aber keine Sorge, das will ich gar nicht.«

»Hast du Kinder?«

Trev wirft mir einen beunruhigten Seitenblick zu.

»Nein«, sage ich.

»Warum nicht?«

»Lange Geschichte.«

»Na ja, wir haben ja genügend Zeit.«

»Es ist aber keine gute Geschichte. Das Ende würde dir nicht gefallen.«

»Was, dass du keine wolltest? Oder halt nie die Richtige gefunden hast oder was?«

»Wie gesagt«, und diesmal sage ich es noch deutlicher: »Lange Geschichte.«

»Was, bist du schwul?«, sagt sie. »Weil, ich hab da kein Problem mit.«

»Ich bin nicht schwul.«

»Dann wolltest du halt keine, oder? Kann ich verstehen, wenn man keine will.«

Ich umfasse das Lenkrad fester und starre geradeaus.

»Er möchte nicht darüber reden«, sagt Trev.

Das kommt überraschend, trifft mich aber unerwartet – ich ahne zum ersten Mal, dass er über Piper und Jodi Bescheid weiß. Ich könnte ihn dafür umarmen, dass er nie ein Wort darüber verloren hat.

Dot seufzt theatralisch. »Was ist denn mit euch Männern bloß los? Nie wollt ihr über irgendwas reden.«

Beinahe zu Hause

Wir sind die Agatewood schon halb runter, kurz vor dem Knick in der Nähe des Dolphin Drive, und fahren durch den vertrauten sonnenbekleckten Korridor unter den hohen Tannen. Mein Fenster ist offen. Ich rieche den Passat, der durch die Agatepassage weht. Piper wird auf dem Rücksitz unruhig, sie hat immer noch Jodis Schnodder am Zeigefinger.

»Es trocknet«, verkündet sie.

»Ach, leck es doch einfach ab.«

»Iih!«, sagt sie. »Daddy, du bist eklig.«

»Danke«, sage ich.

»Daddy eklig«, plappert Jodi nach, deutlich genug, dass ich ihn verstehe.

»Er sagt, du bist eklig.«

»Habe ich gehört.«

»Eklig«, sagt Jodi noch einmal. »Squischel-squaschel-squasch eklig.«

Was mag eine logopädische Behandlung kosten? Was, wenn Piper eine Zahnspange braucht? Was auch immer das alles kostet, Janet kann es sich leisten. Und sollten wir jemals in finanzielle Schwierigkeiten geraten, werden Bernard und Ruth für uns da sein. Hoffentlich kauft Bernard dieses Grundstück an der Discovery Bay tatsächlich. Für die Kinder wäre es toll.

»Squisch-squischety-bah-buh-squischety-squisch, Daddy.« Woher hat er nur die ganze Spucke?

»Er will den Oktopus sehen«, sagt Piper.

»Haben wir doch schon.«

»Wir haben den Oktopus gesehen. Er hat geschlafen.«

»Jodi, Kumpel. Oktopus macht schon heia. Wir gehen ein andermal wieder hin, okay?«

Ich sehe in den Rückspiegel und rechne mit einer vorgeschobenen Unterlippe und einem zitternden Kinn. Aber er überrascht mich, und dafür liebe ich ihn.

»Kaykay«, sagt er.

Die Box

Erschöpft von Dots Inquisition und von meinen eigenen Gedanken verfolgt, umklammere ich das Lenkrad fester als sonst, als wir durch die zerklüfteten Bitterroots in Richtung Montana fahren. Trev ist in seinem Rollstuhl eingeschlafen, sein Mund steht sperrangelweit offen. Er sieht ungepflegt aus. Er ist nicht gekämmt. Er müsste mal duschen. Dot hat sich auf der Rückbank ausgestreckt, die Kopfhörer aufgesetzt und klopft mit ihren grünen Chucks einen Rhythmus auf die Armlehne. Gelegentlich pustet sie sich den Pony aus den Augen oder inspiziert ihre Fingernägel. Sie sieht etwas gelangweilt, aber zufrieden aus.

Beim Lookout Pass biegen wir um eine Kurve, die genauso aussieht wie die dreißig Kurven davor, und ohne weitere Vorwarnung, ohne dass auf den letzten dreißig Meilen auch nur ein Wölkchen zu sehen gewesen wäre, prasselt auf einmal Hagel in der Größe von Murmeln auf uns nieder. Er schlägt so hart auf dem Dach auf, dass Dot ihre Kopfhörer abnimmt und sich gerade hinsetzt. Der Lärm weckt auch Trev, der die Schultern zurückrollt und den Kopf aufrichtet. »Heilige Scheiße, was ist das denn?«

»Alter, sind die riesig«, sagt Dot.

Die Eisbrocken sammeln sich an den Scheibenwischern und unter dem Rand der Motorhaube, sie hämmern auf die Scheiben wie Kieselsteine und trommeln aufs Dach. Es ist so laut, dass Trev die Stimme heben muss, damit wir ihn verstehen.

»Unfassbar«, sagt er. »Das ist ja total krass.«

Auf der Straße tanzen die Hagelkörner wie Öl in einer heißen Pfanne. Man hört sie von unten gegen die Unterseite des Wagens schlagen und im Kühler rattern. Die Hagelkörner sammeln sich entlang der Seitenlinien. Kurz vor uns haben ein paar LKW angehalten und sind auf den Seitenstreifen gefahren, um die Attacke abzuwarten, ihre roten Lichter blitzen träge durch den Schleier. Ich fahre mit nur noch dreißig Meilen pro Stunde an ihnen vorbei. Ich sollte ebenfalls stehen bleiben, und ich bin fast sicher, dass Trev das gerade vorschlagen will, als das Prasseln der Eisbrocken ganz plötzlich zu einem gedämpften Regenplätschern wird und die Welt auf einmal stiller zu sein scheint denn je.

»Wahnsinn«, sagt Trev.

»Das war heftig«, sagt Dot. Sie hat ihren Sitz verlassen und kniet direkt hinter Trev und mir und beugt sich zu uns, mit der unbehandschuhten rechten Hand klammert sie sich an der Armlehne von Trevs Rollstuhl fest.

»Aber echt«, sagt Trev.

Dann verfallen wir alle wieder in nachdenkliches Schweigen, wie es nach großen Ereignissen eben ist. Etwa eine halbe Meile hinter Henderson sehe ich im Regen eine Rostlaube von Isuzu mit Warnblinker auf der linken Seite stehen. Eine Gestalt beugt sich im Regen über das Hinterrad, in der Hand einen Schraubenschlüssel. Ich fahre langsam vorbei und sehe, dass es eine hochschwangere Frau ist. Sie ist klatschnass und hat offenbar Schwierigkeiten, den Reifen abzukriegen. Auf dem Fahrersitz sitzt ein Typ und raucht und schnauzt ihr offenbar durch das offene Fenster Instruktionen zu. Ohne Trev um Erlaubnis zu fragen, fahre ich links ran und dann langsam rückwärts zurück, bis ich vielleicht fünfzehn Meter vor ihnen stehe. Ich stelle die Automatik auf Parkposition und lasse den Motor laufen.

»Ich geh mal gucken, ob sie Hilfe brauchen«, sage ich und hüpfe aus dem Van in den Regen.

Der Isuzu hat mindestens vier verschiedene Farben, wenn man das Grau des Kitts mitzählt. Tatsächlich wurden hier mehrere Autos zu einem zusammengebaut. Die Motorhaube ist blau. Das linke Vorderteil ist gelb, die Türen grün. Autos fahren mit siebzig Meilen pro Stunde vorbei und ziehen ganze Ströme von sandigem Wasser hinter sich her. Die Frau dreht sich auf den Unterschenkeln sitzend zu mir um, ein billiges Baumwollkleidchen spannt über dem dicken Bauch, und sie lächelt mich an. Man sieht ihr an, dass sie viel lächelt. Sie ist jung, vielleicht drei Jahre älter als Dot. Ihr herzförmiges Gesicht ist offen und voller Sommersprossen, und das glatte, blonde Haar hängt ihr nass und strähnig über die Schultern. Ihre braunen Augen scheinen gar nichts zu verbergen. Sie ist auf eine unglaublich gesunde Weise wunderschön. Auch hochschwanger an einem schlammigen Straßenrand im strömenden Regen mit einem Schraubenschlüssel in der Hand und einem Arschloch von Freund, der ihr seine Anweisungen zubellt, hat sie dieses unberührte jugendliche Strahlen, das Dot so zu verstecken versucht.

»Das Ding ist einfach abgebrochen«, erklärt sie. »Und die unteren Dinger gehen nicht ab.«

»Radmuttern«, sagt ihr dünner Gefährte ungeduldig durch das offene Fenster. »Sie heißen Radmuttern.«

»Soll ich euch einen Abschleppwagen rufen?«

»Können wir nicht bezahlen«, sagt er und spuckt aus dem Fenster.

»Ich bin im Autoclub«, biete ich an.

»Lass man stecken«, sagt er. »Ich muss geschäftlich nach Missoula. Und dann müssen wir noch nach Jackson, bevor die Karre komplett Schrott ist. Ich hab keine Zeit, mich noch groß mit dem Reiskocher abzugeben. Die Scheiß-Zylinder sind sowieso nur Blechdosen. Der würde es auch mit vier Rädern nicht mehr bis St. Regis schaffen.«

Und damit steigt er aus dem Wagen, eine Zigarette im Mundwinkel.

»Ich bin Peaches«, sagt das Mädchen und steht auf. »Das ist Elton.«

Elton sieht aus wie ein gehäutetes Wiesel – fliehendes Kinn, kleine Augen, langer Körper. Er trägt eine schmutzige Kopenhagen-Kappe mit tief in die Stirn gezogenem Schirm und ein Flanellhemd, das aussieht, als hätte es einen Hausbrand überlebt.

»Elton hat Rücken«, erklärt sie. »Deswegen muss ich den Reifen wechseln.«

»Angelunfall«, erklärt er.

Irgendetwas an Elton ist nicht gerade vertrauenerweckend. Vielleicht liegt es daran, dass er seine hochschwangere Freundin im strömenden Regen am Rande der Interstate einen Reifen wechseln lässt? Vielleicht sind es auch diese kleinen Augen. Er wirkt nicht gerade gefährlich, nicht mal wirklich bösartig, nur irgendwie verschlagen.

»Also, fahrt ihr bis Missoula, Alter?«

»Ich frage mal meinen Freund«, sage ich. »Er ist der Boss.«

Elton nickt zweifelnd und spuckt auf den Boden. »Geht klar.«

Ich gehe zum Van zurück, stelle mich ans Beifahrerfenster und signalisiere Dot, dass sie es runterkurbeln soll, als ein Sattelzug vorbeirast und mich nass spritzt.

»Die beiden bräuchten eine Mitfahrgelegenheit bis Missoula«, erkläre ich.

»Ich weiß nicht«, sagt Trev. »Der Typ sieht komisch aus.«

»Das Mädchen ist nett«, sage ich. »Und sie ist schwanger. Ziemlich schwanger.«

»Was meinst du?«, fragt Trev Dot über die Schulter. »Das würde ziemlich eng hinten.«

»Macht nichts«, sagt sie, »aber ich will erst eine rauchen.«

Dot kriecht an der Fahrerseite heraus, um am Straßenrand im Regen eine zu rauchen, während ich Elton und Peaches den Daumen nach oben signalisiere. Peaches stemmt zwei riesige Koffer aus der Heckklappe und schleppt sie mit kleinen, schwer erarbeiteten Schritten zum Van.

»Lass den rechten nicht so schleifen«, sagt Elton hinter ihr. »Der wird ja ganz schmutzig!«

Zehn Minuten später sitzen Elton, Peaches und Dot auf der Rückbank, und wir fahren schweigend weiter.

»So, und du hast geschäftlich in Missoula zu tun?«, sage ich, um irgendetwas zu sagen.

»Genau«, sagt Elton.

»Was für Geschäfte machst du denn?«, frage ich.

»Geht dich nichts an«, sagt er.

»Elton macht uns reich«, sagt Peaches. »Er hat eine Erfindung gemacht, ein …«

»Schnauze«, sagt Elton.

»Aber du hast doch gesagt, dass …«

»Ich habe gesagt, dass ich das Patent noch nicht habe. Bis dahin halt einfach den Mund.«

»Bei uns ist dein Geheimnis sicher«, sage ich.

Elton sieht mich im Rückspiegel mit verengten Augen an.

»Nee, das risikier ich nicht, Alter. Nicht, solange ich das Patent nicht habe. Und Investoren und den ganzen Kram.«

»Ach, komm schon«, sagt Dot. »Uns kannst du es echt erzählen.«

»Scheiße, nein. Ich erzähle es nicht. Ich lass mir doch meine Idee nicht klauen.«

»Okay«, sage ich. »Klingt jedenfalls, als hättest du das alles schon gut geplant.«

»Allerdings. Der Businessplan ist geschrieben. Ich habe ihn mir sogar selbst mit der Post geschickt, damit ein Stempel mit Datum drauf ist, und den Umschlag lasse ich schön versiegelt. Damit schütze ich die Idee, bis das Patent durch ist. Manchmal erkennen sie so was als Beweisstück vor Gericht an. Solange ein Poststempel drauf ist und es gut versiegelt ist. Der Umschlag liegt im Safe.«

»Junge, Junge, da hast du aber echt an alles gedacht«, sage ich.

»Logisch. Ich hock doch nicht auf einer Goldmine, ohne mich zu schützen und ohne Plan. Man muss echt aufpassen. Und man muss wissen, wie man das Gold aus der Mine abbaut. Eine Idee ist immer nur so gut, wie man sie umsetzt.«

»Das stimmt.«

»Scheiße, ja.«

»Muss ja eine geile Idee sein.«

»Kann man wohl sagen.«

»Ich kann verstehen, dass du es nicht erzählen willst. Ist wahrscheinlich schlauer. Aber die Spannung bringt mich um, es muss ja echt super sein.«

Elton errötet vor Aufregung, beugt sich vor und spricht mit gesenkter, ernster Stimme. »Okay, ich erzähle euch, worum es geht, aber nicht die eigentliche Idee. Nur, dass ihr so eine Ahnung bekommt.«

»Klar.«

»Aber das erfährt niemand außerhalb dieses Wagens, verstanden? Und das ist mir verdammt ernst.« Wie ein misstrauisches Wiesel wirft Elton uns kurze Blicke aus seinen kleinen Augen zu. »Verstanden?«

»Verstanden«, sagen wir.

»Also, als Erstes muss man ein paar grundsätzliche Dinge abklären. Am Anfang – noch bevor man über die Finanzierung und so was nachdenkt – muss man klären, ob es überhaupt einen Markt für die Idee gibt. Und für meine gibt es einen. Könnt ihr mir glauben, ich habe in der Branche gearbeitet. Tatsache ist, es gibt schon eine ganze Reihe Produkte auf dem Markt, die so was Ähnliches versuchen wie das, was mein Produkt kann, aber die taugen alle nicht.«

»Zum Beispiel?«, fragt Dot.

»Also, kennst du diese elektronischen Hundegebellboxen, die gegen Einbrecher helfen sollen? Mit Bewegungsmelder, und dann hört es sich an, als hätte man einen Wachhund?«

»Ja.«

»Also, da fällt keiner drauf rein, und Angst hat davor erst recht keiner. Tatsache ist, die Erfolgsrate bei der Einbrecherabschreckung liegt bei null Komma null Prozent.«

»Hast du das recherchiert?«, fragt Trev.

»Was glaubst du denn, wie ich überhaupt in dem Gewerbe gelandet bin? Weil ich eingebrochen bin. Wer soll denn wissen, wie man Einbrecher verschreckt, wenn nicht ein Einbrecher? Wenn du einen Wildhüter brauchst, stell einen Wilderer ein. Also ja, habe ich zur Genüge recherchiert. Ich war anderthalb Jahre im Knast, da hatte ich genug Zeit, darüber nachzudenken, und zwar gründlich. So ’ne Idee trifft einen ja nicht plötzlich wie der Blitz. Da muss man sich konzentrieren und über alles Mögliche nachdenken. Also, diese ganzen geschäftlichen Sachen: Wer soll das bezahlen? Wer kann es herstellen? Ist das überhaupt machbar?«

»Und was ist deine Idee?«, frage ich.

Wieder trifft mich sein stechender Blick im Rückspiegel. »Das hast du dir wohl so gedacht, was, Alter?«

»Ach ja, du wolltest es ja nur andeuten. Und was ist mit dem Startkapital, wo kommt das her?«, frage ich.

»Dafür hat er auch schon einen Plan«, sagt Peaches strahlend.

»Und wie sieht der aus?«, frage ich.

»Sagt er mir nicht. Aber die Investoren stehen quasi Schlange!«

Elton ist fest entschlossen, nichts weiter über sein Projekt zu erzählen. Er presst die Lippen aufeinander, sein Blick weicht meinem aus.

»Och, erzähl uns doch von deiner Idee«, sagt Dot.

»Genau«, sagt Trev, »so doll wird sie schon nicht sein.«

Das lockt Elton aus der Reserve, er starrt Trevs Hinterkopf an.

»Ja, erzähl es doch ruhig, Schatz«, sagt Peaches.

»Sieh es doch mal so«, sage ich. »Du bist ein Typ, der gerne Nägel mit Köpfen macht. Wir könnten so was wie deine Testgruppe sein. Dir helfen, die Schwachstellen des Plans aufzuspüren. Du weißt schon, die Fragen vorhersehen, die deine Investoren haben könnten. So machen das jedenfalls die Think Tanks in den Unternehmen.«

Elton denkt darüber nach, kratzt sich ein paarmal am Kinn und schaut aus dem Seitenfenster in die Landschaft von Montana. »Da ist wahrscheinlich was dran«, sagt er.

»Und außerdem«, sagt Trev, »hast du das Patent schon angemeldet, oder? Das ist also wahrscheinlich schon in Arbeit. Und noch dazu hast du den versiegelten Umschlag. Bis einer von uns dir die Idee geklaut und zum Patent angemeldet hätte, ist dein Patent längst durch.«

»Stimmt«, sagt er. »Da sagst du was, Alter.«

»Du kannst es uns ja einfach skizzieren«, sage ich. »Dass wir eine ungefähre Vorstellung haben. Ohne einen genauen Bauplan.«

Elton beäugt mich ein letztes Mal misstrauisch, dann gibt er sich einen Ruck. »Okay. Ich erzähle euch, worum es geht. Aber nur so grob.« Er beugt sich auf dem Sitz vor. »Also, es ist so was Ähnliches wie diese Bewegungsmelder mit dem falschen Hundegebell, von denen ich vorhin erzählt habe, außer dass es noch besser ist, weil der Einbrecher denkt, es ist ein Mensch im Haus. Ein Mensch schreckt einen Einbrecher viel mehr ab als ein Hund. Um einen Hund außer Gefecht zu setzen, braucht man bloß ein Steak und Schlafmittel, egal welche Rasse. Könnt ihr mir glauben, ich weiß, wovon ich spreche.«

»Dann sind auf deiner Box die Stimmen von Menschen?«, fragt Dot.

»Noch besser«, sagt Elton. »So ein Einbrecher wird ja misstrauisch, wenn er in jedem Haus in der Straße dieselbe Stimme hört. Außerdem bräuchte man dann zwei Stimmen, die meisten Leute führen ja keine Selbstgespräche. Wahrscheinlich könnte man mehrere Stimmen zur Auswahl haben oder verschiedene Modelle, aber das macht es nur kompliziert. Die erfolgreichsten Geschäftsideen sind immer die einfachsten.«

»Und was ist es dann?«

Elton verschränkt die Arme, lehnt sich auf dem Rücksitz zurück, und seine Wieselaugen lächeln zum ersten Mal. Ein kurzer Blick in den Rückspiegel zeigt mir, dass auch Peaches lächelt.

»Meine Box«, sagt Elton triumphierend, »ist ein Fernseher.«

»Ein Fernseher.«

»Genau.«

»Das verstehe ich nicht.«

»Na ja, statt dass ein Hund bellt, hört sich meine Box an –

und sie hat übrigens auch schon einen Namen, aber den sage ich nicht –, als würde jemand Fernsehen gucken.«

Eltons Enthüllung löst erst einmal Schweigen aus. Ich zögere mit einer Antwort. Wer wäre ich, Eltons Träume zu zerstören? Aber ich kann mich nicht beherrschen.

»Warum nimmt man dann nicht einfach einen tatsächlichen Fernseher?«, sage ich.

»Weil mein Gerät viel kleiner ist. Wer will schon einen großen Fernseher im Eingang?«

»Stimmt«, sage ich. »Aber wer hat denn einen Fernseher an der Tür stehen?«

»Kein Mensch, du Honk. Man hat die Box an der Tür. Darum geht es doch!«

»Okay. Aber ich habe das so verstanden, dass deine Idee – diese Box – dafür sorgen soll, dass der Einbrecher denkt, es ist jemand drin und sieht fern, richtig? Damit er nicht einbricht.«

»Endlich kapiert, Alter.«

»Gut. Okay. Ich meine, klar, ich verstehe, warum ein Hund gleich an der Tür wäre, wenn da draußen jemand stünde. Aber wer hat denn schon den Fernseher direkt an der Tür?«

»Alter, du bist auch nicht gerade fix im Kopf, oder? Du sollst nicht den Fernseher an der Tür haben. Deswegen habe ich ja die Box erfunden.«

»Nein, ich meine, warum dann überhaupt die Box? Kann man da nicht gleich den Fernseher nehmen? Ich meine, weil der Sound doch von da kommen muss, wo die Leute normalerweise ihren Fernseher haben, und nicht von direkt hinter der Tür? Dann wäre es doch viel realistischer?«

Elton ist einigermaßen verwirrt von diesem Argument, als stünde er plötzlich mit einem Linkshänder im Boxring. Kurz scheint ihm die neue Erkenntnis Probleme zu bereiten, aber dann ist er wieder auf den Beinen, tänzelt herum, umkreist das Problem, sucht nach einem Loch in der Deckung. Sein

Blick hellt sich wieder auf, und mit einem Zwinkern zum Spiegel hin versetzt er mir seinen letzten Schlag:

»Dann, Alter, dann kann man in dem Fall die Box einfach neben den Fernseher stellen.«

Grand Canyon

Erst als der Wagen östlich von Seligman mit der Schnauze nach oben die Berge hinaufklettert, dämmert mir langsam, was für eine fürchterliche Idee diese Reise war. Was habe ich mir bloß dabei gedacht? Arizona im August. Janet im siebten Monat schwanger. Ich bin so ein Idiot. Am späten Nachmittag ist Janet dermaßen verschwitzt und aufgequollen, dass ich den Eindruck habe, sie fällt jeden Moment in Ohnmacht. Piper ist auf dem Rücksitz zusammengesackt, ihre helle Haut ist puterrot. Das Auto ist der reinste Backofen mit offenen Fenstern.

»Wie lange noch?«, fragt Piper.

»Wir sind fast da, Schatz«, stöhnt Janet.

Die Wahrheit ist: Wir sind immer noch sechsundsechzig Meilen vom Südrand entfernt.

»Vielleicht sollten wir einfach in Williams anhalten«, sage ich. »Das mit dem Grand Canyon für heute vergessen. Uns ein

Motel suchen und uns ausruhen – vielleicht noch schwimmen gehen.«

»Nein!«, sagt Piper.

»Mommy geht es nicht so gut«, sage ich. »Sie braucht eine Pause.«

»Nein, nein. Alles in Ordnung«, sagt Janet mit geschlossenen Augen. Sie tätschelt mir den Oberschenkel und lächelt schwach. »Das wird bestimmt toll.«

»Aber meinst du nicht ...«

»Wirklich, alles okay«, sagt sie. »Ich glaube, es wird auch schon kühler.«

»Ha!«, sagt Piper. »Kühler? Es ist eine Trillion Grad! Wie lange noch?«

»Nicht mehr weit«, sage ich.

»Wie weit?«

»Ungefähr sechzig Meilen.«

»Oh Mann«, sagt Piper. »Warum mussten die den Grand Canyon überhaupt so weit weg machen? Hätten die den nicht da machen können, wo wir wohnen?«

Wieder lächelt Janet mit geschlossenen Augen. »Nur Geduld, Schätzelein«, sagt sie. »Das ist es wert.«

»Woher weißt du das?«, fragt Piper.

»Ich weiß es einfach«, sagt Janet, beugt sich zu mir und legt mir ihren klebrigen Kopf auf die Schulter. Sie legt eine Hand auf ihren dicken Bauch, öffnet kurz die Augen und sieht mich an.

»Was ist denn mit dir, schöner Mann?«, fragt sie mich. »Alles okay?«

»Tipptopp«, sage ich.

»Sicher?«

»Sicher.«

Innerhalb von Minuten sind beide eingeschlafen, und ich fahre weiter nordwärts durch den dürren Kiefernwald, in

Richtung des Südrands des Canyons, ganz allein. Aber überhaupt nicht einsam. Ich spüre das Gewicht von Janets Kopf auf meiner Schulter, ihren kühlen Atem an meinem Hals, und ich weiß sicher, dass sie immer da sein wird, bei mir. Und im Rückspiegel sehe ich Piper, das entschlossene Kinn auf das verbrannte Brustbein gepresst, ihr kleiner Mund zuckt im Schlaf, und ich weiß genauso sicher, dass sie immer mein kleines Mädchen sein wird, egal, wie groß sie wird. Was ist, im Vergleich dazu, schon der Grand Canyon?

Peaches' Geschichte

Bei Alberton hat es aufgehört zu regnen, aber der typische weite Himmel Montanas versteckt sich weiterhin hinter einem tief hängenden Grau, das von einem Ende des Horizonts bis zum anderen reicht. In der letzten Stunde oder so ist die beengende Berglandschaft langsam grünem Weideland gewichen, gesprenkelt mit pappelumsäumten Farmhäusern und Silos, an allen Seiten durchbrochen von Anhöhen und grünen Hügeln. Im Van ist es schwül und muffig. Ich rieche den Zigarettenrauch, der in Eltons Flanellhemd hängt. Irgendetwas riecht nach nassem Hund.

Trev ist wieder eingeschlafen, sein Mund steht offen, die Rückenlehne seines Rollstuhls hat er um zwanzig Grad nach hinten gekippt, seine Hände stecken in den Taschen seines großen, blauen Hoodies. Ich bin stolz auf ihn, und total überrascht. Er war bislang ein toller Reisender, obwohl all seine vertrauten Routinen fehlten. So flexibel habe ich ihn noch nie erlebt, und das kann ich nur Dot zuschreiben.

Dot hat ihre Kopfhörer wieder aufgesetzt, das Gesicht an die beschlagene Scheibe gelehnt und sieht schläfrig in die Landschaft. Peaches sitzt in der Mitte, Elton ist neben ihr zusammengesunken, sein fliehendes Kinn ruht auf ihrer Schulter, gelegentlich schnarcht er. Peaches hat ihr nasses Kleidchen gegen eine Jeans getauscht und sich ein verblichenes schwarzes Sweatshirt von mir ausgeliehen. Ihr dicker Bauch liegt auf ihrem Schoß vor ihr, sie hat schützend eine Hand darauf gelegt. Ihre Grammatik mag etwas eigenwillig sein, aber ihre Stimme ist melodiös. Was bei Elton fast schleppend klingt, klingt aus Peaches' Mund nach einer sanften Spannung. Das eine klingt faul, das andere entspannt.

»Eigentlich nicht so schlimm, dass Leon uns rausgeschmissen hat«, sagt sie. »Wir wollten eh, dass das Baby in Jackson auf die Welt kommt. Da ist meine Mama. Und meine Krankenversicherung. Elton hat die kleinste Bewährung bekommen, neun Monate, seit er geklaut hat, wir müssten also eh nur noch 'ne Woche in Montana bleiben. Er meint, solang er nichts ausfrisst, brauch er sich keine Sorgen machen.«

»Am Ende fügt sich immer alles«, sage ich.

»Wir haben auch alles geplant. Wir heiraten erst im Frühjahr. Elton treibt erst mal sein Startkapital von den Investoren ein. Damit wir 'ne Grundlage haben. Für die Gemeinkosten, sagt er. Er meint, man soll lieber nicht zu optimistisch sein, weil, kann ja auch schiefgehen. Er meint, eine Menge gute Ideen scheitern an zu viel Optimismus. Deswegen meint er, er muss unser Einkommen vielleicht für eine Weile ein bisschen aufbessern. In Henderson hat er gekocht.«

Ich nehme mir vor, auf dem Rückweg nicht in Henderson zu essen.

»Wollt ihr vorher wissen, ob es ein Junge oder ein Mädchen ist?«

»Es ist ein Junge.« Sie senkt die Stimme. »Elton möchte ihn Elton nennen. Aber mir gefällt Daniel besser, nach meinem Opa.«

»Daniel ist ein schöner Name«, sage ich. »Ist Peaches eigentlich dein richtiger Name?«

»Ja, ich weiß, komischer Name, oder?«

»Das fragst du jemanden, der Benjamin Benjamin heißt?«

»Ich hab mich dran gewöhnt. Also, an Peaches jetzt. In Henderson meinen sie, das würde zu mir passen.«

Das stimmt, sie ist der reinste Pfirsich. Süß. Mit rosigen Wangen, entgegenkommend und natürlich. Wie lange wird es dauern, bis ihr der Optimismus abhandenkommt? Wie lange, bis Elton sie sitzen lässt oder wieder in den Knast muss? Wie lange, bis sie die Säuglingsnahrung vom Sozialamt bekommt? Wie lange, bis all diese kumulierten Enttäuschungen ihren Tribut fordern und Peaches sich nicht mehr in die Karten gucken lässt, ihre Wangen blass werden und sie mehr wie Madge aussieht als wie ein Pfirsich?

»Wann ist denn der Entbindungstermin?«

»Erst in drei Wochen«, sagt sie, als wären drei Wochen eine Ewigkeit.

»Bist du aufgeregt?« Eigentlich eine überflüssige Frage, denn sie strahlt selbst in dem schmuddeligen Pullover, mit strähnigem, nassem Haar und mit dem schnarchenden Elton an der Schulter.

»Ich kann es gar nicht erwarten, den kleinen Mann im Arm zu halten. Meine Mama hat schon das Nähzimmer zum Kinderzimmer umgebaut, mit einem Zirkusthema.«

»Und Elton?«

»Ach, der freut sich auf seine Weise. Er kann das nur nicht so zeigen. Manchmal hat er Angst davor. Aber letzte Woche in

Helena hab ich ihn bei Target erwischt, wie er nach den Preisen für Teddys geguckt hat.«

»Das ist ein gutes Zeichen.«

»Wir waren natürlich nicht wegen dem Baby da. Wir wollten gucken, was diese ganzen Diebstahlsicherungen und so Dinger kosten. Elton meint, das nennt man Marktforschung.«

»Elton hat's echt drauf.«

Sie senkt wieder die Stimme. »Na ja, er bemüht sich, ehrlich. Mehr als die meisten anderen. Mehr als sein nichtsnutziger Bruder.« Sie wirft Elton einen Seitenblick zu, um sich zu vergewissern, dass er schläft, dann senkt sie die Stimme noch etwas weiter. »Sein Vater hat ihn regelmäßig verprügelt. Voll brutal. War kein Geheimnis in Henderson. Den Bruder hat er nie angerührt. Es war so schlimm, dass Elton im letzten Highschool-Jahr bei 'nem Freund in der Garage gewohnt hat, weil er Angst hatte, dass er sonst irgendwann zurückschlägt. Elton hat mir nie was getan.«

»Das ist gut.«

»Bisher war er immer okay zu mir. Ich glaube an ihn.«

Als Missoula gerade am Horizont auftaucht, wacht Elton auf, wie um das zu beweisen.

»Alte Scheiße«, sagt er und schnipst mit den Fingern. »Ich hab im Schlaf noch mal nachgedacht, und ich glaub, ich hab kapiert, was du meintest, mit der Box. Du meintest *Warum nimmst du nicht gleich einen Fernseher, das ist realistischer, oder?*«

»Genau.«

»Mir ist aufgefallen, dass du recht hast. Das ist echt realistischer. Aber nicht wegen dem, was du gesagt hast, dass das nicht direkt an der Tür stehen soll, sondern wegen was anderem, was noch realistischer ist.« Elton beugt sich verschwörerisch vor und legt mir die Hand auf die Schulter. »Weiß auch nicht, warum mir das vorher noch nicht aufgefallen ist. Das

Licht! Ist doch logisch! Die Box braucht flackerndes Licht, damit es aussieht wie Fernsehen – du weißt schon, dass das Licht so auf den Vorhängen tanzt und so!«

»Aber …«

Elton beugt sich fast über mich. »Klar, das kostet dann was mehr in der Herstellung. Aber das holen wir am anderen Ende wieder rein, sodass die Gewinnspanne am Ende die gleiche bleibt, vielleicht sogar besser, weil das Gerät besser ist. Weil, mit Licht können wir es ja sogar Diebstahlsicherungssystem nennen. Weil es mehr als eine Funktion hat.«

»Aber Elton, wenn …«

»Scheiße, das geht wahrscheinlich schon mit einfachen bunten LEDs. Das kann gar nicht so teuer sein. Und macht das ganze System viel, ich weiß auch nicht, genialer wahrscheinlich.«

Als ich sicher bin, dass Elton erst mal Luft holt, hake ich ein. »Aber Elton, wenn es aussieht und klingt wie ein Fernseher und man es neben den Fernseher stellen soll, damit es wirkt wie ein Fernseher, dann, also, was ich sagen will, ist eigentlich, warum …« Aber dann bringe ich es doch nicht übers Herz und unterbreche mich im letzten Moment. »Wahrscheinlich hast du recht, mit Licht ist es echt noch besser. Dann fühlen die Leute sich bestimmt sicherer.«

»Sie sind auch sicherer«, sagt er voller Überzeugung.

Peaches drückt ihm stolz das Bein und lächelt immer noch. Sie glaubt an ihn, von ganzem Herzen, und davon wird sie niemand abbringen. Und dafür liebe ich sie. Plötzlich schnappt sie aufgeregt nach Eltons Handgelenk und legt seine Hand auf ihren Bauch.

»Er strampelt«, sagt sie. »Spürst du das? Kannst du das spüren, Schatz?«

Eltons Gesicht hellt sich auf. »Allerdings. Boah, ist der am Strampeln!«

Peaches strahlt über beide Ohren, und ich denke: Was hat er bloß für ein Schwein, dieser Elton.

In diesem Moment sehe ich den Skylark im Rückspiegel, direkt über Peaches' rechter Schulter, und mir rauscht das Blut in den Adern.

Und viele mehr

Was soll denn die Eile? Jim Sunderland soll sich mal nicht so haben, der kleine Scheißer. Wer so viel NPR hört, kann es nicht eilig haben. Wenn Janet meint, sie kann mich zu dieser bescheuerten Scheidung zwingen, wenn sie meint, sie kann mich jagen und dazu zwingen, diese Papiere zu unterschreiben, dann hat sie sich aber geschnitten. Da braucht es ein bisschen mehr als irgendeinen Typen in einem kackbraunen Skylark, um mich dazu zu bringen.

Es ist drei Uhr nachmittags. Wir sind jetzt in der neuen Zeitzone. Weder Trev noch ich haben es besonders eilig, Peaches oder Dot loszuwerden, auch wenn das bedeutet, dass wir vor jeder Bar in Missoula auf Elton warten müssen. Im Moment stehen wir vor Red's, weil Elton uns überredet hat, ein letztes Mal aus geschäftlichen Gründen anzuhalten, bevor wir die beiden endgültig absetzen. Er ist jetzt schon seit zwanzig Minuten dadrin, während Trev, Peaches und ich im Van warten.

Dot hockt auf dem Bordstein und raucht schon die zweite Zigarette.

Der Skylark parkt ein Stück die Straße runter auf der anderen Seite. Ich behalte ihn im Seitenspiegel im Auge und koche innerlich. Mir ist immer noch nicht klar, wie Janet das hinbekommen hat. Wie kann sie es wagen, mich zwingen zu wollen. Wie kann sie es wagen, mich mit den Einkaufstüten in der Hand stehen zu lassen und einfach wegzugehen. Sie ist mir wenigstens die Zeit schuldig, die ich brauche, finde ich. Irgendeinen Loser in einem Skylark quer durch die Staaten hinter mir herzuschicken, um ihr die Drecksarbeit abzunehmen, das ist doch erbärmlich. Aus welcher Tonne sie den wohl gezogen hat?

Komischerweise kommt, als meine Bitterkeit langsam anfängt zu brodeln, eine SMS von Janet: »War heute beim Anwalt. Wir müssen reden.«

Als ich zur Tat schreite, spüre ich Gewalttätigkeit in mir aufsteigen.

»Ich gehe mal ein bisschen frische Luft schnappen«, sage ich schließlich.

Ich knirsche mit den Zähnen und marschiere mitten auf der Straße. Auf halber Strecke korrigiere ich meinen Winkel in Richtung des Skylarks, der auf der gegenüberliegenden Straßenseite steht. Mir hämmert das Herz, ich habe die Fäuste geballt. Ich erkenne die Umrisse des Fahrers hinter dem Steuer, er trägt eine Basecap, ein gebräunter Arm hängt aus dem Fenster und umfasst ein Mountain Dew. Ich spüre, wie mir die Galle hochkommt. Meine Wut ist total überdimensioniert – das ist mir schon klar. Ich rieche sie wie einen Kabelbrand in meinem Gehirn. Ich bin haarscharf davor, die Kontrolle zu verlieren. Und wissen Sie was? Scheiß auf die Kontrolle! Den erwürge ich. Und dann schicke ich Janet eine SMS, und die Konsequenzen sind mir scheißegal.

Der Typ im Skylark sieht mich jetzt kommen und lässt sein Mountain Dew fallen. Ich bin nur noch dreißig Meter entfernt, als mit jaulendem Keilriemen und einer Auspuffwolke plötzlich der Motor anspringt. Bevor ich darüber nachdenken kann, rase ich auf ihn zu, ohne dass ich wüsste, was ich vorhabe, ob ich das Auto mit den nackten Fäusten bearbeiten will oder den Typen lieber rauszerre und ihn auf der Straße zu Mus mache. Ich bin nah genug dran, um die nackte Panik in seinen Augen zu erkennen, als er vom Bordstein direkt auf mich zufährt. Ich bleibe stehen und hebe die Hände wie ein Matador, als der Skylark auf mich zurast. Ich erkenne den Fahrer jetzt gut, aber ich kann nicht sehen, wie groß er ist. Er wird ungefähr in meinem Alter sein, gebräunt, mit ein paar grauen Bartstoppeln, er trägt ein locker sitzendes Shirt. Irgendwie gut aussehend, Typ alternder Surfer. Oder vielleicht bilde ich mir das auch nur ein, als er mit zwanzig Meilen pro Stunde auf mich zurast. Die Angst in seinen Augen wird zu nackter Panik, als er merkt, dass ich nicht die Absicht habe, mich vom Fleck zu bewegen. Seine Augen sind so groß wie Untertassen, als er das Lenkrad herumreißt, um mich nicht über den Haufen zu fahren, sein Mund weit aufgerissen.

Mein Versuch, den Wagen anzugreifen, ist zwar kühn und unerwartet, aber überhaupt nicht effektiv. Nach einem kniezertrümmernden Aufprall schaffe ich es kurz, mich mit ausgestreckten Armen und Beinen auf der Kühlerhaube zu halten, das Gesicht an die Scheibe gedrückt. Aber dann wirft der Skylark mich ab, die Antenne bricht in meiner Hand ab, und ich rolle seitlich hinunter. Ich rappele mich rechtzeitig hoch, um noch mit den Fäusten auf den Kofferraumdeckel zu trommeln, bevor er an mir vorbeirauscht. Ich renne hinter ihm her, die Antenne immer noch in der Hand. Er ist zu schnell. Keine Chance, ihn einzuholen. Ich bleibe stehen und fuchtele ihm mit der Antenne in der Hand hinterher, als die Glastür zum

Red's auffliegt und Elton rückwärts herausgestolpert kommt, über seine eigenen Füße fällt und auf dem Hintern landet. Ihm folgt sofort ein riesiger, bärtiger Typ im Flanellhemd, das noch schmutziger ist als Eltons. Er wiegt bestimmt hundertfünfzig Kilo und hat jede Menge krauses Haar. Der reinste Yeti. Er geht auf Elton los, der versucht, seitwärts wegzukrabbeln wie eine Krabbe. Aber der Yeti packt ihn mit einer Hand am Kragen, reißt ihn hoch, dreht ihn um und knallt ihn gegen die Wand des Red's.

»Das ist entweder ganz schön mutig oder ganz schön bescheuert, dich hier blicken zu lassen«, sagt der Yeti und rammt ihm die Faust in die Brust.

Elton kippt vornüber und hält die Arme schützend vor den Kopf. Plötzlich sprinte ich schon wieder los, mein Herz rast im dreifachen Tempo, meine Nebennieren schütten Adrenalin aus, mein Sichtfeld wird verschwommen. Ohne darüber nachzudenken, stürze ich mich auf den Yeti, ich klettere buchstäblich an ihm hoch. Ich bin schon halb auf seinem Rücken und umschlinge seinen Hals von hinten mit beiden Armen. Elton ist wieder auf den Füßen und sieht aus, als wollte er abhauen. Aber der Yeti erwischt ihn mit einem rechten Schwinger, und Elton sitzt wieder auf dem Arsch, während ich noch versuche, einen besseren Hebel zu finden.

»Hab ich doch gewusst, dass du ein Verräter bist, Elton«, sagt er und versucht, mich abzuschütteln.

Peaches kommt aus dem Auto geschossen wie ein geölter Blitz und geht mit ausgestrecktem Bauch auf den Yeti los. Sie attackiert ihn mit fliegenden Fäusten, die er mit dem Unterarm abfängt, während er mit dem anderen Arm gleichzeitig versucht, mich abzuschütteln. Ich habe eine Handvoll Bart erwischt, als er es schafft, mich loszuwerden. Kurz bin ich schwerelos, dann lande ich blitzartig auf dem Boden. In einem Augenblick weicht alle Luft aus mir. Aber ich bin immer noch wütend. Mit Schaum vorm Mund krieche ich auf den Ellbogen voran und umklammere verzweifelt mit beiden Armen das Bein des Yetis. Er versucht sich zu befreien, aber ich habe mich quasi um sein Bein gewickelt. Peaches prasselt immer noch auf ihn ein wie ein Schwarm Insekten, als Elton sich aufrappelt und den Yeti mit einem Schwinger an der Schulter erwischt.

Das Letzte, woran ich mich erinnere, bevor ich komplett ausraste, ist der Geruch durchgebrannter Sicherungen und ein Pochen hinter meinen Augäpfeln. Als Nächstes weiß ich, dass der Yeti heult wie ein Schakal mit einem Schürhaken im Arsch. Ich bin immer noch wie eine Todeskralle um sein rechtes Bein gewickelt und habe ihm das Hosenbein so weit hochgeschoben, dass ich über seinen Stiefeln meine Zähne tief in das Fett seiner Waden stoßen konnte. Ich habe mich in ihm verbissen wie ein Bullterrier, mein Mund füllt sich mit Blut, vielleicht mit seinem, vielleicht auch mit meinem, als er mir mit dem anderen Fuß wiederholt in die Rippen tritt und grauenhaft brüllt. Aber ich beiße weiter, als wäre es meine letzte Handlung auf Erden, bis alles in einem blutroten Nebel verschwindet. Danach weiß ich nur noch, dass ich auf der anderen Seite des Tunnels wieder rauskomme und mich großartig fühle.

Bis auf den Schnäuzer sieht der Sheriff des Countys aus, als könnte er Eltons Vater sein – das gleiche fliehende Kinn, die gleiche wieselartige Erscheinung. Er trägt den breitkrempigen Sheriffhut tief über die kleinen Äugelchen gezogen. Er mag seinen Job, aber das soll man nicht merken. Er ist kein großer Redner. Auf seinem Namensschild steht Scruggs. Er hat irgendwo eine propere, ältere Frau in einem Fertighaus. Sie heißt Bev. Sie kann Skeetschießen. Sie kann beim Bowlen die Lichter ausmachen. Sie haben einen Wohnwagen, mit dem sie am Wochenende zum Flathead Lake fahren. Bev macht einen super Waldorfsalat. Sie haben grüne Westen im Partnerlook und einen übergewichtigen Corgi. Sonderbarerweise gehen mir diese Gedanken in aller Ruhe durch den Kopf, auch noch, als der Notarzt sich um die Wade des Yetis kümmert und ich die Angst in Peaches' Gesicht sehe, als Elton zu einem der drei Streifenwagen abgeführt wird. Als Scruggs mir die Handschellen anlegt, zwinkere ich dem Yeti zu, der sofort von zwei Sanitätern und einem Polizisten zurückgehalten wird. Dann von zwei Polizisten. Dann von drei. Vielleicht bräuchten sie ein Elefantengewehr, um ihn unten zu halten. Überall blitzen die Blaulichter. Auf dem Gehweg vor dem Red's hat sich eine kleine Menschenmenge versammelt. Darunter auch Trev, mit Dot an seiner Seite. Ihre Hand liegt auf der Lehne seines Rollstuhls. Sie sehen beide überrascht und enttäuscht aus.

»Keine Sorge«, sage ich zu ihnen, als Scruggs mich an ihnen vorbeiführt. »Alles in Ordnung.«

Ich überlege, ob Scruggs und seine Frau noch Sex haben. Ich wette, sie machen es an ihrem Hochzeitstag, wenn Bev schon ein Gläschen Wein getrunken hat.

»Schön weitergehen«, sagt er und schiebt mich vorwärts.

»Scheiß-Kannibale«, murmelt jemand in der Menge.

Als Scruggs mich das letzte Stück zum Streifenwagen schubst, fühle ich mich seltsam euphorisiert, wie das Blaulicht da so über mich hinwegblitzt. Ich nicke Peaches zu, als ich in den Wagen einsteige, nur damit sie weiß, dass alles okay ist. Denn plötzlich weiß ich, dass es egal ist, welche Scheiße mir gerade ins Gesicht weht, am Ende wird sowieso alles gut.

Scruggs fährt uns im Schneckentempo am Ort des Verbrechens vorbei, und ich lächle plötzlich blödsinnig zum Fenster hinaus.

»Danke fürs Mitnehmen«, sage ich.

Scruggs grunzt nur, sieht mich im Rückspiegel an und runzelt die Stirn.

»Der Wagen ist ja superleise«, sage ich, etwa zwei Blocks weiter. »Ist das echtes Leder?«

Aber die Kunst der Konversation ist an Scruggs verschenkt. Er sagt kein Wort, bis wir bei der Polizeiwache vorfahren, wo er mir die Tür öffnet und stehen bleibt wie ein verärgerter Chauffeur.

»Hoch«, sagt er.

Das Neonlicht in den Fluren trägt nur noch zu meinem Hochgefühl bei, auch wenn ich nicht ganz so herzlich empfangen werde, wie ich gehofft hatte. Nur ein Beamter sieht von seiner Arbeit auf, als Scruggs mich durch das Büro zu seinem Schreibtisch führt.

»Hinsetzen«, sagt er.

Ich setze mich.

Scruggs lebt in der Bronzezeit. Sein Arbeitsplatz ist hoffnungslos veraltet. Der Typ hat eine Schreibmaschine. Und ein Rolodex. Ein Telefon. Nicht nur eine, sondern zwei Flaschen Tipp-Ex. Ich suche den Schreibtisch nach einer Schiefertafel und einem Faustkeil ab. Der Tisch ist überfüllt, aber aufgeräumt, wie Bernards Werkbank. Das einzig Persönliche ist ein gerahmtes Foto von seiner Tochter auf einem Pferd, voll ausgestattet mit Reithose, Helm, Stiefeln und einem ganz schön engen Pullover. Sie ist vielleicht dreißig, hat dunkle Augen und sieht aus wie ein Luxusweibchen. In einer Hand hat sie eine Ledergerte in einer zweideutigen Pose – jedenfalls kommt es mir so vor.

»Ihre Tochter?«, frage ich, obwohl meine letzten fünf Small-Talk-Versuche schon mit eisigem Schweigen quittiert wurden.

»Meine Frau«, sagt er, ohne von seiner Schreibmaschine aufzusehen. »Nachname?«

»Benjamin.«

»Vorname?«

»Benjamin.«

Scruggs sieht mich misstrauisch an, zwei Finger über den Tasten. »Zweiter Vorname?«

»Keiner.«

Er schüttelt sorgenvoll den Kopf. »Geburtsdatum?«

»Neunter neunter neunundsechzig.«

Er kneift die Augen zusammen und hämmert die Ziffern mit zwei Fingern ein. Er tippt wie ein Hufschmied.

»Herzlichen Glückwunsch zum Geburtstag«, murmelt er.

Vor Agatewood

Vor dem Haus in Agatewood, bevor wir überhaupt irgendetwas besaßen, als ich noch in Kingston Paradewagen bemalte und Janet als tierärztliche Assistentin am Animal Wellness Center arbeitete, wohnten wir in einer kleinen gemieteten Hütte an der Bucht in Limolo. Sie war fünfundfünfzig Quadratmeter groß. Charmant. Heruntergekommen. Im Winter arschkalt, aber billig. Die Fensterrahmen passten alle nicht zusammen. Die Tür quietschte fürchterlich. Der Ölofen zog nicht gut ab, und er heizte auch nicht besonders gut. Die Küchenspüle war zu klein, die Toilettenspülung lief andauernd, und ein paar Monate lang hatten wir ein Problem mit Kleinnagern. Aber wir haben diese Hütte geliebt. Im Frühling haben wir gegrillt, wir hatten einen Gemüsegarten und haben nackt Federball gespielt. Und irgendwie sind wir in dieser Hütte erwachsen geworden.

Als Piper geboren wurde, wohnten wir in dieser Hütte. Am

Abend unseres Jahrestages blieben wir zu Hause. Ich machte Enchiladas. Wir saßen nebeneinander auf dem Sofa und aßen. Piper schlief direkt vor unserer Nase, eingewickelt in die rosagelbe Decke, die Ruth gestrickt hatte. Ich weiß noch, wie ich in ihr Körbchen geschaut habe und gleichzeitig voller Liebe und voller Angst war vor dem kleinen Gesichtchen, das da schlief.

Ich weiß noch, dass Janet sagte, sie fühle sich hässlich, und dass ich gesagt habe, sie sei schöner denn je.

»Das sagst du nur so«, sagte sie.

»Das stimmt nicht.« Und das war die Wahrheit.

Wir haben einander damals eine Menge nette Dinge gesagt.

Ich weiß noch, dass wir immer gesagt haben, wir mögen kleine Häuser, dass die Enge auch für Nähe in der Familie sorgt. Dass niemand Einzelkind sein sollte. Dass niemand von einem Kindermädchen oder in einer Kita großgezogen werden sollte. Ich weiß, dass wir immer gesagt haben, die wichtigste Ressource sei Zeit, nicht Geld. Dass alles gut werden würde. Dass das Universum sich um uns kümmert. Dieser Glaube war stärker als die Schwerkraft.

Jahr und Tag

Gegen eine Kaution von 762 Dollar bin ich um sechs Uhr abends wieder auf freiem Fuß (zumindest bis zu meiner Verhandlung nächsten Monat). Elton hat nicht so viel Glück. Er hat gegen seine Bewährungsauflagen verstoßen und wird ohne die Möglichkeit, auf Kaution freizukommen, festgesetzt. Er erwartet seine Ausweisung nach Mineral County, wo er, sagt Scruggs, mit etwas Glück mit einer Haftstrafe von einem Jahr und einem Tag rechnen muss. Es war nicht einfach, diese Info aus Scruggs herauszubekommen.

Die arme Peaches ist ganz außer sich vor Kummer und Sorge. Ich habe ihr versichert, dass alles gut wird. Ich habe ihr versprochen, sie zu ihrer Mutter in Jackson zu bringen, ein Umweg, in den Trev eingewilligt hat. Wenn man das alles recht bedenkt – die Tatsache, dass sie gerade auf die Freundlichkeit von Fremden angewiesen ist, von denen einer soeben kannibalistische Tendenzen erkennen ließ, während ihr Verlobter, dessen Kind sie in drei Wochen erwartet, erst mal im Strafrechtssystem von Montana festsitzt –, nimmt Peaches es wirklich heldenhaft und bemüht sich zu lächeln.

Wir haben uns in eine Sitznische im hintersten Winkel von Pita Pit gequetscht, wo ich alle zum Essen eingeladen habe, um meinen Geburtstag zu feiern. Mein Optimismus ist in dieser dunklen Stunde anscheinend grenzenlos.

»Es ist doch so«, erkläre ich Peaches. »Du wirst Mutter – Mutter! Das wird das Größte sein, was du im ganzen Leben erlebst. Ehrlich, alles wird gut.«

Das kommt vielleicht nicht gerade überzeugend von einem vierzigjährigen, demnächst geschiedenen Arbeitslosen mit fast ausgeschöpftem Kredit, aber Peaches freut sich auf der anderen Tischseite über meine Versicherungen.

Dot sitzt dicht neben Trev am Ende der Bank. Sie hat ihn auf dem Weg hierher angeschnallt. Sie hat Stühle aus dem Weg geräumt, damit er durchkonnte, als wir ankamen. Sie sehen sich zusammen die Fotos auf Dots Telefon an, und Dot kommentiert jedes einzelne. Trev ist genauso schwindelig wie mir. Er könnte nach wie vor eine Dusche vertragen, aber er sieht gut aus. Seine Haare fallen genau richtig.

Ich habe ungeachtet meiner finanziellen Situation die Spendierhosen an und fühle mich trotz meiner schmerzenden Rippen großartig. Warum auch nicht? Ich habe heute einen Mann erklommen. Ich habe den Ruhm des Schlachtfelds erfahren. Ich habe Menschenfleisch geschmeckt. Und jetzt versammle ich meinen zerlumpten Stamm um mich und feiere: Gyros, Wraps, und wie wär's mit ein bisschen Hummus? Und machen Sie die Cola gleich extragroß! Und dann noch eine Gemüseplatte, nein, besser zwei, und vier Otis Spunkmeyers! Ich habe heute großen Appetit. Und supergute Laune. Die ganze Welt steht mir offen! Jeder Gedanke ist eine Entdeckung. Hinter jeder Ecke liegt ein Grund zur Hoffnung. Ich bin total euphorisch. Ausgelassen. Ich bin redselig. Wenn ich es nicht besser wüsste, würde ich denken, ich bin high.

Peaches, sage ich, Kopf hoch, meine wilde Bergblume! Es gibt ein Leben jenseits von Henderson! Es gibt Freuden und Wunder, die dein junges Herz noch gar nicht erfassen kann! Miss dein Leben nicht in Kaffeelöffeln, und lass deine Fähigkeiten nicht brachliegen – lebe, sage ich! Erfinde dich selbst! Reich weiter, als du greifen kannst! Und wenn du schon dabei bist, gibt mir mal das Hummus!

Als von dem Festmahl nichts weiter übrig ist als ein paar zerknüllte Papierreste, kriechen wir alle wieder in den Behindertentransporter und machen uns auf die Suche nach einer Unterkunft. In Downtown Missoula gibt es eine Reihe Unterkünfte, die preiswert und komfortabel sein sollen. Aber ich bin heute in der Stimmung für etwas Besseres. Heute leben wir in Saus und Braus – hölzerne Kleiderbügel und eine Minibar!

Nachdem wir eineinviertel Stunden lang gesucht haben, sieht das C'mon Inn am Expo Parkway mit dem tropischen Innenhof aus wie das Gelobte Land. Der Nachtportier trägt einen Blazer. Er beäugt uns misstrauisch einen nach dem anderen, als wir durch die Doppel-Glastür in die Lobby kommen. Wir sind aber auch ein abgerissener Haufen. Ohne zu zögern zücke ich meine Brieftasche und versuche, eine Zwei-Zimmer-Suite mit Kabelfernsehen und Frühstück zu buchen, ziemlich sicher, dass meine Karte nicht abgelehnt wird. Ich habe zwei Tage vor unserer Abreise das Minimum eingezahlt, sodass – über'n Daumen gepeilt – noch 480 Dollar übrig sein müssten, nachdem die Kaution abgebucht wurde (der Haufen Geld, von dem ich eigentlich meinen Teil der Reise bezahlen wollte). Aber ich rechne nur nach, um die Zeit herumzubringen, finanzielle Nöte scheren mich heute nicht, heute prallt alles an meiner glatten Oberfläche ab.

»Alles okay?«, fragt Trev, als der Nachtportier meine Karte durch den Schlitz zieht. »Du siehst so verschwitzt aus.«

»Das macht wahrscheinlich die tropische Luft hier drin.«

»Sie wohnen im Moment 1599 Madison, Sir?«, sagt der Nachtportier.

»Genau.«

Er hämmert auf die Tasten wie ein Roboter. »Haben Sie einen gültigen Führerschein, Sir?«

»Natürlich.«

»Kann ich den mal sehen?«

»Klar.« Ich hole meine Brieftasche wieder heraus und gebe ihm meinen Führerschein.

Er betrachtet ihn kurz und hämmert dann wieder auf ein paar Tasten ein. Und dann noch mal. Ich atme in der tropischen Luft tief ein, bewundere die stabile Konstruktion des Zedernholz-Mezzanins und drücke mir selbst in der Hosentasche die Daumen. Der Nachtportier hämmert und hämmert nach Herzenslust auf seine Tastatur ein.

»Bist du sicher, dass alles in Ordnung ist?«, fragt Trev.

»Tipptopp.«

»Willst du dich setzen?«

»Alles bestens.«

Der Nachtportier hört auf zu hämmern, sieht kurz verwirrt aus, dann hämmert er weiter.

»Was machen deine Rippen?«, fragt Trev.

»Spüre ich kaum.«

»Sicher, dass du nicht zum Arzt willst?«

»Ja, sicher.«

Hämmer-hämmer-hämmer-hämmer-hämmer-hämmer-hämmer, macht der Nachtportier.

»Gibt es ein Problem?«, frage ich.

»Mm«, macht er.

»Mm?«

»Mm.«

Urplötzlich hört er auf zu hämmern. Er schüttelt feierlich den Kopf und klickt mit der Maus. Dann dreht er sich langsam auf dem Absatz um, nimmt ernst ein Blatt aus dem Drucker und hält es mit etwas Abstand vor sich, bevor er es auf den Tresen legt.

»Okay«, sagt er. »Alles bereit. Der Aufzug ist am Ende der Halle rechts.«

Im Vergleich zum Motel des alten Willard ist diese Unterkunft ein großer Schritt nach vorn. Das große Schlafzimmer riecht nach frischer Bettwäsche und Fensterputzmittel. Die Kleiderbügel sind vielleicht nicht aus echtem Holz, aber immerhin aus Imitat. Die Kunst an den cremefarbenen Wänden tut zumindest nicht weh: überquellende Obstkörbe und Frauen mit Sonnenschirmen. Der Blickfang des Hauptraums ist weder das riesige Bett mit der Steppdecke noch ein dramatischer Ausblick auf den Parkplatz, sondern zwei braune Kunstledersessel, die wie Saatkrähen vor dem großen Flachbildfernseher hocken.

Dot geht um mich herum, auf der Suche nach der Quelle des fruchtigen Dufts, lässt ihre Tasche mitten auf den Boden fallen und sich selbst in einen der Sessel. Trev fährt in Richtung der Fernbedienung auf dem Nachttisch.

»Hey, die Nachttischlampen sind gar nicht festgeschraubt«, sagt er.

Peaches ist unsicher, wie sie sich verhalten soll. Sie steht mit einem ihrer riesigen Koffer in der Tür.

»In dem anderen Zimmer sind noch zwei Queen-Size-Betten«, sage ich. »Dot, du nimmst das andere. Trev, es ist doch okay, wenn wir uns eins teilen, oder?«

»Klar.«

»Ich kann auch auf dem Boden schlafen«, sagt Peaches. »Das macht mir nichts aus.«

Ich schwinge die Tür zum Nebenzimmer auf. »Nein. Du und der kleine Elton, ihr schlaft hier.«

Peaches watschelt durch, eine Hand am Bauch, mit der anderen zieht sie den sperrigen Koffer hinter sich her. Das arme Kind. Sie muss ja total fertig sein.

»Willst du deinen Pulli zurück?«, fragt sie.

»Den kannst du mir wiedergeben, wenn wir bei deiner Mom sind.«

»Macht es euch was aus, wenn ich sofort ins Bett gehe? Es war echt ein ... und ich bin dermaßen ...«

»Natürlich nicht.«

Sie klammert sich immer noch an ihrem Koffer fest, als hätte sie Angst, ihn loszulassen. Komisch, dass sie Eltons Koffer nicht auch noch mit hochgebracht hat.

Ich trete hinter ihr in das Zimmer, nehme ihr den Koffer ab und schwinge ihn auf die Kommode.

»Schlaf dich ruhig aus«, sage ich. »Ich sag ihnen, sie sollen den Fernseher nicht so laut machen.«

»Ich kann eh immer schlafen«, sagt sie.

»Logisch«, sage ich.

»Gute Nacht«, sagt sie herzlich. »Und herzlichen Glückwunsch.«

»Gute Nacht«, sage ich und schließe die Tür.

Die Ruhe

Peaches schläft tief und fest, Trev und Dot sitzen hypnotisiert vor dem großen Monitor, und ich ziehe mir im Bad meine Badehose an, nehme mir ein Handtuch vom Regal, fische mein Handy aus der Hosentasche und ziehe mich allein in die gechlorte Luft des Atriums zurück. Der Jacuzzi ist leer, ebenso wie der danebenliegende Trainingsraum. Ich lasse mich tief in das warme Sprudelbecken sinken, und mich überkommt eine große Ruhe. Als wüsste ich es nicht besser. Meine Rippen sollten mich daran erinnern, oder meine finanzielle und juristische Situation, oder die Tatsache, dass ich eine minderjährige Ausbrecherin dabeihabe, eine hochschwangere, unverheiratete junge Frau und einen Jugendlichen, dessen Herz jeden Moment aufgeben kann. Ich weiß, ich habe den Verstand verloren. Aber ich mache mir keine Sorgen, denn es tut mir zum ersten Mal seit langer Zeit sogar gut, etwas verloren zu haben.

Als es mir gerade so vorkommt, als könnte mich nichts mehr erschüttern, fällt Scheinwerferlicht ins Atrium. Durch das große Fenster sehe ich den Skylark einen weiten Bogen auf dem Parkplatz beschreiben. Und urplötzlich stinkt es in den Tiefen meiner Synapsen wieder nach durchgebrannten Sicherungen, und in meinem Kopf tobt schon wieder das Feuer. Ich bin schon aus dem Wasser, bevor ich es selbst merke. Ich rase barfuß durchs Atrium, umklammere mein Handy wie eine Granate, platze mit metallischem Scheppern durch die Seitentür und quer über den Parkplatz, in der Badehose und mit mörderischen Absichten im Herzen. Ich habe Blut geleckt. Ich werde den Typen auffressen, ihn gründlich durchkauen und ihn Janet dann ins Gesicht spucken. Dieses Mal renne ich nicht direkt auf ihn zu, sondern bleibe im spitzen Winkel zum Hotelgebäude, um ihm an der Ausfahrt den Weg abzuschneiden. Ich sprinte an der Lobby vorbei, springe über eine kleine Hecke, rutsche fast auf dem Rasenstreifen aus, komme taumelnd aus dem Tritt, bleibe aber noch so lange auf den Füßen, bis an meinem Hals etwas laut knackt. Ich stürze nach vorn, bin kurz in der Luft und knalle dann mit Händen und Knien auf den Gehweg, als der Skylark gerade zur Ausfahrt hinausfährt.

Ich kratze mich selbst von der Straße, rappele mich hoch, ringe um Atem. Meine Handflächen sind aufgeschürft, darin steckt Schotter. Meine Knie bluten. Ich kann den Kopf kaum bewegen. Ich stehe auf der Bordsteinkante unter einer Straßenlaterne, und mein nackter Körper dampft in der Nachtluft, während ich den Rücklichtern des Skylarks hinterhersehe.

Ich sinke zu Boden. Schluchzend wähle ich Janets Nummer.

Sie nimmt beim zweiten Klingeln ab.

»Pfeif ihn zurück, bitte«, sage ich. »Es ist vorbei. Du hast gewonnen.«

»Wen? Wovon redest du?«

»Bitte, Janet. Ich gebe auf. Ich kann nicht mehr.«

»Was ist denn passiert? Du klingst, als wärst du verrückt geworden. Weinst du?«

Ich versuche, den Kloß in meinem Hals hinunterzuschlucken, aber ich kann es nicht, und das macht mich wütend. »Verdammte Scheiße, Janet, ich kann doch überhaupt nichts dafür!«

»Ben, ich lege gleich auf.«

»Wo warst du an dem Tag am Ententeich, Janet? Wo warst du, wenn sie Beulen und blaue Flecken hatten?«

Die Luft entweicht aus ihr wie aus einem kaputten Ballon, und es folgt ein verdattertes Schweigen. Ich kauere auf dem Bordstein und umklammere meine Knie, um mich zu wärmen, meine Zähne klappern, ich presse mir das Telefon ans Ohr, um dem schrecklichen Schweigen zuzuhören, und ich wünschte, mein Herz würde aufhören zu hämmern. Schwach höre ich Janet am anderen Ende wimmern. Es ist das Wimmern eines langsam und qualvoll sterbenden Tiers, das um Erlösung bettelt.

Auf dem Expo Parkway rauschen die Autos vorbei, ein ständiges Dröhnen, und die Lichter verschwimmen. Ich weiß nicht, welcher Tag heute ist. Ich presse die Augen zusammen und betrachte die Innenseite meiner Lider; das Rauschen des Verkehrs brandet über mich, und ich hoffe, wenn ich die Augen wieder öffne, bin ich ganz woanders. Jemand hupt im Vorbeifahren.

»Du Sau!«, brüllt er.

Verwirrung

Als ich das letzte Mal mit den Kindern am Ententeich in Battle Point war, war Janet nicht dabei. Es war im späten Frühjahr, und in der Klinik war viel los, wie immer. Janet konnte schon die dritte Woche in Folge nicht ihre extralange Mittagspause nehmen. Sie hatte um ein Uhr einen Termin mit dem Terrier einer reichen Frau. Oder mit einer Katze mit Bandwurm. Oder Probleme mit der Abrechnung.

Die Baumkronen schwanken im Wind. Über den Himmel jagen Wolken Richtung Osten. Jodi schläft im Autositz auf dem Rasen neben mir, und Piper watet bis zur Oberkante ihrer roten Gummistiefel ins seichte, schilfbestandene Wasser. Bevor ich mit ihr schimpfen kann (sie kennt die Regeln), kommt sie rückwärts wieder an Land.

»Dahinten ist was passiert«, erklärt sie und zeigt über das Wasser auf die andere Seite des Sees, wo eine einsame Ente treibt. Sie ist grau und braun mit einem leuchtend blauen Schimmer auf den Flügeln, ein Weibchen. Einer ihrer Flügel ist verletzt, er ist in die falsche Richtung umgebogen. Sie flattert erfolglos damit, schlägt aufs Wasser und treibt dabei auf den Rest der Schar zu, die sich wie eine Armada am Ende des Teichs versammelt hat.

»Können wir ihm helfen, Daddy?«, fragt sie.

»Das ist ein Weibchen.«

»Können wir sie zu Mommy bringen, damit sie sie heile macht?«

»Mommy macht nur Haustiere, Schatz.«

»Und wenn wir sie dann als Haustier behalten?«

»So einfach ist das nicht, Liebes.«

»Warum nicht?«

Bevor ich ihr die Schwierigkeiten ausführlicher darlegen kann, ertönt vom anderen Ufer wütendes Quaken. Plötzlich erheben sich vier oder fünf Erpel aus der Schar, stürzen sich auf das verletzte Weibchen und attackieren es mit Bissen und Flügelschlägen.

»Daddy, was machen die?«

»Ich weiß es nicht.«

»Sie tun ihr doch weh!«

Der grünköpfige Mob treibt die Ente ins flache Wasser, wo sie mit ihren breiten Füßen auf ihr herumtrampeln und ihren Kopf immer wieder unter Wasser tauchen. So etwas habe ich in all den Jahren der Entenbeobachtung noch nicht erlebt.

»Die sollen aufhören, Daddy! Daddy, mach, dass die aufhören!«

Ich ergreife die Initiative. »Pass auf deinen Bruder auf«, sage ich. »Und rühr dich nicht vom Fleck.«

Ich umrunde den Teich, so schnell es geht, und sehe mich dabei nach einer Waffe um, einem Stein, einem Stock oder irgendetwas, mit dem ich eingreifen könnte. Aber ich finde nichts, also sprinte ich einfach so den asphaltierten Weg entlang, um die Kurve auf die andere Seite.

»Pass auf deinen Bruder auf!«, rufe ich über die Schulter zurück. »Und bleib, wo du bist!«

Mein plötzliches Auftauchen am Ort des Geschehens, mit bebender Brust und wedelnden Armen, sorgt für eine gefiederte Explosion, als die Erpel alle auf einmal aufflattern und die Wasseroberfläche des gesamten Teichs aufwirbeln. Ich bahne mir einen Weg durch das sumpfige Wasser zu der verletzten Ente und stelle fest, dass ich zu spät komme. Sie treibt im flachen Wasser am Rande des Schilfs, um sie herum ein Kranz grauer Federn, ihr lebloser Körper tanzt auf dem aufgewühlten Wasser. Auf der anderen Seite des Teichs steht Piper knietief im Wasser, mit hängenden Schultern und hängendem Kopf. Hinter ihr höre ich Jodi in seinem Autositz heulen.

Auf der Heimfahrt presst Piper das Gesicht ans Seitenfenster und starrt mit tränenverschmiertem Blick in die Bäume. Ich denke laut nach, um sie vielleicht ein bisschen zu trösten. Ich vermute, dass die Ente bestimmt sehr alt und sehr krank war und schon sehr schwer verletzt, was sie überhaupt nicht tröstet. Ich sage, dass ihr Leid jetzt immerhin vorbei ist, habe aber keine Erklärung, warum Leid überhaupt nötig ist. Ich sinniere darüber, dass es einen Sinn für die Brutalität des Universums geben muss, aber mir fällt keiner ein. Niemand kann es erklären. Das Einzige, was ich tun kann, ist, Piper auf dem Heimweg ein Eis zu kaufen.

Benommenheit

Mir ist nur nebulös bewusst, wie mich der Nachtportier hinter seinem Computer anstarrt, als ich ganz benommen in der Badehose durch den tropischen Innenhof zum Aufzug stapfe. Aber bis auf ein brennendes Stechen in den Handflächen und die Tatsache, dass ich meinen Kopf nicht mehr bewegen kann, spüre ich meinen Körper kaum. Mechanisch rufe ich den Aufzug und wippe beim Warten leicht auf den Zehenspitzen. Von hier aus geht es nur in eine Richtung. Als die Tür aufgeht, schiebt eine Putzfrau einen Wäschewagen heraus und senkt den Blick, als sie an mir vorbeigeht.

Der Aufzug ist so friedlich wie ein Grab. Ich starre auf die verspiegelte Wand, und da sieht mich ein hängendes, farbloses Gesicht mit den aufgerissenen Augen eines Toten an. In meinem Kopf schrillt es wie Zikaden in der Sommerhitze. Im zweiten Stock trete ich in den Flur, überlege, ob ich nach rechts oder links muss, gehe nach links und trotte über den

Teppichboden an den Zimmern 214 und 212 vorbei zur 210. Ich habe nur mein Handy in der Hand, keine Schlüsselkarte und kein Handtuch, aber als ich anklopfe, macht Dot mir auf.

»Boah, was ist denn mit dir passiert?«

»Ich bin hingefallen.«

Sie nimmt mich beim Handgelenk und führt mich ins Zimmer, wo sie mich auf die Bettkante setzt.

»Alter«, sagt Trev und stellt den Fernseher auf lautlos. Dann kommt er um das Bett herum zu mir gesurrt.

Dot geht ins Bad, kommt mit einem feuchten Waschlappen zurück und fängt an, mir die Knie abzutupfen.

»In der großen, schwarzen Tasche ist ein Erste-Hilfe-Set«, sagt Trev. »Alter, was hast du denn gemacht? Sieht ja schlimm aus.«

»Ach, geht schon.«

»Nein, ehrlich. Du siehst wirklich schlimm aus.«

Dot wühlt in der schwarzen Tasche. »Wie sieht das Ding denn aus? Ich finde nichts.«

»Linke Seitentasche«, brumme ich.

Durch mein Auftauchen aufgewacht, kommt Peaches aus dem Nebenzimmer, mit müden Augen, in ihre Decke gewickelt.

»Was ist denn hier los?«

»Er ist gestürzt«, sagen Dot und Trev unisono.

»Oh nein. Du Armer.« Peaches lässt ihre Decke auf den Boden fallen und kniet sich vor mich, in Männer-Boxershorts und einem T-Shirt, die beide zu sauber aussehen, als dass sie Elton gehören könnten. Sie öffnet meine geballten Fäuste und inspiziert meine geschredderten Handflächen.

Dot kommt mit dem Erste-Hilfe-Set. »Autsch«, sagt sie beim Anblick meiner Hände.

»Ist da eine Pinzette drin?«, fragt Peaches.

Dot legt Trev den Verbandskasten auf den Schoß, und Trev

sucht ungeschickt darin nach einer Pinzette. Als er sie endlich gefunden hat, bekommt er sie beim dritten Versuch auch raus und hält sie baumelnd über seinen Schoß, damit Peaches sie nehmen kann. Sie fängt an, die kaputte Haut meiner Hände zu verarzten, tupft mit einem Waschlappen die offenen Stellen sauber, desinfiziert sie und zuckt dabei zusammen, als würde sie den Schmerz spüren. Dann trägt sie vorsichtig eine Salbe auf, umhüllt meine Hände mit Mullbinden und verklebt sie mit Tape.

Dot versorgt meine blutigen Knie und pult den Schotter raus.

»Stillhalten«, sagt sie, »das tut jetzt weh.«

Aber es tut nicht weh. Nicht so, wie ich es gern hätte. Ich wünschte, es täte weh. Ich hätte es verdient, dass es wehtut. Aber ich kann nur hier auf der Bettkante sitzen, meine nasse Badehose durchnässt langsam die Bettdecke, und dumpf auf den großen Fernseher starren, wo stumm der Wettersender läuft. Es sind sechzehn Grad in Albuquerque und vierzehn in Lincoln. Ich rühre mich nicht, um an mein summendes Handy zu gehen. Nach einer Weile bleibt es still. Fast sofort fängt Trevs Handy an zu klingeln. Er krümmt seinen Rücken, verdreht sich den Arm und senkt dann die Hand in die Seitentasche seines Rollstuhls. Beim vierten Klingeln hat er das Gerät in der Hand und hebt es sich zögernd ans Ohr.

»Oh, hey, Mom«, sagt er und bedeutet den Mädchen mit dem Finger an den Lippen, still zu sein. »Super ... Ja, Butte war toll ... Nein, wir hatten keine Zeit ...«

Trev fährt Richtung Bad, bleibt an der Schwelle stehen und zwinkert mir zu.

»Er steht unter der Dusche«, sagt er. »Ja ... m-hm ... hab ich ... Ja, ich wollte gerade ...«

Er ist ein ziemlich guter Lügner. Ruhig. Besonnen. Cool wie ein Kartenabreißer. Seine Show reicht fast aus, um mich zum

Lächeln zu bringen. Aber dann stelle ich mir Janet vor, wie sie auf einer Bettkante irgendwo in Portland sitzt und sich fragt, ob sie ihre Kinder im Stich gelassen hat. Und dieses eine Mal wünsche ich ihr, dass Jim Sunderland bei ihr ist.

Die lange Fahrt

Für acht Dollar bekommt man in Missoula ein anständiges Frühstück. Für zwölf eine dicke Halskrause beim Missoula Rite-Aid.

»Möchten Sie noch einen Helm dazu?«, fragt das Mädchen an der Kasse.

»Sehr witzig.«

»Du siehst aus wie der Michelinmann«, sagt Trev, als ich zum Van zurückkomme.

Östlich von Missoula verjüngt sich das Tal plötzlich wie ein Trichter, und die Berge kommen uns von beiden Seiten immer näher, mit breiten Gesichtern, gerade als die Interstate nach Süden abknickt, durch Bonner, dann Turah, dann Clinton. Dann und wann sieht man den Blackfoot River neben der Straße schimmern, der immer wieder von rostigen Eisenbahnbrücken überquert wird. Hier ein dickes Kind in einem Skiff. Dort ein Typ in einem kaputten Truck. Ein bellender

Hund, der an einem Baum festgebunden ist. Ein Hauch von Slide Guitar liegt in der Luft.

Das Wetter ist immer noch verwirrend. Morgens um halb zehn sind es siebenundzwanzig Grad. Ich fahre mit offenem Fenster und schwitze fürchterlich unter der Halskrause. Es juckt wie verrückt. Mein ganzer Brustkorb schmerzt. Meine ramponierten Hände und Knie, die die Mädchen noch vor dem Frühstück versorgt haben, sind in Mull und Tape gehüllt, sodass ich das Lenkrad nur vorsichtig anfassen kann, als wäre es heiß. Wir haben einen grauenhaften Reisetag vor uns, wenn wir es bis heute Abend nach West Yellowstone schaffen wollen.

Dot ist gut drauf, wenn sie nicht gerade Schulterblicke aus dem Rückfenster wirft. Sie hat kein weiteres Wort darüber verloren, dass wir sie in Butte absetzen sollen. Ich frage mich, ob Trev irgendetwas weiß, was ich nicht weiß. Der Skylark hat die Verfolgung keine zwei Blocks vom C'mon Inn entfernt wieder aufgenommen und jegliche Vorsicht und Heimlichtuerei aufgegeben, er folgt uns jetzt offen wie ein hungriger Wolf. Der Fahrer macht mir wenig Sorgen, wer auch immer er ist. Ich habe nichts mehr zu befürchten. Alles, was er mir jetzt noch antun könnte, würde mich geradezu freuen.

Wir bahnen uns den Weg durch die Berge, bis die Interstate in ein breites Becken hinunterführt, wo der Himmel strahlend blau ist und sich am südlichen Horizont staubige Straßen und Felssättel entlangziehen. Das ist das erste Mal, dass wir den berühmten weiten Himmel dieser Region sehen, und es ist mir scheißegal. Bei aller Großartigkeit berührt mich diese Landschaft rein gar nicht. Warum sollte sie auch? Der Himmel mag weit sein, er mag blau und grenzenlos und voller Versprechen sein, aber er ist auch ganz schön weit weg. In Wahrheit ist er nur eine Illusion. Ich habe meine Zeit verschwendet. Wir alle haben Zeit verschwendet. Was soll die ganze Großartigkeit, wenn sie unbeständig ist, was sollen die ganzen Versprechen, wenn sie flüchtig sind? Wer will denn in einer Welt leben, in der das Leid das einzig Beständige ist, einem Ort, wo einem alles, was einem jemals wirklich wichtig war, in einem Augenblick genommen werden kann? Und es wird einem genommen, da braucht man sich gar nichts vorzumachen. Wenn man Glück hat, verschleißt das Leben langsam, wird vom Zahn der Zeit zernagt oder erodiert wie ein Gletscher, und dann bleibt man allein übrig und sortiert die Trümmer. Wenn man Pech hat, wird das Leben einem plötzlich unter den Füßen weggezogen wie ein Teppich, und dann kann man nirgends mehr stehen und hat nichts mehr, auf dem man stehen könnte. So oder so, man ist am Arsch. Es ist also eh alles egal. Was soll man sich da abrackern und schwitzen und heulen und tausend Hindernisse überwinden, warum lieben, träumen, sich kümmern, wenn sowieso alles auf die nächste Katastrophe hinausläuft? Ich reagiere nicht mehr auf Gezwitscher, auf den Ruf von lächelnden Gesichtern und offenen Kaminen und gemütlichen Wohnzimmern. Ich werde kein Nest mehr zwischen Rosenblüten bauen. Zu viele Dornen.

Beavertail, Bearmouth, Gold Creek, Phosphate, die Schilder werden weniger, die Landschaft fliegt vorbei, verschwommenes Gebüsch, Gras und Hügel. Irgendwo bei Deer Lodge erkennen wir langsam den berüchtigten Big Stack, den riesigen Schornstein im Flachland im Südosten, ein grauer Monolith, der sich nach oben hin ganz leicht verjüngt, bis er fast zweihundert Meter hoch ist, oben auf einem Hügel. Der Schornstein zieht uns an und scheint gleichzeitig vor uns zurückzuweichen, je näher wir ihm kommen. Für ein so primitives Ding ist der Big Stack schwer zu fassen. Dieses Industriedenkmal ist alles, was von einem riesigen Hüttenwerk noch übrig ist, das früher Arsen in die Luft dieses Tals geblasen hat. Es ist insofern ein Meilenstein unserer Reise, als es seit George,

Washington, der erste planmäßige Zwischenstopp ist. Beim Highway 48 fahren wir raus und dann südlich durch das Vorgebirge von Anaconda im Schatten der Rockies. Der Big Stack weicht immer noch vor uns zurück, dann und wann sieht man seine graue Spitze noch hinter einer Ecke hervorgucken, dann verschwindet er wieder. Irgendwo auf dieser Irrfahrt haben wir den Skylark abgehängt, oder vielleicht ist er auch nur ein bisschen zurückgefallen.

Wir erklimmen die letzte Anhöhe, und dann steht der Big Stack in voller Größe vor uns, grau und einsam auf dem kahlen Hügel, und streckt sich blödsinnig bis in den Himmel, wie ein Leuchtturm ohne Zugang zum Meer. Der Schornstein ist im Umkreis von vielleicht hundert Metern toter Erde mit Maschendrahtzaun abgesperrt. Sie haben das Gebiet in den 80er-Jahren abgesperrt, weil immer noch Spuren von Arsen aus dem Schornstein drangen. Früher war das Hüttenwerk das Herz von Great Falls gewesen. Jetzt ist es der größte Grabstein der Welt.

Dot schnallt Trev ab, während ich den Lift fertig mache. Trev rollt aus dem Van, und die Mädchen kommen hinter ihm heraus. Der Wind bläst in heißen Böen über die kahle Kuppe, als wir die leere Fläche überqueren und zu den Infotafeln gehen. Am Zaun trennen wir uns. Trev und Dot gehen zusammen nach Osten, der Wind trägt Fetzen ihrer Stimmen zu mir. Peaches geht nach Westen und bleibt mit dem Rücken zum Zaun stehen, die Hände auf den Bauch gelegt. Sie sieht sich nicht den großen Schornstein an, sondern das Vorgebirge in Richtung der Interstate, die sich wie ein Reißverschluss mitten durch das Tal zieht. Ich frage mich, was für Möglichkeiten sie dort sieht, welche Zukunft sie sich für sich und den kleinen Elton vorstellt, als der Schatten einer einzelnen Kumuluswolke ins Tal fällt. Ich frage mich auch, was Trev und Dot sich zwanzig Meilen vor Butte zu erzählen haben. An Dots engagierter Gestik und Trevs Kopfwackeln kann ich sehen, dass sie sich angeregt unterhalten. Und obwohl ich weiß, dass ihre Ausgelassenheit vergänglich ist, dass sie der Realität niemals standhalten würde, wünsche ich ihnen doch, dass sie ihr Leben lang anhalten möge.

Während ich sie noch beobachte, reißt Dot sich von Trev los und kommt langsam in meine Richtung, bleibt immer wieder stehen, um den großen Schornstein zu betrachten. Schließlich kommt sie direkt zu mir an den Zaun und schweigt für zehn oder fünfzehn Sekunden, in denen uns ein warmer Wind um die Ohren bläst.

»Ich hab mir überlegt«, sagt sie dann endlich, »das sieht zwar immer so blöd und touristisch aus auf den Postkarten, aber eigentlich würde ich Yellowstone ganz gerne sehen.« Sie fischt ihre Zigaretten aus der Jeansweste, steckt sich eine an, hakt einen Daumen in den Maschendrahtzaun und pustet dem Schornstein eine kleine Rauchwolke entgegen. »Ich meine, ihr fahrt doch da eh durch oder was. Ich hab auch Geld.«

»Hast du Trev gefragt?«

Sie dreht sich zu Trev um, der mucksmäuschenstill ungefähr fünfzig Meter gegen den Wind von uns entfernt am Zaun sitzt, mit geradem Rücken und aufgerichtetem Kopf, und durch die Maschen des Zauns über tote Erde hinweg auf die verfallenden Reste einer einstigen Boomtown starrt. Ich weiß nicht, was Dot sieht, aber für mich hat der Anblick etwas schmerzhaft Verzweifeltes, als würde die ganze Welt vor meinen Augen sterben.

»Ich frage dich«, sagt sie.

Geisterstadt

Wir sind immer noch zwanzig Meilen vor Yermo, aber der Abstecher nach Calico verspricht schon, die verschrumpelte Kirsche auf diesem geschmolzenen Eisbecher von Urlaubsreise zu werden – die, mit der ich meine Familie schon seit sechs Tagen quasi zwangsernähre. Wenn die Benjamins schon so übermüdet und übersättigt waren, dass der Grand Canyon sie nicht überwältigt hat – wenn, sagen wir mal, diese sonnengestreifte Offenbarung für gewisse Benjamins aussah wie eine zusammengefallene Hochzeitstorte unter einer Wärmelampe – na ja, dann ist es zwei Tage später offiziell nur noch eine Quälerei, als wir uns ostwärts auf der I-15 auf den Rückweg machen, Richtung Calico. Es sind dreiunddreißig Grad. Pipers Gesicht pellt sich, und darunter kommt eine neue Leinwand für die glühende Sonne zum Vorschein. Auf dem Beifahrersitz ist Janet nicht mehr fleckig, sondern nur noch knallrot und schweißgebadet. Die Klimaanlage ist immer noch kaputt. Das Baby in Janets Bauch tanzt den Nussknacker. Nirgends, aber auch wirklich nirgends in dieser Mondlandschaft ist ein winziges Fleckchen Schatten.

Die Silberstadt Calico aus dem neunzehnten Jahrhundert (also, der Nachbau dieser Stadt) sitzt im Staub am Fuße des King Mountain. Beim Näherkommen denke ich, das muss ja ein Schlag ins Wasser werden – am King Mountain ist natürlich überhaupt nichts Königliches, er sieht genauso aus wie all die anderen gescheckten Knubbel in der Gegend. Noch als ich die fünfzehn Dollar Eintritt bezahle, stelle ich mir das nächste Fiasko vor, bei dem ich gezwungen bin, Piper mit Zuckerwatte und überteuerter Sarsaparillenlimo gefügig zu machen. Janet wird ihre geschwollenen Knöchel hochlegen müssen. Wahrscheinlich wird eine alte Dame vor unseren Füßen einen Hitzschlag bekommen und tot umfallen, während wir vor der Gruselhütte Schlange stehen.

Aber dann … dann … überrascht uns Calico, es überwältigt uns geradezu mit seinem ganzen Kitsch. Die gesamte Stadt ist klimatisiert. Es gibt ein Bordell. Eine Apotheke. Ein Gefängnis. Und man kann mit einem kleinen Zug außenrum fahren. Man kann Gold waschen. Selbst der King Mountain wirkt vor dem blauen Himmel etwas erhabener.

»Das hätten sie mal im Grand Canyon machen sollen«, sagt Piper und nippt an ihrem Karamell-Milchshake im Minencafé (sechs Dollar!), wo Janet die Beine hochlegt und ich auf die Uhr gucke – ich will die Wildwestshow nicht verpassen. Ich weiß, dass das eine hoffnungslos lahme Vorstellung sein wird, ein Exempel der schauspielerischen Stümperhaftigkeit. Ich weiß, dass der Sheriff einen großen Schnäuzer haben wird und wahrscheinlich Bart heißt, und dass der Schurke eine Hyäne mit schlechten Zähnen sein wird (wahrscheinlich Mexikaner). Irgendwer wird aus dem Saloonfenster fallen. Der alte Doc wird einen Bauchschuss feststellen. Eine exzentrische Frau von zweifelhaftem Ruf wird um sich tretend von seiner mit dem Gesicht nach unten liegenden Leiche weggezerrt werden. Ich weiß, dass die ganze Sache mit einem Showdown um zwölf Uhr mittags auf der Main Street enden wird. Und ich weiß, dass Bart letztlich triumphieren wird. Aber irgendwie kann ich nicht anders. Ich bin aufgeregt wie ein kleines Kind.

»Siehst du, ich hab doch gesagt, dass es den Umweg wert ist«, sage ich.

»Ja, aber du hast auch gesagt, der Grand Canyon wäre es wert«, sagt Piper.

»Das hat deine Mom gesagt, nicht ich.«

»Ist doch das Gleiche«, sagt sie und schlürft den Rest ihres Shakes aus. »Kann ich noch so eins haben?«

»Auf keinen Fall«, sagt Janet.

»Bitte.«

»Nein«, sage ich.

»Und wenn ich das hier nicht ganz austrinke, kann ich dann noch Schokolade probieren?«

»Nein«, sagt Janet.

»Außerdem«, sage ich, »hast du es ja schon ausgetrunken.«

»Nei-hein! Guck mal!« Sie schiebt mir das leere Glas hin. »Und dann steckt noch ganz viel im Strohhalm!«

»Es tut mir leid, Piper, die Antwort ist immer noch nein.«

»Okay«, sagt sie und verschränkt die Arme. »Dann mache ich diesen Urlaub eben nicht mehr mit.«

Ich muss lachen.

»Das ist nicht witzig«, sagt sie. »Ich höre auf. Das ist der blödeste Urlaub aller Zeiten.«

Wieder kann ich meine Erheiterung nicht verbergen. Das arme Kind. Sie hat das wirklich alles super mitgemacht. Wie sie schon aussieht: ein verwahrlostes, reisemüdes Mädchen wie aus einem Dickens-Roman, mit fettigem Haar und hängenden Schultern, ihre verbrannte Schulter schält sich wie eine Zwiebel. Himmel, das Kind hat wirklich einen zweiten Milchshake verdient. Ich könnte darüber nachdenken, ihr noch einen zu holen, selbst wenn es gegen Janets Willen wäre, wenn ich nicht dreierlei wüsste: erstens, ich kenne den doppelten Zuckerschock; zweitens, um das noch mal zu wiederholen, sechs Dollar!; und drittens, die Wildwestshow fängt in sieben Minuten an, und ich habe nicht die Absicht, sie zu verpassen.

»Schatz«, sage ich. »Man kann nicht einfach mit einem Urlaub aufhören. So einfach ist das nicht.«

»Oh doch, ist es«, sagt sie.

Sie schmollt immer noch, als wir in die atemberaubende Hitze hinaustreten und uns einen Weg durch die Menge bahnen, an der Gemischtwarenhandlung und dem Saloon vorbei zur Lederwerkstatt, wo wir uns bis vorne an die Absperrung vordrängeln. Die Main Street ist in der Stadtmitte abgesperrt. Fensterläden quietschen im heißen Wind. Auf der Straße tanzen kleine Staubteufel. Im Stall wiehern Pferde. Irgendwo in den Kulissen werden gerade Schnauzbärte angeklebt, Pyrotechnik versteckt und Texte noch mal schnell ins Gedächtnis gerufen, der alte Doc hängt sich das Stethoskop um und Bart heftet sich den Sheriffstern an und schnallt den Revolver um. Die Spannung ist greifbar. Jedenfalls für manche von uns.

»Ich muss mal«, sagt Janet. »Bin gleich wieder da.«

Sie dreht sich um und arbeitet sich zentimeterweise durch die Menge, den Bauch vorgeschoben, als der erste Schuss kracht. Plötzlich bricht ein Körper durch das Geländer im ersten Stock von Hank's Hotel. Eine dralle Rothaarige stürzt aus der Saloontür.

»Sie haben Gus erwischt!«, verkündet sie und fällt auf die Knie. Ihre üppige Brust bebt. »Oh, Gus!«, heult sie.

Und dann kommt auch schon der alte Doc die Main Street heruntergetrottet, während weitere Gäste aus dem Saloon kommen und sich um Gus versammeln.

»Sie haben mich erwischt«, sagt Gus durch zusammengepresste Zähne. »Kümmer dich um meine Mama, Darla. Und sag meinen Leuten in Laramie Bescheid.«

»Bauchschuss«, stellt der Doc fest. »Ruft den Sheriff.«

»Und den Priester, wenn ihr schon dabei seid!«, ergänzt eine schroffe Stimme hinter der Saloontür. Jetzt tritt die Hyäne aus dem Schatten, blinzelt mit Schlangenäugelchen in die Sonne und wirft einen langen Schatten auf die Hauptstraße. Er trägt einen Sombrero und einen Poncho und schwenkt eine Flasche Mezcal.

»Dafür wirst du hängen, Gomez«, sagt ein Passant.

Kaum hat Gomez seine im Sonnenlicht glitzernde Pistole gezückt, da sinkt der Passant auch schon zusammen und greift sich an die Brust. Die Pyrotechnik geht etwas zu spät los, und irgendwessen Handy klingelt, aber der Effekt ist trotzdem gut.

»Keine Angst«, flüstere ich, »das ist alles nur gespielt.« Aber als ich hinuntergucke, ist Piper nicht da.

»Schatz?«

Sie ist weder hinter mir noch anderswo an der Absperrung.

»Piper!«

»Schhhh«, macht jemand.

Eine kalte Hand greift nach meinem Herzen, als ich mich durch die Menge zurückdrängele und mir den Hals verrenke, um sämtliche Ladenfronten zu scannen. Ich sehe Janet von der Toilette kommen. Wir treffen uns vor der Lederwerkstatt, bevor sie meine Panik bemerkt hat.

»Sie ist weg«, sage ich.

»Wie, ›sie ist weg‹?«

»Sie hat direkt neben mir gestanden und zugeguckt, und als ich runtergeguckt habe, war sie weg.«

»Himmel, Ben.«

»Such du in die Richtung«, sage ich, »ich gucke in die.«

Meine Panik wächst, ich schiebe mich durch das Publikum am Kunsthandwerkerladen vorbei. »Piper!«, rufe ich.

Wie irre suche ich beim Schmied und im Süßigkeitenladen.

»Haben Sie ein kleines Mädchen gesehen?«, frage ich den Verkäufer.

»Wie sieht sie denn aus?«

Acht Minuten später bin ich auf dem Bohlenweg vor dem Mietstall und spreche mit zwei Aufsehern.

»Sie ist sechs. Sie trägt – Gott, was weiß ich, was sie anhat! Sie trägt ein Kleid. Ich glaube, ein rot-weißes.«

Janet kommt schnell über die Hauptstraße auf uns zu und hält sich den Bauch. Sie ist leichenblass. Sie hat geweint.

»Ich hab überall geguckt«, sagt sie atemlos.

»Sie wird schon wieder auftauchen, Ma'am«, sagt der pummelige Aufseher.

»Weit kann sie ja nicht kommen«, sagt der Dünne.

»Warum hast du sie denn nicht im Auge behalten?«, krächzt Janet und bricht wieder in Tränen aus. »Verdammt, Ben, warum hast du nicht aufgepasst!«

»Beruhige dich«, sage ich. »Was hat sie an?«

»Ein blau kariertes Kleid«, wimmert sie.

»Und sie heißt Piker?«, fragt der Pummelige.

»Piper, mit P in der Mitte«, sage ich. »Ihr Gesicht pellt sich. Und ihr einer Vorderzahn ist noch nicht ganz raus.«

Als ich sie beschreibe, habe ich die schreckliche Gewissheit, dass ich meine Tochter nie mehr wiedersehen werde. Dass ich sie verloren habe. Dass jemand sie mitgenommen, sie in einen Van gezwungen und unter Drogen gesetzt hat. Aber die hoffnungslose Suche geht weiter. Aufseher durchkämmen die Silbermine mit Taschenlampen. Die Schule wird auf den Kopf gestellt. Eine halbe Stunde vergeht in einem panischen Nebel, in dem ich in Geschäfte rase und wieder hinaus. Um es noch schlimmer zu machen, ist die Show zu Ende, und alles ist in

Bewegung, die Menge verteilt sich wieder, aber da ist kein blau kariertes Kleidchen unter ihnen.

Ich versuche, den Gedanken aus meinem Gehirn zu verbannen, aber sehe den Mann, der sie mitgenommen hat, vor meinem geistigen Auge. Er hat einen Schnäuzer. Sonnenbrille. Eine kleine Narbe über der linken Augenbraue. Er trägt trotz der Hitze ein Sweatshirt.

Plötzlich sehe ich durch die Schaufensterscheibe des Fotografenladens einen dunklen Haarschopf und platze durch die Tür hinein. Aber es ist ein kleiner Junge, halb so alt wie Piper. Meine Augen spielen mir Streiche.

»Haben Sie dieses Mädchen gesehen?«, frage ich den Fotografen und halte ihm mein Portemonnaie unter die Nase.

Niemand hat sie gesehen. Nicht die Frau in der Schneiderei, nicht die alte Dame im Kerzenladen. Nicht der Chinese im Boot and Saddle. Mein Handyakku ist bald alle. Der pummelige Aufseher beruhigt Janet vor dem Eiswagen.

In meinem Kopf spielen sich schreckliche Dinge ab. Ich komme nicht dagegen an. Ich sehe den Van eine Staubspur hinter sich herziehen, als er in die Wüste davonrast – wo er sie hinbringt, ist nicht einmal eine Straße.

Am anderen Ende der Main Street eile ich den Hügel hinauf über den Friedhof zu der kleinen Kirche. Ich schiebe die Tür auf. Die Kirche ist leer. Still wie ein Grab. In staubigen Streifen fällt Sonnenlicht herein. Ich gehe den Gang zwischen den Bänken entlang, fiebrig, mit schwerem Herzen und überzeugt, dass mein Leben nie mehr das gleiche sein wird. Mir schnürt sich der Hals zu. Der Raum fängt an zu schwanken. Gleich muss ich mich übergeben. Ich stolpere, halte mich gerade noch an der letzten Bank fest. Kurz bevor ich zusammenbreche, sehe ich sie, sie liegt auf der Seite auf der Bank und schläft, den Mund halb offen, das blau karierte Kleid über die verbrannten Knie gezogen.

Am Rand

Highway 191 beginnt im unspektakulären Flachland ungefähr zwölf Meilen westlich von Bozeman, wo er auf den Gallatin River trifft, der durch das Weideland fließt. Aber schon bald erheben sich die Berge vor uns, und die Straße beginnt, sich in den steilen, waldigen Gallatin Canyon hinaufzuwinden. Im Westen ragen die schneebedeckten Gipfel der Madisons auf, unten umrankt von gedrungenem, grünem Vorgebirge, und von Osten dringen die zerklüfteten Gallatins auf uns ein. Der Van rackert sich in einem niedrigen Gang ab, und wir nähern uns langsam auf dem immer steiler werdenden Berg dem Yellowstone Plateau, es ist ein tückischer zweispuriger Anstieg auf teilweise unbefestigten Überhängen. Die Ausblicke sind mit die dramatischsten, die wir bis jetzt erlebt haben. Jenseits der Leitplanke, die auf mysteriöse Weise an Ort und Stelle gehalten wird und hier und da mit Gedenkkränzen geschmückt ist, fällt die Welt jäh ab in eine bodenlose, mit Bäumen gesprenkelte Schlucht. Zum Glück kann ich den Kopf sowieso nicht drehen. Die Felswände über uns sind mit Sandstein durchsetzt und von den letzten Geröllawinen zerkratzt. Ich würde das Steuer sicher fester umklammern, wenn meine bandagierten Hände es zuließen.

Auf der Rückbank unterhalten sich Dot und Peaches mit der Vertrautheit alter Freundinnen, manchmal sogar flüsternd. Dot ist zwar jünger, aber welterfahrener, und sie redet mehr. Peaches nimmt alles auf wie das Evangelium, ihre Augen strahlen über den engelsgleichen Wangen. Manchmal höre ich Teile ihres Gesprächs.

»Lass mich raten«, sagt Dot. »Immer, wenn du davon anfängst, redet er davon, dass alles perfekt sein soll, oder? Er redet von einer Zukunft, in der alle Details geklärt sind und das Timing passt.«

»Ja, woher weißt du das?«

»Weil sie alle so sind – Ron, Kirk, mein Dad.«

»Wie sind sie?«

»Sie haben Angst.«

»Wovor?«

»Vor allem. Deswegen fantasieren sie sich eine Zukunft herbei, in der sie vor nichts mehr Angst haben. Meistens hat es damit zu tun, mehr Geld zu haben.«

Peaches umfasst ihren Bauch mit beiden Händen und sieht in die Schlucht hinaus. »Elton wollte uns reich machen«, sagt sie traurig.

»Keine Sorge«, sagt Dot. »Das kann er ja immer noch.«

Trev neben mir kommt mir total entspannt vor. Seine Veränderung ist bemerkenswert. Vollkommen egal, dass unsere Reise ungefähr an jeder einzelnen Kreuzung aus den Fugen geraten ist, dass wir unser Budget überzogen haben, hinter dem Zeitplan herhinken und keine Ahnung haben, wo das nächste Krankenhaus ist. Vollkommen egal, dass das rote Attrappen-Lämpchen wieder leuchtet. Vollkommen egal, dass der Mann, dem er seine Gesundheit anvertraut hat, in Mullbinden gewickelt ist, eine Halskrause trägt und bedenklich nah am Rand der psychischen Gesundheit balanciert. Trev ist der Fels in der Brandung.

»Kommst du wieder zur Arbeit?«, fragt er urplötzlich. »Ich meine, wenn das hier vorbei ist?«

»Ich weiß nicht.«

»Was würdest du denn sonst tun?«

»Keine Ahnung.« In Wahrheit habe ich noch nicht mal darüber nachgedacht. Im Moment bin ich so kurzsichtig, dass ich schon froh bin, wenn ich meine Hand vor den Augen erkennen kann.

Trev sieht aus dem Fenster auf die Felswand, dann rollt er den Kopf zu mir zurück. »Du musst etwas tun.«

»Ja, ich weiß.«

»Meiner Mom verklickern wir das schon. Am Ende ist es sowieso meine Entscheidung. Mal ehrlich, Ben, du bist alt. Es ist ernst. Du musst dir überlegen, was du tun willst.«

»Ja.«

»Was hast du eigentlich vorher gemacht?«

»Nichts. Ich habe Gedichte geschrieben.«

»Nein, im Ernst. Was hast du gemacht?«

»Ein paar Scheißjobs.«

»Zum Beispiel?«

»Ich habe zum Beispiel in einer Buchhandlung gearbeitet. Und bei einem Laden, der Paradewagen angemalt hat. Und als Kurier für einen Reprografiebetrieb. Und lange in einer Bäckerei.«

»Warst du Bäcker?«

»Nein, ich habe nur verkauft.«

Trev denkt darüber nach, als würde er meine Zukunftsaussichten abwägen. »Paradewagen, ja?«

»Ja, die ganz großen.«

»Wie kommt es, dass ich da noch nie was von gehört habe?«, fragt er.

»Du hast nie gefragt.«

In West Yellowstone anzukommen, ist wie am Ende der Welt anzukommen. Am Rande des weiten Plateaus, das sich von einem Horizont bis zum nächsten erstreckt, hockt um die breite Nord-Süd-Achse herum die eigentliche Stadt, eine Ansammlung kleiner Händler, die mit zersplitterten Schaufenstern und Doppelschwingtüren versuchen, den Wilden Westen heraufzubeschwören. Es ähnelt einer gewissen Geisterstadt. Bei allem kitschigen Grenzstadtgetue ist West Yellowstone eigentlich genauso ein heruntergekommener Außenposten, wie man sie hier im Westen eben hat, eingeschlossen von einer scheinbar unendlichen Wildnis, die Hälfte des Jahres liegt Schnee, und die nächste Kleinstadt ist achtzig Meilen entfernt.

Es ist zwar schon spät in der Saison, aber die meisten Hotels haben keine freien Zimmer. Nachdem wir dreimal abgelehnt wurden, finden wir eine Unterkunft in der Roundup Motor Lodge am Stadtrand. Das Zimmer ist traurig, aber günstig, und beleuchtet wie ein Verhörzimmer. Keine Kunst an den Wänden, keine Bibel auf dem Nachttisch. Vielleicht liegt es an mir, aber die Decke kommt mir niedrig vor.

Ich dusche Trev. Er sitzt steif auf dem Duschsitz und klammert sich am Handlauf fest, als ich ihm den gespenstisch weißen Rücken wasche und ihm das Haar einschamponiere. Danach versorgt Peaches meine Wunden frisch, während Trev mit einem Handtuch um die Taille vor dem Spiegel sitzt und sich mit dem elektrischen Rasierer übers Gesicht fährt. Als er fertig ist, trage ich ihm Deo auf und trage ihn zum Bett, und die Mädchen gucken in die andere Richtung, als ich ihm eine saubere Hose und ein schwarzes T-Shirt anziehe.

Obwohl ich darauf bestehe, dass sie etwas essen muss, weigert sich Peaches, mit uns zum Abendessen zu gehen. Sie behauptet, keinen Hunger zu haben, aber ich glaube, sie möchte nur allein sein. Dot macht einen letzten Versuch, sie zu überreden, während Trev und ich auf dem Parkplatz unter dem riesigen Nachthimmel warten.

»Alter«, sagt er. »Versteh mich nicht falsch – aber würde es dir was ausmachen, wenn ich, also, jetzt allein gehe? Zum Essen, meine ich?«

»Aahh, klar, verstehe. Ich hole mir einfach eine Pizza und nehme sie mit aufs Zimmer. Hast du einen Schlüssel?«

»Ja.«

»Musst du noch mal zur Toilette oder so?«

»Alles gut.«

»Warm genug?«

»Ja.«

»Hast du dein Portemonnaie dabei?«

»Ja.«

»Ruf mich einfach an, wenn du …«

»Hau schon ab«, sagt er, legt den Kopf in den Nacken und winkt mich mit einer kleinen Flossenbewegung fort.

Ich vergewissere mich, dass ich ebenfalls Geld und Handy dabeihabe, und drehe mich um.

»Willst du das Ding wirklich tragen?«, fragt er.

»Was, das Shirt?«

»Die Halskrause.«

»Wieso, macht die dick?«

»Du willst doch nicht, dass die Mädels Mitleid mit dir haben.«

»Natürlich will ich das.«

»Willst du nicht. Glaub mir.«

Aber tatsächlich ist es mir im Moment total egal, was die Mädels oder sonst wer von mir denkt.

Die dünne Luft auf dem Plateau ist erstaunlich kühl. Ich hätte einen Pullover überziehen sollen. Aber immerhin ist mein Hals warm, als ich über den Parkplatz zur Hauptausfahrt gehe. Ich sehe kurz auf meinem Handy nach, es ist 20:35 Uhr. Um eine Pizza zu bekommen, muss ich nicht weit gehen (gleich schräg gegenüber sehe ich das rote Neonlicht der Wild West Pizzeria), aber ich will mir ein bisschen die Beine vertreten. An der Canyon Street biege ich Richtung Süden ab. Weder das Leuchten von West Yellowstone noch der zunehmende gelbliche Mond am Horizont sind hell genug, um die kalten, weißen Sterne am Nachthimmel verblassen zu lassen. Ein schwarzer Pick-up kriecht vorbei, daraus erklingt Salsamusik. Aus der Kneipe ein Stück weiter kommt gedämpftes Lachen. Vor der Tür sehe ich eine Zigarette glimmen. Ansonsten hüllt sich die Stadt in Dunkelheit, ein Auge geöffnet gegen die schweigende, geduldige Bedrohung durch die Wildnis, die von allen Seiten auf sie eindringt.

Ich stecke meine bandagierten Hände in die Hosentaschen und gehe an den dunklen Boutiquen vorbei, an dem kitschigen Handelsposten, einer verlassenen Würstchenbude, dem Retro-Diner, das die ganze Nacht geöffnet hat und ganz leer ist, bis auf einen einsamen Kaffeetrinker auf einem Chromhocker am Ende des langen Tresens. Ich gehe schnell, obwohl ich kein Ziel habe, am verlassenen IMAX vorbei, an der Touristeninformation, ans andere Ende der Stadt.

In den Wochen und Monaten nach der Katastrophe bin ich in den Nächten, wenn ich mutig genug war, mich nicht zu betrinken, aber zu feige, meinem Leben ein Ende zu setzen, gelaufen, als gäbe es kein Morgen. Egal, wie das Wetter war oder wie spät es war. In manchen Nächten bin ich bis Agatewood gelaufen, um die Kurve am Highway 305. Ich bin an der Straße entlanggegangen, die Scheinwerfer im Rücken, nach Norden zur Brücke, wo ich im Passatwind stand und zwischen den Stützpfeilern über das Geländer in das wilde Wasser zwanzig Meter unter mir hinuntersah. Als ob. Als ob zwanzig Meter das erledigen würden. Als ob ich nicht tief innen drin viel zu nachgiebig gegenüber mir selbst wäre, um mich aus der körperlichen Welt zu entfernen, mir die flüchtigen Wonnen des Lebens zu nehmen – Cheeseburger, Sonnenuntergänge, die bittere Süße des Selbstmitleids. Dabei hatte ich den Tod doch wirklich verdient.

Am südlichen Ende der Canyon Street endet die Stadt, und auch die Straße endet abrupt in Wiese und Schotter. Von hier aus scheint die dunkle Hochebene sich ewig weit unter dem Sternenhimmel zu erstrecken, hier und da wird eine Kiefer vom Mond erhellt. Das ist sicher einer der einsamsten Ausblicke, die ich je gesehen habe, und irgendwie noch einsamer, weil ich weiß, dass hinter mir diese kleine Stadt liegt. Ich wage ein paar knirschende Schritte vom Gehweg weg auf den Schotter, dann noch ein paar. Nach vielleicht dreißig oder vierzig Schritten bleibe ich stehen und lausche dem fernen Zirpen der Grillen. Dann drehe ich mich um und betrachte die Stadt. Aus nur hundertfünfzig Metern Entfernung sieht sie sehr weit weg aus. Ich hätte nicht gedacht, dass diese Stadt so einen Sog auf mich ausüben würde, dass dieser kleine Postkartenort am Ende der Welt mich so sehr zurückrufen würde. Warum sollte er? Was erwartet mich denn hier? Auf der anderen Seite ist der Gedanke, weiter in die Dunkelheit vorzustoßen, gleichzeitig verlockend und lähmend. Natürlich habe ich nicht den Mumm weiterzugehen; vielleicht irgendwann mal. Aber ich zwinge mich, noch ein bisschen zu bleiben, ich verschränke die Arme, um mich zu wärmen, grabe meinen Zeh in den Schotter und wünsche mir, ich würde noch rauchen. Plötzlich raschelt es im Unterholz, und mir stellen sich die Nackenhaare auf. Die Grillen verstummen alle gleichzeitig. Ich wirble herum und starre in die Dunkelheit. Nichts.

Ohne weiter zu zögern, ziehe ich mich hastig in die Richtung zurück, aus der ich gekommen bin, als wäre etwas hinter mir her. Als ich wieder auf dem Gehweg bin, gehe ich entspannter weiter, zurück durch die ganze Stadt zur Pizzabude. In dem Diner auf der anderen Straßenseite sehe ich Trev und Dot am Fenster sitzen und in ihre Speisekarten schauen, und ich freue mich für sie, obwohl ich auch nicht gegen das Gefühl ankomme, sie irgendwie beide zu verlieren.

Als ich in unser Zimmer zurückkomme, hockt Peaches mit gesenktem Kopf auf der Bettkante und weint in ein Handtuch. Ich stelle die Pizza beiseite, setze mich neben sie und lege ihr einen Arm um die Schulter, dann wiege ich sie langsam vor und zurück. Sie klammert sich an dem Handtuch fest. Ein paar Minuten lang wiegen wir uns schweigend. Sie schnieft und wischt sich über die Augen.

Selbst so verheult, aufgequollen und gerötet sind ihre Augen lebendig, als sie mich ansieht. »Ich will nicht allein sein«, sagt sie.

Ich drücke sie etwas fester und streiche ihr eine Strähne aus dem Gesicht. »Wirst du nicht sein.«

»Und was ist mit Elton?«

»Schhh«, mache ich. »Mach dir keine Sorgen um Elton. Elton kommt schon wieder.«

»Aber was, wenn …«

»Schhh.«

Schniefend und hoffnungsvoll sieht sie mich mit ihren strahlenden Augen an. »Was ist, wenn ich zu …«

»Schhh«, mache ich. »Glaub mir. Du wirst bereit sein. Alles wird sich ändern.«

Sie schnieft noch einmal, würde mir das gern alles glauben, aber ich merke, dass ihre Angst noch nicht weg ist.

»Es gibt nichts Vergleichbares, Peach. Nicht mal annähernd.«

Und plötzlich ist es nicht mehr Peaches, die weint. Peaches zieht ihren Arm unter mir weg, legt ihn mir um die Schultern und drückt mich.

»Schhh«, macht sie.

Versprochen

Wir sind schon hinter dem Knick an der Dolphin, am Zedernstumpf und dem wackligen Holzzaun vorbei, und fahren das letzte schmale Stück Agatewood hinunter, als ich von hinten wieder Pipers Stimme höre. Wir sind gerade bei den Birklands, wo die Schlaglöcher anfangen, die in unserer Nachbarschaft als natürliche Bremsschwellen dienen. Bob Williamson ist draußen auf seinem Aufsitzrasenmäher, er hat seinen iPod um die dicke Taille geschnallt. Die Worths sind anscheinend immer noch unten in Cannon Beach, denn der kleine Cartwright, der die Straße etwas weiter runter wohnt, füttert dort die Hunde. Sein blaues Fahrrad liegt in der Einfahrt.

Ich sehe in den Rückspiegel. »Zeig mir den Rotz mal«, sage ich.

Piper streckt mir gehorsam den Finger hin. »Daddy, du hörst mir überhaupt nicht zu«, beschwert sie sich, als wir in die Einfahrt fahren.

»Ich hab dich doch gehört, Schatz.«

»Was habe ich denn gesagt?«

»Du hast über den Oktopus gesprochen.«

Vor der Garage halte ich an und parke auf der abschüssigen Zufahrt.

»Das war davor! Was habe ich dir jetzt gerade gesagt?«

Ich schalte den Motor aus und seufze. »Piper, Schatz«, sage ich und reiche ihr eine Postwurfsendung, die noch auf dem Beifahrersitz lag. »Wisch deinen Finger einfach an dem Umschlag hier ab, und dann schnall deinen Bruder los, ja? Wenn wir die Einkäufe reingebracht haben, kannst du mir alles erzählen, was du willst.«

»Versprochen?«

»Versprochen.«

Nichts

Am Morgen, als die Mädchen im Bad sind, das Wasser läuft und sie tun, was auch immer Mädchen zusammen im Bad tun, schlage ich Trevs Decke zurück und fange an, seine Kleidung am Fußende zurechtzulegen, saubere Boxershorts, schwarzes T-Shirt, Kakihose. Heute fahren wir nach Süden, durch den Yellowstone zum Teton-Nationalpark, und dann hoffen wir, dass wir es noch vor Einbruch der Dämmerung bis Jackson schaffen, wo wir Peaches bei ihrer Mutter abliefern. Am späteren Abend erreichen wir unser Ziel in Salt Lake City und setzen Dot in den Bus nach Denver.

Trev ist verdächtig still und guckt über meine Schulter hinweg den stumm geschalteten Wettersender, während ich seine Arme in die Ärmel manövriere. Als ich ihm die zweite Socke mit goldenen Zehen über die Füße ziehe, ist klar, dass er nicht freiwillig mit irgendwelchen Informationen über den gestrigen Abend herausrücken wird. Dann muss ich wohl bohren.

»Ihr wart ja lange unterwegs gestern.«

»Ja«, ist alles, was er sagt.

»Wie ist es gelaufen?«

»Gut.«

»Das ist gut. Was habt ihr denn gemacht?«

»Geredet.«

»Nur geredet, hm?«

»So ziemlich.«

Ich hieve ihn vom Bett hoch und könnte schwören, einen Hauch von Dots zitronigem Parfum zu riechen.

»Fünf Stunden lang?«, frage ich und setze ihn im Rollstuhl zurecht.

»Ja, scheint so. Wenn das so lang war.«

»Und worüber habt ihr gesprochen?«

»Ach, nichts.«

»Nichts?«

»Nichts Besonderes. Halt geredet.«

Ich beschließe, es auszusitzen, und wende meine Aufmerksamkeit dem Fernseher zu. Zehn Grad in Fairbanks. Siebzehn in Tacoma. Dreißig in Redding. Trev verfällt in Schweigen. Dreiundzwanzig in San Diego. Zweiunddreißig in Phoenix. Zwanzig in Denver. Und in diesem Schweigen öffnet Trev sich schließlich. Aus dem Augenwinkel sehe ich ihm die Zufriedenheit eindeutig an, als er sich in sein Schweigen versenkt und einfach durch den Fernseher hindurchzusehen scheint. Vielleicht liegt es an der niedrigen Decke oder daran, wie gerade er sitzt, mit zurückgenommenen Schultern und vorgerecktem Kinn, aber irgendwie sieht er viel weniger zerbrechlich aus, größer, und plötzlich weiß ich ohne den Hauch eines Zweifels, dass er sie geküsst hat und nicht darüber reden möchte – weil er, wie alle jungen Liebenden, die Erinnerung für sich behalten möchte, sie so dicht wie möglich bei sich haben, damit sie ihm niemals verloren geht. Ich kann nur hoffen, dass sie ihm nicht allzu wehtut.

»Ach ja, was ich noch sagen wollte«, sagt er schließlich. »Er ist hier.«

»Wer?«

»Der Typ in der braunen Rostlaube.«

Old Faithful

Tatsächlich ist der Skylark wieder da, weniger wie ein böswilliger Schatten als eher wie ein Schwarzhändler, der ein Nein nicht gelten lässt. Unser Verfolger hat uns in der Schlange vor der Mautstation wiedergefunden und bleibt seitdem konstant zwei Wagen hinter uns, wenn er keine andere Wahl hat, als mit dem Verkehr mitzufließen. Wir kriechen durch den westlichen Rand des Yellowstone, am Madison River entlang durch Flachland mit dichten Kiefernwäldern. Innerhalb weniger Meilen weicht der Wald welligem Weideland, gesprenkelt mit großen Bisonherden, die am Fluss entlang grasen.

»Was ist der Unterschied zwischen Bison und Büffel?«, fragt Trev.

»Scherzfrage?«, fragt Dot.

»Nein, im Ernst. Gibt es da einen Unterschied?«

»Keinen Schimmer«, sage ich. »Ist das nicht das Gleiche?«

»Ich glaube schon«, sagt Dot.

»Elton wüsste das«, sagt Peaches.

Ich zweifle nicht daran, dass Elton auf alles eine Antwort hat. Und wer bin ich, darüber zu urteilen, was das Beste für jemanden wäre? Vielleicht ist es gut, dass Peaches Elton in seiner Abwesenheit so in den Himmel hebt. Vielleicht fällt er ja wieder auf die Füße. Es sind schon seltsamere Dinge passiert. Soll sie doch daran glauben.

Wir fahren Richtung Süden und nehmen einen Umweg durch die Canyons, wo der Firehole River durch brüchige, schmale Felsspalten tost und verdorrte Kiefern sich irgendwie an die Felswände klammern. Als wir an den Straßenrand fahren, um das Wasser in seiner zerklüfteten Rinne zwölf Meter in die Tiefe stürzen zu sehen, schläft Peaches. Als ich den Zündschlüssel umdrehe, fährt der Skylark an uns vorbei und um die Kurve. Dot springt sofort aus dem Wagen, um eine zu rauchen.

»Möchtest du raus?«, frage ich Trev.

»Nee, ich kann von hier aus gut sehen.«

»Ich geh mal gucken.«

Ich steige aus dem Van und ziehe in der Tür vorsichtig den steifen Hals ein. Dot steht an der Leitplanke, raucht und starrt über den Fluss hinaus. Ich stelle mich neben sie und betrachte die Aussicht.

»Hübsch«, sagt sie.

»Ja.«

Sie zieht an der Zigarette und atmet aus. »Wieso hängst du dich eigentlich immer so in meinen Rauch?«

»Wie, hängen?«

»Wie jetzt gerade. Du kommst irgendwie immer näher, sobald ich eine rauche.«

»Hmpf. Ist mir gar nicht aufgefallen. Wahrscheinlich fehlt es mir.«

»Wann hast du aufgehört?«

»Meine Frau hat dafür gesorgt. Vor unserer Hochzeit.«

»Wie lahm«, sagt sie.

»Ja, wahrscheinlich.«

»Ist das nicht echt lahm?«, fragt sie Trev.

»Ich vertrete mir mal ein bisschen die Beine«, sage ich.

Ich gehe ein ziemliches Stück die Straße hinauf. Hinter mir höre ich Dot durch das offene Fenster mit Trev sprechen, aber das wird bald vom Tosen des Wasserfalls übertönt. Vielleicht fünfzig Meter flussaufwärts bleibe ich stehen, um mir die Aussicht anzusehen, ich schleiche mich direkt an den Rand des Abgrunds. Über dem Wasserfall läuft das Wasser in allen Richtungen um vermodernde Baumstümpfe herum, und der bröckelnde Abhang steigt gegen den Kamm um etwa zwanzig Grad an. Hier stehen die Reste einiger toter Kiefern. Von Jackson aus werde ich ziemlich sicher Forest bitten müssen, mir Geld zu schicken. Wenigstens ein paar Hundert, damit ich überhaupt nach Hause komme. Es ist immer noch völlig unklar, was ich mit meinem Leben anfangen soll, wenn ich zurück bin. Ich habe zwei Wochen, um an Geld zu kommen. Ich habe einen eBay-Account, den Subaru, einen Haufen Plastikkisten. Ich habe diese Halskrause, diese engen Shorts, Kopfschmerzen und ein paar Cortázar-Gedichte auswendig im Kopf. Immerhin.

Ein Teil von mir will einfach hierbleiben. Was ruft mich denn schon zurück? Warum suche ich mir nicht einfach einen Job im Yellowstone-Nationalpark, ich könnte ja Büffelscheiße verkaufen. Ich könnte Clogs draus machen. Ich könnte den leer stehenden Kiosk drei Türen neben dem Alkoholladen mieten – vielleicht könnten wir Tauschhandel betreiben! Ich könnte mir auch einen Kellerraum irgendwo mieten und vergessen, dass es mich je gegeben hat. Oder ich verschwinde gleich ganz, wate durch den Fluss, klettere den Abhang hinauf und verschwinde über den Kamm. Wer soll das denn glauben?

Ich trete vom Abgrund zurück, stecke die bandagierten Hände in die Hosentaschen und gehe wieder hinunter zu den anderen.

Dot ist wieder im Van, als ich zurückkehre, sie kniet in ihrer neuen Position hinter Trev. Peaches schläft immer noch, den Kopf ans Fenster gelehnt, beide Hände schützend auf dem Bauch. Vielleicht sollte ich sie wecken, damit sie die Aussicht nicht verpasst, aber ich nehme an, sie braucht den Schlaf. Wir setzen unseren Weg nach Süden durch den Canyon fort, an Lavafeldern und namenlosen Wasserfällen vorbei, an Kolonnaden aus Felssäulen, die wie Stalagmiten an den Felskanten stehen. Ab da, wo der Umweg wieder auf der Hauptstraße landet, ist der Skylark uns wieder auf den Fersen, es ist nur ein Wagen zwischen uns. Die Szenerie wird wieder flacher, als wir ins Lower Geyser Basin und den beinahe unwirklich erscheinenden Teil des Yellowstone-Nationalparks kommen, den man von Postkarten kennt, mit den dampfenden Rissen im Boden. So weit das Auge reicht, scheint die Erde zu lüften, zu rülpsen, von innen zu blubbern. Ein riesiger Vulkankrater. Ein Supervulkan. Irgendwo erzählt ein Tourguide etwas von der Morgendämmerung der Erde. Aber eines Tages könnte dieser brodelnde Hexenkessel das Ende der Welt bedeuten.

»Heilige Scheiße«, sagt Trev. »Das ist ja fast so cool wie der Wasserturm in George.«

»Ja, fast«, sage ich.

Dot kniet wieder hinter Trev, hält sich an seiner Rückenlehne fest und sieht über seine Schulter zur Windschutzscheibe hinaus. So habe ich ihr Gesicht noch nie gesehen, es ist das pure Staunen. Dieses eine Mal hat die Welt Dots Erwartungen übertroffen. Der Verkehr wird langsamer, als wir uns dem Old Faithful nähern. Der riesige Parkplatz ist ein einziges Chaos aus krummen Korridoren, allesamt brechend voll mit Autos jeder denkbaren Marke und aus jeder denkbaren Gegend. Sogar die Behindertenparkplätze sind besetzt. In einer einzigen Reihe sehe ich Autos aus Oregon, Arizona, Massachusetts, New Mexico, Alberta, Rhode Island, New Brunswick, New Jersey, New York und Florida. Irgendwie schafft es der Skylark, in dem ganzen Chaos hinter uns zu bleiben, er findet sogar einen Parkplatz in derselben Reihe wie wir, ganz, ganz außen.

Dot schnallt Trev ab, während ich die Rampe absenke.

Peaches wacht schließlich doch noch auf. »Wo sind wir?«, fragt sie.

»Old Faithful«, sagt Trev.

»Warum habt ihr mich nicht geweckt?«

»Geht ruhig schon mal los«, sage ich. »Ich muss erst mal ein paar Anrufe machen. Wir sehen uns direkt vor dem Geysir, in der Mitte.«

»Aye, aye, Captain«, sagt Trev und wendet akkurat in drei Zügen, fährt auf die Rampe und nickt mir zu, dass ich sie absenken kann.

Sobald er unten angekommen ist, steigen die Mädchen nach ihm aus, und sie machen sich auf zum Geysir. Ich sehe ihnen nach, Trev rollt langsam in der Mitte, mit geraden Schultern und aufgerichtet, ein Mädchen rechts und eins links, und ich brauche sein Gesicht nicht zu sehen, um zu wissen, dass er lächelt.

Ich fahre die Rampe wieder hoch, gehe um den Van herum und fummle eine Minute an meinem Handy herum, bis sie außer Sichtweite sind. Dann krieche ich entschlossen in die entgegengesetzte Richtung und ducke mich dicht an den Stoßstangen entlang, um nicht entdeckt zu werden. Ich habe nicht die Absicht auszuflippen. Möglicherweise werde ich etwas Diplomatie benötigen. Aber ich will es jetzt wissen. Als ich den Skylark erreiche, sitzt der Fahrer noch drin und wühlt in einem Kulturbeutel. Ich klopfe ans Fenster, und er zuckt zusammen, aber dann wird seine Überraschung zu Angst, als er mich erkennt, den Typen, der seinen Wagen bei zwanzig Meilen pro Stunde aufhalten wollte. Mit dem ganzen Mullverband und der Halskrause muss ich noch beeindruckender aussehen. Er greift nach der Zündung, aber ich halte ihn mit einer ausgestreckten Handfläche auf.

»Bitte«, sage ich.

Ich trete einen Schritt von dem Wagen zurück und mache ihm Zeichen, das Fenster hinunterzukurbeln. Zögernd gehorcht er.

Er hat noch mehr Bartstoppeln im Gesicht und trägt eine Mariners-Kappe, die so aussieht, als hätte sie jemand von Seattle bis hierher vor sich hergekickt, und dazu immer noch das gleiche T-Shirt mit Ukulelen und Kokosnüssen drauf. Aus der Nähe sehe ich die sonnenverbrannten Krähenfüße auf beiden Seiten seines Gesichts, und man sieht ihm an, dass er ein abwechslungsreiches Leben hatte – gute und schlechte Zeiten, aber nicht viel in der Mitte. Er sieht aus wie ein Sportjournalist, der seine Deadline überzogen hat.

»Okay«, sage ich, »ich weiß, wer Sie sind.«

»Dann hat sie es Ihnen erzählt? Das überrascht mich jetzt.«

»Nein, bin ich selbst draufgekommen. Es konnte ja nur Elsa sein.«

Er sieht mich verständnislos an. »Wer ist Elsa?«

»Die Frau, die Sie angeheuert hat.«

»Mich hat niemand angeheuert.«

Ich sehe ihm ins Gesicht, aber er scheint aufrichtig verwirrt zu sein. »Wer hat Sie denn dann geschickt? Janet?«

»Niemand hat mich geschickt, ich habe mich selbst geschickt.«

»Aber warum folgen Sie mir?«

Er blinzelt mich an und strapaziert seine Krähenfüße. »Ich folge nicht Ihnen. Ich folge ihr.«

»Peaches?«

»Dorothy.«

Mein erster Gedanke ist: Lustmolch. »Was wollen Sie von Dot?«

»Was wollen Sie denn von ihr?«, sagt er. »Sind Sie pervers oder so?«

»Ich nehme sie nur mit.«

Er sieht mich lange an, bis er mit dieser Erklärung zufrieden zu sein scheint. »Ich bin Cash Callahan.«

Er lässt mir einen Moment Zeit, um diese Information zu verarbeiten, aber ich kann nichts damit anfangen.

»Sie ist meine Tochter.«

Ich bemühe mich, das zusammenzukriegen. »Moment. Aber wie ...«

»Ich bin hinter ihr hergefahren, seit sie aus Tacoma abgehauen ist. Und sie hat es mir echt nicht leicht gemacht. Ich habe sie schon zweimal verloren, es grenzt an ein Wunder, dass ich sie in Missoula nicht wieder verloren habe. Ich weiß, dass sie stocksauer auf mich ist, aber das ist ja auch nichts Neues.«

»Sie weiß, dass Sie ihr folgen?«

»Sie hat mir ja keine Wahl gelassen, Bro. Ich habe keine Kontrolle über sie. Nie gehabt.« Er steigt aus dem Skylark und lehnt sich dagegen. Er wirft einen Blick über den riesigen Parkplatz und seufzt.

»Rauchen Sie?«, fragt er.

»Nein.«

»Ich auch nicht. Aber manchmal würde ich gerne.«

»Ich auch.«

Er kratzt geistesabwesend am Rost unter dem Türgriff, dann reißt er sich davon los und steckt die Hand in die Hosentasche. »Ich kann ihr das Rauchen auch nicht ausreden, Bro – ich hab's versucht. Dann raucht sie nur noch mehr. Ich kann ihr auch nicht sagen, wen sie daten soll. Ich darf sie nicht mal mehr Dorothy nennen. Ich kann höchstens noch versuchen, sie im Auge zu behalten, aber das ist nicht so einfach. Himmel, ich habe die letzten drei Nächte im Auto geschlafen. Haben Sie Kinder?«

»Nein.«

»Hmpf. Glück gehabt. Ist echt nicht einfach, Bro. Schon gar nicht mit Teenie-Mädchen. Aber wem sag ich das. Ich kann Dorothy in Denver nicht unter Kontrolle halten. Aber ich werde den Teufel tun, sie allein quer durchs Land trampen zu lassen. Nur, weil sie nicht mit mir fahren will, lasse ich sie noch lang nicht aus den Augen.«

Cash kickt mit der Spitze seines Flipflops ein Steinchen von sich weg. Es hüpft ein paar Meter über den Gehweg, macht dann einen größeren Sprung und scheppert gegen den Range Rover, der neben ihm parkt. Er sieht nachdenklich zu mir auf, als wollte er sich für irgendetwas entschuldigen. »Tun Sie mir einen Gefallen, Bro. Lassen Sie mich hinter sich herfahren. Behalten Sie mich auf dem Radar, okay? Ich verspreche Ihnen, mich in nichts einzumischen. Sie werden mich gar nicht bemerken. Ich will sie nur nicht verlieren.«

Es sieht wieder auf seine Flipflops hinunter und schüttelt den Kopf. Dann sagt er zum Boden: »Wenn ihr jemals irgendwas passiert, Bro, ich würde …«

Ich weiß nichts weiter über diesen Typen, außer dass Dots Mutter ihn einen Nichtsnutz genannt hat und Dot sagt, er wäre unreif. Wenn ich es recht bedenke, weiß ich auch nichts über Dot, außer dass ihre Mutter tot ist und sie sich nicht warm genug anzieht. Ich weiß nur, dass dieser Mann bereit ist, bis ans Ende der Welt zu fahren, und dass er nicht mit den Einkäufen im Arm stehen bleibt, und da werde ich ihm keine Steine in den Weg legen.

Er piddelt wieder an dem rostigen Skylark herum. »In Wahrheit habe ich sie schon vor Jahren verloren, Bro. Ich hab es verbockt.«

»So was passiert.«

»Ja, na ja, ich habe es wirklich gründlich verbockt. Und vielleicht werde ich es nie wiedergutmachen können, und da kann Dorothy echt nichts für. Aber ich will es wenigstens nicht noch schlimmer machen.«

Der arme Kerl sieht wirklich niedergeschlagen aus, wie er mit seinem stoppeligen Gesicht in dem ollen Party-Shirt dasteht und am Rost kratzt. Man hat das Gefühl, er könnte jeden Moment aus den Latschen kippen.

»Sie hat Sie früher für ziemlich cool gehalten«, biete ich ihm als Trost an. »Das wissen Sie aber schon, oder?«

Er sieht hoffnungsvoll hoch. »Hat sie das gesagt?«

Ich nicke. »Sie trägt das Armband ja auch immer noch.«

»Mit den Türkisen? Ja, habe ich bemerkt. Das muss Darlene ihr gegeben haben.« Er lächelt und schüttelt wieder den Kopf, dann schwindet sein Lächeln. »Oder es ihr hinterlassen, schätze ich. Das habe ich Darlene Anfang der Neunziger gekauft. Sollte eine Art Verlobungsring sein, ich hab es von so einem drogensüchtigen Wüstenheiligen am Burning Man gekauft. Der hatte Knochen durch die Nippel, und seine Augen hatten unterschiedliche Farben. Das ist echt eine Ewigkeit her. Und was machen Sie so? Fahren Sie einfach rum und nehmen Leute mit? Sicher, dass Sie nicht pervers sind?«

Jetzt bin ich dran, Kieselsteine vor mir herzukicken und den Kopf zu schütteln. »Ich habe überhaupt nichts von all dem geplant, Cash, ehrlich. Nicht die Reise, nicht die Mitreisenden, und garantiert nicht das, was ich zurückgelassen habe. Ich habe wie ein Verrückter etwas ganz anderes geplant. Das alles hier ist einfach so passiert.«

Cash tätschelt mir die Schulter. »Ich versteh Sie, Bro.«

Das verstehen Sie nicht

Hören Sie zu: Alles, was Sie zu wissen glauben, jede Beziehung, die Sie je für sicher gehalten haben, jeder Plan und jede Möglichkeit, über die Sie nachgedacht haben, jede Idee und jede Anstrengung, die Sie ausgebrütet haben, kann Ihnen von einem Augenblick zum nächsten geraubt werden. Früher oder später wird das auch passieren. Also bereiten Sie sich darauf vor. Seien Sie darauf vorbereitet, nicht darauf vorbereitet zu sein. Rechnen Sie damit, in die Knie gezwungen und zu Staub gemahlen zu werden. Denn keine sichere Basis, keine Willensanstrengung und keine Gewohnheit wird Sie davor schützen: nichts ist unzerstörbar.

Selbst, wenn man noch über die Schulter zurückblickt und es kommen sieht, wenn man es noch schafft, die Einkäufe fallen zu lassen und sich kopfüber der Zerstörung in den Weg zu werfen, man wird sie nicht aufhalten können. Sie wird über einen kommen wie der Teufel, bis man spürt, wie die eigenen

Schuhe im Schotter der Einfahrt den Dienst versagen, bis man den Außenspiegel abreißt vor lauter Anstrengung, aber das Auto wird weiterrollen. Und man sieht hilflos zu, wie das Hinterrad den Umhang der Tochter auf dem Boden fixiert, auch als sie noch hilflos versucht, ihren Bruder zu retten, der unter der hinteren Stoßstange verschwindet. Man wird sein wahnsinniges Heulen hören, wenn man selbst noch versucht, das eigene Bein unter das Vorderrad zu schieben, um das Scheißding aufzuhalten. Aber man wird es nicht aufhalten. Stattdessen sieht man, wie alles, was man am allermeisten auf der Welt liebt, die schiefe Ebene hinuntergeschoben wird, mit einem grauenvollen Kratzen in einen unwiederbringlichen Abgrund. Und wenn man den krank machenden metallischen Aufprall hört, wird man alles vergessen, was man je zu wissen glaubte.

Hinterher – wie lange, zehn Minuten, eine Stunde? –, wenn die Leute in Scharen gekommen sind, um zu gucken, was dein Versagen angerichtet hat, wirst du vollkommen verwirrt herumrennen, als hätte dich der Blitz getroffen. Du wirst nicht verstehen, was passiert ist. Jeder Versuch, den du unternimmst, das Universum zu reparieren, wird verzweifelt und lächerlich sein.

»Ich bin der Vater«, wirst du dem Sanitäter mit der Zahnlücke immer wieder sagen, und dem Polizisten mit den behaarten Händen, und jedem anderen, der dir zuhört. »Sie verstehen das nicht«, wirst du sagen, verzweifelt an ihren Ärmeln zupfen und ihnen im Weg stehen, »ich ... ich bin der Vater.«

»Sir«, wird der Polizist mit den behaarten Händen sagen, »beruhigen Sie sich.«

»Sie verstehen das nicht. Ich ... ich bin ...«

»Sir. Setzen Sie sich bitte dahin.«

»Die Finger.«

»Sir.«

»Meine Frau kommt gleich nach Hause. Wir brauchen die Finger.«

»Ja, Sir, wir haben Ihrer Frau Bescheid gesagt.«

Du wirst ihn am Revers packen und dich an ihm festhalten. »Ich … ich wusste das nicht. Ich … ich …«

»Ja, Sir, ich verstehe. Es war ein Unfall. Das haben wir alle verstanden.«

»Nein. Haben Sie nicht. Die Finger.«

»Wir haben die Finger gefunden.«

»Aber ich … ich bin der Vater.«

Und als er dich diesmal ansieht, wirst du in seinen Augen sehen, dass er Angst vor dir hat, aber du wirst nicht verstehen, warum. Dann wirst du anfangen, auf Händen und Knien die Einkäufe aufzuräumen, die Dosen aufzustellen und die weggerollten Äpfel einzusammeln. Du wirst eine Streichwurst holen, die die Einfahrt hinuntergerollt ist und unter der Hortensie liegt. Du wirst Janet auf dem Bürgersteig sehen, die mit einem Feuerwehrmann spricht und die Hände vors Gesicht geschlagen hat. Und bevor du zu ihr gehen kannst, wird sie dich schon verlassen haben.

Etwas ganz anderes

Nachdem ich ihm versprochen habe, ihn im Auge zu behalten, verabschiede ich mich von Cash und schlendere langsam zum Geysir, um Trev und die Mädchen zu suchen. Der Old Faithful ist nach meiner Uhr seit zwei Minuten überfällig. Als ich mich zu Cash umsehe, wühlt er im Kofferraum des Skylarks, verstaut ein Kissen, stopft seinen Schlafsack hinein und holt den Rucksack heraus. Ich frage mich, ob er eigentlich in seinem Auto wohnt. Als ich mich das nächste Mal umdrehe, ist der Kofferraum geschlossen und Cash hat einen Flipflop in der rechten Hand und fummelt am Zehensteg herum. Angeekelt wirft er die Sandale zu Boden, als gerade eine stämmige vierköpfige Familie mit braunem Haar an ihm vorbeigeht. Sie macht einen großen Bogen um den Skylark. Cash tippt sich an die schmutzige Basecap, um sie zu grüßen, aber sie gucken alle stur geradeaus, bis auf den kleinen Jungen mit dem Eis in der Hand, das viel zu groß für ihn ist. Er dreht sich neugierig zu Cash um. Cash zeigt ihm den Mittelfinger. Das Kind zeigt ihm ebenfalls seinen.

Ungefähr fünfzehn Sekunden später ertönt aus dem Besucherzentrum ein Chor von Oohs und Aahs, als der Old Faithful rumpelnd und zischend seine Fontäne in die Luft schießt. Ich kann nur so gerade über dem Dach des Besucherzentrums das obere Ende sehen. Neben mir fängt das stämmige Kind an, Zeter und Mordio zu schreien. Es hat sein Eis fallen lassen, und sein Vater zerrt es im Trab weiter.

Von Schwefeldunst begrüßt, komme ich gerade noch rechtzeitig in den weniger bewaldeten Besucherbereich, um durch die Bäume zu sehen, wie der Geysir sich wieder zurückzieht. Ich will gerade quer durch die Bäume in Richtung des Aussichtspunkts gehen, als ich Dot aus der Menge ausbrechen sehe. Sie bleibt stehen und scheint mit den Augen etwas zu suchen. Sie entdeckt mich in dreißig Metern Entfernung, als ich unter den Bäumen hervortrete, und sprintet auf mich zu. Sie nimmt meine Hand und zieht mich verzweifelt in Richtung der Menge.

»Schnell«, sagt sie. »Es ist was passiert.«

Bände

Okay, dann bin ich also derjenige, der nicht loslassen kann, das sehe ich auch – meinen Sie, das sehe ich nicht? Aber irgendjemand muss doch *nicht loslassen*. Jemand muss zurückbleiben.

Hier ist Janet in der Küche, sie hat eine vollgestopfte Baumwolltasche in der Hand, inmitten eines Durcheinanders von Töpfen mit Essensresten, ungeöffneter Post und halb gepackten Kisten mit Kinderklamotten. Es ist zehn Tage nach der Katastrophe, sechs Tage nach der Beerdigung, fünf Tage, nachdem sie das letzte Mal geduscht hat. Ihr dickes Haar hängt fettig und leblos hinunter. Ihre Tränensäcke hängen bis auf die Wangenknochen. Sie hat den ganzen Vormittag mit ihrer Schwester in Portland telefoniert.

»Wo willst du denn hin?«

»Weg«, sagt sie, als wäre sie bereits weit weg.

»Aber du kannst doch nicht einfach ... Was ist mit ...«

»Was ist mit was?« Sie wirft mir die Frage hin wie eine Herausforderung. »Es gibt kein Was, Ben.«

Aber was Janet nicht weiß, würde Bände füllen. Sie weiß nicht, dass der letzte Blick auf dem Gesicht ihrer Tochter eine Bitte war. Sie weiß nicht, welche Verwirrung und Panik in Jodis Augen stand, als er an seinen letzten Atemzügen erstickte. Sie hat sie nicht mal berührt, verdammt noch mal! Sie hat sie nicht angelogen! Sie hat nicht neben ihren zertrümmerten Körpern gehockt und ihnen erzählt, alles würde wieder gut, obwohl sie wusste, dass in einem winzigen Augenblick das Universum aus den Fugen und alles unerklärlich, hoffnungslos und unwiderruflich außer Kontrolle geraten war. Sie war nicht gezwungen, dem Tod hilflos im Weg zu stehen. Sie hat nicht den Kopf auf den Gehweg geknallt, sich die Augen ausgekratzt, sich wundgeschrien, den Mund an den erschlafften Kiefer ihrer toten Tochter gedrückt und verzweifelt versucht, ihre Lunge mit Luft zu füllen. Sie kennt weder Schuld noch Vorwürfe, noch die schreckliche Wahrheit. Es gibt noch ein Was, es gibt immer ein Was, und es wird immer ein Was geben, solange noch einer übrig ist.

Inzwischen bin ich sicher, dass Janet schon lange vor der Katastrophe angefangen hat wegzugehen. Sie hat weiß Gott immer mehr gewollt. Ich frage mich, wann Bernard und Ruth angefangen haben, alle Spuren von mir zu beseitigen, mich von den Wänden des kleinen Wohnzimmers zu tilgen, mich an der Schulter abzuschneiden. Eine Woche danach? Zwei Wochen? Einen Monat? Manche Leute sind schneller abgehauen als andere. Unsere Freunde mit Kindern haben wenig Zeit verschwendet, bis sie sich zurückgezogen haben. Jedes Essen, das sie uns gebracht haben, war wie ein Abschiedsgeschenk – sie wollten ihre Töpfe nicht mal zurück. Sie wollten sich nicht jedes Mal, wenn sie eine Lunchbox packten oder ihre Kinder anschnallten, mit der schrecklichen Wahrheit auseinandersetzen. In ganz Agatewood erklang ein kollektiver Seufzer der Erleichterung, als das Haus verkauft wurde. Niemand erwähnte die Umzugswagen. Niemand fragte nach unseren Zukunftsplänen. Niemand verabschiedete sich. Was hält mich also dort? Warum stehe ich immer noch in dieser Einfahrt, warum lebe ich immer noch in der Stunde meiner Vernichtung, wenn alle anderen längst gegangen sind? Ich kann Ihnen sagen, warum: weil das, was da in der Einfahrt geschehen ist, eine Offenbarung war. In allen wachen Stunden meines Lebens ist diese Katastrophe das Einzige, was wirklich passiert ist. Alles andere ist eine Lüge.

»Sir, Sie müssen sich jetzt beruhigen.«

»Aber Sie verstehen nicht!«

»Ich muss Sie bitten, jetzt …«

»Nein, hören Sie zu, ich bin …«

»Ja, Sir, ich weiß, Sir. Sie sind der Vater.«

In die Traufe

»Jetzt beruhigen Sie sich doch, Sir«, sagt der Sanitäter. Er ist ein Riese, bestimmt über zwei Meter groß, mit leichten Bartstoppeln und einem kantigen Kinn.

»Haben Sie das Gefühl, pressen zu müssen?«, fragt er Peaches, die auf einer Isolierdecke flach auf dem Rücken liegt, die Knie in der Luft. Sie keucht, und der Riese zieht ihr die Jeans über die Knöchel.

»So, und Sie gehen jetzt mal schön alle ein Stück zurück«, sagt er über die Schulter. Dann wieder zu Peaches: »Haben Sie das Gefühl, zur Toilette zu müssen?«

Bevor sie antworten kann, verdreht sie plötzlich die Augen, weil die nächste Wehe kommt.

Der Riese sieht auf die Uhr, dann überprüft er ihren Beckenboden und stellt fest, dass der Muttermund bereits ziemlich weit geöffnet ist. »Los geht's«, sagt er. »Wir können sie nicht mehr transportieren. Das Kind hat es eilig. Wann ist ET?«

»In achtzehn Tagen«, sage ich.

»Sind Sie der Vater?«

»Nein.«

»Haben Sie die Vorsorgeuntersuchungen gemacht?«, fragt er sie.

»Ja«, sagt sie mit großen Augen. »Die letzte im sechsten Monat.«

»Ist alles okay?«, frage ich. »Ist sie okay?«

»Alles wunderbar, Sir, alles unter Kontrolle.«

»Das Baby kommt jetzt?«

»Ja, Sir.«

»Hier?«

»Ja, Sir. Könnten Sie mir die Decken aus der Hecktür reichen, bitte?«

»Können wir nicht irgendwo reingehen, wo …«

»Keine Zeit, Sir. Sie müssen sich jetzt beruhigen. Können Sie mir die Decken geben, bitte? Und die Leute hier wegschicken.«

Ich glaube, er will mich nur aus dem Weg haben, denn die Leute sind bereits in eine Entfernung von bestimmt zehn Metern zurückgewichen, bis auf einen Typen in Marlins, der schneller als ich bei den Decken ist und sie dem Riesen bringt. Trev steht mit Dot am Rande der Menge und sieht blasser aus denn je.

Das geht alles viel zu schnell. Irgendetwas läuft schief. So schnell bekommt man doch kein Baby. Piper hat dreizehn Stunden gebraucht, um durch den Gebärmutterhals zu kommen – als hätte sie dann doch keine Lust mehr gehabt. Jodi hat nur halb so lange gebraucht, aber jede Minute hart gekämpft. Der kleine Elton ist ein Sprinter. Ich hocke kaum wieder im Schatten des Riesen, da ist auch schon der Kopf zu sehen.

Peaches ist unerschütterlich. Oder vielleicht fällt es ihr auch leicht. Sie schwitzt fürchterlich, aber sie sieht nicht aus, als hätte sie Angst oder Schmerzen, als sie meine Hand fest umklammert und presst, so fest sie kann.

»Schön weiterpressen«, sagt der Riese.

»Ist alles …«

»Alles bestens.«

»Sicher?«

»Sir, beruhigen Sie sich. Wie heißt du?«

»Peaches«, sagt sie.

»Peaches, du musst jetzt pressen – ich meine wirklich richtig feste pressen, okay? Ich zähle bis drei, und dann presst du.«

Sie beißt sich auf die Lippe und nickt.

»Eins, zwei, und pressen!«

Peaches beißt die Zähne aufeinander und presst, so fest sie kann, aber das Baby kommt nicht voran.

»Okay«, sagt der Riese, »das versuchen wir noch mal, Peaches. Noch fester, okay?«

»Press, als wärst du wütend, Peaches. Und schrei ruhig.«

»Tu, was er sagt, Peaches – schrei ruhig. Okay? Press, so fest du kannst. Eins, und zwei, und …«

Wieder presst sie, halb grunzt sie, halb brüllt sie, ihr Gesicht ist puterrot vor Anstrengung, ihr zittern die Knie. Aber das Baby kommt nicht voran.

»Okay, weiteratmen, Peaches. Schön tief Luft holen, ja?« Ich sehe einen Funken Angst in seinen Augen aufblitzen. Die Rädchen in seinem Kopf drehen sich schnell. Er spricht schneller. Was, wenn irgendwas schiefgeht? Wenn er einen Not-Kaiserschnitt machen muss, nur mit seinem kleinen Köfferchen?

»Tief Luft holen«, sagt er. »Aller guten Dinge sind drei.«

»Komm schon, Peach, du schaffst das«, sage ich und hoffe, dass sie mir die Panik nicht anhört. Da ist wieder die vertraute Vorahnung einer Katastrophe. Hier läuft irgendetwas fürchterlich schief. Ich stehe wieder in der Einfahrt und suche nach etwas, das in Ordnung ist, etwas, an dem ich mich festhalten kann, das verhindert, dass ich von der furchterregenden Realität hinuntergezogen werde. Peaches stöhnt und presst ein drittes Mal, aber es ist nicht aller guten Dinge. Das Baby steckt immer noch fest. Der Riese spricht jetzt schneller denn je, auch er beginnt, an den Schläfen zu schwitzen. Plötzlich rastet etwas in mir ein, und ich bin wieder auf den Füßen und renne herum, wie ein verwirrtes Unfallopfer. Ich starre die Umstehenden an, sie verschwimmen vor meinen Augen. Am liebsten würde ich auf sie losgehen.

»Haut ab!«, schreie ich, und alle weichen auf dem Absatz zurück, aber nur einen Schritt. Ich sehe auf meine bandagierten Hände, alle beide, und ich weiß selbst nicht, warum, und dann höre ich den nächsten Countdown: »Eins, und zwei, und …«

Plötzlich stößt Peaches ein wahnsinniges Brüllen aus, ich drehe mich um, und da taucht der kleine Elton auf, ich sehe den oberen Teil des Kopfes, er hat dichtes, dunkles Haar.

»Geht doch«, sagt der Riese. »Du machst das total toll.«

Auf einen Schlag weicht die Panik aus meinem Körper und wird durch geradezu schmerzhafte Dankbarkeit ersetzt. Ich spüre meine Füße wieder auf dem Boden und kann Gesichter unterscheiden. »Das war's, Peaches«, sage ich, und mir strömen Tränen übers Gesicht. »Noch einmal pressen! Du hast es gleich geschafft.«

Der kleine Elton schneidet Grimassen, als er herauskommt, und sein Gesicht ist ganz rot und verknittert. Als er den ersten, verschleimten Schrei tut, scheint die Menge näher zu kommen, und ein paar Leute machen Ooh und Aah. Er ist winzig, vielleicht sechs Pfund, aber offensichtlich gesund, bis auf den komisch geformten Kopf, der vor meinen Augen zur Normalform zurückzukehren scheint.

»Er ist wunderschön«, lüge ich.

Der Riese klemmt die Nabelschnur fünfzehn Zentimeter vom Bauch des Babys entfernt ab, dann noch mal fünf Zentimeter darüber.

»Wollen Sie die Nabelschnur durchschneiden?«, fragt er mich.

Und schon habe ich die blaue Einmalschere in der Hand, halte sie zwischen die Klemmen und sehe Elton ins Gesicht. Er ist das Abbild seines Vaters – dieselben kleinen Äugelchen und das fliehende Kinn. Ob er auch seinen Geschäftssinn hat? Ich sehe Peaches an, die benommen und leicht grün im Gesicht ist, und lächele, als wüsste ich es nicht besser.

»Na los«, sagt der Riese.

Ich schneide die Nabelschnur durch. Der Riese zieht das Baby unter mir weg, bevor ich auch nur die Schere beiseitelegen kann, wickelt es in eine Decke und dann in noch eine. Und dann ist es einfach vorbei. Ich sehe verwirrt in die Menge, die schon angefangen hat, sich wie eine Herde zum Ausgang zu begeben – bis auf Trev, der mit Dot zusammen in die Mitte des Aussichtsbereichs gesurrt kommt, als der Riese Peaches gerade das Baby auf die Brust legt und den Rettungswagen heranwinkt.

Kisten

Ein paar Minuten, nachdem der Rettungswagen die Menge geteilt und sich über den Parkplatz zur Hauptstraße manövriert hat, stehen Trev, Dot und ich immer noch an Ort und Stelle, überwältigt und sprachlos. Ich sehe auf die Uhr und stelle fest, dass die Geburt nur gut eine Stunde gedauert hat.

»Ähm … wow?«, sagt Dot schließlich.

»Damit hatte ich jetzt nicht gerechnet«, sagt Trev, immer noch etwas blasser als sonst. »Ist das gerade echt passiert?«

»Ja, echt.«

»Und jetzt?«, frage ich. »Wir fahren hinterher, oder?«

»Erst mal rufe ich wohl besser meinen Dad an«, sagt Trev. »Und sage ihm Bescheid, dass wir später kommen.«

Trev surrt in Richtung des Besucherzentrums davon. Auf halbem Weg bleibt er stehen, fummelt sein Handy aus der Seitentasche, biegt den Rücken durch und hebt es auf Brusthöhe.

Dann legt er den Kopf auf die Seite und drückt die Kurzwahltaste für seinen Dad.

»Hunger?«, frage ich Dot.

»Nee.«

»Ich auch nicht. Wollen wir uns setzen?«

Wir gehen zu den Bänken vor dem Besucherzentrum und kommen an Trev vorbei, der nickt, als wir ihm unsere Richtung anzeigen.

»Du hast Blut auf dem T-Shirt«, sagt Dot.

Wir sacken Schulter an Schulter auf die erstbeste Bank und sagen erst mal nichts. Ein neuer Schwung Besucher kommt herein, aus Nebraska, Ohio, Alaska, Saskatchewan. Ich habe keine Ahnung, wann der Old Faithful wieder dran ist, aber die Unruhe der Leute, die sich dicht an dicht am Geländer versammeln, deutet darauf hin, dass er gleich wieder ausbricht.

»Du hast mit ihm gesprochen, oder?«, sagt Dot.

»Mit wem?«

»Sag schon«, sagt sie und sieht in die andere Richtung.

»Ja. Habe ich.«

Sie pustet sich den Pony aus den Augen, holt die letzte Zigarette aus ihrer Jeansweste und klopft ihre Taschen nach Streichhölzern ab. »Und jetzt willst du mich bestimmt überreden, mit ihm weiterzufahren, oder? Du kannst mich aber nicht zwingen. Ich bin erwachsen.«

»Das weiß ich, und das will ich auch gar nicht. Geht mich ja nichts an. Aber ich werde zulassen, dass er uns folgt, Dot.«

Dot findet kein Streichholz und betrachtet ihre nicht angesteckte Zigarette ein paar Sekunden. Dann bricht sie sie plötzlich in der Mitte durch. »Sowieso eine bescheuerte Angewohnheit«, sagt sie und stopft sich die Reste in die Tasche. »Was hat er dir erzählt?«

»Nur, wer er ist, und warum er uns folgt.«

»Ach ja? Und was noch? Hat er dir erzählt, dass ich versucht habe, seinen Freund zu verführen?«

»Nein.«

»Hat er erzählt, dass ich ihm fünfzig Dollar aus dem Portemonnaie geklaut habe?«

»Nein.«

»Hat er erzählt, dass er diese Rostlaube deswegen fährt, weil ich seinen Subaru zu Schrott gefahren habe?«

Sie kratzt geistesabwesend an ihrem Jeansrock, als wollte sie einen Ketchupfleck entfernen. »Und nur, damit das klar ist, ich habe gar nicht versucht, seinen Freund zu verführen. Das habe ich mir gerade ausgedacht.«

»Spitzenwitz.«

»Er hat nämlich gar keine Freunde. Oder jedenfalls sieht er sie nie. Sie sind alle verheiratet. Wie ganz normale Leute.«

Mitten auf dem Weg telefoniert Trev immer noch mit Bob. Er lächelt tatsächlich.

»Also, was hat er noch erzählt?«, fragt Dot.

»Nicht viel.«

»Jetzt komm schon.«

»Er hat erzählt, dass das Armband deiner Mom gehört hat.«

Wieder sieht sie in die andere Richtung. »Yeah. Dann habe ich halt gelogen.«

Ich würde so gern ein Bild von ihrer Mutter sehen. Ich hätte die beiden gern zusammen gesehen. »So würde ich das nicht nennen.«

Wir schweigen. Der Geysir fängt an, ein wenig zu blubbern und zu spritzen, in den Infobroschüren nennen sie das das Vorspiel.

Dot schiebt mit den Zehen ein wenig hinuntergefallenen Tabak herum.

»Mein Dad ist gestorben, als ich auf dem College war. Aber wir haben uns nie besonders nahegestanden.«

Dots Hände flattern herum, als wünschte sie sich die letzte Zigarette zurück. Sie zupft wieder an ihren Nagelhäutchen.

»Jetzt im Rückblick«, sage ich, »tut mir das leid.«

»Was jetzt?«

»Dass ich ihm nicht näher war.«

»Hm«, macht sie, wendet ihre Aufmerksamkeit wieder ihren Füßen zu und zeichnet mit dem Zeh eine Schlangenlinie in den Staub. »Wie war dein Dad denn?«

»Ein bisschen so ein Typ wie Ward Cleaver.«

»Wer ist Ward Cleaver?«

»Egal«, sage ich und winke ab. »Ich bin ja auch nicht mehr ganz frisch. Sagen wir einfach, mein Dad war kein besonders leidenschaftlicher Typ. Er hat gern Zeitung gelesen. Er hat gern Dinge ordentlich in Kisten gepackt und sie beschriftet – daran hatte er richtig Spaß. Er hatte sehr genaue Vorstellungen.«

Dot spielt jetzt an einer Mascara herum, dreht die Kappe auf und wieder zu, dreht sie zwischen den Fingern. »Mein Dad nicht«, sagt sie. »Ich *wünschte* mir, er hätte mal irgendwelche Vorstellungen.«

»Das wünscht er sich wahrscheinlich irgendwie selbst.«

»Ja, kann sein.«

»Es ist nicht so einfach, älter zu werden. Die Dinge sind einem immer weniger klar.«

»Da kann ich nichts zu sagen. Muss ich dir wohl so glauben.«

Und dann, in dem nachfolgenden Schweigen, tut Dot etwas Seltsames. Sie greift nach meiner bandagierten Hand und drückt sie fest. Und sagt etwas vollkommen Unerwartetes, für das ich sie drücken könnte, selbst wenn sie es nur sagt, um etwas Nettes zu sagen.

»Es tut mir leid, was dir passiert ist. Trev hat es mir erzählt. Du warst bestimmt ein super Vater«, sagt sie.

West Yellowstone zum Zweiten

Zum ersten Mal auf dieser Reise der Verspätungen und Verschiebungen fahren wir tatsächlich wieder zurück – zurück nach West Yellowstone, um bei Peaches in der Klinik zu bleiben, bis ihre Mutter aus Jackson sie abholen kommt, damit sie und der kleine Elton ein neues Leben anfangen können.

Auf dem Rückweg durch die Tiefebene und dann in den Canyon stelle ich mir das Kinderzimmer vor, wie Peaches es beschrieben hat. Ein sonniges, kleines Zimmer nach Süden, in dem es nach Calendula und Babypuder riecht. Ich stelle mir Peaches' Mom vor, eine üppige Frau vom Schlage Mother Hubbards, wie sie in einer Ecke Elton schaukelt, der sich an den Rüschen ihrer altbackenen Bluse festhält und zu den Klängen einer Spieldose gurrende Geräusche macht. Ich stelle mir vor, wie Peaches versucht, auf dem Sofa ein Nickerchen zu machen. Sie hat auch in ihrer totalen Erschöpfung, in der ausgebeulten Jogginghose und dem fransigen Bademantel mit getrockneter Babykotze auf der Schulter immer noch dieses Strahlen. Wenn sie zwanzig Minuten später immer noch erschöpft wieder aufwacht, wird sie den kleinen Elton schon vermissen. Körperlich. Jedes Mal, wenn er weint, weil er sich nicht anders ausdrücken kann, jedes Mal, wenn er an ihrer Brust gurrt, jedes Mal, wenn er ihr mit seinem kurzsichtigen Blick hinterhersieht, wenn sie den Raum verlässt, wird ihr Körper sich nach ihm sehnen. Und mit dem Gedanken an diese Sehnsucht kommt all das Wundersame und das Demütigmachende und diese bestürzende Ehrfurcht des Elternseins wieder in mir hoch.

Die Klinik liegt am südlichen Rand der Stadt an einer breiten, staubigen Durchfahrtstraße ähnlich der Canyon Street, aber ohne den ganzen Wildwestquatsch. Das Gebäude, gedrungen, schmucklos, vier verschiedene ausgeblichene Brauntöne, mit hohen getönten Fensterscheiben, sieht weniger aus wie eine medizinische Einrichtung als vielmehr wie ein Haus, in dem sich die Transgender-Selbsthilfegruppe trifft oder ein Indoorflohmarkt stattfindet. Cash hat es irgendwie geschafft, mit dem Skylark schon vor uns da zu sein, er parkt direkt vor der Tür. Sein Arm hängt aus dem Fenster, und er hört eine leiernde Kassette von The Guess Who. Er nickt uns zu, als wir vorbeigehen, und wirkt ein bisschen geknickt, als Dot ihn ignoriert. Aber als ob sie seine Gedanken lesen könnte, bleibt sie dann doch plötzlich stehen und dreht sich um, die Arme in die Seiten gestemmt.

»Hey, Dad. Die Siebziger haben angerufen.«

»Ja?«, fragt er hoffnungsvoll.

»Sie wollen ihre Technik zurück.«

Cash lächelt – er ist dankbar für jedes Wort.

Innen drin ist die Klinik eigentlich ziemlich sonnig. Neuer Teppich in der Eingangshalle, frisch gestrichene Gänge, fröhliche Rezeptionistin. Peaches ist schon wieder obenauf, sie sitzt in einem hellblauen Krankenhausnachthemd aufrecht im Bett und hat das Haar zurückgebunden. Sie drückt sich den kleinen Elton an die Brust. Der winzige, blau-weiß gestreifte Strampler kann nicht davon ablenken, dass sein Kopf immer noch unförmig ist. Er ist total behaart. Er atmet ein bisschen rasselnd. Er hat eine breite, flache Nase, keine Lippen, eine vorstehende Augenbrauenleiste, unter der die kleinen Augen seines Vaters versteckt liegen, und ein fliehendes Kinn. Auf der Stirn hat er einen Storchenbiss. Er wird ein paar wirklich süße Outfits brauchen.

»Er ist perfekt«, sage ich.

»Er sieht aus wie Elton«, sagt Trev vom Fußende des Bettes aus.

»Ich finde, er sieht aus wie Peaches«, sagt Dot.

Ich finde, er sieht aus wie Gorbatschow, aber das sage ich nicht. Das wird bestimmt noch besser. Piper sah als Baby auch komisch aus, selbst durch die rosarote Brille des Vaters. So was passiert halt. Aber irgendwie macht Reizlosigkeit Babys umso wertvoller.

Elton regt sich und greift nach Peaches' Nachthemd. Sie packt ihre linke Brust aus, und er nuckelt gierig. Sie streichelt ihm den dunkel behaarten Hinterkopf, und wir sehen den beiden schweigend zu. Manchmal rutscht ihm die Brustwarze aus dem Mund, und dann hören wir sein verzweifeltes Schmatzen, wenn er danach sucht und tastet. Sie lächelt, führt seinen Mund an die richtige Stelle zurück und beruhigt ihn mit einem liebevollen Streicheln. Ich schaue zu, wie dieses Mädchen vor meinen Augen zur Frau wird.

»Vielleicht können wir ja im nächsten Sommer mal in die Tetons fahren«, sage ich munter.

»Absolut«, sagt Trev. »Vielleicht ist Elton dann auch wieder zu Hause.«

Dazu wird es nicht kommen, und das wissen wir beide.

Am späten Nachmittag kommt Peaches' Mutter. Sie ist nicht der üppige Mother-Hubbard-Typ, den ich mir vorgestellt habe, sondern eine kleine, sonnenverbrannte Frau, auf der man Nüsse knacken könnte. Sie dürfte so um die fünfzig sein. Eine Frau, die weiß, was sie will. Selbstsicher, keine Handtasche, kein Ehering. Wahrscheinlich genau die richtige Großmutter für den kleinen Elton. Keine omahafte Rüschenbluse, sondern ein Arbeitshemd mit Westernstickerei und eine Bootcut-Jeans, die aussieht, als hätte sie sie gebügelt. Sie hat einen festen Händedruck und Schwielen an den knochigen kleinen Händen.

»Ich bin Ihnen sehr dankbar, Mr. Benjamin. Danke, dass Sie sich um Peaches gekümmert haben.«

»War mir ein Vergnügen. Nennen Sie mich doch Ben.«

»Ich würde Ihnen gern Ihre Auslagen erstatten, Mr. Benjamin.«

»Ist nicht nötig. Das kommt gar nicht infrage.« Die Wahrheit ist natürlich, dass ich nur noch dreizehn Dollar in bar habe und meine Kreditkarte beim nächsten Einkauf einbehalten werden könnte. Es wird furchtbar sein, Forest um ein Darlehen anzubetteln, aber genau das werde ich tun müssen.

»Sie werden mein Geld schon nehmen, Mr. Benjamin. Da bin ich stur.«

Sie holt eine breite, lederne Brieftasche aus ihrer Gesäßtasche und zieht zwei Fünfziger und drei Zwanziger raus. Als ich es nicht annehmen will, schüttelt sie den Kopf und stopft mir die Scheine einfach in die Hand.

Bevor wir uns verabschieden können, sind Peaches und der kleine Elton eingeschlafen, Peaches mit zusammengebissenen Zähnen, als würde sie gegen den Schlaf ankämpfen, und Elton mit zuckendem Mund. Vielleicht träumt er von der Brust. Die beiden sind wunderschön – selbst wenn er aussieht wie Gorbatschow. Ich möchte diesen Augenblick am liebsten festhalten, damit er mir nicht entwischt. Ich möchte mich nie wieder von irgendjemandem verabschieden.

Ich beuge mich über das Bett und küsse Peaches ganz sanft auf die Stirn. Sie rührt sich nicht. Ich denke an die Sonne von Wyoming, wie sie durch das Fenster eines Kinderzimmers mit Zirkusthema scheint, und sage mir, dass alles gut wird.

Noch eine lange Fahrt

Als wir aus der Klinik kommen, dämmert es schon. Draußen ist Cash auf dem Fahrersitz des Skylark eingeschlafen, eine Hand am Lenkrad, in der anderen ein halb gegessenes Sandwich. Dot hämmert im Vorbeigehen an die Windschutzscheibe, und er wacht mit einem Schrecken auf. Eilig wickelt er das halbe Sandwich wieder ein. Es sind noch vierhundert Meilen bis Salt Lake City, und ich will es bis Mitternacht schaffen.

Wir fahren in der Dunkelheit Richtung Ashton, im Rückspiegel Cashs trübe, gelbe Scheinwerfer. Im Westen erstrecken sich riesige Kartoffelfelder im Mondlicht bis zum Horizont. Gelegentlich passieren wir die riesigen Schatten von Getreidehebern, während sich irgendwo vor uns in der Dunkelheit die Tetons erheben. Als wir Rexburg erreichen, sind Trev und Dot fest eingeschlafen. Ich könnte jetzt ebenfalls schlafen wie ein Baby, aber den Gedanken daran muss ich immer wieder verscheuchen. Es war ein wahnsinnig langer Tag, eine lange Woche, zwei lange Jahre. Und bis Salt Lake City ist es immer noch eine lange, einsame Reise. Ich mache das Fenster ein bisschen auf, um wach zu bleiben, und schnalle meine Halskrause enger, als mir der Wind um die Ohren pfeift. Wieder wünsche ich mir, ich würde noch rauchen. Ich starre auf die endlosen weißen Linien und beziehe ein kleines bisschen Trost aus dem Wissen, dass die Scheinwerfer hinter mir Cash gehören.

Ich dämmere schon fast weg, als ich nördlich von Idaho Falls auf die I-15 stoße, aber ich halte noch etwa eine Stunde durch, bevor Hunger und Übermüdung mich zwingen, in Pocatello zehn Minuten vor Ladenschluss bei Sizzler haltzumachen. Trev und Dot wachen auf, als ich den Motor ausschalte.

»Wo sind wir?«, fragt Trev schläfrig. »Wir sind doch noch nicht da, oder?«

»Pocatello«, sage ich.

Surrend fährt er eine Winzigkeit vor. Dot schnallt ihn ab, ich senke die Rampe ab, und wir drei steigen aus dem Van aus. Dot gähnt, reckt sich und duckt sich unter der Schiebetür hindurch. Wir suchen uns eine Sitznische am Fenster, von der aus wir den direkten Blick auf Cash haben, der in seinem Skylark sitzen geblieben ist und den Rest seines Sandwichs von der Tanke isst und dazu die eiernde Guess-Who-Kassette hört.

»Ich halte das nicht mehr aus«, sagt Dot.

»Was?«

»Guckt ihn euch doch an. Das ist doch erbärmlich. Er kaut doch bestimmt schon seit gestern auf diesem Käsebrot rum.«

»Ich glaube, da ist Fleisch drauf«, sage ich.

»Langsam tut er mir echt leid. Wer hat denn noch einen Kassettenrekorder?«

Sie sieht ihn direkt an, aber er kann sie durch die getönten Scheiben nicht sehen. Sie schüttelt sorgenvoll den Kopf. »Ich meine, er hat die ganze Zeit im Auto geschlafen. Ist doch nicht zu fassen, dass er mir echt über die ganze Strecke folgt. Ich dachte, er hat nur Scheiß im Kopf. Er ist verrückt. Wer tut denn so was!«

»Eltern.«

»Jedenfalls, ich halte das nicht mehr aus.« Sie steht auf und marschiert den Gang hinunter zum Ausgang.

»Wo will sie denn hin?«, fragt Trev.

»Ihn anschreien vielleicht?«

In dem Moment taucht Dot schon direkt vor uns vor dem Fenster auf und klopft ans Fenster des Skylarks. Cash kurbelt es hinunter und Dot plappert sofort auf ihn ein. Ich kann ihre Stimme nicht hören.

»Wie fandest du ihn?«, fragt Trev.

»Ehrlich?«

»Klar.«

»Ich glaube, er ist echt okay. Bis auf seinen Musikgeschmack.«

»Ich glaube, sie mag ihn eigentlich«, sagt er. »Sie findet ihn nur ein bisschen peinlich. Und sie wünscht sich, er würde mal erwachsen werden. Verstehe ich. Sag es Dot nicht, aber mir tut er irgendwie leid.«

Draußen hat Dot Cash überredet auszusteigen, und jetzt spricht er und betrachtet dabei seine Füße. Sie nimmt ihn am Handgelenk und zieht an ihm, bis er nachgibt und ihr gestattet, ihn zum Eingang des Restaurants zu ziehen. Und dann rutschen sie auch schon beide seitwärts in die Sitznische, mir gegenüber, und Trev sitzt am Kopfende.

»Hey«, sagt Cash zu mir, dann nickt er Trev zu. »Was geht, Bro?«

»Nicht viel« sagt Trev. »Ich warte auf den Kellner.«

»Recht so«, sagt Cash.

»Du hast da Senf auf dem Hemd«, sagt Dot zu ihrem Vater.

»Mist«, sagt er, guckt aber gar nicht hin. Er stürzt sich sofort auf die Speisekarte.

Der Kellner sieht aus wie ein ehemaliger Pensions- und Versicherungsmakler, er ist dickbäuchig, hat die grauen Haare über die Glatze gekämmt, trägt ein kurzärmliges Hemd mit Stiften in der Brusttasche, ein Namensschild, auf dem HOWARD steht, und dicke, schwarze Slipper mit Gummisohle. Kein klassischer Kellner. Vielleicht ist er der Chef, denn jeder andere außer dem Chef wäre genervt, dass wir so kurz vor Schluss noch kommen, und niemand anderes als der Chef würde anbieten, die Salatbar noch einmal nachzufüllen, die selbst aus der Ferne noch traurig aussieht.

Cash bestellt das Malibu Chicken. Dot und Trev die Shrimps Alfredo. Ich bestelle Kaffee und das Steak nach Art des Hauses und betone, dass ich es gern blutig hätte, denn Howard sieht irgendwie nicht so aus, als würde er »Englisch« verstehen. Als er mit den Speisekarten weggeht, geht Dot zur Toilette. Sobald sie außer Hörweite ist, wendet sich Cash an Trev.

»Und du kümmerst dich jetzt um meine Tochter?«, fragt er.

»Und Sie?«, gibt Trev zurück.

Cash lächelt verständnisvoll und kratzt sich am Hals. »Harter Job, oder?«

»Aber ein angenehmer, wenn man es erst mal raushat.«

Cash nickt wissend und dreht seine Kaffeetasse um, als Howard gerade mit dem Kaffee kommt. Ich folge seinem Beispiel, und wir drei sitzen schweigend da, als unsere Tassen gefüllt werden.

Dot kehrt zurück und setzt sich neben ihren Dad.

»Was hat er über mich gesagt?«

»Nichts«, sagt Trev.

»Ich habe ihm erzählt, dass du Gesundheitsministerin werden wolltest, als du sieben warst«, sagt Cash.

»Das habe ich nie gesagt.«

»Und dass du eine Verfassung für Haustiere schreiben wolltest und deine Mom sie ratifizieren sollte.«

»Das denkst du dir doch aus.«

»Ich musste ›ratifizieren‹ nachschlagen«, sagt er. »Vielleicht sollte ich auch noch von dem berüchtigten Barbie-Boykott des Jahres 2000 erzählen.«

»Ja, bitte«, sagt Trev.

»Hör einfach auf«, sagt Dot und boxt ihm an die Schulter. Ich schätze, sie genießt die Aufmerksamkeit. »Ach, okay«, sagt sie dann, »erzähl ihnen halt, was du willst. Du denkst dir das sowieso alles aus.«

Cash erzählt uns von Dots kindlicher Begeisterung für das Xylofon, von ihrer Liebe zu Chinchillas und wie sie immer darauf bestanden hat, sich die Haare selbst zu schneiden. Trev findet das alles faszinierend. Howard kommt mit unseren Tellern, bedient uns mehr schlecht als recht und verabschiedet sich dann. Mein Steak ist natürlich so zäh wie eine neue Satteltasche, mit vielleicht einem halben Zentimeter Rosa in der Mitte – so blutig wie ein Moskito in den Everglades. Aber der Reis ist okay, ebenso das Brot, auch wenn es ein bisschen fettig ist und eine komische Farbe hat. Aber es tut irgendwie gut.

Cash inhaliert sein Malibu Chicken und nickt die ganze Zeit begeistert. Trev spießt seine Shrimps einen nach dem anderen auf, während Dot auf ihrem Teller herumpickt und die Nudeln eher umsortiert, als sie zu essen. Trev beobachtet sie – verstohlen, glaubt er –, wie sie Fettuccine um ihre Gabel wickelt, und ich spüre geradezu, wie ihm das Herz bricht.

Nach dem Essen, draußen an der frischen Nachtluft, bleibt Dot vor dem Skylark stehen und dreht den Ring an ihrem Finger herum. »Ich glaube, ich fahre vielleicht das nächste Stück mal bei meinem Dad mit«, sagt sie mit einem entschuldigenden Unterton. »Damit er nicht einschläft.«

»Klar«, sagt Trev, aber ich höre ihm die Enttäuschung an. Das nächste Stück wird vermutlich das letzte Stück sein, und das bedeutet, er kann sich auf nichts mehr freuen bis zum endgültigen Abschied. Dot sieht ihm die Enttäuschung an, aber sie wird jetzt nicht anfangen, ihn zu bemitleiden.

»Wir sehen uns beim nächsten Stopp«, sagt sie.

»Cool.«

Als Dot in den Skylark steigt, höre ich sie noch sagen: »Können wir wenigstens irgendeine andere Musik hören?«

Das letzte lange, dunkle Stück nach Salt Lake City legen wir größtenteils schweigend zurück. Trev ist die ganze Zeit wach und starrt aus dem Fenster, und draußen fliegen die Meilensteine schneller denn je vorbei. Ich versuche, ihn ein wenig aufzuheitern.

»Fünf zu eins, dass dein Vater den Hosenstall offen hat, wenn er uns die Tür aufmacht. Was setzt du drauf, dass er einen Eimer Irgendwas von KFC besorgt hat?«

»Hat er bestimmt«, sagt er.

Kurz nach Mitternacht tauchen am Horizont die Lichter von North Salt Lake auf, dann kommen sie schnell immer näher und umringen uns schon bald von allen Seiten. Es ist wieder einmal Zeit, eine Nabelschnur durchzuschneiden. Ich blinke schon deutlich vorher und fahre dann von der Interstate ab. Cash folgt mir ein paar Blocks die Parallelstraße entlang, bis ich auf den winzigen Parkplatz einer Rasenmähervermietung einbiege, wo wir auf gegenüberliegenden Plätzen parken.

Als Trev die Rampe hinunterfährt, stehen Dot und Cash bereits unten und erwarten uns. Die Nacht ist kühl, ein Hauch von Herbst liegt in der Luft. Selbst die chronisch zu dünn angezogene Dot hat die Arme vor der Brust verschränkt.

»Nun denn«, sagt sie.

Ich nicke Cash zu, und wir gehen die paar Meter bis zum Gehweg, wo er sich an einen Fahnenmast lehnt und ich die Hände in die Hosentaschen stopfe. Im Westen, auf der anderen Seite der Interstate, kommt gerade ein Flugzeug herunter, wir sehen die Lichter aufleuchten.

»Was hat er eigentlich?«, fragt Cash.

»Muskelschwund.«

Cahs denkt kurz darüber nach, sieht auf seinen geklebten Flipflop hinunter und schüttelt den Kopf. »Wie schlimm ist das?«

»Ziemlich schlimm.«

»Wie schlimm?«

»Schwer zu sagen. Man kann es verlangsamen, aber nicht aufhalten.«

»Das Leben ist so eine Drecksau«, sagt er und klingt dabei eher sauer als verbittert. »Er macht so einen netten Eindruck. Lustig. Clever.«

»Er ist großartig«, sage ich. »Genau wie Dot. Sie haben da eine wundervolle Tochter. Aus ihr wird was, das werden Sie schon sehen.«

Er schüttelt den Kopf und lächelt traurig. »Dann kann sie mir ja vielleicht das ein oder andere beibringen.«

Cash drückt sich von dem Fahnenmast ab, und wir machen uns wieder auf den Weg zum Van.

»Danke noch mal, Bro«, sagt er.

»Gerne. Wirklich sehr gerne.«

Wir sind gerade auf halber Strecke, als wir sehen, wie Dot sich vorbeugt und Trev einen langen, unbeholfenen Kuss gibt. Seine Arme sind irgendwie im Weg, sein Kopf in einem komischen Winkel zurückgelegt. Aber es liegt nicht nur an ihm. Als ich sehe, wie Dot sich hinunterbeugt, vorsichtig, als hätte sie Angst, ihn zu verletzen, merke ich erst, dass sie nicht so erfahren ist, wie sie vorgibt. Als sie sich nach dem Kuss wieder aufrichtet, verschränkt sie sofort wieder die Arme.

»Du hast ja meine Nummer«, sagt sie und geht zum Skylark zurück.

Cash und ich geben uns die Hand.

»Passt auf euch auf«, sage ich.

»Bis dann, Bro.«

Der Skylark fährt bereits vom Parkplatz, als Trev auf die Rampe rollt und sich an die richtige Stelle manövriert. Zum ersten Mal seit Tagen schnalle ich ihn ohne Dots Hilfe an – ich krieche hinten hinein, um die Gurte um die Achse zu führen, dann schiebe ich mich wieder hinaus und gehe außen herum auf die Beifahrerseite, um ihn von vorne zu sichern. Ich werde das Mädchen in mehr als einer Hinsicht vermissen.

Die Sache mit dem Klappbett

Bobs Eigentumswohnung liegt abseits der Belt Route in Hörweite des Flughafens. Er wohnt im Erdgeschoss eines schmutzig grauen zweistöckigen Hauses mit totem Rasen davor. Vor der Tür steht ein Draht-Rentier, das sich bedenklich zur Seite neigt.

»Steht da bestimmt schon seit Weihnachten«, sage ich.

»Willkommen in der Casa Bob«, sagt Trev, als er die Einfahrt hinaufsurrt, »hier ist jeden Tag Weihnachten.«

Ich bin stolz auf Trev. In der halben Stunde seit seinem Abschiedskuss war er überraschend gut gelaunt. Vielleicht, weil Dot ihm schon zwei SMS geschickt hat.

An den Treppenstufen am Eingang ist eine Rampe aus einer fast zwei Zentimeter dicken Sperrholzplatte angebracht, in der Mitte verlaufen zwei Bahnen rutschfestes Tape. Die Wohnung ist dunkel, drinnen wie draußen. Auf beiden Seiten der Eingangstür stehen große Keramiktöpfe mit toten Blumen.

Ich klingele und warte. Zehn Sekunden vergehen. Ich klingele noch einmal, räuspere mich, warte. Nichts.

»Klopf doch mal«, sagt Trev.

Ich klopfe. Wir warten.

»Vielleicht ist er noch schnell was einkaufen?«, sage ich und klopfe noch einmal.

»Nachts um eins?«

»Er wartet ja auf uns. Vielleicht hat er da Durst bekommen oder so.«

Trev angelt sein Telefon aus der Tasche und wählt Bobs Nummer. Wir hören es drinnen klingeln. Dann ein schwaches Ächzen. Ich klopfe fester an der Tür. Wieder ein Ächzen.

»Bob, bist du dadrin?« Das Telefon klingelt immer noch. Ich klopfe jetzt wie die Polizei, mit der Faust.

Ein drittes Ächzen, dann ruft Bob etwas Unverständliches.

»Was?«

»Pürs nich merlossen!«, brüllt Bob.

»Was hat er gesagt?«

Trev zuckt die Achseln.

»Bie Pür!«, ruft Bob.

»Was ist mit der Tür?«, sagt Trev.

»Ommm!«, ruft Bob.

»Versuch mal die Tür«, sagt Trev.

Die Tür ist offen. Ich trete in die dunkle Wohnung ein. Bevor ich einen Lichtschalter finde, höre ich wieder Bobs Stimme, immer noch ein bisschen gedämpft.

»Lichis lings.«

Ich taste links nach dem Lichtschalter, und dann sehe ich Bob, der das Sofa zum Bett ausklappt. Sein Rollstuhl liegt umgekippt mitten im Zimmer. Bobs heiler Arm steckt im Inneren der Couch fest, sein Gipsarm liegt irgendwie verdreht seitlich auf seinem Kopf. Sein Gesicht ist zwischen den Kissen vergraben.

»Was wird das denn?«, sagt Trev und fährt über die Schwelle.

Ich stelle Bobs Rollstuhl auf und knie mich hin, um ihm zu helfen, ziehe sehr vorsichtig seinen heilen Arm aus den Tiefen des Schlafsofas. Als sein Arm frei ist, drehe ich ihn um, bis er mir ins Gesicht blickt. Er lächelt schuldbewusst und sieht in seinen Schoß, der nass ist.

»Yeah«, sagt er, »tut mir leid.«

Ich hieve ihn drei Zentimeter vom Sofa hoch, und er brüllt wie am Spieß. Er hat Tränen in den Augen. Ich setze ihn wieder hin, und er sieht aus, als würde er gleich in Ohnmacht fallen. Er ist leichenblass.

»Du musst mein Bein abstützen«, sagt er keuchend. »Mein Bein.«

Diesmal lege ich ihm einen Arm unter den Beingips, den anderen um den Rücken und unter dem Arm hindurch. Ich hebe ihn langsam an und beobachte dabei sein Gesicht, ob alles okay ist. Bis auf ein paar Grimassen und Zuckungen schaffe ich es, ihn ohne weitere Zwischenfälle in seinen Rollstuhl zu bugsieren.

»Danke«, sagt er mit einem schweren, erleichterten Seufzer.

»Alles in Ordnung?«

»Ich glaub schon. Fühlt sich alles ungefähr gleich an. Mein Gesicht juckt ein bisschen.«

»Was zum Teufel hast du denn gemacht, Dad?«

»Ich wollte das Schlafsofa ausklappen und es für euch fertig machen. Der Scheißgurt, an dem man ziehen muss, ist irgendwo tief unten drin, hinter den Kissen, und da bin ich irgendwie stecken geblieben. Der Rollstuhl ist unter mir weggerutscht, und ich konnte mich nicht mehr bewegen.«

»Wie lange ist das her?«

»Keine Ahnung. Wie spät ist es?«

»Zehn nach eins.«

»Dann ungefähr vier Stunden.«

»Vier Stunden!«, sagt Trev.

»Warum hast du nicht deinen Nachbarn gerufen?«

»Er ist taub.«

»Ach ja, stimmt ja.«

»Und was ist dir passiert?«, fragt Bob mich.

»Er hat sich in Missoula den Hals verrenkt«, sagt Trev.

Die Wohnung ist nicht schön, aber ordentlich. Trotz der grellen Deckenlampe und einem Durcheinander von Farben – hellblauer Teppich, gelblicher Sessel, senffarbenes Schlafsofa – ist es dunkel. Mein Blick fällt auf ein trübes Goldfischglas auf dem Beistelltisch. Darin schwimmt ein einsamer Bewohner träge im Kreis, sein großer Mund geht auf und zu, auf und zu.

»Das ist Mr. Baxter«, sagt Bob, der meinem Blick gefolgt ist.

»Warum heißt er so?«

»Keine Ahnung«, sagt er. Er fährt einen Halbkreis und wirft mich mit seinem Gipsbein beinahe um. »Ups! Sorry. Ich vergesse immer, dass das Scheißding da noch ist. Also, ich zieh mal besser eben meine nasse Hose aus.«

»Brauchst du Hilfe?«, frage ich.

»Nein, geht schon.«

Bob versucht, zwischen Trev und mir hindurchzufahren, aber es ist kein Platz. Trev setzt zurück, ich schiebe mich zur Seite. Bob fährt mir über den Fuß.

»Ups«, sagt er wieder, »sorry. Aber vielleicht kannst du mir mit dem Schlafsofa helfen.«

»Logisch«, sage ich.

»Herzlich willkommen in Utah, Leute.«

»Danke, Dad. Tut mir leid, dass du in die Hose gemacht hast.«

Bob rollt ins Schlafzimmer und schafft es mit einer ziemlichen Anstrengung, die Tür hinter sich zuzumachen. Fast sofort hört man eine klemmende Schublade poltern, und irgendetwas kracht zu Boden.

»Alles gut!«, ruft er. »Mir ist nur eine Flasche von der Kommode gefallen, ist aber nicht kaputtgegangen. Kein großes Ding!«

Ich wende meine Aufmerksamkeit dem Schlafsofa zu und taste nach dem Gurt. »Und, was meinst du?«, frage ich, während ich hinter den Kissen herumtaste. »Bist du froh, dass wir hergekommen sind?«

Bevor Trev antworten kann, piepst sein Telefon, und er grinst breit. Noch eine SMS. Er verrenkt sich den Hals, biegt den Rücken durch, senkt den Arm ab wie einen Schaufelbagger und holt das Telefon aus der Seitentasche. Dann hebt er den Bildschirm auf Augenhöhe und blinzelt beim Lesen.

Ich finde den Gurt und ziehe daran. Die gefaltete Matratze springt auf den Federn heraus. Ich klappe die Beine aus, streiche die Matratze glatt und falte das saubere Bettzeug auseinander, während Trev mit dem winzigen Keypad kämpft.

»Sieh mal an, wie du simsen kannst.«

»Simsen ist der Hammer«, sagt er, und dann rutscht ihm das Handy weg, prallt an seinem Knie ab und rutscht über den Boden.

Ich gehe um das Schlafsofa herum, hebe das Handy auf und gebe es Trev zurück. »Soll ich irgendwas für dich tippen?«

»Nee, geht schon.« Er hebt das Handy wieder an und fängt mit dem quälenden Vorgang von vorne an. Blöd, dass er kein Flip Phone hat.

Bob kommt in einer Aftershave-Wolke zurück. Er trägt eine trockene Kakihose und das Hemd, das ich ihm im Sommer vermacht habe. Er fährt an mir vorbei ins Wohnzimmer, wo er nur knapp an dem Schlafsofa vorbeikommt, sodass er den Beistelltisch anrempelt und das Goldfischglas gefährlich wackelt. Etwas Wasser schwappt über, aber das scheint Mr. Baxter nichts auszumachen. Mr. Baxter scheint gar nichts etwas auszumachen. Selbst als Bob stehen bleibt und etwas Fischfutter ins Becken kippt, lässt er es einfach an der Oberfläche schwimmen. Ich wette, er ist total bekloppt im Kopf, weil er schon sein ganzes Leben in dem trüben Wasser im Kreis schwimmt, und es ist ihm egal, ob er lebt oder stirbt.

»Das ist Mr. Baxter.«

»Ja, wissen wir«, sagt Trev.

Kein Wunder, dass Bob nervös ist. Er rackert sich seit Jahren ab und hofft auf eine Chance, sich Trev wieder anzunähern. Wie viele Eimer Hühnchenteile und wie viele Motelbetten hat er in der Hoffnung ertragen, es eines Tages zu schaffen? Wie viele erschöpfte Flüge von Seattle zurück, nachdem er wieder einmal abgewiesen worden war, und auf denen er trotzdem wusste, dass er es wieder versuchen würde, um sich vielleicht doch noch zu rehabilitieren? Jetzt hat Bob endlich seine Chance. Was er nicht weiß, ist, dass er sich entspannen kann. Sein Sohn ist verliebt, und neben diesem überwältigenden Erweckungserlebnis ist ihre Wiedervereinigung keine so große Sache mehr. Trev wird ihm bereitwillig alles verzeihen, solange er weiterhin diese SMS bekommt.

»Hey, Dad«, sagt er und hämmert schwerfällig auf seiner Tastatur herum. »Hast du was zu trinken?«

»Root Beer?«

»Wird gehen.«

»Ben?«

»Klar, was auch immer.«

Bob dreht sich um, rammt das Schlafsofa mit dem Rollstuhl, fährt mir über den Fuß, stößt den Beistelltisch an und schubst Mr. Baxter in seinem Glas herum.

»Wisst ihr was«, sage ich, »ich mach das schon. Dann könnt ihr euch was erzählen. Was ist mit dir, Bob, auch Root Beer?«

»Warum nicht?«

Ich ziehe mich in die Küche zurück und suche in den Schränken nach Gläsern.

»Und, mit wem simst du?«, höre ich Bob fragen.

»Ach, nur so ein Mädchen«, sagt Trev.

Ich finde die Gläser, eine Junggesellensammlung, darunter ein Einweckglas und ein teilweise geschmolzener blauer Plastikbecher.

»Deine Freundin?«, fragt Bob.

»Na ja, vielleicht. So weit sind wir irgendwie noch nicht.«

Bobs nächste Frage geht im Summen des Tiefkühlfachs unter, das mich mit einem arktischen Schwall gefrorenen Wasserdampfs überfällt. Ich hole zwei Beutel Erbsen, ein paar Hamburger und ein Fertiggericht heraus, bis ich die Eiswürfel unter ein paar Würstchen und einer Putenpastete finde. Der Eiswürfelbehälter ist nur zur Hälfte gefüllt, und die Würfel sind milchig und irgendwie geschrumpft. Sie werden mit Sicherheit nach Hamburger schmecken. Aber immerhin sind sie kalt. Ich mache den Tiefkühler zu und höre Bob lachen.

»Das sah echt so aus, im Ernst!«, sagt Trev.

»Übel«, sagt Bob. »Das hätte ich auch gerne gesehen. Und sonst? Wie war Missoula?«

»Missoula. Oh, Mann. Ich weiß gar nicht, wo ich anfangen soll.«

»Erzähl mir alles.«

Und als Trev seinem Vater alles erzählt – Peaches, Elton, der Skylark, der Yeti, Scruggs, wie ich über den Parkplatz des C'mon Inn stürze –, bleibe ich in der Küche, werfe die Eiswürfel in die Gläser, einen nach dem anderen, fülle den Eiswürfelbehälter wieder auf, schön akkurat, schaffe Platz dafür zwischen dem ganzen Tiefkühlkram, und räume dabei alles ein bisschen auf. Als ich es nicht noch länger hinauszögern kann, schraube ich das warme Root Beer auf, lasse es zischen und schaue ihm zu, wie es schäumt, als würde es sich freuen, endlich frei zu sein.

Das größte Loch der Welt

Um acht Uhr morgens werden Trev und ich rüde geweckt. Nicht von dem nervigen Piepsen eines Weckers, sondern vom schrillen Jaulen eines Feueralarms. Ich sitze ruckartig aufrecht in meinem Klappbett und höre das unverkennbare Zischen von Frittierfett, dann das Scheppern von Gusseisen auf Linoleum. Dann Bob.

»Aua! Äääähm – ich bräuchte mal Hilfe!«

Ich springe von der Matratze, umrunde das Fußende des Bettes und sprinte an Mr. Baxter vorbei in die Küche, wo schwarzer Qualm vom Herd aufsteigt. Eine eiserne Pfanne steht in Flammen, eine Feuerzunge leckt schon an der Dunstabzugshaube. Auf dem Boden schwelt eine weitere Pfanne, daneben liegen ein paar kaputte Eier. Mittendrin steht Bob, einen Pfannenwender in der gesunden Hand. Trotz des dichten Qualms rieche ich immer noch sein verschüttetes Aftershave von gestern Abend. Er dreht sich panisch zu mir um und wirft mich mit seinem sperrigen Gips beinahe um. Ich schiebe mich an ihm vorbei, ziehe ein Geschirrtuch vom Herdgriff und schnappe mir den Deckel aus dem Regal. Nach ein paar Sekunden erstickt die Flamme und eine neue Qualmwolke verdunkelt die Küche.

Ich mache beide Herdflammen aus, nehme die andere Pfanne vom Boden und lege sie in die Spüle.

Bob steht immer noch mit dem Pfannenwender in der Hand mitten in der Küche und grinst betreten. »Toll«, sagt er gerade laut genug, dass ich ihn über den jaulenden Alarm hinweg hören kann. »Das nenne ich Nervenstärke.«

»Das gilt aber auch für dich.« Ich reiße das Küchenfenster weit auf, und der Qualm verzieht sich in den wolkigen Himmel.

»Das war's dann wohl mit dem Frühstück«, sagt er.

»Was geht denn hier ab?«, fragt Trev.

Erst schalte ich den Alarm aus. Dann ziehe ich Trev an. Dann wische ich den Küchenboden und lasse den Ventilator laufen, bis der Großteil des Rauchs sich verzogen hat. Zum Frühstück gibt es Toast, danach setze ich Trev auf die Toilette und gehe Geschirr spülen, bis er fertig ist. Als er ruft, wische ich ihm den Hintern ab, hebe ihn an, lege die Arme um ihn, ziehe ihm die Hose hoch und setze ihn in den Rollstuhl, dann sprühe ich ihn rechts und links mit Deo ein, lege ihm den Elektrorasierer zurecht, drücke etwas Zahnpasta auf seine Zahnbürste und lege sie ihm so auf den Waschbeckenrand, dass er drankommt. Dann gehe ich ins Wohnzimmer und nehme den Kampf mit dem Schlafsofa auf.

Und dann geschieht die Katastrophe. Nachdem er Mr. Baxter gefüttert hat (der seine Flocken von gestern Abend immer noch nicht angerührt hat), dreht Bob sich abrupt um.

»Ach ja, übrigens ...«, sagt er und streift das Fischglas, das an der Tischkante kurz schwappt, dann kippt und auf dem Holzboden zerschellt.

Mr. Baxter, den ich gründlich unterschätzt habe, zappelt auf dem kleinen Teppich um sein Leben. Zum zweiten Mal an diesem Morgen beweise ich Nervenstärke: Ich hebe Mr. Baxter auf, springe über Bobs ausgestrecktes Gipsbein und renne mit dem zappelnden Mr. Baxter in der Hand in die Küche. Ich nehme das Einweckglas aus dem Schrank, lasse Mr. Baxter hineinfallen und fülle es mit Wasser auf. Er bleibt stocksteif, wie tot oder unter Schock. Ich klopfe an das Glas.

»Komm schon, Baxter. Beweg dich.«

Keine Reaktion.

Wieder klopfe ich an das Glas. »Na los, auf, auf.«

Ich hebe das Glas auf Augenhöhe und sehe Mr. Baxter direkt ins Gesicht. Er sieht gleichzeitig würdevoll und verschnupft aus, wie Winston Churchill. Er bewegt sich nicht, öffnet den Mund nicht, blinzelt nicht. Aber er hat ja auch keine Augenlider. Er starrt nur mit unbewegtem Blick durch das Glas an mir vorbei. Ich klopfe noch einmal ans Glas. Nichts. Ich schüttle es ein bisschen. Nichts. Ich bin kurz davor, Mr. Baxter in der Toilette hinunterzuspülen, als Bob in die Küche gerollt kommt und mich fragend ansieht.

»Ist er …?«

»Keine Ahnung.« Ich rüttle noch einmal an dem Glas, und Mr. Baxter klatscht leblos an den Rand.

»Blinzelt er nicht mal?«

»Ich glaube nicht, dass er Augenlider hat.«

Jetzt kommt Trev mit dem Elektrorasierer in der Hand hereingerollt.

»Ist er …?«

»Wir sind nicht sicher«, sagt Bob.

»Sieht aber so aus«, sage ich.

Mr. Baxter gibt zwar kein Lebenszeichen von sich, aber er schwimmt auch nicht kieloben. Wieder rüttle ich an dem Glas.

»Das ist meine Schuld«, sagt Bob. »Was ich anfasse, wird zu Scheiße.«

»Oder es geht kaputt«, fügt Trev hinzu.

Plötzlich rührt sich Mr. Baxter, schwimmt einmal langsam im Kreis in dem Glas herum, dann bleibt er stehen und sieht mich an. Er öffnet den Mund und schließt ihn wieder. Öffnet ihn, schließt ihn.

»Boah«, sage ich und atme tief aus. »Hast du mich erschreckt, Bax.«

Ich stelle das Weckglas auf den Küchentresen und schiebe es an die Wand, damit Bob es nicht gleich wieder hinunterwirft. Mr. Baxter ist jetzt aktiver, er schwimmt in engen Kreisen gegen den Uhrzeigersinn. Nach acht oder neun Runden im Weckglas sieht er wieder untröstlich aus. Er hält an und betrachtet uns drei in der Küche.

»Ich mache mir Sorgen um Mr. Baxter«, sage ich.

»Ich glaube, wir können ihm helfen«, sagt Bob.

Nach nicht mal einer Stunde sind wir auf dem Weg nach Bingham Canyon. Ich habe Trev wie immer im Van festgezurrt und Bob auf der Rückbank angeschnallt, mit dem kaputten Bein auf der Kühlbox. Bob hat das größte Loch der Welt zwar schon gesehen, ist aber trotzdem ganz aufgeregt.

»Deswegen ist das ja so schön. Es wird immer größer«, sagt er.

Auf dem Weg aus der Stadt leitet Bob mich zum Walmart-Supercenter in South Jordan. Ganz hinten im Laden entscheidet er sich für ein Zwanzig-Liter-Aquarium mit Deckel und Beleuchtung und Biofilter. Dann fügt er noch eine Tüte mit leuchtend blauen Steinen hinzu und Wasserpflanzen in allen Farben. Und zu guter Letzt noch ein glitzerndes, weißes Schloss.

Wir begeben uns mit unserem überdimensionierten Wagen zu den Kassen, zwischen Unmengen von Pfannenwendern und Babyklamotten, Bilderrahmen und Gartengeräten, Campingkochern und Essecken, Grußkarten und Tagesdecken hindurch, und plötzlich beschließe ich, dass ich ganz dringend noch etwas haben muss.

»Ich geh noch schnell ein paar Sachen holen«, sage ich. »Wir sehen uns am Van.«

Bob drückt mir drei Zwanziger in die Hand. »Für das Aquarium«, sagt er.

Als ich beim Van ankomme, warten Trev und Bob schon an der Rampe. Ich verstaue das Aquarium im Kofferraum. Im Westen türmen sich Gewitterwolken auf. Es ist schwül. Meine Halskrause fängt an zu stinken. Glücklicherweise ist Bobs Aftershave bis Ogden zu riechen, es wird also niemandem auffallen.

Wir fahren Richtung Westen durch die lichter werdenden Vorstädte, lassen das Tal hinter uns und machen uns auf den Weg ins trockene Vorgebirge, auf die Oquirrhs zu, breitschultrige braune Berge mit grünen Flecken wie Hautausschlag. Bob sagt, es wird nicht mehr lange dauern, bis dort Schnee liegt. Im Rückspiegel sehe ich immer noch einen schmalen Streifen von Salt Lake Valley.

Was jetzt ein Loch ist, war einmal ein Berg. An der Kupfermine Bingham anzukommen, ist also etwa so, wie am Rande eines riesigen Kraters anzukommen. Wir bezahlen unsere fünf Dollar, parken den Van und überqueren den staubigen Parkplatz. Wir gehen den Fußweg entlang zum Aussichtspunkt, wo uns eine Tafel darüber informiert, dass der Tagebau Bingham vier Kilometer breit und 1,2 Kilometer tief ist (und täglich tiefer wird), und damit mit Abstand das größte Loch der Welt ist. Es ist neben der Chinesischen Mauer das einzige Bauwerk, das man aus dem Weltraum erkennen kann. Wenn der Tagebau Bingham ein Stadion wäre, informiert uns die Tafel, würden neun Millionen Menschen reinpassen. Der Weg führt uns um eine Ecke, und ich erhasche den ersten Blick auf die Kupfermine. Tatsächlich sieht das klaffende Loch aus wie ein riesenhaftes Amphitheater, die geriffelten Wände fallen in zahllosen Stufen steil ab bis auf den endlos tiefen Grund, wo die gigantischen Zerkleinerungs- und Transportmaschinen langsam Staub aufwirbeln.

»Das ist mal ein Loch«, sagt Trev.

»Sag ich doch«, sagt Bob und fährt neben Trev. »Ein ordentliches Ding, oder?«

»Irgendwie gruselig.«

Ganz tief unten ruckelt und keucht auf einer Stufe eine Schlange Lastwagen in Richtung des Zerkleinerers. Von hier oben sehen sie winzig aus.

»Ich freu mich, dass du hergekommen bist«, sagt Bob und tätschelt Trev mit seiner intakten Hand den Rücken.

»Ja«, sagt Trev, »auf den Bildern kommt das echt nicht so rüber.«

»Überhaupt hierher, meine ich. Mich besuchen.«

»Ja, schon verstanden. Meinst du, die buddeln da einfach immer weiter?«

»Solange da noch Kupfer ist, klar. Hör mal, ich weiß, dass ich nicht immer ...«

»Hör auf, Dad.«

»Ich war noch so jung. Es hatte wirklich nichts mit ...«

»Hör einfach auf. Ist schon okay.«

»Ich gehe mal eine Cola holen.«

Ich gehe am Besucherzentrum vorbei, am Souvenirshop, an ein paar Fernrohren und an einem riesigen Lastwagenreifen mit einem Plakat daran. Ich lasse die Menge hinter mir und entdecke eine weniger bevölkerte Stelle am Geländer, ziehe die Packung aus meiner Hosentasche und schlage mir damit ein paarmal an die Handfläche. Dann ziehe ich den Zellophanstreifen ab und die Goldfolie heraus und klopfe eine Zigarette heraus.

Scheiß drauf. Ich habe keine Lust mehr, es mir immer nur zu wünschen.

Ich stecke die Kippe an, inhaliere und lehne mich an das Geländer. Dann atme ich langsam aus und sehe über den Rand. Da ist es, so tief, dass man von unten wahrscheinlich nicht rausgucken kann: das größte Loch der Welt. Es ist so scheißtief, dass man sich kaum vorstellen kann, dass es überhaupt irgendwo irgendwas gibt, außer einem riesigen Loch im Boden. Und zum ersten Mal seit einer gefühlten Ewigkeit stecke ich da nicht drin.

Ich hole mein Telefon heraus und rufe Forest an. Er nimmt beim zweiten Klingeln ab.

»Hey, Kumpel«, sage ich. »Ich bin's.«

»Benji-Boy!«

»Hör zu, kannst du mir ein paar Gefallen tun?«

Die längste Fahrt von allen

Die Kühle wird schon ein bisschen vertrieben, als die Sonne so gerade über den östlichen Horizont kommt. Es ist morgens halb sieben, und wir sind einen Tag hinter unserem Zeitplan zurück. Bob und Trev stehen Rad an Rad auf dem Gehweg, und ich stopfe die letzte Tasche irgendwie in den Kofferraum und schließe die Klappe mit ein bisschen Gewalt, sodass Trevs schwarzer Seesack an die Heckscheibe gedrückt wird. Hoffentlich braucht niemand das Antazidum, ich habe keine Ahnung, wo das ist.

Bob und Trev haben noch einen Moment für sich, und Bob gibt sich alle Mühe, ihn zu einem besonderen Moment zu machen. An der Ferse seines ausgestreckten Gipsbeins wehen drei Blatt Toilettenpapier sanft im Wüstenwind.

»Weißt du«, sagt er düster, »wegzugehen war der größte Fehler meines Lebens.«

»Hör einfach auf«, sagt Trev.

»Es tut mir alles total leid.«

»Ja, verstanden. Hör auf damit«, sagt er etwas gereizt. Aber als er Bobs geknickte Reaktion bemerkt, rudert er ein bisschen zurück. »Pass auf, bring mir einfach mal wieder Hühnchen mit, und dann vergessen wir das einfach.«

Bob strahlt. »Super«, sagt er.

Ich fahre langsam los und sehe, wie Bob im Rückspiegel in die Mitte des toten Rasens im Vorgarten fährt und versucht, das schiefe Rentier aufzurichten. Sieh mal an, Bob bringt sein Haus in Ordnung.

Trev und ich fahren schweigend am See entlang, dann stundenlang zügig durch die Ebene, wortlos über die Grenze nach Twin Falls, bis ich schließlich bei Boise den Mund doch nicht mehr halten kann.

»Sieht aus, als hättest du ihn ganz schön leicht vom Haken gelassen«, sage ich.

»Na ja, war ja wohl Zeit.«

Und das ist das letzte Wort zum Thema, das letzte Wort, das wir zu überhaupt irgendeinem Thema sagen, und wir schießen durch die Hochwüste des nordöstlichen Oregon – eine total verbrannte und verwüstete Landschaft –, an Baker City und La Grande vorbei. Hinter uns brennt die Sonne. Wir haben nicht den Wunsch anzuhalten und bislang auch keinen Grund. An der großen Kreuzung biegen wir in die Schlucht ein und kurven durch Pendleton und The Dalles, mit nur einer kleinen Mittagspause in Biggs Café. Wir haben keine Zeit für den Stonehenge-Nachbau in Maryhill, keine Zeit für die Gedenkplakette auf der Sam-Hill-Brücke. Wir fahren nach Westen. Ich bin nicht sicher, was Trev vorwärtstreibt, aber ich weiß zum ersten Mal, seit wir diese Reise angetreten haben, wo ich hinfahre. Ich wünschte, ich könnte sagen: nach Hause.

Ein König

Glauben Sie bloß nicht, einen Softball zu schlagen wäre wie Fahrradfahren. Man kann sich nicht auf das Erinnerungsvermögen der Muskulatur verlassen. Man muss ganz bei sich sein. Man muss sich auf den Moment konzentrieren. Man muss die Körperspannung bewahren. Man muss der Versuchung widerstehen, egal, wie langsam der Ball auf einen zukommt. Klingt einfach – für einen Mönch vielleicht. Aber ich gebe zu, wenn man es richtig macht, dann fühlt es sich fast an wie Fahrradfahren.

Damals, zu meinen Hochzeiten, als Forest meinen Namen automatisch auf Platz drei des Lineup schrieb – direkt vor seinen eigenen –, als ich den Softball noch mühelos an der richtigen Stelle traf, bevor ich anfing, immer zu früh zu zucken, bevor ich anfing, den hinteren Ellbogen sinken zu lassen und mich auf schlechte Pitches zu stürzen, bevor ich anfing, mich in der Box total bekloppt zu benehmen, kam Janet mittwochs oft mit den Kindern zu meinen Spielen. Dann standen sie hinter dem Backstop, während ich mit dem Schläger in der Hand zur Homeplate ging. Jodi hielt sich mit seinen elf Monaten mit dickem Windelpopo auf zittrigen Beinen am Zaun fest. Mit großen Augen sah er der Flugbahn nach, wenn ich einen Hammerball zwischen die Outfielder knallte oder einen Linedrive am dritten Base vorbei.

»Lauf, Daddy!«, schrie Piper, so laut sie konnte, wenn ich an der Markierung entlangsprintete und das erste Base anschnitt.

Und wenn ich dann leicht trabend am zweiten Base ankam und hörte, wie meine Mannschaft mir vom Dugout aus zujubelte, fühlte ich mich wie ein Held. Ich fühlte mich wie ein König, wenn ich zu meiner Familie hinter der Homeplate zurückschaute: Piper, in Gummistiefeln und Turnanzug, applaudierte begeistert. Janet, in Sweatshirt und Jeans, sah so gesund und entspannt aus. Jodi brabbelte sabbernd seine Begeisterung heraus und sah mit seinem neuen Zahn im Unterkiefer aus wie eine Kürbislaterne.

Wie ein König.

Vielleicht wirkt das traurig, irgendwie erbärmlich – ein arbeitsloser Hausmann und Vater, der von seiner Frau Taschengeld bekommt, steht da breitbeinig mit zwei kaputten Knien auf dem zweiten Base wie auf dem Mount Everest. Aber das ist es nicht. Traurig ist, dass ich es nicht zurückholen kann. Erbärmlich ist, dass ich es nach all der Zeit immer noch versuche.

Nah dran

Es ist wohl ein angemessener Ort für ein Treffen, wenn auch ein bisschen trostlos. Aber nach einer Fahrt von über vierhundert Meilen und mit noch knapp zweihundert Meilen vor uns nehme ich, was sich gerade anbietet. Das Supercenter liegt in North Portland Harbour, direkt neben der Interstate, dicht an der Brücke. Das ehemalige Einkaufszentrum steht jetzt leer, die geweißten Wände und die gestreiften Markisen sind schon vom Wetter gezeichnet. Die Bepflanzung ist längst eingegangen. Die Mülleimer quellen über. Die Türen sind mit Ketten verschlossen. Jemand hat die Scheiben mit weißer Sprayfarbe getaggt. Der Gedanke, dass es hier spukt, bricht einem das Herz. Das wäre doch furchtbar, als Geist hier zwischen ausgeschlachteten Regalen und leeren Kleiderbügeln spuken zu müssen.

Hinter dem Einkaufszentrum erstreckt sich ein Parkplatz wie ein graues Meer, vielleicht fünfhundert Meter lang, eine

Betonbucht, umringt von riesigen Kaufhäusern, Pier 1, Old Navy, Babies "R" Us. Ich sehe Janets silberne Limousine schon aus mehreren hundert Metern Entfernung, sie steht etwa in der Mitte des Parkplatzes, die Scheinwerfer durchschneiden die trübselige Dämmerung, sie schielen ein bisschen. Ich parke den Van etwa acht Plätze neben ihr und hebe den Umschlag vom Boden zwischen Trev und mir auf.

»Sicher, dass das okay ist? Könnte einen Moment dauern.«

»Lass einfach das Fenster einen Spalt auf«, sagt er. »Wenn ich mich vernachlässigt fühle, belle ich.«

Ich mache das Fenster einen Spalt auf, drehe Radio und Heizung auf angenehme Einstellungen, trete beim Aussteigen in eine Schlammpfütze und lasse den Van dann in der einbrechenden Dunkelheit hinter mir. Es schüttet schon wieder, und es ist kalt – zu kalt für die Jahreszeit.

Mit gesenktem Kopf gehe ich die acht langen Parkplätze entlang zu Janets Auto und beschließe, keine schmutzige Wäsche zu waschen, keine Monologe zu halten, ihr nicht noch mehr Leid zuzufügen, als ich es ohnehin schon getan habe. Ich hole tief Luft und setze mich auf die Beifahrerseite der Limousine. Die Heizung läuft auf vollen Touren, und die Scheibenwischer quietschen langsam hin und her.

»Hallo, Ben.«

»Hey.«

Sie sieht müde und misstrauisch aus, als ich ihr die Papiere reiche. Sie legt sich den Umschlag auf den Schoß, ohne hineinzusehen.

»Sind das echt die Papiere?«, fragt sie.

»Ja, sind sie echt.«

Wir sind uns einig, dass dieser Austausch ein kurzes Schweigen erfordert.

Wir starren beide geradeaus, über den leeren Parkplatz, auf die fernen Lichter von Babies "R" Us. Früher sind wir extra nach Tacoma zu Babies "R" Us gefahren. Unser altes Leben bestand geradezu aus buntem Plastik.

»Danke, Ben«, sagt sie schließlich.

»Tut mir leid, dass ich dich habe warten lassen. Ich brauchte einfach …«

»Brauchst du mir nicht zu erklären«, sagt sie, und es klingt mehr wie eine Bitte als wie ein Freifahrtschein. »Was hast du denn mit deinem Hals gemacht?«

»Verrenkt, glaube ich. Oder gezerrt. Was auch immer man mit so einem Hals macht.«

»Warst du beim Arzt?«

»Noch nicht.«

»Und deine Hände?«

»Hingefallen.«

Sie schüttelt den Kopf. Dasselbe bekümmerte Kopfschütteln, das ich schon tausend Mal gesehen habe. »Mann, Ben, was soll denn aus dir werden? Pass gut auf dich auf.«

»Ich war ja gerade in Urlaub.«

»Ich meine es ernst, Ben.«

Ich sehe zum Van hinüber, dessen Auspuffqualm in die kalte Luft steigt. Es wird dunkel. Ich hätte Trev die Innenbeleuchtung anlassen sollen.

»Du riechst nach Rauch«, sagt sie.

»Ja, ich habe wieder angefangen.«

»Blöd.«

»Ja, hm?«

Sie streicht den Umschlag auf ihrem Schoß glatt und dreht sich zu mir. »Ben. Du weißt doch, dass es hier um mich geht und dass das nichts mit dir zu tun hat, oder? Ich habe von Anfang an versucht, dir das zu sagen. Es ist dann nur alles so eklig geworden, weil …«

»Janet, ich habe es kapiert.«

»Ehrlich?«

»Nicht ganz. Aber ich kann jetzt damit leben.«

Und das stimmt auch, ich habe es kapiert, wenigstens im Ansatz. Janet braucht einen neuen Kontext. Sie kann nicht mehr in irgendeinem Verhältnis zu mir leben, oder zu dem, was von mir übrig ist. Sie findet sich nicht mehr zurecht in einer Welt ohne Orientierungspunkte, ohne lebende Landmarken, nur mit bunten Plastikruinen. Sie kann nicht in indirektem Licht leben, das von Tag zu Tag schwächer wird, sie kann nicht zwischen den länger werdenden Schatten ihrer Toten leben.

Sie wendet sich von mir ab und sieht aus dem Fenster Richtung Pier 1. »Ich habe ein paar schlimme Sachen gesagt, Ben. Die ich nicht so gemeint habe.«

»Willkommen im Club.«

»Ich meine über das, was passiert ist.«

»Ich weiß. Scheiße, das weiß ich. Habe ich auch. Es tut mir leid.«

»Du schuldest mir doch keine Entschuldigung.«

»Doch.«

»Nein.«

»Verdammt, es war meine Schuld. Ich war da. Ich bin verantwortlich.«

»Es ist passiert. Es war ein Unfall«, sagt sie entschieden und umklammert mein Knie. Und in diesem Moment kommt der ganze Kummer unter meinen Rippen hervor, als wäre es das erste Mal, und rumpelt in meiner Brust wie eine Herde Büffel.

»Schhhh«, macht sie.

Aber das macht es nur noch schlimmer.

»Es ist okay, Ben.«

»Weißt du, was mich umbringt?«, sage ich, wische mir das Gesicht ab und schlucke den Kloß in meinem Hals hinunter. »Was mich wirklich umbringt, ist der Gedanke, wenn ich irgendwo erfolgreicher gewesen wäre – Scheiße, in irgendetwas, egal was –, dann wäre ich gar nicht erst zu Hause geblieben. Dann wäre das alles nicht passiert.«

»Und wenn ich eine erfolgreichere Mutter gewesen wäre, dann wäre ich zu Hause bei den Kindern geblieben, oder was? Nein, Ben, so kannst du nicht mehr denken. Über ›was wäre, wenn‹ sind wir doch längst hinaus. Und auch über ›warum‹. Wir müssen zusehen, was jetzt ist. Am besten gucken wir alle beide erst mal für eine ganze Weile nach vorn.«

Sie lockert den Griff an meinem Knie und täschelt den Umschlag. »Mir ist schon klar, wie hart das für dich ist, und es tut mir leid, dass ich dich verlassen habe. Ich wollte das nicht, und ich habe versucht, es nicht zu tun, aber dann habe ich es doch getan, und das tut mir leid. Ich konnte nicht anders. Ich bitte dich nicht mal um Verzeihung.«

Aber ich verzeihe ihr. Tatsächlich fühle ich mich plötzlich leichter, als könnte ich tiefer Luft holen als in den letzten Jahren. Vielleicht wollte ich nur eine Entschuldigung. Ich trockne mir das Gesicht ab, schniefe noch einmal und schlucke den letzten Rest Kummer hinunter – jedenfalls fürs Erste.

»Schon gut«, sage ich.

Sie lächelt traurig und tätschelt mir das Bein. Ohne ihren Anschnallgurt zu lösen, beugt sie sich zu mir und nimmt mich unbeholfen in den Arm. Ich atme sie tief ein, fülle meine Lunge gierig mit ihrem Duft. Ich könnte sie ewig festhalten, so lange, bis ihr steifer Körper sich entspannt und mit meinem verschmilzt. Selbst mit meinem verrenkten Hals könnte ich sie ewig festhalten. Aber Janet hat nicht so viel Zeit.

»Tschüss, Ben«, sagt sie und zieht sich zurück. »Pass auf dich auf.«

»Ich komme schon klar«, sage ich. »Mach dir keine Sorgen.«

Die Ahnung, dass ich tatsächlich klarkommen könnte, dass ich, wie Janet, einen neuen Kontext für mich finden könnte, gibt mir etwas Auftrieb, als ich aus dem Wagen steige und die kalte, feuchte Luft einatme. Das letzte Tageslicht ist verschwunden. Die Lichter der Geschäfte sehen beinahe einladend aus.

»Aber diesen Sunderland halte ich immer noch für einen Vollpfosten«, sage ich und mache die Tür zu.

Janet lächelt mich durch die Scheibe entschuldigend an.

Ich lächle ebenfalls, als ich mit großen Schritten die acht Parkplätze überquere und wieder in den Van springe. Trev hat seinen Rollstuhl etwas nach hinten gekippt, und er bearbeitet seine kleine Tastatur in der Dunkelheit.

»Sorry, dass du warten musstest, Bro.«

»Macht nichts«, sagt er ohne aufzusehen. »Wie war's?«

»Nicht schlecht.«

»Also ganz gut?«

»Ja, ganz gut.«

Janet betrachtet die Papiere im Licht der Innenbeleuchtung. Ich weiß, dass sie Herzklopfen hat, und das bringt mich um. Aber ich freue mich auch für sie. Ich wende im großen Bogen und fahre quer über den Parkplatz zur Ausfahrt. Ich sehe in alle Richtungen, außer nach hinten. Wie groß und tot dieser Parkplatz ist. Plötzlich will ich nur noch weg. Ich biege vom Parkplatz rechts ab und schaffe die Ampel gerade noch.

Ich lenke den Van auf die Interstate Richtung Norden, lausche dem Rhythmus der Scheibenwischer und dem Summen der Räder und weiß mit jeder Zelle meines Körpers, dass ich Janet liebe, dass ich mit ihr zusammen sein will, dass ich trotz allem noch möchte, dass es funktioniert. Weil sie mir immer noch am Herzen liegen – Janet, meine Kinder, Forest und Trev und Elsa und Bob und Dot und Peaches und der kleine Elton und sogar der große Elton. Sie werden mir immer am Herzen liegen. Aber das mit dem Herzen ist leider manchmal schwierig. Manchmal muss man geben, wenn es überhaupt keinen Sinn ergibt. Manchmal muss man geben, bis es wehtut. Es ist nicht einfach, und es kann total undankbar sein, aber wenn einem Menschen am Herzen liegen, wenn man es schafft, sich um sie zu kümmern, und wenn es einem nichts ausmacht, für einen Hungerlohn zu arbeiten, dann gibt es immer noch diese Kurse in der *Abundant Life Foursquare Church* direkt hinter dem Howard-Johnson-Hotel in Bremerton. Sagen Sie, Ben schickt Sie.

Danksagung

Ich bin so vielen wundervollen Menschen zu Dank für ihre Hilfe bei diesem Roman verpflichtet, dass ich mit Sicherheit jemanden vergesse. Dafür möchte ich mich im Voraus entschuldigen. Möge es als Zeichen meiner Dankesschuld gelten.

Millionenfacher Dank geht an meinen Freund Case Levenson, weil er eine solche Inspiration und ein so guter Kumpel ist. Ich bin meiner Frau Lauren unendlich dankbar für ihre Unterstützung und Ermutigung, und weil sie meine Welt mit ihrem Lächeln heller macht. Für Expertise in ihren respektiven Bereichen danke ich Dave Coatsworth und Dale Duffy. Für frühes Lesen und verblüffende redaktionelle Einsichten Michael Meachen, Shelby Rogers, Dennis O'Reilly, Keith Dixon, Brock Dubbles, Mike Tassone und Mark Krieger. Für ihre nicht enden wollende Unterstützung Beth Branco und Carmela D'Amico. Für ihr erstaunliches Engagement Kurtis Q.

Lowe, Phoebe »Gassy« Gaston, Matt »Don't Call Me Jake Gyllenhaal« Wickiser, John Majeska und Frazer Dobson.

Meiner großartigen Freundin und Agentin Mollie Glick und ihrer treuen Assistentin Kathleen Hamblin. Außerdem Stephanie Abou und Hannah Gordon Brown für die ganze Mühe. Meinen Internetverbündeten und Komplizen Dennis Haritou, Jason Rice, Jason Chambers und Brad Listi. Außerdem Richard Nash dafür, dass er immer hinter mir steht.

Meiner ganzen Familie und Schwiegerfamilie danke ich für ihre Liebe und ihre Ermutigung. Man kann sich seine Familie nicht aussuchen, aber wenn ich könnte, würde ich mir euch aussuchen.

Meinen unglaublichen Freunden – ihr wisst schon, wer ihr seid. Ich bin froh, dass ich euch habe. Meine Tür steht immer offen.

Unabhängigen Buchhändlern überall dafür, dass sie meine Geschichten in die Welt bringen.

Bei Algonquin, dem besten Verlag, den ein Autor sich wünschen kann, danke ich Craig Popelars, Kelly Bowen, Michael Taeckens, Sarah Rose Nordgren, Michael Rockliff, Katie Ford, Jude Grant, Brunson Hoole, Steven Pace, Elisabeth Scharlatt, Peter Workman, Ina Stern, Lauren Moseley und überhaupt allen bei Workman and Algonquin. Im Gegensatz zu meiner Familie habe ich mir euch ausgesucht, und das war eine der besten Entscheidungen aller Zeiten.

Und schließlich eine Million Dankeschöns meinem Lektor Chuck Adams. Yo, Pops, danke, dass du mein Held und mein Anwalt bist und ich zu dir aufsehen kann.